"姜贤，你做过选择题吗？"

当然做过，这是什么问题？蒋姜贤疑惑

暖黄的灯光下，傅城认真望着她：

"假设一道题的正确选项是A

姜贤，当你对答案足够确定，看到

A的时候就已经能够做出选择

不需要再看B.C.D是什么。"

姜贤愣了片刻，忽地笑起来

眼睛更亮像温来的弦月

傅城环住她的腰，施力勒了勒，略

带强硬地说："以后不要再说这种话。"

"以后也没机会了，不过——"

绵绵笑意自眼底晕开，蒋姜贤整

个人染成蜜色

她放低声音，眼波蕴含着深意：

"傅城，你哪只眼睛看见我是A？"

春风榴火

魅丽文化 桃天工作室

春眠
药水 // 著

鹅绒锁

江苏凤凰文艺出版社
JIANGSU PHOENIX LITERATURE AND ART PUBLISHING

图书在版编目（CIP）数据

鹅绒锁 / 春眠药水著 . -- 南京 : 江苏凤凰文艺出版社 , 2022.9
ISBN 978-7-5594-4911-5

Ⅰ . ①鹅… Ⅱ . ①春… Ⅲ . ①长篇小说 - 中国 - 当代 Ⅳ . ① I247.5

中国版本图书馆 CIP 数据核字 (2021) 第 227466 号

鹅绒锁

春眠药水 著

出版统筹 曾英姿
责任编辑 张 倩
特约编辑 刘思月 戴 铮
装帧设计 李 娟
出版发行 江苏凤凰文艺出版社
南京市中央路 165 号，邮编： 210009
网 址 http://www.jswenyi.con
印 刷 湖南天闻新华印务有限公司
开 本 880mm × 1230mm 1/32
印 张 10
字 数 262 千字
版 次 2022 年 9 月第 1 版
印 次 2022 年 9 月第 1 次
书 号 ISBN 978-7-5594-4911-5
定 价 45.00 元

目录 CONTENTS

目录 CONTENTS

第一章 保镖

十二月的丹海市不像京州天寒地冻，却已足够寒凉，清晨尤甚，然而蒋英贤只穿了一件薄线衫坐在室外。她正需要这份冷冽，比咖啡提神。

抬头远眺，港口全景尽收眼底，这里不愧是全城景观最好的套房，难怪就算价格惊人，也要排队才可能预订得到。

她正感慨金钱的力量，身后传来“散财童子”的声音：“想什么？想得这么出神。”

沈东扬一点儿也不见外地捞起她的杯子，喝完又嫌弃道：“烟灰水似的，亏你咽得下去。怎么起这么早？”

他是单眼皮，不算传统帅哥，但他身上有种一切尽在掌握中的沉稳自信，比出众的皮相更难得。

蒋英贤耸了耸肩，道：“生物钟作用，习惯了。”

她昨夜临时改签来港，赶上旅游旺季，酒店难订，不得已打电话给沈东扬，问他方不方便。

沈东扬每次来都住洲际的套房，五间房全包，分她一间也还有剩余。之所以问，是怕房里有别人，碰面尴尬。

好在他方便，半夜一点钟亲自下楼迎接她——这人从来不缺绅士风度。

沈东扬的目光停留在桌上的报纸上。蒋英贤顺着他的视线看过去，顿时有些尴尬。

报纸是她在机场用来打发时间的，只顾看财经版，没想到娱乐版更精彩。

照片中那神采奕奕的年轻女人她不认识，但她认识女人颈上的项链——蔚蓝恒星，G家的孤品。

前年秋天，沈东扬在拍卖会上一掷千金拍下它，送给她做订婚礼物。这件事当时也上了媒体小报，只是沈东扬不方便露脸，她又不喜欢露脸，因此报上只有项链的照片。

蒋英贤最近一次戴它是为了参加一家画廊的开张仪式，因为结束后要直接飞去P国，随身带这么贵重的东西不方便，她便将项链暂时交回沈东扬手里，托他代为保管。

媒体特别敢写，大标题直奔主题——新生代偶像周晓晴神秘恋情阴转晴，男友疑是背景人士。

角落处配了另外一张小照片：周晓晴扎着马尾，巧笑倩兮地靠在一个男人肩膀上。尽管打了马赛克，但蒋英贤还是一眼认出那男人是沈东扬。

这些个“狗仔”，专拣软柿子捏，把沈东扬遮得严严实实，专拍周晓晴喜笑颜开的那一瞬间，连眼下有几条细纹都能数出来。

蒋英贤笑了笑，将报纸扔进垃圾桶：“在机场随手拿的。”

沈东扬盯着她突然问道：“不高兴了？”

蒋英贤有些意外他这么问：“怎么会？我知道你不会。”不会把订婚礼物送给其他女朋友。

倒不是她觉得自己在他心中多么与众不同，而是两家联姻，起码得互相尊重，他不是没分寸的人。

大概是女朋友心思活络，私自拿了项链招摇，想把事情搞得尽人皆知，可惜如意算盘注定落空——她与沈东扬的关系不靠感情维系，也不靠忠诚。只要他还姓沈，她还姓蒋，他们就是坚不可摧的情侣关系。

沈东扬还在看她：“如果不高兴看见她，我让她少出来露脸。”

他说得轻飘，可蒋英贤听明白了——他要用封杀周晓晴来表达歉意。

不知道周晓晴听见这番话要作何感想。说不定昨夜这人还在叫她心肝小宝贝，次日就拿她的前途命运当作取悦另一个女人的礼物。

“没必要。”蒋英贤没了聊天的兴致，沉默片刻，自觉语气太冷，又说，“搞这么大动静，反倒让人以为真有点儿什么。”

沈东扬不接话。

她继续说:“晚上的活动我就戴这条项链去吧,省得有人猜东猜西。”

沈东扬身子一斜,半靠着椅背,嘴角扯出一点儿意味不明的笑:“你家六个,只有你算人如其名。”

蒋英贤假装听不懂他的讽刺,浅笑着说道:“多谢夸奖。”

沈东扬的笑意渐渐冷却,心里有些挫败,也有些窝火。他三十年的人生无比顺遂,只在她这儿碰得一鼻子灰。

这女人总是一副不愠不火的模样,看似温柔,实则铁板一块,油盐不进。

其实他早该想到,她能从蒋家那么多子女中脱颖而出,怎么可能真的温吞?

蒋震为人风流,前后娶过三任妻子。第一任庄月琴是原滨城市委书记的独女,为蒋震创业提供了不少便利。庄月琴体弱多病,生下一儿一女后更是长年卧床,三十六岁便因病去世。

不出半年,蒋震又娶了当时合作方的副总陈枫进门。陈枫是那个年代少有的海归,样貌一流,工作能力更是一流,两人合力将公司发展到如今的规模。蒋震婚后风流不改,陈枫也不是能忍气吞声的女人,吵吵闹闹许多年,最后还是以离婚收场。离婚后,陈枫拿着半数财产独自去了P国发展。

现任蒋夫人杜悦只比蒋英贤大四岁,现年刚三十岁,年初才生下小儿子蒋英独。蒋震六十多岁又得一子,心情大好,直接将一套四合院转到她名下。

蒋震一共有六个子女,其中老五是私生子。六人的名字中间都是一个“英”字,最后一字分别取自“见贤思齐”“慎独”。

蒋英贤排行第三,按理说该叫“英思”才对,可蒋震先把“思”字给了二女儿,于是她就成了蒋英贤。

是夜,洲际酒店宴会厅内衣香鬓影,名流云集。

晚宴正式开始前,众人相互攀谈闲聊。蒋英贤身边也围了几个人,热情地同她分享近期见闻。倒不是因为她的身份、地位有多高,蒋家在这些自视甚高的丹海阔太眼中还属暴发户之流,可她是沈东扬的未婚妻,于是暴发户也成了她们眼中的香饽饽。

“那你进来看着我尿!”

热闹祥和的气氛忽被一声呵斥打破,一个“尿”字刺激到不少人的神经，谈笑声霎时偃息。

蒋英贤循声望去，看见一个苍白瘦削的女孩正怒目瞪视着一个身着黑西装的男人。

男人很高，目测接近一米九，宽肩窄腰，留着少见的板寸头。

察觉到周围的目光，女孩后知后觉地犯了尴尬，低下头快步离开。黑西装男人面不改色地跟在她身后。

蒋英贤不禁多看了两眼。虽说男人的五官确实出色，但她并不是因为这个才看他的，而是因为他与周围的环境格格不入：腰背太挺，表情太冷，不像是来应酬的，更像是来抓人的。

本以为小小的闹剧已经结束，不料那两人很快又成了焦点。

男人擒住女孩的手臂，径直离开宴会厅，脸上两道新鲜的血痕格外醒目。女孩边走边挣扎，表情扭曲，明显憋着脾气。

蒋英贤注意到她鼻子下面似乎沾了点儿东西，正疑惑，身旁有个人问她："蒋小姐，你认识徐小姐吗？"

蒋英贤摇头。

另一人接话道："是华阳集团徐董的小女儿徐亚薇吧？我差点儿没认出来。另一个人是……"

"应该是她的新保镖。"

"保镖？看着不像。"

确实不像。保镖要相貌普通，才不容易被人记住，光这一点他就不合格。

"对。听说以前是特种兵。"

"太夸张了吧？徐董收到勒索信了？"

"哎，你不知道？徐小姐在国外染上了点儿坏习惯，被关在家里两年多不见人。现在能出来活动应该是戒掉了。至于保镖，应该是徐董担心徐小姐以前那些朋友再来骚扰她吧。"

"你是说毒——那种东西她也敢碰？胆子真大。"

"谁说不是？"

蒋英贤静静地听着，猜出了个大概。徐小姐没忍住，又或者从一开始就打算趁外出活动的机会吸上一口，本以为躲进洗手间就能万无一失，没想到新保镖铁面无私。

托徐小姐的福，今年的晚宴比往年都更有趣些。

蒋英贤笑了笑，将这小插曲抛诸脑后。

两个月后，蒋英贤正在办公室加班，忽然接到了蒋英齐的电话。

“姐！你一定要救我！这事被爸知道我就完了！”他声音慌乱，说话也颠三倒四。

两人的母亲都是陈枫，是真正的亲姐弟，但是并不怎么亲近，若非走投无路，他不会求到她这里来。

“怎么了？”

蒋英齐支支吾吾：“电话里不方便说。”

“你在哪里？”

“在家，我在家。”

“好，我马上回去。”

蒋英齐早早在她房间等着，见到她那一刻险些哭出来。

不久前，他在一次聚会上认识了一个叫陆轩的公子哥。陆轩说喜欢他的车，正好蒋英齐也想攀他的关系，便大方地将车借给他开。名义上是借，实际上是送，正合陆轩心意。因为陆父为人低调，不喜欢家人在外张扬，车子挂在蒋英齐名下反而更好。

谁想这就出事了。

就在这晚，陆轩酒后飙车，撞上护栏，人被送进医院抢救。

最糟糕的是，车上还有一名女孩，又没系安全带，车子撞上护栏时，人直接撞破前窗玻璃飞了出去。

现场照片很快被人发到网上，短短一小时已有不少转发量，等到天亮势必要上热搜。照片上，车牌号码看得清清楚楚，迟早要查到蒋英齐头上。

蒋英贤知道陆轩这个人，他妈妈给陆父做情妇做了二十多年屹立不倒，逢年过节还能带着孩子去找爷爷拿红包。

叙述完事情的经过，见蒋英贤一直不吭声，蒋英齐坐不住了，抓着她的手声泪俱下道：“姐，我们是亲姐弟，妈去了 P 国躲清静，抛下咱们不管不问，爸也从来不喜欢我。姐，我只有你一个亲人。”

蒋英贤看着他问：“你想让我怎么救你？”

“找姐夫删了网上那些照片就行。只要别扯出陆家，别扯出我。”

他早就想好了。

蒋英贤目光冷淡，依旧不作声。

蒋英齐蹲得脚都麻了，心中越发不忿，差点儿甩手大喊：“我知道，你从来没拿我当亲弟弟看。”然而，现在除了沈东扬，没人有能力解决这个问题，他只得忍耐着脾气求她。

两人对视了半分钟，蒋英贤到底还是拨通了沈东扬的电话。

沈东扬没有多说什么，犹豫了片刻，便答应下来。

两个小时后，天已蒙蒙亮，沈东扬发来短信：“放心。”

蒋英齐比她着急，听见手机铃声，立刻凑过来看。看清内容后，长长呼出一口气，嘴角抑制不住地上扬。

见他这副模样，蒋英贤冷冷地开口：“那个女孩你打算怎么办？”

他一愣，反问她：“谁？”俨然忘了事故中还有一个人。

蒋英贤失望至极，懒得多言，只说：“以后不要再和陆轩来往。”

蒋英齐忙不迭答应：“好，姐，我都听你的。时间不早了，你也早点儿休息。”

看着弟弟步伐轻快地离开，蒋英贤有些自嘲。

说是帮他，她何尝不是在帮自己？这事若被大哥、二姐知道，一定会揪住不放。无论她和蒋英齐两人关系如何，在蒋家其他人眼中，他们就是拴在一条绳上的蚂蚱。

蒋英齐觉得父亲偏爱她，其实父亲只是喜欢她够听话罢了。

子女太多，亲情也得靠竞争。

在等待沈东扬回复的那段时间里，蒋英贤安排秘书柯蕊先去医院跟进。

清晨六点半左右，柯蕊打来电话。

“柯蕊，陆轩怎么样？”

“老板，人已经从手术室里出来了，没伤到内脏，手术也很成功，休养个一年半载就能恢复。”

蒋英贤放下心来，又问了几句陆家人的态度。得知网上的照片已经处理干净后，陆轩的妈妈没有太咄咄逼人，只让柯蕊传话说，等陆轩清醒过来，她就会立刻为他办理转院。

这样也好，省得她费心。

“那个女孩怎么样？”

“不太好，伤在头部。医生说就算抢救过来也不一定能恢复意识。”柯蕊停顿了两秒，压低声音问，“老板，还……救吗？”

许久没有得到回复，柯蕊又唤了一声：“老板？”

蒋英贤缓缓开口：“让医生该怎么做就怎么做。她的情况调查清楚了吗？”

柯蕊松了一口气，恢复正常的语气汇报道：“清楚了。她本名叫傅芝，江州人，父母双亡，只有一个哥哥。傅芝高中没毕业就出来京州做模特，艺名 Anna，拍过几本平面杂志，和陆轩也才认识一周。她哥哥现在也在医院，只知道妹妹出了车祸。”

“陆家什么态度？”

“从进医院到现在，一句也没有问过。”

看来是不打算管了。

蒋英贤说：“安排王律师起草一份保密协议，准备好了来接我一起去医院。不要叫司机，你开车，这件事越少人知道越好。”

“好的，老板。”

挂上电话，身后响起一个清冷的声音：“三姐，你不应该救她。”

蒋英贤脊背一凉，转身看向门口。

来人是蒋英慎，蒋家老五，蒋震从外面带回来的私生子。当年正是他的出现，才令她与蒋英齐的母亲陈枫彻底死心，毅然决然离婚。

一直有传言说蒋英慎的生母是某位三金影后，对此，蒋震与影后皆是一笑置之，久而久之，大家便也忘了这桩桃色传闻。然而随着年龄的增长，蒋英慎的五官越来越像那位影后了。

“英慎，你怎么在这里？”

“给你送咖啡。”蒋英慎举高手中的马克杯。

他知道她的习惯——六点准时起床，起床后的第一件事就是喝咖啡。他在楼下等到六点半还不见人影，索性上来看看。

蒋英贤问：“你都听见了？”

蒋英慎大方地点头：“我昨晚就知道了。四哥的动静那么大，很难不知道。”知道她担心什么，他说，“其他人都不在家。爸没回来，杜阿姨带着小弟回了娘家，只有我在。”

蒋英贤暗自松了一口气。

蒋英慎又重复了一遍：“三姐，你不该救她。”

蒋英贤垂下眼睛，睫毛遮掩住瞳孔，神情难辨。她笑了笑，说：“救人一命，胜造七级浮屠。”

她当然知道一旦傅芝醒过来会有多少麻烦，所以才会在柯蕊问还救不救时犹豫那样久。

蒋英慎也笑了："家里恐怕只有你会这么想。"

他才十九岁，五官尚带着些稚气，笑起来越发雌雄莫辨。

"咖啡在这儿，凉了就别喝了，下楼我再给你做。"蒋英慎嘱咐了两句，放下杯子离开。

蒋英贤恍然记起十多年前第一次见到他时的场景。

蒋英慎五岁才被蒋震接回家，陈枫大怒，放话说绝不可能替别人养野种。家里没人愿意搭理蒋英慎，他就安安静静地坐在前厅沙发上。她看他可怜，招呼他吃水果，小男孩跳下沙发跑过来拉她的手。

从此蒋英慎黏上了她，久而久之，两人比她和蒋英齐更像亲姐弟。

现在，连蒋英慎也长成了"合格"的蒋家人……

房门外，硕大的水晶吊灯自三楼天花板直垂一楼大堂，在云石地砖上映射出夺目的光彩，那光彩虽然绚烂，却毫无生机。手脚泛起难以言喻的凉意，蒋英贤不愿再看，转头看向窗外。

不出一小时，柯蕊开车出现，载着她直奔医院。

"老板，傅小姐也从手术室里出来了，现在在 ICU（重症加强护理病房）。人到底能不能醒过来，医生也没有把握。"

"她哥哥怎么样？"

"没闹也没哭，除了问医生情况就没再出声。"

柯蕊边说边递给她一个文件夹，里面是傅芝的详细资料。只一页纸就将她的人生经历概括完了：不甘平凡的小镇女孩，想要凭美貌闯荡世界，到了京州以后才发现美貌在这里并不稀奇。

她的哥哥傅城则选择了一条截然相反的路：十八岁入伍，一年后考入军校，毕业后进入雪豹突击队，参加过不少危险任务。在国外的一次撤离行动中，因多次往返作战区，解救出二十多名中国籍平民，被授予一等功。

这样的人，本该留在部队才对，他却选择了退伍，加入私人安保公司，成了一名保镖。

看着照片上那张棱角分明的脸，蒋英贤总觉眼熟，但又想不起来在哪里见过。然而当她踏进医院长廊，远远看见那人戒尺似的后背，一下子便想起来了。

竟然是他，“小插曲”小姐的保镖。

听见脚步声，傅城第一时间看向来人。两名年轻女性一前一后走过来，走在后面的那个穿着白色丝质衬衣和藕色西装裙，步伐不疾不徐。她看上去不过二十岁出头，衣着却格外端庄，但并不显老，只是现在这样打扮的年轻人很少见。

傅城蹙眉。他猜不出两人为何事而来，但能断定她们一定不是来慰问的。

“傅先生，您好，很抱歉在这个时候打扰您，但是令妹的事情越早处理，对我们大家都越好——”

柯蕊上前说明情况，绝口不提陆轩的名字，也不提车祸起因，只谈现在该怎么办。

傅城不是傻瓜，他听得懂柯蕊话中的隐含意思。她在委婉地告诫他：车祸与车主无关，但是开车的那位他找不到，不如乖乖闭嘴换钱，能捞多少是多少。

傅城薄唇紧抿，一言不发，屈辱与怒火在胸腔中灼灼燃烧。等对方说完，他冷冷地开口道：“请回吧。”

柯蕊愣住，自己苦口婆心说了大半天才换来这样三个字。她还想再劝，触到对方的视线，气势一下子弱下去。

见此，蒋英贤出声道：“傅先生，意气用事对令妹没有任何好处。据我所知，她的情况不太乐观，术后需要长时间住院、用药、复健，这些都不是免费的。”

傅城的唇抿得更紧了，直直地看着她，眼睛里满是红血丝：“我自己会想办法治好她。”

蒋英贤从柯蕊手中拿过协议，递到他面前，语气十分柔和：“傅先生，我们绝对没有要侮辱令妹的意思，只是想尽力做出一些补偿。”

她停了一会儿，见他根本没有接的意思，收回手，掏出一张名片放到他面前。

“傅先生，这是我的名片，有需要请联系我。只是，现在是我有求于你，主动权在你手上，等到你来找我时，我们的立场、身份就变了。真的不再考虑一下吗？”

她很少劝人，可惜起了反作用——傅城将名片扔进了垃圾桶。

蒋英贤不再多说，道了声“再见”，转身离开。

车内，柯蕊愁容满面道：“老板，现在怎么办？”

换个立场，她会佩服傅城贫贱不移，富贵不淫，可她现在是蒋英贤的秘书，所以只会恼他骨头太硬。

蒋英贤低头翻看着待会儿开会要用的文件，轻声说：“不急。”

傅城站在蒋氏总部大楼前，抬头望一眼高耸入云的大厦，抬脚迈了进去。

他还是来找她了。

这半年来，他一边照顾傅芝，一边想尽办法寻找开车的人。然而事发路段没有监控，酒吧监控也“刚巧”坏了，傅芝所在的经纪公司更是对他避之不及。

事到如今，他竟然连车牌号码都没能查到。

几个月前，一名叫Lucy的女孩来医院探望傅芝，面对他的追问，Lucy叹气反问：“傅大哥，找到开车的人难道比救Anna的命还重要吗？”

傅城无言以对。

接到前台电话后，柯蕊亲自下楼接人，她安排傅城在会议室休息，说老板开完会就见他。

傅城一坐就坐到天黑，直到窗外灯火通明，柯蕊才又出现。

两人一前一后走到长廊尽头的办公室，柯蕊推开门，示意他进去，而后关好门离开。

办公室内，年轻女人正在签字，收好钢笔后才抬头看他，朋友般地招呼道：“傅先生，好久不见。”

傅城摸不准她的态度，于是选择沉默。

“请坐，喝点儿什么？金骏眉可以吗？”

“不用麻烦。”

蒋英贤替他做了决定，拿起座机吩咐：“柯蕊，送两杯水进来。”直觉告诉她，比起咖啡或者茶，他会更喜欢白水。

很快，柯蕊敲门入内，将一杯水送到傅城面前。

等办公室的门再次关闭，蒋英贤方才起身，走到傅城对面的沙发上坐下来，从容地迎向他的目光。

她有一张颇具古典气质的脸，柳叶眉、丹凤眼，鼻子和嘴唇都小巧，温婉清雅，美得没有任何侵略性。

傅城是真正经历过枪林弹雨的人，对危险的敏感度已然演变成直觉。他不明白为什么眼前这个轻声细语的女人会让他直觉危险。

“蒋小姐，你知道我为什么来。”

蒋英贤点头。

距离车祸已有小半年，傅芝依旧处于昏迷状态，单 ICU 一项的费用就足够拖垮他。蒋英贤以为他最多坚持一个月。

傅城艰难地开口：“我需要钱。”

蒋英贤轻笑：“傅先生，你不太会求人。”

瞥见男人的手掌骤然收紧，她忙说：“抱歉，我的表达有歧义。”她不作过多解释，转而说道，“之前在医院的提议仍然有效，医药费、精神损失费——”

“不需要。”傅城打断她的话，“小芝不需要施舍。我今天来，只为借医药费。蒋小姐，这些钱我一定会全部还给你。”

蒋英贤略微停顿了一会儿，说：“傅先生，口说无凭。”

她不需要他还钱，但她不会在谈判时做好人。这个上过战场的男人似乎并不了解生意场，不仅不会求人，还不太会谈判。

“我们立字据，利息照算。”

蒋英贤饶有兴趣地看他：“可是，傅先生，我不太缺钱，我需要的是你守口如瓶。”

“我不会——”

这次换她打断他的话：“口说无凭，不是吗？”

傅城快速眯了一下眼睛，沉声问：“你要我做什么？”

“你可以为我做什么？”

“只要是我能做到的。”

“那——帮我杀一个人如何？”

男人的气息骤然一凛。

蒋英贤不过随口说说而已，见他这样，忍不住笑了：“开个玩笑。我需要保障，比方说，你的一点儿小把柄。”

把柄？

“你有什么与医药费同等价值的把柄吗？”

显然没有。

蒋英贤料定他没有，顺势端起手机，镜头对准他：“傅先生，你知道现在的人工智能技术发展到什么程度了吗？”

傅城抿唇疑惑：“什么？”

“我说，傅先生，你知道现在的人工智能技术发展到什么程度了吗？”她顿了一下，解释道，“现在只需要一张照片，就可以通过智能手段将照片上的人的脸拼接到另一个人的身体上。听说凭现有技术足以做到以假乱真，一般人根本看不出问题，是不是很先进？”

傅城愈加疑惑，不明白她到底有什么意图。但他知道，眼前这人绝不会浪费时间同他废话。

果然，蒋英贤晃了晃手机，神色不变地说：“所以说现在只要有了一个人的照片，就能创造出很多有意思的东西，比如说小照片、小视频。”

她重读了“小”字，耐心等待他明白其中含义，才悠悠开口道：“一点儿小把柄。放心，只要我没有听到什么奇怪的流言，小玩意的观赏者就只会是我一个人。”

傅城用她的话反击：“口说无凭。”

“现在是你有求于我。当然，我们也可以继续商讨别的方案，只是傅小姐可能等不了那么久。”

一句话死死掐住他的七寸。

傅城蓦然想起她在医院说过的话——等他来找她时，他们的身份、立场就变了。

压下心中各种情绪，傅城无所谓道：“我是男人，就算你传到网上，我也没有任何损失。”

他比她猜想得更清醒，至少没用“我可以澄清视频是伪造的”这种理由来反驳。一旦视频传播开来，真真假假又有谁在乎？蒋英贤喜欢和清醒的人打交道，于是语气温和地说：“既然如此，那就请吧，麻烦看镜头。”

傅城牙关渐渐收紧，本就清晰的下颌线条越发利落。

他越是这样，蒋英贤越确信自己的想法没错。比起钱，他更看重尊严；那么比起违约金，这招显然更有效。

她极有耐心，静静地等待着。

果然，傅城最后还是将脸对准她的镜头。

蒋英贤点开拍摄，拍摄几秒后似是不满意，眉间轻微一蹙，理所当然地提要求：“傅先生，麻烦你把上衣脱掉，现在这样能拍到领口，后期处理起来可能会有点儿麻烦。”

傅城并不动作，而是直直盯住她，给她反悔的机会。然而对面的女人眼睛眨都没眨一下，反而温柔提议：“要我帮忙吗？”

僵持半晌，傅城终究还是起身，利落脱掉上衣，将上半身暴露在她的目光与镜头下。

他的肌肉很漂亮，身体修长且结实，一看就不是在健身房中练出来的。他的胸前和小腹有几道长短不一的旧伤疤，左臂上还有一个圆形伤疤，似乎是枪伤。

蒋英贤感到新奇，没想到在和平年代还能见到枪伤。

“……”

傅城转过头去，凹陷的脸颊与紧绷的下颌线，昭示着他正极力压抑自己的情绪。

他是在为自己的赤身裸体感到耻辱吗？

有意思。

蒋英贤用再自然不过的语气说：“请转两圈。”

怒火不上不下，刺一般卡在傅城的喉咙里，激起淡淡的血腥气。他机械地转动身体，克制着怒意问：“可以了吗？”“稍等。”蒋英贤在他的注视下检查起视频来，甚至放大画面来确认自己拍得是否足够清晰。

“可以了，傅先生，拍得很清楚。”蒋英贤放下手机，看着他说，“傅先生，虽然现在说这些没有什么意义，但是我这样做并非出于个人兴趣，这只是一个交易。”

傅城无视她伸出来的手，冷冷地说道：“蒋小姐，希望你说话算话。”

蒋英贤微微一笑，收回手，起身回到办公桌前，用座机接通柯蕊后打开功放，当着他的面吩咐柯蕊去医院将傅芝的医药费结清。

通话结束，他们的交易也算结束了。傅城看了她一眼，起身离开，手刚碰上门把手，便听见身后的女人说：“我有一个对傅小姐来说更好的提议，有兴趣听一下吗？”

理智告诉他，现在应该头也不回地走掉，脚却动不了。

傅城转回身，目光稳稳地停留在她的脸上。

她的眼睛似乎永远蕴含着笑意，很容易让人错以为她是温柔的。

蒋英贤说：“傅小姐不知道什么时候才能恢复意识，她需要更专业的看护，私人疗养机构会比医院的病房更适合她。”

傅城看着她，突然有点儿想笑。她从头到尾都没逼他，只是抛出条件，让他自己做出抉择，可他根本就没有其他选择。

“条件是什么？”

既然这么问，那就是同意了。

女人勾唇，似乎在思考。过了一会儿，她问：“徐亚薇打你的时候，你在想什么？”

“什么？”他被她的话弄糊涂了。

“去年年底，在丹海市，她在丽君会的慈善拍卖会上抓破了你的脸。那时候你在想什么？”

那天她也在？

“没想什么。”傅城不明白她问这个问题有什么意义。

蒋英贤兴趣盎然道：“你看不起她？”

傅城的眉头蹙了一下，不承认，也不否认：“这就是你的条件？回答一个问题？”

蒋英贤失笑：“傅先生，你未免太高估自己了。”

明明是嘲讽的话，从她嘴里说出来却好像根本没有恶意一样。

但她怎么可能没有恶意？

傅城为自己的失智感到恼火，冷声问：“所以条件是什么？”

蒋英贤装模作样地思考了一番，说：“我还没想好。明天我会安排人帮傅小姐办理转院手续，至于条件，等我想好再说吧。傅先生，我这里还有工作要处理，不送。”

说完，她坐下来拿起桌上的文件翻看，只当他是空气。

刚开始确实是故意不理他的，但她的注意力很快被文件吸引，心思全部扑在上面，根本没听见他离开的声音，等忙完，已是晚上九点多了。

回想傅城的表现，蒋英贤觉得好气又好笑。她作为出钱的金主，被横眉冷对都没生气，他倒好，一点儿求人的样子都没有。

她脱下衬衣，径直走进隔壁休息室的淋浴间。

等待热水的间隙，她又忍不住笑了。

今天可真是有意思的一天。

蒋英贤说没想好，是真没想好，那个提议不过是一时兴起才提起的。

傅芝的医药费对她来说只是一笔小钱，把人放在眼皮子底下才是最安全的。就算有一天傅芝醒过来了，她也能第一时间处理。

再说，沈东扬能有五六七八个女朋友，不代表她也能。她对关于男人的胸襟的看法没那么乐观。

蒋震这两年格外看重她，她不敢说这究竟是因为她的能力强，还是因为她与沈东扬的关系。

几天后，京州产业园旧改项目终于批下来，蒋氏也与市政府成功签约。蒋英贤一心扑在工作上，几乎忘记了傅城这个人。

市里很重视这个项目，还没动工，市委书记就来实地视察了两次。也难怪，如果做好了，这会是个出彩的政绩。

旧改事务庞杂，要与不少部门打交道。作为蒋震钦点的项目负责人，除了日常工作，蒋英贤也得时不时在一些接待场合露脸。

夜路走多了，难免遇见鬼。

有人几杯酒下肚，便把手往她腿上放。

“听说蒋小姐二十一岁就从哈佛毕业了，难怪蒋董器重，把这么大的项目交给你，真……真是人不可貌相。蒋小姐这么漂亮，完全可以靠脸吃饭。”

柯蕊的脸当即黑下来。

蒋英贤假借倒茶，不动声色地拨开对方的手。

柯蕊机灵，赶紧拿着手机凑近她的耳朵，谎称有份文件急着找她签字，两人就此脱身。

上了车，柯蕊气得龇牙咧嘴：“气死我了，老板！他疯了吧！一个副局长也敢——”

蒋英贤还算平静：“就算只是副局长，想让咱们难受也有的是办法。”

柯蕊明白，只是气不过。

不是说有钱就能为所欲为吗？为什么她觉得蒋英贤活得比自己累一百倍？

等待红灯时，柯蕊突然想起一件事，转身递给蒋英贤两个沉甸甸的牛皮纸袋子。

“什么东西？”蒋英贤接过去问道。

“傅先生送来的钱。”

“什么钱？”蒋英贤拆开其中一个袋子，一沓码得整整齐齐的钞票滑到腿上。袋子里还有另外四沓，一沓一万，一共五万。

柯蕊道：“这是傅先生上个月交给前台的，让前台转交给您，前台不知道怎么处理，就先送到我这儿了，当时您说让我退回去。”

蒋英贤想起来了，是有这回事。

之前项目部送上来的资料里有好几处数据是去年的，不知是真粗心，还是假大意。她那会儿忙得焦头烂额，哪有闲工夫理会这三五万块？

柯蕊又道：“我打电话给傅先生，让他来拿回去，他不同意，他说……”

还能说什么？无非就是些酸掉牙的坚贞不屈的宣言。

看来当保镖赚得挺多，两个月就能拿出十万，怕不是把工资一分不剩，全部送来了吧？

第一次见人这么着急还钱，蒋英贤简直怀疑他是受虐狂。

“什么话把你为难成这样？说吧，他骂我了？”

“没有，没有。”柯蕊急忙否认，“傅先生说，他妹妹不是乞丐。”

老实说，柯蕊听见这句话的时候挺动容的。但那段时间所有人都忙得脚不沾地，她就把这件事给忘了。

直到这天回公司，前台小邓又送来个一模一样的袋子，她才想起来。

“今天前台送来了第二个牛皮纸袋子，我才想起来这件事，给傅先生打电话他一直不接……对不起，老板，我没办好。明天我一定把钱退回去。”

柯蕊心虚地透过后视镜瞄蒋英贤。

女人斜靠在后座的椅背上，脸庞掩藏在阴影中，看不出表情。

半晌，蒋英贤说：“算了，留着吧。”

送上门的钱为什么不要？

窗外，购物中心的大屏幕正在播放电影的预告片，是军旅救援题材，男主角五官刚毅，动作戏也不错。

蒋英贤看了几眼，脑中闪过一双锐利的眼睛，那双眼睛中有愤怒，也有克制。

他醉酒后，会摸女人的大腿吗？

这个设想让她想笑。

他大概不知道，要是他不这么积极还钱，或者表现出一点点儿卑躬屈膝的讨好，她就放过他了。

“柯蕊，把傅城的手机号码发我一下。”

“哦，好。”柯蕊的手机里有个专门记电话号码的记事本，搜索到傅城的名字后，将那串数字转发给蒋英贤。

蒋英贤没有保存，直接复制粘贴到信息栏，发过去三个字：“蒋英贤。”

手机很快振动了一下：“你要什么？”

蒋英贤轻笑一声，收起手机。

口气这么大？

第二章 游戏

周六，早上五点半，闹铃准时响起。傅城拿过手机关闭铃声，发现有两条来自蒋英贤的信息，接收时间是半夜一点零三分。

第一条只有两个字：“要你。”

第二条是个地址，是东城区一处公寓。

傅城盯着那行字看了很久，在对话框中输入“什么意思”，看了一会儿，又一个字一个字删掉，改成“什么时候”。手指在发送键上停顿了一会儿，返回来按删除，最后一字未回。

她既然发来信息，就是要他去，再问只会自取其辱。

迟迟没有收到回复，蒋英贤当傅城在扮清高。

那就没什么意思了。

蒋英贤扔掉手机，享受起难得的休息日来。

她没什么特别的安排，就是睡觉、看书，再舒舒服服泡个澡。

公寓是她用自己第一年的工资买的，知道的人不多，除了柯蕊，就只有蒋英慎知道。所以门铃声响起时，她想当然地以为是柯蕊来送紧急文件，直接开了门。

见到门外的男人，蒋英贤着实意外。很快，意外又转化为了兴致。

这人果然很有意思，竟这么直接来了。

“请进。”

傅城也挺意外。她的公寓不大，一室一厅的格局，装修简洁，没有太多装饰，客厅中央铺着一块长绒地毯，将落地窗玻璃映得暖洋洋的。

置物架上放着一个相框，是她穿着学士服和一个中年女人的合照。中年女人保养得很好，看不出年纪，下巴微微扬起，虽然在笑，却给人极强的压迫感，而她的脸上也只有很浅的笑意。

此刻的她与上次见面时不太一样，没化妆，穿着宽松又柔软的T恤和裤子，头发随意扎成一团，既青春又放松。

“坐。”蒋英贤递给他一杯柠檬水，自己也端了一杯走到沙发边，一条腿蜷曲着坐下。

待她落座，傅城才坐到她对面，后背依然挺得笔直。

蒋英贤恶劣地想：这样的人，爱人时会是什么样子？会情难自禁吗？

看着不太像。

傅城不知道她在想什么，只看见她自顾自地喝水，目光一直落在窗外。

杯子见底，蒋英贤闲聊一般说道：“今天天气真好。”不等他回答，便起身去了卧室。片刻过后，拿着一团粉色的毛茸茸的东西走了出来。看上去像丝巾，只是比普通丝巾更细长、颜色也更娇艳，对角处还有两个金属扣。

短暂的疑惑过后，傅城意识到什么，目光彻底凉透。

原来她喜欢这种东西，难怪需要他。

蒋英贤故意晃得金属扣铛铛响：“喜欢吗？特意为你准备的。我觉得这个颜色和你很配。”说完，不紧不慢地绑住他手腕，而后掏出一把金色小锁，“咔嗒”一声将两枚金属扣锁在一起。

傅城不看她，静静等待着接下来更过分的羞辱。

然而蒋英贤只看了他两眼，抛下一句“我先睡一会儿”，便又返回卧室。

十几分钟过去，屋内一片寂静，她似乎是真睡着了。

傅城看了一眼卧室门，尝试性地挣了挣手上的束缚，绳结打得业余，锁扣也不牢固，稍一用力就能挣脱。

所以，她到底在做什么？

一觉醒来，蒋英贤心情很好。

柯蕊不止一次说她是铁人，天天晚睡早起还能情绪稳定，不科学。其实很简单，绷着一根弦就行。柯蕊是独生女，不会明白上有比自己大十几岁的哥哥，下有已经成年的弟弟是什么处境。

她重新绑好头发走出卧室，见傅城还坐在沙发上，忍不住扑哧笑出声来。

他连姿势都没怎么变，背还是那么直。

“我绑住你，你就真的不动？锁是塑料做的。”蒋英贤抬眼看墙上的挂钟，然后赞叹似的说道，“两个小时，定力真好。”

傅城平静地问：“很好玩？”

他不懂将人玩弄于股掌之中有什么乐趣，也无法理解她为什么一边嘲讽他，一边又笑得这么开心。他曾是军人，哪怕退役了，有些东西也永远烙进了血肉里，比如尊重生命，比如服从命令。

蒋英贤亲昵地勾着他的下巴，仔细观察他的表情，戏谑道：“对，很好玩。”

“生气了？”见他不说话，她坐上他的大腿，身体前倾，鼻尖几乎碰上他的，深色的眸子被阳光晃出了光点，声音又轻又绵软。

大腿上的触感柔软且充满弹性，傅城呼吸一窒，说不出是出于防备还是因为别的。

女人的丹凤眼中蓄起更多笑意，在他脸颊上落下一个轻吻后，嘴唇贴上他的耳朵：“别太快服软，不然我会失去乐趣的。”

话音刚落，人便干净利落地离去。

她掏出小钥匙，边开锁边问：“有点儿饿了，你有什么特别想吃的吗？”

傅城顿了一下，答：“没有。”

“那就去我喜欢的地方了。”

刻薄的是她，和善的也是她。

蒋英贤带傅城去了楼下的韩式豆腐汤店，店虽小，客人却不少，他们等了半个多小时。

两人一人一小锅，红彤彤的汤放上桌时还在沸腾。

汤太烫，无从下口，蒋英贤无聊地问：“今天是你的休息日？我以为保镖没有周末。”

“有轮班。”

“贴身保镖也有轮班？”

傅城没有立即回答，斟酌一会儿才说：“最近不太需要我。”

看来是徐亚薇又被送回戒毒所了，毕竟在公共场合搞出了那么大动静。

知道他嘴严，她不再问了，专心吃饭。

结账时，傅城拿出手机扫二维码。

蒋英贤不同他抢，微笑着道谢，心安理得地接受他请客。

两人返回公寓，蒋英贤叫他随便坐，自己则回卧室换上舒服的居家衬衫裙，然后拿着笔记本电脑走出来，边敲键盘边问："要不要看电影？你喜欢看什么类型的？"

傅城迟疑一下，说："都可以。"

蒋英贤眨眨眼睛看他，嘴角眉梢俱透着狡黠："是吗？没看出来你的胃口这么好。"

等到电影开场，他才明白她笑什么。

电影是《金鸡》，讲述一个妓女在时代洪流中的命运起伏，因题材关系，有不少暗示性的台词和镜头。客观地讲，这是部好电影，若是他自己看，根本不会觉得有什么不自在。可是此时此刻，他旁边还坐着一个心怀叵测的女人。

坚持看了一半，傅城忍无可忍，扭头问她："你到底想要什么？"

想要什么？

想浪子回头，想圣人堕落。世人爱的不就这些？

说得矫情点儿，她就是想看人性的挣扎，尤其是他这样一个比她高尚的人。

蒋英贤淡淡一笑："看我干什么？看屏幕。我花那么多钱买你陪我看个电影，很过分？"

傅城压下嘴角，无话可说。

他不无自嘲地想，看电影总好过赤身裸体，不是吗？

然而他又一次低估了她的恶劣程度。

刚叫他转回头去，她却后仰躺倒。时下流行热裤，这般模样也正常，可她穿的是衬衫裙，更何况，他于她来说，是个陌生人，陌生男人。

傅城难以置信地看向她的脸，而她也正在看他，双唇缓缓分开，吐出三个字："看屏幕。"

傅城脊背发僵，快速转过头去。

蒋英贤眼里溢出促狭的笑意，轻飘飘地扫了他一眼，伸出手命令道：“傅城，抱我。”

他不动，于是她的语气更强硬了：“我累了，抱我起来。”说着，她一只脚踩上他的大腿，本就短的裙摆更加不够用了。

幸好，衬衫裙下还有一条热裤。

蒋英贤一直在观察傅城，没有错过他呼吸凝滞的那一瞬。

目的达到，她倏地抽回手，似笑非笑地看着他：“很失望？”

傅城猛然惊醒，尴尬又难堪，面色瞬间变得铁青。

他想否认，却发现喉咙紧涩。他倏地起身，一把将人捞起来。

蒋英贤乐不可支，继续命令：“去浴室，我要洗澡。”

傅城脚步一顿，喉结滚了滚，似乎想说什么，最后却什么都没说，乖乖地送她去浴室。

学会用沉默反抗了？

蒋英贤无声地笑了，脑袋靠上男人的颈窝。他的体温比常人高些，热气从皮肤散发出来，烘着她的脸，隐约还可以闻到淡淡的香皂气。

她像发现新大陆一般“啧啧”调侃：“来之前洗澡了？那就是知道自己是来干什么的了？”

傅城双手收紧。

他不否认自己想过。

她说“要你”，他能怎么想？

他是疯了，才会在吃饭的时候想，或许她只是个被宠坏了的小姑娘，喜欢开些恶劣的玩笑而已。

蒋英贤要是知道他是这样想的，怕要笑死。

“被宠坏”“小姑娘”，这两个词和她没半点儿关系。

她是没有叛逆期的人，从懂事那天起，就在盘算着怎样成为公司的接班人。

她毫无征兆地咬住他的脖子，轻轻地磨着他的皮肤。

傅城竭力忽略掉脖子上又湿又痒的触感，一只脚才踏入浴室便立刻将人放下，活像她是块烫手的山芋。

蒋英贤勾着笑眼问：“你怕我？”

傅城不理她，转身就走，又听见她说：“放水啊，冷死了。”

他离开的步伐一顿，又沉默着回来放水。

蒋英贤轻轻扬起眉毛，笑得意味不明。

他不会真以为她冷吧？

公寓水压很足，拧开阀门，热水哗啦一下冲出来，又急又吵。

蒋英贤坐上浴缸边沿，两只脚伸进去试温度，一会儿说太凉，一会儿又嫌太热，明显是在故意折腾他。

傅城绷着脸，由她折腾，始终一言不发。

水满了，她也玩够了，大发慈悲将人打发走，舒舒服服地泡着热水澡。

许久之后，蒋英贤围好浴巾，推开门，对椅子上的男人发号施令："你抱我上床。"

从浴室到床，不过五六步远。

她的皮肤被热水泡得白里透红，隐隐冒着热气，像颗熟透了的果子。

傅城看她一眼，移开视线过来抱人。

到了床上，还有别的花样在等着他——脱拖鞋、擦头发……

在她又一次伸出脚来让他把小腿上的水珠擦干净时，他的耐心耗尽，一把攥住她的脚踝："如果你只是需要一个用人，用不着花这么多钱。"

他的长相本就偏硬，生起气来更甚。

可是蒋英贤不惧反笑。

终于忍不住了？功亏一篑。

她替他可惜，试着抽出脚，没成功。

她发现这人最有意思的地方就是气性挺大，但是说话、做事又很克制。换成别人，在医院那次就要先破口大骂一番来解气，可是他没有，他最过分的举动不过是扔掉她的名片。

蒋英贤放弃挣扎，身体向后仰着抬起另一只脚慢悠悠地踩他："可是用人没你有意思。"

傅城用力推开她。蒋英贤整个人倒在床上，原本就松垮垮的浴巾几欲散开。

傅城一怔，旋即背过身去。

蒋英贤优哉游哉道："有本事动手，没本事看哦。"真是深刻诠释了什么叫倒打一耙。

傅城动了动嘴唇，说："抱歉。"

长时间得不到回应，他竟有点儿不安，又说："我什么都没看见。"

身后传来一阵细微声响，淡淡的香气随之而来，一只雪白的手轻轻搭上他的肩膀。

“是吗？”她的声音娇软，隐约透着笑意。

傅城一把攥住她的手腕，却听身后那人说道：“又想动手？”

明知她在胡搅蛮缠，手还是下意识松了一下。

蒋英贤趁机挣脱，手指抚上他的脸颊。

“没看见的话，你紧张什么？”她用最温柔的语气说着最暧昧的话。

傅城的太阳穴突突直跳，两团火同时燃烧起来，烧得他心烦意乱。一团是怒火，另一团——他佯装不知。

蒋英贤忽然施力，拽着他倒下去。

身体失衡，他本能地护住她的肩膀，像无数次保护人质那样。摸到掌下的细腻，他才反应过来，那是她的皮肤。抽手已经来不及，只能于事无补地垂下眼睛。

蒋英贤枕着他的手臂，闭眼吩咐：“把灯关了。”

她从一开始就没打算“献身”，全是逗他的。如果点了火还要负责灭火，那算谁的乐趣呢？

黑暗中，女人的呼吸节奏舒缓，似乎睡着了。

傅城看着黑漆漆的天花板，毫无困意。

蒋英贤睁眼时，傅城已经走了。

她没太在意，翻身下床，开始一天的行程。

乐趣之所以称之为乐趣，就是因为它只是常规生活之外的调味剂。

周五傍晚，她正准备准时下班，柯蕊敲门通知：“老板，陈特助刚刚来电话说董事长和夫人今晚临时有别的安排，聚餐取消了。”

“好，我知道了。”

每周五晚是蒋震定下的固定家庭聚餐时间，若无特殊情况，所有人都要参加。看似其乐融融，真正乐在其中的只有蒋震，其他人都是彩衣娱亲的狐狸。

屁股落回座位，蒋英贤继续看报表。十点多钟，手机嗡嗡作响，竟是陈枫打来的视频电话。

她按下接听，不自觉地微笑道：“妈。”

陈枫也笑：“蒋英贤，还在公司加班？”

“还有点儿工作没做完。”

“最近怎么样？工作顺利吗？”

“挺顺利的。”蒋英贤顺势说起产业园的事，陈枫给她提了几点建议，两人就此谈论了半个多小时。

谈完工作，陈枫问：“他怎么样？”

蒋英贤知道这个“他”指谁，自觉地说：“爸挺好的，今年体检的各项指标都不错，就是胆固醇偏高一点儿。”

陈枫“嗯”一声，说：“你也不要光顾工作，干得好不如干得巧，你的辛苦得让他知道。人年纪大了，就喜欢被子女围着，你也要在这方面多少上心点儿，别叫那个钻了空子。他真是越活越回去了，之前好歹还是个影后，现在这个……”

蒋英贤沉默地听着。

陈枫又问：“你和东扬怎么样？他那些事我在这里也听说了一点儿，睁一只眼闭一只眼就过去了，别忘了英见是怎么落到今天这个地步的。”

蒋英贤说：“我知道。”

蒋英见是长子，学历够格，能力不差，还比她大十几岁，是当仁不让的接班人。但他在婚事上犯了糊涂，非要娶一个名声不好的小演员进门，蒋震气得连婚礼都没露面。

父子闹僵的结果是，蒋英见在公司逐渐被边缘化。正因如此，她才有了机会。

思及往事，陈枫嗤道：“何止英见，我当初也是，年轻气盛，结果呢？白白给人做嫁衣。这些都是前车之鉴，你要沉住气。”

“妈，我明白。”

得到肯定答复，陈枫一扫心中阴霾，又问道：“英齐呢？他在忙什么？”

蒋英贤不想提他和陆轩那档子事，含混地说道：“我最近没怎么见着他。”

陈枫听出她的敷衍，叹气道：“蒋英贤，他才是你亲弟弟。”

挂断电话，蒋英贤感到十分疲惫，仰头靠住椅背，盯了天花板许久，长长呼出一口气，最后还是拿起手机，拨通了蒋英齐的电话。

“喂？”电话那头十分嘈杂，一个陌生男声大喊道。

蒋英贤皱眉问：“你是谁？”

“你管我是谁！你谁啊？”说话都是大舌头，看来醉得不轻。

蒋英贤的眉头皱得更紧了，冷声道：“蒋英贤，英齐的姐姐。他在哪里？”

短暂的安静过后，那人的声音远远传来：“是英齐他姐。他是不是说别让他姐知道来着？”显然不是和她说话。

“好像是。赶紧挂了！挂了！”

下一秒，电话果然挂断了。

蒋英贤抿了抿唇，翻出蒋英齐的朋友圈，里面一片空白。

这天不知怎么了，她心口憋着一股无名火，亟待发泄，于是起身去找柯蕊：“柯蕊，你有没有英齐的微信？”

柯蕊有点儿蒙，答：“有，去年在董事长的生日宴上加过，但是从来没联系过。”

“嗯，你点开他的朋友圈看看。”

柯蕊照做，然后将手机递到她面前。里面有不少内容，最新一条正是这晚发的，几人约好了上山试蒋英齐的新车，结束后又一起去喝酒。照片下面还有定位，是城中一家叫“秀”的夜店。

蒋英贤一时竟说不清自己这个弟弟哪一点更让她失望。是和狐朋狗友鬼混屏蔽她，还是只记得屏蔽她，却忘了屏蔽柯蕊。

打开导航，搜出具体地址，蒋英贤亲自开车前往夜店。

夜店门口，蒋英贤自称是蒋英齐的朋友，保安不清楚怎么回事，遂通知贵宾间说有个漂亮的年轻女人来找人。

房内几人都喝了酒，起哄叫着赶紧把人带进来，待见到蒋英贤，才感觉出来不对劲。漂亮是真漂亮，可是……气质是个微妙的东西，很难形容，但能感觉出来。

蒋英贤没客气，进门环顾一周，找到瘫倒在沙发上的蒋英齐，直接上去拍他的脸。

“蒋英齐。”

不到十一点，他已经醉得不省人事。

蒋英齐迷迷糊糊地睁眼，用力眨了好几下才看清来人是谁，不耐烦地推开她：“别烦我。”

蒋英贤没防备，险些摔倒，幸亏身后一个人伸手扶住她。

蒋英贤说："蒋英齐，你看清楚我是谁。"

蒋英齐比她更生气："我知道你是谁，我最伟大、最厉害的三姐啊！你少用这种眼神看我，我没醉！信不信我还能自己开车回家！你少管我！"说着还想再来推她，步伐不稳，反倒自己跌坐回沙发上，嘴里嘟嘟囔囔，眼睛也闭上了。

蒋英贤淡淡地看了他一眼，回头问扶自己的年轻男孩："他的车钥匙呢？"

男孩老实答道："寄存了。"

几人知道她是谁之后规矩不少，离蒋英齐最近的那个更是直接掏出寄存牌递给她。

蒋英贤接过，又对身后那个男孩说："你跟我来。"

陈佳业喝得不多，跟着走了几步后反应过来，自我介绍道："三姐，我叫陈佳业，是英齐的同学。他今天心情不好，你别放在心上。"

包间外面，音乐声更大，蒋英贤只看见他的嘴唇在动，一个字也没听清。

她指了指自己的耳朵，陈佳业心领神会，凑上前重复了一遍。

听清他说什么后，蒋英贤冲他微微一笑。

陈佳业一时恍神，还想再说点儿什么，发现佳人已远，忙大跨两步跟上。

店里人太多，走路基本靠挤。陈佳业主动充当护花使者，侧着身子为她开路。

途经一处卡座时，那桌人爆笑出声。蒋英贤转头看了一眼，就这一眼，她发现了一个熟悉的身影。

傅城似乎感受到她的目光，也朝她看过来。

四目相交之际，蒋英贤停下脚步，傅城却像根本不认识她一般，平静地移开视线。

如果陈枫没有打来电话，她根本不会来找蒋英齐；如果蒋英齐不那么浑不吝，她也不会在意傅城的态度，可事情偏是这么巧。

思绪一动，蒋英贤掉转脚步。

卡座中有一人认出陈佳业，站起来打招呼："佳业？巧了，就你自己？"边说边瞄蒋英贤。

陈佳业知道他在想什么，赶紧附在他耳边低语。男生随即换了神色。

蒋英贤看着他那张与徐亚薇有七分相似的脸，微笑着说道："跟你借个人，可以吗？"

男生有些疑惑，呆呆地问："什么人？"

蒋英贤说："我喝酒了，需要个司机。"

"好说，好说。那……那让傅城送你，他是我姐的保镖，绝对靠谱。"男生忙不迭答应。在酒精与荷尔蒙的作用下，他格外大方。

蒋英贤勾唇道："谢谢。"

傅城跟随她一路来到地下停车场，两人谁都没有说话。

蒋英贤找到蒋英齐的蓝色豪车，一扬手，将钥匙丢给他："你开车。"她只拿走了蒋英齐的车钥匙，其他东西原封不动地还给陈佳业，叫他转告蒋英齐，酒醒了来找她。

傅城接住钥匙，拉开车门上了车。

副驾驶座上的女人一只手撑着头，侧脸看着窗外，出了停车场还是没有要说话的意思，他不得不问："去哪里？"

"景山。"那是蒋英齐试车的地方。她这晚也想试试车。

景山在城郊，开过去少说也要一个小时，她脚上穿着高跟鞋，显然不是去爬山的。

还是说，这又是她的新游戏？

傅城握紧方向盘，绿灯亮起时，用力踩下油门。

车越开越快，越走越偏，疾驰在无人的山路，直到前方出现"禁止入内"的警示牌。

引擎熄火，周围再无半点儿声响，只剩月光无声喧嚣。

黑暗中，蒋英贤翻身坐到他腿上。

傅城想把人推开，蒋英贤轻声说："别动。"

傅城咬牙切齿地问："你要玩到什么时候？"

刚才，在夜店，他看见了。

她和年轻男人耳鬓厮磨，窃窃私语。她对那个男人笑，勾着他像条狗一样跟在身后。

那一刻，傅城终于明白她为什么会那样对自己。

因为她没把他当人看，他只是她用来满足自己的恶劣趣味的玩具，玩具之一。

每当他以为自己的尊严已经被践踏到底时，她总有办法让他感受到更多的愤怒。

蒋英贤无视他冷硬的目光，声音比刚才更轻：“玩到我玩够为止。别动。”

说完竟要吻他，傅城立刻偏头。蒋英贤不以为意，笑了笑追上去。

呼吸声被黑暗无限放大，同时刺激着两个人的神经。

傅城闭上眼睛，敛去痛苦与挣扎：“下去。”

蒋英贤抬起头来看着他，眸底闪烁着笑意，似是觉得新奇：“你命令我？”

傅城双手握拳，胸腔振动：“我让你下去。”

蒋英贤扬眉，指尖抚上他的嘴唇，细声挑衅：“不然呢？你能拿我怎么样？”困住他的从来不是她，是他自己的道德，所以他永远也逃不出去。

作茧自缚，愚蠢至极，她看不起他，却也嫉妒他。

太可笑了，他有什么值得她嫉妒的？他的贫穷？还是他为了一个永远不会醒来的植物人倾尽所有的愚蠢？

是啊，他能拿她怎么样？

傅城闭着眼睛，试图用屏息抵御。

蒋英贤奖励似的啄吻他的脸颊：“真乖。”

这句话在傅城听来充满了讽刺，他的克制与忍耐，竟然正是她的乐趣。

理智土崩瓦解。

他还要忍吗？

忍到什么时候？

蒋英贤不知道这场游戏即将失控——男人紧闭的嘴唇忽然张开，蛮力地捉住她的唇，像是要将她彻底吞噬。

蒋英贤闷哼出声，闪躲着，但她严重低估了两人间的力量差距，无论她怎样躲，都逃不过他手臂的钳制。他一只手按住她的后脑勺，一只手掐住她的腰，封死她所有的退路。

在她濒临窒息那一刻，他终于放开了她。

傅城的瞳孔熏出猩红底色，就像一头要吃人的兽。

蒋英贤第一次注意到，他有一双浅色的眼睛，颜色比她的浅得多，很容易显得无情。

蒋英贤垂下睫毛，又一次靠近过去。这一次，她的唇还没贴上他的，他的双唇便已经分开了。

这一个小小的动作，莫名点燃了她。她情不自禁地闭上眼睛。

本来没想走到这一步。

傅城看着她近在咫尺的脸，心想：原来她也有这种时候，原来她也会露出这种表情。

蒋英贤任由自己沉沦，有那么一刻，她以为自己置身于温暖的海浪之中，而她的身体也将融化其中。

月光透过车窗洒进来，覆盖上遮掩的轻纱。

蒋英贤率先打破沉默。她抬起头，细细抚摸着男人凸起的眉骨，然后顺着眉骨滑到鼻梁，最后徘徊在他的嘴唇。

对视许久，她勾出一抹几不可见的笑容，低声问他："满意了？"

声音明明是再软不过的，却似蛇芯子一般骇人。

柔软的情绪霎时化为齑粉，傅城的眼神渐渐阴沉下去。

他的情绪变化太明显，蒋英贤想装不知道都不行。

她低头啄吻他，他薄薄的唇线再次封锁，不肯放她入内。

她哼了一声，埋怨道："翻脸无情。"

她的声音很低，仿佛低到尘埃里去。

他知道，这是她的另一场游戏。

蒋英贤坐回副驾驶座，打开储物箱摸了一下，果然找到一盒烟和一个打火机。

她为自己点燃一根，轻轻地吸了一口，打开车窗，对着漆黑的夜空吐出烟雾，却忍不住轻咳出声。太久没抽，呼吸道已然不习惯这样的刺激。

蒋震喜欢"女孩有女孩样"，所以她回国之后就戒烟了。蒋震不仅重男轻女，还光明正大地搞"双标"。可是那又如何？谁让她有所图谋？想要就得忍着。

蒋英贤递出烟盒，问："抽吗？"

他神色复杂地看了她一眼："不抽。"

她敏锐地察觉到他的心理，笑问："你不喜欢女人抽烟？"

傅城沉默不语。

他是不喜欢，无论男女，都不喜欢。

最开始是军队不准抽，后来退役，习惯却延续下来，他不喜欢身上沾染任何异味。

蒋英贤了然道："抱歉，要你吸二手烟。"

话是这样说，却并没有将烟熄灭，只是将夹烟的那只手伸出窗外。夜色将她手指衬得格外白，像是烟的延伸，那橘色的火光仿佛燃烧在她手上。

她的礼貌总是体现在一些很奇怪的方面。

傅城抿了抿唇，开口："没事。"

蒋英贤根本没打算得到回应，听到他出声，还有点儿惊讶。

她其实没抽几口，更多的是将手架在窗沿，任由香烟燃烧。夜晚的冷空气裹挟着淡淡的烟草味道钻入傅城的鼻腔，他并不厌恶。

她承认，如今她有了一点儿和傅城聊天的欲望，至少在抽这支烟的时候是这样。

"为什么做保镖？"她转过头看他，"你看上去一点儿也不像是会做保镖的人。"

过了许久，就在她以为他不会回答时，他说："因为想在京州买房子。"

买房子？

蒋英贤哑然，没料到会是这个答案。

确实，军队的薪水肯定比不上给徐亚薇做保镖，只是……他看上去也不像是对物质特别执着的人。她想了一下，随口问："因为你妹妹？"

傅城没有回答。

两年前，收到傅芝辍学去当模特的消息时，他正在国外执行任务。他特意请假打卫星电话回去问缘由，傅芝起初不肯说，后来被他逼急了，在电话中带着哭腔喊："你在外面当英雄的时候有没有想过我？你死了我该怎么办？我不想一辈子待在小县城里，我需要很多很多钱！钱！你懂吗？你不懂！我知道你高尚，你伟大，可高尚买不了房子！哥，你不用说了，我已经签约公司了，你等着看吧，我会靠自己在京州活下去的。"

他拿着只剩忙音的话筒，很久才放下。

服役期满，他选择了退役。指挥官十分不解，单独找他谈话，做了很久的思想工作，还说，以他的履历，将来很有希望成为队伍里最年轻的中校。但他心意已决，除了抱歉，无话可说。

“要不要玩个游戏？”她的声音打断了他的思绪。

傅城呼吸停顿了一下，神色变了又变。

她还想玩什么？

蒋英贤突然将手伸到他面前，说：“剪刀石头布。”

傅城怔住。

她掀起眼皮看他，瞳色比夜色更深，“不玩？那算了。”

他顿了一下，伸出手来。

蒋英贤笑了。

第一局，他出“石头”，她出“布”。

蒋英贤想了想，问：“你身上的枪伤是怎么来的？”

他简洁地回答：“在国外执行撤离行动时弄的。”他以为她会问第一次是什么时候这种问题，原来不是。

第二局，剪刀对石头，还是她赢。她又问：“最危险的一次任务是什么？”

傅城短暂地回忆一下，说：“在东非解救人质。”

第三局，剪刀对布，他赢了。他目光沉沉地看向她的眼睛，问：“你到底想要什么？”

蒋英贤的嘴角泛起意味不明的笑容，温和地反问：“傅城，刚刚我问你这种问题了吗？”

他越界了。

傅城过了很久才慢慢儿地冷笑了一下。他早该知道，她只是拿他打发时间而已。

蒋英贤很无奈。犯规的是他，成年人的规则不知道吗？为什么要弄得好像她欺负人一样。只是，此时此刻，她愿意让两人之间的放松时间再延长一会儿，于是说：“我想要掌控。”

她想要绝对的占有，绝对的控制，那种将沙子紧紧攥在手心里永远不会流失的感觉。可是这世上哪有什么绝对？都是博弈。

青春期时，她怀疑过自己是不是有点儿特殊癖好。但她很快发现自己对折磨肉体没有兴趣。

说白了，她要的就是占有欲和征服欲，她的这两种欲望远超其他欲望。

由此看来，她果然是蒋震的女儿。

蒋震娶了一个又一个，情人更是多得数不清，怎么可能每一个都爱？他最爱的是公司，他对女人，有的只是占有欲和征服欲罢了。

长长的烟灰断落，火星差一点儿燎到她的手指。

蒋英贤扔掉烟蒂，说："回去吧。去你家。"

她查过他的资料，知道他的公寓就在附近，现在她只想尽快洗澡。

傅城没说什么，发动汽车。

他住的公寓比她想象中的好太多，至少有电梯和地下停车场。

蒋英贤笑自己想当然地认为他很穷，家徒四壁的那种穷。其实，干特种兵虽说不能大富大贵，收入也算可以了，何况他又做了一年私人保镖，若是傅芝没有出事，经济上应该很宽裕。

房间出乎意料地整洁，一点儿也不像单身男人的家。卧室内，黑色的床单平整得仿佛刚刚熨烫过，就连被子也叠成了军队里的方块形。

他比她想象的更自律，难怪刚才那么……情不自禁。

傅城瞥见她的嘴角挑起一抹弧度，直觉告诉他不要问，答案一定不是他想听的。

傅城先进入浴室替她放出热水。

返回时，他特意敲门站在外面等。

她的声音透过玻璃传出来："进来。"

傅城犹豫片刻，推门走进去。没想到她竟站在镜子前解扣子，从镜子里见到他后便转过身来面对他。

蒙蒙水汽雾一般笼罩着她莹白的锁骨，傅城的眼角抽了一下，默默移开视线。

蒋英贤走上前，说："你帮我洗，我累了。"

傅城心下犹豫了一番，最后还是双手扶住她。

"嘶……"蒋英贤眉心轻蹙，撩起上衣查看，发现腰侧青了一块。

"看你弄的，对我好一点儿啊。"她扫了他一眼，语气埋怨中藏着不易察觉的娇气，样子与游刃有余地折磨他时截然不同。

傅城心中满是愧疚，愈加无法拒绝她的要求。

蒋英贤靠在他怀里，指挥他为自己服务。

她滑得像条鱼，傅城不得不紧紧搂住她的腰，以防她摔倒。

全部都洗过一遍后，他说：“好了。”

蒋英贤仰头，看着小股水流汇聚到他的下巴上，轻声问：“你确定？”

一刹那，傅城胸腔深处翻滚着不可名状的情绪，令他心浮气躁。念头一闪而过，来不及细想，也不敢细想。

第三章 败絮

蒋英贤一觉睡到七点钟，难得晚起。她撑起身体才发现自己枕的是傅城的胳膊，身上还多了件陌生的 T 恤。

一转头，她对上一双浅色瞳孔。他眼神清醒，显然已经醒了一段时间。

蒋英贤翻身下床，强撑着两条腿走进洗手间找衣服。

傅城比她早一步收拾妥当，沉默得仿佛根本不存在，直到听见她说："我走了。"

他说："我送你。"

蒋英贤拒绝："不用，谢谢。"夜晚是夜晚，白天是白天，她分得很清楚。

分别前，蒋英贤忽然靠近："下周六？"她只给他两秒钟时间反应，没等得到回答就轻巧离开。

蒋英贤回家重新洗澡换衣服，左看右看，总觉不对劲，最后找出平日不常用的玫红色口红遮掩。

周末公司人不多，所以她才敢红肿着嘴唇出现。她的办公室在二十六层，一下电梯，柯蕊立刻小跑过来，压低声音说："老板，有人找。"她的视线在蒋英贤的唇上多停了一会儿才移开。

"今天有安排？"她怎么不记得？

柯蕊摇头："不是，临时找上来的，怎么说都不肯走，一定要等到你来。我怕被人拍到，就让她上来等了，在小会议室。"

怕被人拍到？

蒋英贤问：“是谁？”

“周晓晴。”知道自己的老板平时很少看电视，柯蕊解释说，“去年的选美季军，演艺圈新人。”

周晓晴……蒋英贤默念了两遍，很快想起这个名字，“嗯”一声，说：“知道了，你去忙吧。”

小会议室内，戴着超大墨镜的年轻女人腰杆挺得笔直，见到蒋英贤后并没有立刻出声，而是等了一会儿才缓缓摘下墨镜，微笑着说道：“蒋小姐，你好，我是周晓晴，冒昧打扰了。”

蒋英贤扫了一眼她手腕上的绷带，收回目光，语气礼貌而冷淡：“不会。周小姐，请问有什么可以效劳？”

她的反应不同于周晓晴猜想过的任何一种。周晓晴愣怔了一下，又仔细打量了她许久，泛起苦涩的笑容：“蒋小姐，你知道我和东扬的事，是吗？”

蒋英贤点头：“恕我直言，周小姐，你应该去找沈东扬。”

见她这样直截了当地戳破窗户纸，周晓晴瞪大了眼睛，下一秒，眼泪潸然而下：“对不起，蒋小姐，我知道我不该来打扰你。可是，我是真心爱东扬的，我真的好爱好爱他，我不能没有他。你能不能……能不能把他让给我？我求求你，求你成全我们。”

她瘦了很多，也憔悴了很多。蒋英贤几乎无法将她与报纸上那个戴着蓝宝石项链的、神采飞扬的女孩联系到一起。自杀可以是做戏，眼泪也可以是演技，但是憔悴很难作假。

蒋英贤问：“沈东扬知道你来找我吗？”

周晓晴立刻慌乱起来：“蒋小姐，请你不要告诉他，不要告诉他，好不好？”

蒋英贤想了想，又问：“你的经纪人知道吗？”她怎么说也是个公众人物，这样跑来找“正宫”摊牌，太冲动了。

周晓晴没有回答她的问题，而是哽咽着哀求：“蒋小姐，我知道你和东扬订婚了。可是他根本不爱你啊！他从来没有爱过你。如果他爱你，怎么会和我在一起这么久？我不懂，你已经这么有钱了，为什么还要和一个不爱自己的男人在一起？你成全我们好不好？”

能问出这种问题，说明还有些傻气，如此一来，心机也多了点儿可爱。蒋英贤自然明白沈东扬为什么选择周晓晴。

周晓晴年轻、漂亮、冲动，还有一点儿天真的无知。对于沈东扬那样的人来说，冲动和无知是她的优点。

蒋英贤看着她的眼睛，平静地问："周小姐，你对有钱的定义是什么？"

周晓晴愣住，泪水在眼眶里打转，忘记落下来。

蒋英贤淡淡地说道："钱只有在一定范围内才是钱。"

周晓晴："我不明白，蒋小姐你在说什么……"

"一旦超出了那个范围，它就不仅仅是钱，而是一个人的身家性命。"女人心平气和，语调甚至称得上温柔，"没有人能放弃自己的身家性命。我不可能，沈东扬也不可能。周小姐，请回吧。"

周晓晴怔怔地看了她很久，嘴唇翕动着，准备好的台词一句也说不出来。她不太懂蒋英贤这番话是什么意思，却无力反驳。她感到深深的绝望。

直到现在，她都不知道自己做错了什么，为什么沈东扬会突然翻脸。那天早上，两人一起吃早餐，温馨得像一对寻常情侣。她心血来潮地问了一句："东扬，你和你的未婚妻一年能见几次啊？"她成天跟在他身边，从没见过他那位传说中的未婚妻。

沈东扬说："没有见你的次数多。"

她很高兴，还有点儿得意，于是又问："那她长什么样啊？有我好看吗？"

沈东扬正低头喝咖啡，听见这话，抬起眼皮看她一眼，只是笑。

她也不知道自己是怎么了，突然赌起气来，非要问出个答案："说话呀！难道她是个丑八怪，所以才不露脸？"

沈东扬越是不说话，她越是不安，越不安，就越任性，缠着他不让他走。

他不耐烦地推开她："周晓晴，少在我这儿发疯。"

他语气那么凶，神情那么冷，她更不安了，脾气也更大了，于是扔枕头砸他，歇斯底里地大喊："沈东扬，你今天走出这个门就别再来找我！"

她只是赌气啊！她只不过想听他说一句"你漂亮"，她又不会真的去找他的未婚妻比美。可他就那么头也不回地走了，当真不再来找她。

甚至她割腕进了医院，他都只派秘书出面。

到底哪里错了？他们不是好好的吗？她只是问了一个问题，问他的未婚妻有没有自己漂亮而已。

这天见到人，她才知道沈东扬那个笑是什么意思。他的未婚妻不仅不是丑八怪，还很漂亮。明明眼睛、鼻子、嘴巴样样不如她出挑，组合在一起却比她精致。

她怎么比？她能拿出手的不就是年轻、漂亮？

周晓晴不死心地自说自话："可是……可是他对我很好，我想要的东西，他都会送给我，我随口说想看雪，他周末就带我去了瑞士……"她的声音越来越小，渐渐说不下去了。年轻女孩捂住脸抽泣，肩膀无助地颤抖着。

蒋英贤没有吭声，静静地离开会议室，留给她最后一点儿尊严。

这是沈东扬的女朋友第一次找上门来，应该不会是最后一次。蒋英贤并不打算说什么，主要是没什么可说的。但她这么想，不代表沈东扬也这么想。

周六下午，许久不见的沈东扬突然出现在她的办公室。他开门见山地问："周晓晴来找你了？"

她几乎三百六十五天在公司，要找她很容易，来公司就行。沈东扬也没想到周晓晴竟然把这玩笑话听进去了。

蒋英贤说："是。"

沈东扬坐到沙发上，远远地看着她，等待她开口。

蒋英贤只好说："这是你的私事，我不该插嘴。但是，我觉得你应该能处理得更好。"

能处理得更好？沈东扬从鼻子里笑了一声。

行，真行。

周晓晴来找她那天，包里藏着录音笔，事后把录音全发给了他，又说了一通"她根本不爱你""我不能没有你"之类的话。

周晓晴说了什么，他一个字也没记住，只记得她说的"身家性命"那句。

沈东扬笑着走到她面前，双手撑住办公桌，俯身与她平视，说："她把你们那天的对话都录下来了。"

蒋英贤神色不变："是吗？挺好的。"

沈东扬挑眉道："说说。"

"能录音说明还有力气折腾，是好事，总比为情自杀好。"

沈东扬乐了。

对了，周晓晴还说什么来着？说她的嘴唇肿得不正常，一看就知道是和人接吻吻的。

蒋英贤和人吻到嘴都肿了？他嗤之以鼻，目光却不自觉地落在她的嘴唇上。

她的嘴巴不大，但是够饱满，唇珠微微凸起，看上去很柔软。这样的唇，肿起来会是什么样子？

他靠得有点儿近，古龙水的香味扑鼻而来，像他的人一样强势。蒋英贤蹙眉，往后挪了挪椅子。

男人身形定了一会儿，又直起身笑："咱们多久没见了？有时候我都快忘记自己还有个未婚妻了。晚上有安排吗？没有的话一起吃饭？福楼新到了白松露，一起尝尝去。"

"好。" 两人确实太久未见，她没理由拒绝。

蒋英贤是在沈东扬点酒时意识到不对的。

她酒量差，除非应酬需要，否则能不喝就不喝，沈东扬是知道的。但是这天，他直接开了一瓶 Latour（拉图）。

蒋英贤很快想明白是怎么回事——说来可笑，他竟然还不满意她的表现。她作为他的未婚妻，被他外面的女朋友找上门来，应该生气，应该不满，最少也该阴阳怪气几句，尽管这样只会让他烦。

因为，这世上只能有他沈东扬不要的，不能有不要他的。

事已至此，再找补也晚了，蒋英贤决定舍命陪君子。前菜还没吃完，半杯酒已下肚，辛辣的液体在胃里不停翻腾，以至于后面的菜她都没吃几口，几乎是端上来是什么样子，被端走时就是什么样子。

最后的甜点是蒙布朗，栗子奶油细腻绵密，一看就十分浓郁。蒋英贤看得反胃，拿着叉子做样子，实则一口也没动。

看着她隐隐泛白的脸，沈东扬也觉得自己有点儿过分，便叫来人结账，顺便把她那块蒙布朗打包了，分别时递到她面前："带回去当消夜吧，看你也没吃多少。"

很拙劣的求和姿态，但是蒋英贤不会让他难堪，道了声谢接了过去。

柯蕊比他的司机先到，蒋英贤提议送他一程，被他拒绝。她当他后半夜还有其他行程，便不勉强，寒暄几句后，先行离开。

其实沈东扬是被夜风吹清醒了，突然觉得自己挺没劲。

明明说一句好话就过去了，她不，她选择喝酒，喂他一嘴软钉子。

沈东扬嘴角上扬，点燃一支烟。

车子驶上环线，前面长长的车流尾灯闪烁，仿佛两条红色的星河。蒋英贤头晕，胃里也翻江倒海。

“柯蕊，在前面找个方便的地方停车。”

柯蕊疑惑地问：“老板，怎么了？”

“我不太舒服，想下车走走。”

柯蕊瞅准机会变道，迅速下了环线，找到一处车子相对较少的地方靠边停车。

蒋英贤：“你回去吧，不用管我了。”说完，关好车门离开。

柯蕊不放心，还想再等一会儿，但是后面的司机已经开始不耐烦地按喇叭了，她不得不走。

蒋英贤漫无目的地乱走，没有注意，拐进一处居民区。窄窄的单行道很少有车经过，行人也少。路灯的光静静地从白杨的枝叶间漏下来，像下起了金雨一般。

她很少有这样闲适的时刻，思绪混乱，大脑迟钝，心情却很好。她莫名其地妙想起周晓晴，想到她在自己面前痛哭的样子，又想到沈东扬说她其实录了音，她低低笑出声。她相信周晓晴的眼泪是真的，当然，小心机也是真的。

人性真太复杂，哪里是一两句话说得清的。就像她和沈东扬，看上去人模狗样，其实是金玉其外，败絮其中，谁也好不到哪里去。

她比沈东扬更甚，因为没人知道她金玉之下满是败絮。

哦，不对。

她迟钝地想起来，有一个人知道。

门铃响时，傅城刚好洗完澡，正从浴室走出来。

他透过猫眼看了一眼，抿着唇，隔了一会儿才拉开门。

柔和的暖光打在女人的脸上，蒋英贤眯了一下眼睛，仰头看他。男人头发还是湿的，T 恤上也有点点水渍，浑身散发着清爽的香皂味道。

他堵住门口，蒋英贤嘴角噙笑问：“不请我进去吗？”

傅城看着她，退后一步。

“谢谢。”蒋英贤笑眯眯地道谢，踩着高跟鞋走进去，一点儿也不拿自己当外人。

关好门，傅城面无表情地问：“你来干什么？”

蒋英贤扬了扬手中的小盒子：“给你送蛋糕。”

傅城皱眉。

见他不上当，蒋英贤也不再演戏，上前两步，靠近他的胸口，轻声说：“明知故问。”她仰头看他，停顿一下才说，“当然是来找你的啊。”她的声音轻得仿佛一团带刺的雾，酥酥麻麻地钻入他的耳朵。

她为什么总能轻而易举地说出这种话？

傅城眉间的褶皱更深了。

客厅里只亮着一盏昏黄的立式灯，她的五官轮廓在光晕下绰约朦胧，散发出妩媚娇柔的气质，不同于白天的样子。

距离这么近，傅城轻易闻到酒气，声音低沉地问：“你喝酒了？”

“是啊，你不喜欢女人喝酒？”蒋英贤勾起红润的唇，露出笑容，“真巧，我身上全是你不喜欢的地方。”

他没有不喜欢女人喝酒，但是他选择沉默。

她让他也染上了酒气。

这次，她没怎么费力就撬开了他的牙关。

蒋英贤两条胳膊用力攀住他的后颈，如同抓住一块救命浮木。

傅城的呼吸滞了滞，然后越发肆意地掠夺她的呼吸，吞噬掉她的香气、酒气，还有那若有似无的古龙香水气……

古龙香水气。

仿佛一盆冰水狠狠地浇到头上，傅城猛地抬头，毫不留情地推开她。

上一秒有多热情，这一秒就有多冷漠。

她刚刚还和别的男人在一起。

是谁？夜店里的那个年轻男人吗？

既然如此，为什么还要来找他？

怒火吞噬着他的理智，他甚至没有意识到自己正在唾骂她。这根本不是他会说出的词。比愤怒更强烈的，是厌恶。他厌恶她，更厌恶自己。

他早就知道，不是吗？他只是她的消遣、一个用来打发无聊时间的乐子，但他还是打开了门让她进来，甚至张开嘴。

他推过她很多次，但这一次最冷酷，也最粗暴。

蒋英贤踉跄后退，摔倒了，要不是有沙发垫背，不知道该有多狼狈。饶是如此，手腕撞上沙发引起的疼痛也足够让她失声大叫：“啊！”

蛋糕脱手摔在地上，沙发被她撞歪，底座擦着地板，发出刺耳的声响。

蒋英贤揉着手腕，眼角湿润了。她看向一脸寒霜的男人，嗔道：“傅城，你发什么神经！”因为疼痛，她的声音飘忽发颤，听上去既脆弱又委屈。

这一声唤回他少许理智。他居高临下地睨着她，心内挣扎。

他知道自己下手太重，可是……是她来招惹他的，是她把他逼到了这个份上，是她……

深入骨髓的道德感终究打败了他，他无法接受自己对女人动粗的事实，于是在她气呼呼说着“帮我一下”的时候，虽然心中仍是愤怒，还是上前将人扶了起来。

蒋英贤一屁股坐在他腿上，脸上有委屈，有不解，也有怒意：“你又生的什么气？下手这么重。”得不到回答，她干脆转过头来瞪他，“说话。”

她很少露出这种表情，大部分时间，她是游刃有余的，是慢条斯理的。但是现在，她皱着眉，睫毛上还挂着泪珠。丹凤眼中怒气腾腾，但因为眼眶里蒙着一层水雾，并没有什么杀伤力。

傅城垂眸，一只手轻轻托住她的手腕，另一只手小心地转动她的手，先左右转转，又前后拉一拉：“疼吗？”

“疼！疼！”蒋英贤想都不想就连说了两个“疼”。

傅城见过也救急处理过很多脱臼、骨折伤情，一摸就知道筋骨没事。

她还在气头上，又问了一遍：“你说话，为什么突然推我？”

傅城心烦意乱，说不出口自己的怒火源自何处。他理亏，在道德上只能被她死死压制。

沉默了许久，他才开口：“我去买膏药。”

她却故意坐得用力了一些，叫他动弹不得：“我不要膏药。”

傅城眉间一紧，隐约猜到了什么。

果然，她眉毛轻轻一扬，把手腕直接送到他的唇边，半是哄诱半是胁迫地说：“你帮我吹吹。”

不是什么过分的要求。

傅城看了她一眼，轻轻吹出一口气。

“敷衍。”她挑三拣四，眉眼凌厉，嘴角却在上扬，“认真吹。”

傅城皱眉，目光冷峻地凝视着她。

她清醒的时候就不怕他，更别说现在还有酒精壮胆。

有了前车之鉴，蒋英贤心思一转，弯腰捡起蛋糕盒子，小心翼翼地打开，里面的蛋糕已是七零八碎，糊成一团。

蒋英贤看他一眼，无声地谴责他干的好事，然后问：“吃蛋糕吗？”

想起一出是一出。

沉默了许久之后，傅城接过蛋糕盒，起身去厨房拿叉子。

蒋英贤不喜甜，象征性地吃了几口后，扔下叉子径直往卧室走，像在自己家一般自如。

傅城看着她的背影，嘴唇翕动几下，终究什么都没说。

上次她离开时，说下周六。

不该当真的。

清晨，蒋英贤懒洋洋的，不想睁眼。

放纵堪比开弓箭，没有回头路。最开始只是释放一下卑劣的趣味，后来变成亲身上阵，现在可好，赖起床来了。

五感渐渐复苏，她感觉到身后那人的存在，眼睛依然紧闭，嘴角却上扬。

蒋英贤假装不知道，一动不动地假寐，横在她小腹上的那条胳膊，竟也一样一动不动。

真能忍。

最后还是她先受不了了，转身笑道：“我知道你醒了。”

傅城合着眼，不知该作何反应才对。

蒋英贤起身捡衣服，其他还好，唯有丝袜破了个洞，她正打算裸腿上阵，傅城递过来一块叠起来的肤色布料。

蒋英贤接过来展开，看了一会儿才想起来，这是她的东西。

难怪车上找不到，原来落在他这里了。

“你偷我袜子？”她笑问，“洗过了？”

她无视他冷冰冰的脸色，越说越来劲：“原来你喜欢丝袜？”她没指望他回答，说完，将尼龙布料塞回他手里，又捡起地上那条皱巴巴的，破了个洞的丝袜，两根手指撑开腰部松紧，像玩弹弓一样将它弹上他的胸口，笑眯眯说，“这条也送给你了。”

傅城本能地抬手接住，嘴唇抿得更紧，顿了顿，开口道：“我送你。”

看到他的表情，蒋英贤心道：自己真是不长记性，就不该问的。

她侧头看他，似笑非笑道：“好。”

两人出门时，刚好碰上隔壁邻居出来丢垃圾。中年男人穿着睡衣，见到傅城，先是一愣，而后目光飘向后面跟出来的蒋英贤，眼神渐渐变味，似有深意地上下打量她。

傅城突然横到两人之间，用高大的身影阻隔中年男人的视线。他拽着她的胳膊说：“走。”声音里带着显而易见的不悦。

蒋英贤微怔了一下，抿唇浅笑。

她当然不会自以为是地认为傅城爱上了她。她很清楚，这是男人的天性作祟——自己留下过记号的东西就不允许其他人觊觎。

沈东扬知道一块蒙布朗不足以表达歉意，所以很快又透露了一个消息给蒋英贤——明年有八千多家加油站要更新设备，公开招标。

这件事与蒋氏无关，但与陈枫有关。陈枫在P国做的正是石油行业。这是一单稳赚不赔的生意，蒋英贤却没有立刻表态。陈枫远走他乡多年，人也已经入了P国籍，国内的资源所剩无几。

沈东扬明白她的思虑，几天后，又给了她一个联系方式。

蒋英贤心领神会，主动约对方谈合作。

对方是个子承父业的“二世祖”，不按套路出牌，把见面地点定在一家KTV（唱歌房）。听出她的犹豫，还劝她别光顾着工作，要劳逸结合。

蒋英贤哭笑不得。

晚上九点钟，她准时赴约，没想到在KTV门口碰见了一个熟悉的面孔。

徐亚薇主动上前打招呼：“英贤姐？真没想到会在这里遇见你。”

英贤姐？

她们什么时候这么熟了？

蒋英贤露出礼节性的笑容：“你好。”

两人之前并不认识，徐亚薇是从弟弟那里听说了她借司机的事，所以才来打招呼的。蒋氏虽大，但花落谁家还未可知。蒋英贤不值得她付出热情，可蒋英贤背后的沈东扬值得。

徐亚薇并不在意她的疏远态度，继续问："你是自己来的吗？要不要一起玩？"

"谢谢，我已经约了朋友。"蒋英贤不经意地扫视一圈。

既然徐亚薇在这里，那他应该也在。

"是吗？那太可惜了，下次有时间一起呀。"徐亚薇话音刚落，傅城拿着车钥匙出现了，看见那道熟悉身影，脚步顿住。

女人的视线从他脸上一掠而过，仿佛根本不认识他。

徐亚薇还在没话找话："英贤姐，你的裙子好漂亮。"

蒋英贤笑了笑，看一眼手表，道："谢谢。我先进去了，有时间再聊。"她的态度看似礼貌，实则不冷不热。

徐亚薇有些下不了台，又不敢发作，只能尴尬地笑着说好。

等女人纤细的背影彻底消失，徐亚薇脸上的笑容垮掉，不屑地嗤道："踿个屁！不就是傍上了个男人吗？"说完快步往自己的包间走，身后的男人慢了半拍才跟上。

蒋英贤进入包间才发现，"二世祖"不仅约了她，还约了一大帮朋友来玩，十分劳逸结合。

一群人又是唱歌又是喝酒，闹到午夜还没有要散场的意思。蒋英贤不可避免地喝了一点儿酒，胃不舒服，脑袋也嗡嗡发涨，于是去洗手间洗脸，顺便清净一下。前脚刚进洗手间，她就听徐亚薇的声音隔着门板传进来："傅城！放开我！"

蒋英贤关掉水龙头，静静地听着外面的动静。

"你不说，我不说，谁知道？"

"你至于吗？不就是份工作？你别管我，我每个月再另外给你五万，行不行？"

"你别给脸不要脸！"

"你给我放开！"

从头到尾都是徐亚薇的单人秀，对方始终一言不发。

这么看，她果然很有天赋，能把他气得动手。

蒋英贤推门走出去，视线触及门口的两人，脚步顿住，佯装惊讶地看着他们，目光匆匆掠过傅城，定格在徐亚薇的脸上。

徐亚薇举着手不上不下，脸上写满尴尬。而傅城的脖子上多了一道新鲜的血痕，正渗出血珠。

“英贤姐，你……你怎么在这里？”

这个问题很没意义，蒋英贤只“嗯”一声，语气如常道：“借过。”

“哦，好，抱歉。”徐亚薇慌忙让开。

蒋英贤冲她礼节性地点头，抬脚便走。

高跟鞋走出嗒嗒的声响，一下一下敲打着傅城的耳膜。

走出两步，她突然想起什么似的，回过身说：“对了，亚薇，刚刚和徐董通电话，我随口提了一嘴在这里碰见你了，没什么问题吧？”

徐亚薇脸色猛地变得惨白，但还是强撑着笑容说道：“没事，没事，我正好也要回家了。”

蒋英贤笑：“那就好。”说罢转身离去。

徐亚薇暗呼倒霉，烦躁地揉了揉头发，没好气地说：“回家。”

回到车上，徐亚薇越想越忐忑，烦得不行。父亲虽没说不让她进KTV，但是谁知道那个女人说了什么？她好不容易才从疗养院出来，难道又要再回去？

她转头看向傅城的侧脸，突然有了个想法。

其实他长得挺帅的，虽然冷了点儿，糙了点儿，但是糙有糙的好，比她那些男朋友有男人味。这么看，她也不吃亏。

其实傅城刚来的时候，徐亚薇对他的态度还不错。但她自小娇生惯养惯了，很快就受不了傅城的冷漠寡言。

如果傅城丑一点儿还好，她才懒得听他说话，偏他外形出众，她的心态就有点儿微妙了。

徐亚薇调整姿势，面对着驾驶座上的男人，涂着大红色指甲油的手指轻佻地抚上他的手臂。

刚挨上，还没怎么样，傅城就借着打方向盘的动作甩开她，连看都没看她一眼。

他原本可以用一种更委婉、更不伤情面的方式拒绝。

但是这天，他没有那么多耐性。

徐亚薇愕然，自尊心严重受挫，还有些难以置信。

她年轻貌美，性感多金，但凡主动出击，什么样的男人拿不下？

他竟然还看不上她？

正要发作，车子停下，到家了。

她恶狠狠地瞪了傅城一眼，不等他来开门，自己率先跑进屋内，见到徐正海坐在沙发上看报纸，先松了一口气，之后又有点儿疑惑。

“爸爸，这么晚了还不睡啊？”她甜甜地叫了一声靠过去，假意撒娇，实则观察徐正海的表情。

见女儿如此乖巧，徐正海也笑了：“回来了。”

与蒋震不同，他是个溺爱孩子的父亲，坚信女儿变成这样都是受坏朋友影响，所以每次她一痛哭流涕表示会改过自新，他就忍不住心软把人接回来。

等了一会儿，徐亚薇实在有些不安，于是试探着问道：“爸爸，英贤姐都和你说什么了？”

“谁？”

“英贤姐啊，蒋英贤。”

“她和我说什么？”徐正海比她更疑惑。

徐亚薇愣住，脱口而出：“她没给你打电话吗？”

“她为什么要给我打电话？”徐正海皱眉道，“薇薇，你是不是又出去胡闹了？”

“没有，爸爸，真没有，我就出去吃了个饭，看时间晚了就赶紧回来了。不信你问傅城。”

徐亚薇意识到自己被耍了，憋一肚子火，可她又怕徐正海看出端倪，唯恐多说多错，于是转移话题：“爸爸，你刚刚在看什么呢？”

徐亚薇刚才下车就跑，包还在车上，傅城帮她送包进来，听见了父女二人的对话。

他把包放在门口的角柜上，关上门，在阴影中停了一下才离开。

上车前，他抬头看了一眼天际。

今夜是难得的晴朗天气，深邃的夜空没有云，稀疏的几颗星星寂寂闪烁着。

星光温柔，仿佛有情人的眼睛。

周五晚，蒋家照例聚餐。

蒋震看上去心情不错，脸上一直挂着笑容，饭吃到一半，还有心思放下筷子去逗小儿子蒋英独。

杜悦高兴得笑容藏都藏不住。

母凭子贵，看似过时，实则是现实。

知道父亲不喜欢自己的妻子，蒋英见这几年干脆不带她回来。说不后悔是假的，为了一个女人事业受挫，他无数次问自己是否值得。当年闹成那样，更多是出于逆反心理。他是长子，从小到大也算优秀，周围所有人，包括蒋震，都默认他会是蒋氏的接班人。

他顺风顺水惯了，得意忘形了，忘记父亲不止他一个儿子，他并非不可取代。

只是，蒋英见确实没想到，最后压他一头的会是蒋英贤，一个比他小了十几岁的妹妹。

蒋震问起几人的工作、学习情况，蒋英齐趁机说想和几个同学一起开家影视投资公司，边说边满眼期待地看着蒋英贤。

蒋英贤认真夹菜，权当没听见。

蒋震不冷不热地"嗯"了一声，不予评价。

尽管各怀心思，大家表面上也算其乐融融，一如既往。

这餐饭临近尾声时，蒋震长叹一口气，说："你们还记不记得长峰集团的李董？去年秋天他突发脑溢血去了，公司传到两个儿子手上。老李在的时候，两个儿子看着挺好，谁能想到他前脚刚走，这俩在灵堂就闹起来了。"

他停了一会儿，又道："都说家丑不可外扬，这俩可好，在灵堂打完了又上法庭打。上个月好不容易消停，小的那个不服，竟然把手上的股份全都卖了，带着老婆孩子跑到国外去了，说什么眼不见心不烦。其他几个小股东也跟着一起卖掉股份，好好的公司，现在弄得乱七八糟。"

蒋震感慨道："老李辛苦一辈子，搏命攒下这么一份家业，结果呢，被亲生儿子拱手让人了。"

桌上的气氛一下子凝重起来，几人放下碗筷，心思百转千回。

谁不知道蒋震这是在暗示自家？

他的子女可比李董事长多多了，还不是从一个妈的肚子里出来的，闹起来只会更难看。

果然，蒋震又叹了一口气，状似无意道："我就想，将来我不在了，咱们蒋氏会不会也成了别人嘴里的肥肉。"

杜悦蹙眉，一脸心疼地抢先开口："老蒋，你说什么呢？你才多大年纪？你还得看着咱们英独长大呢。”

这话很有意思。

可不是要看着蒋英独长大？若蒋震在他成年之前去世，杜悦和小儿子捞不着好处。

在座的都是狐狸，不过是大小之分罢了。她这话什么意思，谁都明白。

蒋英慎眼中的嘲讽之意多得就快满溢出来。

蒋英贤扫他一眼，他随即领会，收回目光，冲她眨眨眼睛，好像刚才那个一脸讽刺的人根本不是他。

两人这番眉来眼去，看得蒋英齐十分不是滋味。又想起刚才亲姐姐对自己的提议视而不见，更加恼火。

没有人知道，有个处处优秀的亲姐姐是什么感觉。从小到大，他只配活在她蒋英贤的阴影里。他宁愿自己才是那个私生子，就算多受点儿白眼，也好过成天被人拿去与蒋英贤作比较。

蒋震轻轻地拍了拍娇妻的手，看向一众儿女。

蒋英齐着急出头，赔笑道："爸，不会的，咱家肯定不会发生这种事。"

此话过于空洞苍白，蒋震充耳不闻，连一声“嗯”都懒得给他。

眼见蒋震不肯轻易揭过这个话题，蒋英贤想了想，说：“不如再成立一个闭锁型控股公司，把咱们所有人持有的蒋氏股份都转让给公司，让这家公司成为蒋氏的最大股东，这样就算将来有什么变故，也能多一层保障。”

此言一出，众人脸色各异。

这是个浅显且有效的好方法，除了不会说话的蒋英独和不参与公司经营的杜悦，其他人都能想到。之所以迟迟不说，是因为这个方法虽然对蒋氏的永续发展有利，却不利于个人套现。

空气安静得令人不安，唯独蒋英慎浑然不觉，轻松开口：“三姐说得对，这个方法确实很好。”

蒋英齐气得直瞪他，就差直接说“你手里没多少股份，当然觉得好了”，却不知他失控的表情已然落入蒋英贤与蒋震的眼里。

蒋英贤无奈。蒋震却在想：同一个妈生出来的孩子，怎会差这么多？

见蒋震面露笑意，蒋英见后悔不迭。他光想着保障父亲去世后自己的利益，怎么忘了要先赢得他现在的信任，才有以后可言？

蒋震的表情足以说明一切，其他几人纷纷表态赞同，只有杜悦一人听得云里雾里。

饭后，蒋震心血来潮说："我今天在后院散步，发现了一个特别大的瓜，明天早上看看谁能第一个找到，摘下来给阿姨做汤。"

众人笑呵呵答应了。

闲聊了一会儿，蒋震放下茶杯："时间不早了，你们也都累了一天，休息吧。"停顿片刻，又转头对蒋英贤说，"老三，你跟我来书房。"说着，便起了身。

"嗯。"蒋英贤起身跟上，背后是或探究或不甘的目光。

进入书房，蒋震没有选择书桌后的办公椅，而是坐到了沙发上。

看来不是谈公事。

蒋震拿出一支雪茄，边烘边问："老四那个影视公司的想法，你怎么看？"

蒋英贤实话实说："还是再看看吧。公司没有这方面的业务，贸然进入一个新领域，风险太大。而且这两年影视的风太大了，不好说投进去的都是什么钱，弄不好引火上身。"

蒋震点头："确实。"

雪茄点燃，他先抽一口，然后带着一点儿笑意道："他到底是你亲弟弟，在饭桌上你就这么晾着他？"

"就因为他是我亲弟弟，才想彻底断了他的念头。"

蒋震失笑，摇头轻叹："也就从你嘴里还能听见一句实话了。"

蒋英贤眉心微微一蹙又快速舒展开，脸上带着笑，心里却在想：或许蒋震真的是年纪大了，竟也开始感慨这些事了。

淡淡的烟雾缭绕而上，蒋英贤静静地闻着雪茄香气，等待蒋震开口。

过了半晌，他说："老三，你从小到大都很稳，我没什么可担心的。"

蒋英贤不知说什么好，轻轻"嗯"了一声。

沉默片刻，蒋震换了话题："东扬最近怎么样？"

"挺好的。"

"那就好。男人嘛，尤其是有能力的男人，难免三心二意了点儿。但是，头脑越清醒的，越能分得清谁是玩玩的，谁是要娶回家的。我看东扬不像糊涂人。"

这是渣男间的惺惺相惜吗？

蒋英贤神色如常道："爸，我知道。"

蒋震仔细地端详了许久，说："是，是，你不用我操心。"

"我听说沈平很有可能要高升。老三，蒋氏做到今天这个规模，也算是到头了，之后只求平平安安。"他顿了顿，继续说道，"沈平也是因为就东扬一个儿子，还是中年得子，所以才由着他的性子来。"

蒋英贤点头："爸，你放心，我都明白。"

像蒋家这样的企业，全国没有上千也有八百，不足为奇，沈东扬比她矜贵。

看着脸上无半分情绪起伏的女儿，蒋震心情复杂。身为父亲，他当然喜欢嘻嘻哈哈、天真可爱的女儿，可身为董事长，他绝不会把公司交给一个天真可爱的女儿。

蒋震摆弄着烟灰，若有所思地说："所有孩子里面，你和我年轻的时候最像，有天赋，肯下苦功。"

蒋英贤等了半分钟，蒋震才又开口，说的却不是先前的话题："老三，好机会不常有，好好把握，公司迟早是你的。"

蒋英贤震惊不已，看向蒋震的目光中有愕然，也有迷茫，似乎在询问他怎会把话说得如此明了。

蒋震没有解释，只说："你也去休息吧。"

"嗯，爸，你也早点儿休息。"出门前，她回身嘱咐，"少抽点儿烟。"

蒋震笑了笑，点头道："好。"

待书房里只剩下他一个人，他闭上眼睛，夹着雪茄仰靠在沙发靠背上。

半生浮沉如云烟一般在眼前掠过，说不出是好是坏。

客厅中，其他人都已回了各自房间，只剩下蒋英慎一个。

见她出来，蒋英慎递上安眠茶："这么快就出来了？"

"谢谢。"蒋英贤抿了一口，温度刚好。柔和的花草香气令她的神经放松了不少，她摇摇头说，"闲聊几句而已，没什么事。"

"那就好。我还以为他真要让你着手成立新公司的事，拿你当活靶子。"

蒋英贤好笑地瞥他："还好意思说？你怎么回事？那种时候也敢出声。"

蒋英慎无所谓道："你都不怕，我怕什么？"

“我看你最近胆子越来越大了。”蒋英贤放下茶杯，“我回屋了，你还不睡？”

“等会儿就睡。”

“晚安。”

“晚安。”

蒋英贤特意将闹钟调早，早上五点准时起床，收拾一番后，去后花园跑步。

第一圈过半时，她发现了蒋震口中那个特别大的瓜。此时天还未全亮，花园里除了她再无别人，于是她放心大胆地又跑了一圈。

不料第二圈转回来时，蒋英慎已经站在了那里。

蒋英贤笑道：“被你抢先了。”

蒋英慎把手中的剪刀递给她：“怕别人抢了你的先，才来看着的。藤上有毛刺，用剪子，摘完了回来喝咖啡。”

蒋英贤愣神的工夫，他已经回屋去了。

七点钟左右，其他人陆续起床。蒋英贤拿着瓜笑眯眯地邀功，蒋震大喜，招呼阿姨赶紧做汤。别说其他人，就连蒋震自己都没指望儿女能将他的一句玩笑话当真，现在得她捧场，自然高兴。

看着父亲惊喜的模样，蒋英贤突然觉得他有些可怜，薄情了大半辈子，竟在老年贪恋起儿女亲情了。

世上哪有这等好事？熊掌与鱼从来不可兼得。

“贪心”二字闪过脑海，蒋英贤倏地警觉起来。

如果说蒋震想要亲情是贪心，那她对傅城又是什么？

第四章 依赖

有了蒋震的明示，沈东扬再找她一起出席活动时，蒋英贤没有拒绝。

沈东扬的一个远房表妹举办十八岁生日宴，父母疼爱女儿，特意请礼仪公司大操大办，还找来几个小姑娘喜欢的明星唱歌送祝福，场面之浮夸，堪比跨年晚会。

蒋英贤与沈东扬不约而同地选择了灰色系服装，两人一出现，立即被沈东扬的几个朋友拦住开玩笑："东扬，你都多大年纪了，还玩穿情侣装这套？"

京州说小不小，说大也不大，左右就那么些人。蒋英贤打量了一圈，发现在场半数都是熟面孔，其中就有徐亚薇。

徐亚薇在，傅城自然也在。

他穿着一身藏蓝色西装，因为个子高，又是平头，在人群中格外显眼。在夜店那次，蒋英贤就发现傅城对视线很敏感。她的眼睛不过刚落到他身上，他便侧头看过来，精准地抓住她的目光。

这一次，他没有移开视线。

蒋英贤感到些许新奇，收回视线，低头抿香槟。

徐亚薇瞧见她，径直越过两三人来到她面前："英贤姐，真巧，又遇见了。"

蒋英贤微笑着回应："是啊。"

"英贤姐，你也太爱开玩笑了，那天竟然拿我爸爸作弄我。"

蒋英贤露出疑惑的表情，好像不知道她在说什么，问："啊，是吗？

什么时候？”

徐亚薇不好再说什么，笑道：“英贤姐不记得就算了，也不是什么要紧事。”

话音刚落，一直在旁边和朋友们聊天的沈东扬侧身插进来，问：“什么事不记得了？”

徐亚薇把那天的事掐头去尾讲了一遍，沈东扬听完，饶有兴致地打量身侧的女人。

他怎么不知道蒋英贤还会耍人玩？

蒋英贤反倒一脸平静，表情和语气都很泰然：“抱歉，我真的记不太清了。”

“东扬，干吗呢？注意影响，别腻歪了，赶紧过来。”被晾在一边的几个人见他迟迟不回来，大声叫人。

沈东扬扬声揶道：“我怎么听出酸味了？”话是这么说，步子却往那边迈。

徐亚薇不走，蒋英贤只得继续和她有一搭没一搭地闲聊。

身后有人大步路过，手肘不慎撞上蒋英贤的后背。蒋英贤只觉得重心不稳，还没反应过来是怎么回事，胳膊已经被傅城抓住：“小心。”

“对不起，对不起，没事吧？”撞她的是个年轻男人，端着空酒杯尴尬地站在一旁，忙不迭地道歉。他刚刚见到自己心仪的女歌手，着急上前搭话，才会不小心撞到人。

蒋英贤还好，只被溅了几滴酒渍。傅城身上就不太好看了，衣服从肩膀到手臂，斑驳了一大块。

看对方一脸着急，蒋英贤摆手道：“没事。”

年轻男人露出一个近乎感激的笑容，快步往女明星那边赶去。

傅城递上纸巾，同时松开了扶着她的手。

“谢谢。”蒋英贤道谢，低头擦拭起来。

两人的互动很平常，但是徐亚薇看得很不爽。

前几天她主动放低身段接近傅城，被他当垃圾甩开，现在换了别的女人，他倒上赶着英雄救美了？

徐亚薇说：“英贤姐，我妈叫我了，我去她那边看看。”

“好的，待会儿见。”

徐亚薇带着傅城离开宴会厅，来到洗手间门前的长廊上，见四下无人，扬着下巴讥讽道：“傅城，你不会是看上蒋英贤了吧？你知道她是什么人吗？”

傅城不吭声，神情冷冷淡淡的，目光状似不经意落在她脸上。

真不经意的话，根本不会看过来。

好在徐亚薇不懂，还以为挑衅见效了，更加得意：“还拿身体去帮人挡酒，笑死人了，英雄救美啊？也不掂量掂量自己几斤几两重。我告诉你，像你这样主动送上门的，蒋英贤见多了，说不定都玩过好几个了。”

徐亚薇张口就来，怎么难听怎么说，毫无逻辑可言。她的目的只有一个，就是要通过贬低他来一雪前耻。

然而这些毫无逻辑的话，正中傅城最隐秘的痛点。

“再说了，没看见人家两个穿的情侣装吗？懂？”

原来是情侣装。

刚才说话时，他就发现那个突然凑过来的男人衣服颜色和她的很像，站得也近，胳膊几乎挨着，还听到别人说的那句“别腻歪了”。

原来如此。

傅城点头，吐出一个字：“懂。”

徐亚薇没想到他真会回答，着实吃了一惊。

吃惊过后是满意，她上前一步，身体靠进傅城怀里，小声说：“所以别给脸不要脸。晚上一起出去啊？你乖乖的，别乱说话，我也不会亏待你的。”

她不见得有多喜欢傅城，更多的是无法接受自己被拒绝。

在自尊心的驱使下，徐亚薇近日越来越关注傅城，心中甚至有点儿蠢蠢欲动。

浓郁香水味扑鼻而来，傅城厌恶地屏住呼吸，正要推开徐亚薇，余光瞥见一道灰色的身影，推人的动作一下子顿住。

他从来没有，也从来没想过要去激怒谁，试探谁，他不屑于这样做。

但是此时此刻，他这么做了。

一男一女，身体紧贴，女孩眼带诱惑，双唇几乎贴上男人的耳朵。

蒋英贤只是来洗个手而已，没想到目睹了这么精彩的一幕。

她的突然出现吓了徐亚薇一跳，想挣脱，又被傅城攥住，动弹不得。

相比她的惊恐，蒋英贤镇定得多，表情堪称平淡，目光在两人身上快速扫一眼便非常识趣地收回去，甚至略带歉意地说道：“不好意思。”

说完，利落地离开。

傅城的手指一紧，随即松开。

她说：“不好意思。”

徐亚薇吃痛，怒气腾腾地低声骂道：“你发什么神经！”

这句话太耳熟了，一下子唤醒了他的记忆。

她也说过这句话，后来，她又跟他说：“对我好一点儿啊！”

之后一个月，傅城再没见过蒋英贤。

没有电话，没有信息，她消失得很彻底。

她玩够了，比他预计的更快。

生活终于回归平静，一切仿佛没有任何变化，除去他主动联系公司，申请从徐家离职。

主管老李也是老兵，如果可以，老李更想一辈子待在部队保家卫国，钱虽不多，却能一辈子挺直腰杆。但是他的孩子病了，慢性病，医疗费是无底洞，安保公司比部队薪水高。

正因如此，老李特别理解傅城的处境，听他说要调岗，很是不解：“小傅，你考虑清楚，徐家的活可以说是钱多、事少、离家近，其他的要不钱少，要不危险，不可能这么轻松。”

傅城毫不犹豫地说：“我知道，李哥，我有心理准备。”

“到底怎么回事？如果是薪水的问题，我相信还是有商量的余地，徐董一直很认可你的工作态度。”

傅城没有说出徐亚薇对自己的骚扰，只说自己和她相处得不太愉快。

老李是明白人，便不再问。当初他也担心过，以傅城的形象，去给一个年轻女孩做保镖，会不会擦枪走火。后来看他不像那种人，再加上徐正海的要求实在太高，这才把人介绍过去。

结果还是出问题了。

老李替他可惜，沉吟片刻，说：“这样，我先找个人和你轮岗，过渡一下。毕竟不能说走就走，也得看徐董的意思。你趁机休息休息，调整一下心情。”

傅城同意了。

月初，收到工资，他又一次全部取出，装进牛皮纸袋子送到蒋英贤公司的前台。

前台这回有经验了，安排他到休息区等待，然后打电话叫柯蕊。

柯蕊一听，头都大了，又打电话向蒋英贤请示。

电话那头，女人的声音很是冷淡："柯蕊，这种事也用得着给我打电话吗？"

柯蕊要是听不出她在生气，算是白干了这么多年。但她不明白老板为什么生这么大的气。

柯蕊小心翼翼地问："老板，那，我收下了？"上次蒋英贤说过让她收下，可她能感觉到她不大高兴，所以这天才会多此一举，又问一遍。

电话安静了半分钟，柯蕊惴惴不安地等了半分钟，终于听见蒋英贤的声音："你跟他说，我给他两个选择。一，把钱拿回去，以后也别再来。二，自己把钱给我送过来。"

"吧嗒"一声，电话被挂断。

柯蕊想了想，决定将这段话一字不差地复述给傅城听。

老板没说地址，她也照样不说。柯蕊不知道两人之间的事，还以为是蒋英贤故意要人知难而退。

柯蕊好心劝道："傅先生，你比老板急着用钱，就先留着自己用吧，等以后手头宽裕了，再一次性还清，不也挺好吗？何必急在一时？"

男人静静地听着，脸上不见任何表情。

她又抛给他一个选择题，把主动权交到他手上。

他选择敲响她的门。

等了一会儿，门内传来"咔嗒"的转锁声，身穿宽松家居服的女人拉开门，好整以暇地看着他："你来干什么？"她用身体堵住门口，并没有邀请他入内的意思。

她的脸颊透着不自然的红晕，声音也沙哑，一如那个清晨。

傅城不想深思，于是说："我来还钱。"

蒋英贤一下子笑出声，用看笑话的眼神看着他："傅城，你觉得我缺钱吗？你这么做除了感动你自己，没有任何意义。"

声音很轻，字字诛心。她之前也曾羞辱过他，但是不会这样简单粗暴。她会怀揣着恶意，远远地、安静地欣赏着他挣扎。

傅城的眼皮猛地抽搐了一下，牵扯着心脏也抽动起来。

他知道，他都知道，他只是不知道自己为什么还要站在这里。

两人无声地对视着，仿佛一场竞赛。

蒋英贤渐渐收起笑意，因为逆光，漆黑的瞳孔愈加显得深不见底。

“傅城，你到底是来干什么的？”

他看着她的眼睛，唯有沉默。

不知过了多久，蒋英贤侧身让开：“你确定要进来吗？”

她没有等他思考太久，抛下问题便返回屋内倒水。几秒钟后，门口传来关门的声响，而那个原本站在门外的人，现在站在了她的公寓里。

她给他选择了，不是吗？

蒋英贤指了指沙发，意味深长地说：“坐啊，也不是第一次来了。”

等他坐好，她才点破：“傅城，别跟我说你不知道进来是什么意思。”

女人眸光深沉，嘴唇弯出微笑的弧度，笑意未达眼底，甚至隐隐含着怒意。

她说：“要不要玩个游戏？”

傅城的下颌线绷得更紧了，直直地看向她，看着她起身，看着她从房间里拿出那条熟悉的丝巾——粉色的、毛茸茸的，他稍一用力就能挣脱的东西。

蒋英贤垂眼睨他，轻声问：“要玩吗？”

他不回答，她就等，耐心到了极点，非要得到一个答案。

傅城沉默许久终于出声，却不是回答她的问题，而是说：“为什么生气。”

陈述句语气。

蒋英贤的笑容缓缓退去，视线盯着男人浅色的瞳孔，嘴角又噙起淡薄的笑意：“我不喜欢别人碰我的东西。”

真真假假，虚虚实实，永远不知道她是真心还是捉弄。

傅城呼吸一窒，紧紧盯住她，脱口问：“那你呢？”

她又是谁的东西？

蒋英贤微怔，眉宇间有淡淡的疑惑一闪而过：“什么？”

傅城再次沉默下去，眼睛却还在看她。

她懒得深究，两指捏住丝巾边缘的装饰绒毛，轻轻扫他的眼角，用比绒毛更轻的声音问：“所以，要玩吗？”

他还是没有回答，只一双眼睛直勾勾地看着她。

蒋英贤恼火，只是越是恼火，她就越有耐性，笑容也轻了：“好，不回答也可以，那你眨眼就是同意了。”

男人盯了她半晌，终于垂下眼帘，微顿一下，又抬眼看向她。

蒋英贤加深笑容，俯身在他脸颊上落下一个轻柔的吻：“真乖。”

傅城红了眼，瞳中的火苗几乎要点燃她。

蒋英贤似乎也真的被点燃了，脸颊滚烫，额上已有薄薄一层汗。

她返回卧室拿出一个黑色的丝质眼罩，踮脚覆住他那双一直盯着她的眼睛。

“你猜，我会不会下狠手？”她笑吟吟地说，“用你那天推我那么大劲儿打你。”

陷入黑暗之前，傅城只来得及看清她湿润的眼角。

视线被剥夺，她手指的温度，她时远时近的呼吸，都变得格外清晰。他的注意力一直集中在她身上，以至于当那个冰凉的东西忽然贴上颈部动脉时，他才后知后觉地察觉到不对劲。

“猜猜这是什么？”她一边询问，一边将那东西向下按了按，慢悠悠地开口，“别乱动，我今天没打算见血。”

傅城一下子僵住，那冰凉又坚硬的触感，只能让他想到匕首。

她的手不太稳，拿着那东西蜿蜒游弋，如同迷路，动作时轻时重。

傅城的太阳穴突突狂跳，他听见女人低低的笑声，眼前的阻碍忽然消失，他下意识眯起眼睛，直到瞳孔适应了光线，才看见她的脸近在眼前。

她给他看自己手中的东西，轻声问：“好不好玩？”

原来是把叉子。

傅城深深地看了她一眼，垂眼掩去眸中的情绪。

蒋英贤笑问：“生气了？”

生气就对了。

谁让他惹她生气？

傅城依旧垂着眼，绷紧着唇线。

看来气得不轻。

蒋英贤心情不错，笑了笑，替他解开束缚，说：“别这么小气，嗯——”

一直沉默着的男人倏然欺身压过来。

他太用力，像要把她揉碎、碾烂。

蒋英贤吃痛，想躲，头刚偏开一瞬，便被扳了回来。

他不停地挤压她，逼迫她，逼得她连连后退。

两人一边纠缠，一边跌跌撞撞往沙发边走，直到蒋英贤的小腿撞上沙发，跌坐下去。

终于脱离了男人的胸膛，她贪婪地深吸一口气。然而下一秒，嘴唇又被堵住。

她全身上下都是烫的，呼吸短促，像是溺水一般。

傅城突然意识到什么，停下动作，撑起半边身体，仔细打量着她，越看，眉心皱得越紧。

“你发烧了？”

蒋英贤混沌地“嗯”了一声。

上周突然降温，她不小心着凉。刚开始只是鼻塞、头疼，她没放在心上，照常工作，终于把小感冒拖成了发高烧。

傅城面色微沉，眸底浮现出几许懊恼。他将有气无力的女人抱起来，替她整理好衣服：“我送你去医院。”

他的声音有些哑，但是手很规矩，只是拢着她，再无其他动作。

蒋英贤软绵绵地趴在他肩上，吸着鼻子说：“不用，看过医生了。”

“医生怎么说？”

“吃药、多喝水、多休息。”嗓子太干，她选择用最简短的句子回答。

“药在哪里？”

“吃过了，晚上睡觉之前再吃一次就好。”

沉默半晌，傅城问：“想喝水吗？”

蒋英贤扑哧笑了，搂住他的脖子，鼻尖碰触着他颈上的汗珠：“傅城，我知道你的责任感很强，但是也不用什么都往自己身上揽。你来之前我就发烧了，不是被你亲的。”

傅城不语。

他知道，他也不是因为害怕担责任才问的。

夕阳的余晖倾斜着打在蒋英贤的脸上，刺得她睁不开眼，又有点儿暖洋洋的感觉。她合上眼睛，沉浸在这昏黄的温暖中，呼吸逐渐平缓下去。

两人静静地坐在沙发上相拥，气氛温馨得有些诡异。

蒋英贤不是没感觉到，但她今天太难受了，四肢酸痛，脑袋也发涨。她没有多余的精力去警觉了，于是放任自己沉溺其中。

她说："我想喝水。"

"好。"

傅城轻柔地把她从自己的大腿上移开，起身去倒水。

蒋英贤喝得很慢，喉咙干痛，每一次吞咽都是折磨。喝完最后一口，她疲惫地垂下手臂。

傅城第一时间接过杯子，轻声问："要躺下吗？"

蒋英贤点头，抬了一下手。

傅城抓起她的手臂，帮她缠住自己的脖子，然后将人抱起来，送进卧室。

他放下她的时候，动作很小心。

蒋英贤蓦地贪恋起来，在他离去之前，抓住了那只手。她想说话，但是喉咙太涩，想说的话变成了从鼻子里哼出的一声模糊闷哼。

她的手也烫，像团火灼着他的皮肤。

傅城犹豫了一下，掀开被子躺进去，将那滚烫的人抱入自己怀中。

这个时候的他，不像男人，更不像玩具，他像一个父亲，她年少无知时幻想过的父亲。

蒋家很大，大到能举办上百人的宴会；蒋家也很小，小到容不下一个软弱的人。

蒋英贤吐出一口浊气，顺势缩进他怀里。

她昏昏沉沉地睡了一觉，临近午夜，大汗淋漓地醒过来。她的身上全是汗，鬓角都是湿的，但她不觉热，反而觉得冷。

她难受地喘出一口气，身旁立刻响起一个低沉的声音："要不要喝水？"

蒋英贤点头。

身侧骤然一空，冷空气侵袭着她的身体，她打了个寒战，下意识地希望他早点儿回来。

很快，傅城带着水和退烧药回来，扶她坐直身体。

干涸的身体得到了滋润，虽然还在出汗，但是感觉好多了，她哑声道："谢谢。"

许是因为睡过一觉，这一次，蒋英贤躺了很久仍没有睡意。

她试着叫了一声：“傅城。”

“嗯。”

知道他也醒着，蒋英贤莫名放松下来，安静了几分钟，忽然翻身贴住他。

傅城攥住她的手腕，制止她的动作。

蒋英贤挣扎了一下，反被他攥得更紧了。

“别闹。”他的语气听上去有些无奈，看向她的目光中又带着点儿不易察觉的纵容，“你发烧了，不行。”

他那么一本正经，蒋英贤突然什么心思都没有了，沉寂了几秒，闷闷地说：“我睡不着。”

小孩子一样的话。

黑暗中，傅城撑起身体看她。

他替她拨开黏在额头上的湿发，问：“那怎么办？”

哄小孩一样的话。

蒋英贤随口说：“讲个故事吧。”

傅城隔了一会儿才回答：“我不会讲故事。”

蒋英贤不知道怎的，很想笑。间隔这么久才回答，他是在脑海中搜刮故事吗？

她好脾气地说：“那就说说你自己的事。”

又是一阵沉默，他问：“你想听什么？”

蒋英贤当真想了想，说：“说说你去过的最漂亮的地方。”

房间再次安静了。蒋英贤听着挂钟秒针走动的声音出神，就在她以为他不想说时，他开口了：“是一个不知道名字的沙漠。”

“嗯。”

“我的小队当时在追踪一伙反政府军。”

“嗯。”

“那天，我和一个队员正进行日常巡逻，在一个居民区里发现了其中一个小首领的行踪。我们就直接跟了上去。”

“嗯。”

“他很快发现了我们，开车逃进沙漠，我们也追了进去，在追踪的过程中，被他打爆了车胎。

“当时没觉得怎么样，等意识到不对的时候，周围已经没有路了，电话也没有信号。

“我们身上有定位器，但是当时也不能确定定位器还有没有用。因为不熟悉地形，不敢随便深入沙漠，我们决定在原地等待一晚，等天亮再说。

“沙漠的夜晚很冷，车座都是冰的。因为怕睡着后身体失温陷入昏迷，我们两个人轮流值夜，每次只有一个人休息，另一个人负责站岗。

“快天亮的那一班是我值岗。我看见了太阳从地平线升起来的全过程。

“刚开始的时候，阳光是橘红色的，照得整个沙漠也变成了橘色，沙丘看上去像海浪一样。”

蒋英贤一直没有出声，她第一次听见他说这么多话。

他的声音平静而温和，不同于平日的冷淡。

她闭着眼睛，思绪飘浮在半空中，在脑中绘制出那瑰丽的画面。

傅城以为她睡着了，没想到闭着眼睛的女人开口说道：“为什么不反击？”

“什么？”

“他开枪打爆了你们的车胎，你们为什么不反击？”

“维和部队在当地没有执法权，除非生命受到直接威胁，否则不能开枪。”

蒋英贤问：“你不觉得不公平吗？”为了所谓的正义，以身涉险。

傅城没想到她会这么问，顿了片刻，照实说：“我没想过。”

蒋英贤一怔，默默翘起嘴角。

可以，这很傅城。

她说：“我算是知道了什么叫‘卑鄙是卑鄙者的通行证，高尚是高尚者的墓志铭’。”

傅城从回忆中抽离出来，笑了一下，自言自语般低喃：“很愚蠢，是吗？”

“是很愚蠢。”

愚蠢的理想主义。

蒋英贤觉得自己病糊涂了，所以才会呓语：“聪明人太多了……多一点儿蠢人，或许这个世界也能好一点儿。”

虽然她知道这不可能，因为总有她这样的人搅浑水。只是，此时此刻，身体的虚弱让神经也变得柔软起来，所以她愿意为了那橘红色的沙漠也愚蠢片刻。

黑暗中，傅城静静地凝视着女人的侧脸，看得走了神。

他的夜视能力很好，能看见她的眼球在眼皮下不安地转动，干热的嘴唇微微分开，吐出一团团热气。

这张温柔又残酷的脸，看上去如此脆弱。

他魔怔似的低头，吻她汗湿的额头："睡吧。"

蒋英贤睫毛一抖，心口发软。幸好她一直闭着眼睛，所以心事不会被发现。

第二天，蒋英贤来月经了。

发烧加上来了"大姨妈"，足以击垮任何铁人。她不得已打电话给柯蕊，说自己这天不去公司了，但是有事必须电话联系她，不论时间。交代完工作，她倒回床上，背对傅城说："你走吧，门会自动上锁。"

她感觉不太自在，因为昨晚那么依赖他。

傅城没说什么，离开卧室，关好门后，他先给老李打电话，然后又给徐正海打电话请假。徐正海痛快地批了假，还说这段时间辛苦他了，如果身体不舒服就多休息两天。

徐正海是个心胸宽厚的儒商，可惜慈母多败儿，慈父也一样，他的孩子一个比一个不省心。

反倒是蒋震这样的，子女暗地里钩心斗角，却都不会太差，就连冲动莽撞的蒋英齐也凭自己实力考上了还不错的大学，蒋英慎更是和蒋英贤一样，拿到了哈佛的录取通知，但他最后没去，选择留在国内上学。

子女缘这种事，没道理可讲。

等了一会儿，没听见声响，蒋英贤当傅城已经离开，拖着酸痛的身体下床吃药，结果一推开门，就看见他在厨房。

她看了看他，安静地走过去，自顾自地倒水。

药片落进掌心，被傅城按住手腕阻拦："吃完饭再吃。"

蒋英贤轻轻推他："没事。"

傅城直接将药片拿走，道："听话，吃完饭再吃。"

傅芝身体弱，小时候没少生病，病起来比蒋英贤闹腾一百倍，又哭又闹地不肯吃药。那时候他也是个半大孩子，不知道怎么哄人，最常说的就是“听话”。刚刚看她空腹就要吃药，自然而然就说出这句话。

说完了，自己也觉得不自在，转过身去搅拌锅里的粥，但是药还握在手里，并不打算给她。

蒋英贤被他哄小孩一般的语气弄得一怔，看着男人挺拔的背影，抿了一下嘴唇，没有再坚持，回卧室躺下。

她冰箱里的东西不多，傅城煮了白粥，外加一颗水煮蛋。等她吃完，才送上水和药。

药效发挥，蒋英贤断断续续睡到傍晚，要不是中间还要起来处理“大姨妈”，她能躺在床上一整天不翻身。

傅城帮她量过两次体温，确认体温在缓慢下降后才放心。

睡了一整天，蒋英贤的精神好了许多，可是看见傅城端过来的白粥和水煮蛋，眉毛还是一下子皱起来。

她小时候羡慕同学生病了有妈妈煮白粥，现在她知道了，什么饭都禁不住连吃三顿。

吃了两口，蒋英贤放下勺子：“我不想吃。”

她不仅发愁，还有点儿生气似的看着他，神情十分幼稚，傅城看得想笑。

但他面上没有显露出来，只平静地问：“那你想吃什么？”

蒋英贤想了想，说：“麻辣香锅。”她嘴里淡得了无生趣，身体的每一个细胞都在叫嚣着想要重口味。

“不行。”

蒋英贤想说“为什么不行”，话到嘴边，觉得如此对话实在幼稚，即使生病也不该这么幼稚，于是又把它硬生生咽下去。

她拿起勺子有一下没一下地搅着白粥，就是不肯吃。过了一会儿，她说：“那你喂我。”

傅城抬眼看她，伸手接过勺子，舀起一勺白粥送到她的嘴边。

蒋英贤微微侧头躲过去，目光沉沉地看着他说：“不是这么喂。”

那怎么喂？他稍微一想就明白过来。

沉默了一会儿，他说：“我去买麻辣香锅。”

说完，大步离开卧室。

蒋英贤坐在床上，手指抚摸着残留着他体温的毯子，在听见关门声的那一刻，终于憋不住，扑通一下躺了回去，笑出了声。

傅城走后没多久，枕边铃声大作，吓了蒋英贤一跳。

她怕自己睡着了错过柯蕊的电话，因而将铃声调到最大，没想到这么响。

打来电话的不是柯蕊，是沈东扬。

“喂。”

“是我。听说你病了？”

“嗯，有点儿不舒服。”

沈东扬想，能让她请假不去公司的肯定不止“有点儿不舒服”，于是问：“找医生看了没有？要不要我带你去医院看看？”

“谢谢，不用。前两天看过了，小问题。”蒋英贤公事公办地问，“找我有事？”

“不是什么要紧事。”顿了片刻，沈东扬问，“有什么想吃的吗？给你送过去。”

“不用了，没什么胃口。”

“行，那你好好休息吧。”

“谢谢。”

挂断电话，沈东扬又在车上坐了一会儿，拎着副驾驶座上的塑料袋下车。

他其实就在蒋英贤住的小区门口。这天他打电话去公司找她，才知道她病了。他随口问了句“她在家呢”，柯蕊的模糊搪塞引起了他的注意。

柯蕊怎么可能玩得过他？一不留神就被他套出大概地址，虽然只有小区名字，没有具体门牌号。柯蕊知道自己说漏了嘴，一下子警觉起来，半个字都不肯多透露。

沈东扬也是心血来潮，买了些好消化的广式点心送过来。车到附近，想到她不愿意让人知道这处私人领地，这才打电话探口风，也不提自己就在附近。

结果被干脆地拒绝了。

沈东扬摇头笑了笑，将那满满一袋子的聚福楼点心直接扔进垃圾桶。

狡兔三窟，可以理解。他自己的地方就不少，有些她也不知道。他不是故意瞒她，没必要瞒，她不会搞突袭，之所以不说，是因为她从来没问过。

他不是那种手机密码、工资卡全部上交的男人，她不问，他就不说。

沈东扬从小到大没怎么追过女人，所谓追也就是搭个话、送个花，花还都是助理买的。

这天来送吃的已经是非常反常的行为了，再多，他不会，也懒得学。

扔完东西，他站在垃圾桶旁边抽烟，看着小区门口人来人往，心里想着她家会是什么样子。

思绪越飘越远，他想起两人第一次说话的场景。

是他主动搭话的。

那次搭话之前，他已经见过她好几次。那时候她刚毕业，蒋震也还没娶杜悦，遇到需要女伴的活动，蒋震都是带她出席，话里话外没少夸耀这个得意女儿。

后来是在一个什么主席的银婚宴上，他烟瘾犯了，躲去阳台抽烟，不想她也在。

他抽出一根递给她："抽吗？"

她看了一眼才微笑着摇头："谢谢，不抽。"

那眼神分明是想抽。

他问她："你不累吗？"这话其实有点儿讽刺的意思。

她不以为意地笑了，说："人活着不就是受累的吗？"

一句话反过来把他给噎死了。

一回忆往事，时间就过得快，一根烟不知不觉抽完了。沈东扬按灭烟头，走向自己的车子，最后抬头扫了一眼街对面的小区大门，看见一个高个子的平头男人。

他觉得有点儿眼熟，但没放在心上。

等车开出去几个红绿灯远，沈东扬突然想起自己确实见过那人。徐亚薇说蒋英贤捉弄她的那次，那男人也在，好像是徐亚薇的保镖。他那天还替蒋英贤挡了一身酒。

电光火石之间，沈东扬仿佛意识到什么，念头一闪而过，既不合理，也不合情，怎么想都不可能，但他就是忍不住想。

"嘀——"

尖锐的鸣笛声打断了他的思路，抬头一看，早就变绿灯了。

沈东扬踩下油门，飞驰出去。

算了，难不成为了个不着调的怀疑掉头回去搜她的公寓？他做不出这么掉价的事。

出于职业敏感，傅城对见过、听过的人都很留意。因此，虽然只看见沈东扬的背影，他也大概认出七八分，可到底没看见脸，不能确定。

回到公寓后，她还躺在床上，门口的鞋子也和他离开时一样，不像有人来过。

蒋英贤不知道两人的偶遇，看见傅城手里的打包盒，眼睛都亮了。

结果傅城给她点了不辣的，回来后还第一时间用纯净水冲洗了一遍。

蒋英贤看着那一碗既健康又养生的不麻不辣的不香锅，神色古怪却无话可说。

自己点的菜，还能怎么办？怪就怪她低估了傅城。

以前怎么没发现他这么难搞。

饭后，蒋英贤没再提让他走，傅城也没主动说要走。他的去留，仿佛不可触碰的真空，两人默契地视而不见。

另一个真空，是沈东扬。

入夜，两人相拥而眠，蒋英贤老老实实躺在傅城怀里，没有任何点火意图。

她的身体一向很好，极少生病，也没有痛经的困扰。然而当男人的手掌贴上她的小腹时，她什么都没说，放任身体享受着它并不需要的温热。

傅城也是同样缄默。他终究没有问出口那个男人是谁。过往经验告诉他，就算问了，她也不见得会答，大概率只会反问："傅城，我问你这种问题了吗？"

而且，更重要的一点是，他要以什么立场问？

连休两天，已是极限，即使第三天仍然有些低烧，蒋英贤还是去公司上班了。

除了着急工作，还有一个原因——她不允许自己再沉溺于这小小公寓的温馨中。

纵然动人，也不过一场虚假的梦。

办公室桌上已经积攒了一沓需要她签字的文件，密密麻麻的中英文术语，看得她头痛欲裂，强忍到晚餐后，刚吃下药，柯蕊又带来棘手的消息："老板，四少爷今天发朋友圈了，是和几个人一起去一家新开的酒吧喝酒。”

蒋英贤蹙一下眉便恢复了淡定，她对蒋英齐的此类行为已然麻木。上次那件事之后，她特别嘱咐柯蕊千万别在蒋英齐的朋友圈里留言点赞，默默看着就好，有情况及时向她汇报。

柯蕊继续说：“我看照片里的一个人有点儿眼熟，就多注意了一下，确定是陆轩。”蒋英齐花天酒地不足为奇，陆轩才是她要汇报的内容。

蒋英贤登时怒了。

她知道蒋英齐不会听她的，却不料他在这件事上也敢阳奉阴违。

怒火攻心，头疼得更厉害了，蒋英贤揉着太阳穴说：“好，我知道了。柯蕊，你下班吧，不用等我了。”

柯蕊看了看她苍白的脸，默默退出办公室。

周五，趁所有人在蒋家老宅齐聚一堂，蒋英贤拉住蒋英齐问：“你和陆轩是怎么回事？”

“什么怎么回事？我和他早没联系了啊！姐，你说什么呢？”蒋英齐试图装糊涂糊弄过去，却见自己的姐姐神色冷凝，根本不吃这套。

蒋英齐被她的眼神刺得既害怕又窝火，脖子一梗，干脆承认了：“我是和他有联系，怎么了？连我和谁做朋友你都要管吗？”

蒋英贤冷冷地讥道：“蒋英齐，你这么讨好他，是为了和他做朋友吗？”

“是，我的确是为了别的，有什么不对？三姐，我知道爸看重你，但你是不是也太霸道了？只准你沾沈家的光，就不准我走陆家的路子？”

“背靠大树好乘凉”的道理谁都懂，他好不容易搭上陆轩，傻子才会放手。那次车祸之后，他帮陆轩摘得干干净净，陆轩欠他一份人情，他得把握好机会。

蒋英贤说：“你去找别人我不管，但是陆轩不行。我知道，你是看林家家里那位快不行了，觉得陆轩的妈妈要上位了。可是英齐，你知不知道，林家那位和陆轩的妈妈的交情在先，两人早就认识，可他还是娶了门当户对的。你觉得这样的人会因为正牌老婆死了，就把情妇娶回家？”

听她这么一说，蒋英齐也有点儿没底，转念想到陆轩春风得意的模样，又打消了心中的疑虑，梗着脖子说：“姐，你少唬我。人家怎么就不能娶陆轩他妈了？你不用说了，我自己心里有数。”

蒋英齐心意已决，恰好蒋震又注意到两人窃窃私语，开玩笑问他们在说什么秘密，蒋英齐趁机走开，去小厅陪蒋震喝茶。

蒋英贤也不想叫蒋震知道蒋英齐与陆家的牵扯，挤出笑容说自己在问蒋英齐毕业论文准备得怎么样了。

蒋震于是要蒋英齐有问题多向自己的三姐请教。殊不知，这句话让蒋英齐更加坚定了与陆轩合伙的想法。

他不想一辈子活在蒋英贤的阴影下。

饭后，蒋震又叫蒋英贤进书房。这次没话什么家常，蒋震直奔主题，交代她准备一下，过两天代他去参加市经济论坛，还说自己已经打过招呼，会把这年京州十大商业人物里属于自己的名额让给她。

蒋英贤佯装惊喜地表达感谢。

名额不名额无所谓，重要的是蒋震此举释放出的讯号。

第五章 车祸

几天后，蒋英贤代蒋震前往会展中心参加论坛。论坛开幕后，由各大专家轮番演讲，从国家政策讲到产业转型，措辞很官方，只能从中窥探出来一点儿风向。蒋英贤也讲了讲产业园旧改项目。

漫长的记者提问过后，一大群人回酒店稍事休息，晚饭时间再回宴会厅参加酒会。从某种程度上说，酒会才是此次活动的重点。有合作意向的趁机牵线搭桥，有交际想法的也可以交换交换名片，探探口风。

蒋英贤作为席间少见的年轻女人，受到了不少关注。

除了正常交际的，也有暗示其他的，其中要数一个五百强公司的大中华地区负责人威尔最为露骨。威尔是M国人，中文说得很流利，打招呼时用了贴面礼，一只手趁机搂住蒋英贤的腰。

他的手掌放得低，介于后腰与臀部之间，也介于热情与骚扰之间，分寸把握得极好，看来没少干这种事。

客观来讲，威尔长得挺英俊，典型的高加索人长相，深目挺鼻，金发碧眼。被这样的人追逐大概也是件值得高兴的事，与喜不喜欢无关，人性而已。

酒会上觥筹交错，蒋英贤喝了一点儿酒，脸颊微微发热。酒会过半，她看着满场虚与委蛇，忽然萌生出一股置身事外的荒谬感。

她掏出手机，给那个没有保存的号码发去信息："在哪儿？"

手机很快振动了一声，傅城的回复同样简短："在家。"

对话本该到此结束，可她莫名其妙又发了一句："在干什么？"

“看电影。”

“什么电影？”

“《肖申克的救赎》。”

至此，蒋英贤知道是时候结束了。这般无聊且毫无意义的对话，根本不应该开始。

威尔再次靠过来，聊了几句工作上的事，随后含情脉脉地看着她：“蒋小姐，你是我见过的最美的中国女人。”

最美的中国女人，重点不在“最美”，在“中国”，典型的白人式傲慢。

蒋英贤说：“谢谢。”

冷淡的态度反而叫威尔更感兴趣了，索性直接问道：“蒋小姐，有没有兴趣和我偷溜出去单独喝一杯？我知道一家很地道的 speakeasy（地下酒吧），离这里不远。”

蒋英贤心想：这家很地道的 speakeasy 怕不是在他酒店房间里吧？

她只好把话说得明白些：“威尔先生，我有未婚夫了。”

威尔眨了眨眼睛，笑道：“未婚夫的重点在于‘未’，对吗？而且，长期承诺与短期快乐并不冲突。”

蒋英贤简直佩服他的中文造诣，正斟酌着该说些什么时，手机嗡嗡振动起来。

威尔绅士地做出个请的动作，侧过身去，给她留出充分的隐私空间。

蒋英贤翻出手机查看，竟是傅城。

他问：“你在哪里？”

“会展中心。”

“在干什么？”

看到这句话，蒋英贤失笑。

有些问题自己问别人是无聊，换成别人问自己可就有意思得多。

她的笑声引来威尔好奇的目光，对上那双看似深情的蓝眼睛，她心中冒出了一个想法，低头敲下两个字：“你猜。”

她笑起来又是截然不同的风情，威尔看得心痒痒的，随口问：“工作？”

蒋英贤一本正经地说：“不是，在线赌博。”

威尔大笑，根本不信，却还是顺着她的话问道：“德州还是二十一点？”

“都不是。”

“那是什么？”

沉吟两秒，蒋英贤说：“骰宝。”

二选一，非黑即白的赌法。

威尔挑眉，更加不信：“赌大小？我以为你会喜欢不那么靠运气的。”

蒋英贤浅浅一笑，不打算同他继续讨论这个话题。

这次的间隔时间比前几次都长，十几分钟后，手机还是振动了一声。

自从老李安排了轮岗，傅城的工作量骤减。徐正海私下找他表达过挽留的意思，然而他态度坚决。

徐亚薇因他又一次拒绝自己而心中不爽，但是想到新保镖不会像他这么难搞，还算痛快地同意了换保镖。对徐亚薇来说，毒品的吸引力比男人大多了。

新保镖渐渐得心应手，傅城也开始减少在徐家出现的次数。昨天老李找他，说有一份新工作，薪资不比徐家差，问题是比较危险，而且需要离开京州。傅城想了想，答应下来。

傅芝在疗养院有专人看护，他帮不上什么忙，与其天天探望，不如多赚点儿钱早日还清医疗费。

至于那人……等他走了，她也不会再找他。

如此看来，离开京州是个两全其美的好办法。

傅城不知道自己在听到老李的提议时为什么会犹豫，虽然只有一秒钟，但他知道自己犹豫了一下。

在等待新工作的日子里，他前所未有地清闲下来。这晚，做完例行的锻炼后，他坐在沙发上看《肖申克的救赎》，电影刚开场就收到她的信息。

短短几句过后，她没了动静，结束和开始一样突兀。

傅城收起手机，认真看屏幕。电影已经看过很多遍，台词几乎倒背如流。

窗外传来轻微的呜呜声，像是起风了。他被风声扰得有点儿心不在焉，拿起手机解锁，看着两人的短信对话框，手指敲下几个字：“你在哪里？”

她回复得很快，像在等着他问一样。

于是他又像她那样问她在干什么，这次她回得更快，只有两个字——你猜。

这个回答可以看成敷衍，也可以看成对方很有兴致地吊人胃口。

傅城看不见她的表情，无法判断是二者中的哪一个。

理智告诉他，最好的处理方式是不要回答。管她是敷衍还是吊胃口，他都只有被动接受的份。

他放下手机，专心致志地看了十几分钟电影。

因为太过熟悉，电影已经无法拴住他的注意力了。

傅城解锁屏幕，对着跳跃出来的对话框输入几个字："猜不出来。"

另一边，蒋英贤的眉头不自觉舒展开来，手指点一下暗下去的屏幕，白光亮起时，瞳孔也随之缩小。

她说："我在物色新游戏。"

她回复得依然很快，看来是在等他的消息。

不等他回复，手机开始持续性振动，灰色对话框接二连三地跳跃出来。

先是一个会展中心附近的酒店地址，而后她问："来吗？

"你知不知道有种说法，说男人的鼻子与身体的某个器官存在某种相关性。

"他的鼻子很挺。"

末了，还有一句："不知道和你比如何。"

傅城能想象得到，现在她一定一脸平静地坐在那里，慢条斯理地敲下这些话，甚至有人从她身旁经过时，她还能面不改色地打招呼。

他半合眼帘，紧了紧牙关，起身套上外套出门。

明知是陷阱，还是跳了。

傅城猜得不错，蒋英贤确实是一边发信息，一边神色如常地应付威尔。

威尔看她手指翻飞敲着字，好奇地问："骰宝需要一直操作？"

蒋英贤扫他一眼，说："我在加注。"

"玩这么大？"

"是啊。"

她低头睨手表。

从傅城的公寓到酒店，大概需要三十分钟，她默默计算着什么时候再加注比较好。

十五分钟后，她掐准时间发出信息："傅城，给个准信，箭在弦上。"

此时傅城已经到达大堂，看见这条信息，脸色彻底阴沉下去。

什么叫箭在弦上？是她等不了了，还是那个鼻子很挺的忍不了了？

宴会厅里的蒋英贤不知道他就在外面，点下发送后，嘴角抑制不住地上扬。

她笑自己太坏了。

她有种青春期搞恶作剧的快感，非常幼稚，极度无聊，可就是架不住作恶的欲望汹涌澎湃。

蒋英贤要去洗手间，拿起手包向外走。威尔眼尖，追上来做最后的尝试："蒋小姐，不如留一个电话？"

蒋英贤没想到他如此执着，只好打开天窗说亮话："你看上去不像会死缠烂打的人。"

威尔明白了她的意思，面露遗憾，绅士地说："通常不会，只怪蒋小姐太有魅力。"说完俯身贴她的脸，"Have a good night.（祝你有一个愉快的夜晚。）"

蒋英贤很给面子地迎上去："谢谢，你也是。"

成年男女，欢场交锋，就算拒绝也没必要口出恶言，被拒绝的那个也不会尴尬难堪。

道别之后，威尔返回会场，直接走到一位卷发女人身边，看来早就瞄好了。

还真是贼不走空，蒋英贤笑了笑，一回身，撞上傅城的视线。

如果不是早知道他的瞳色偏浅，她会以为幽黑是他眼瞳的底色。

事情的发展与她设想的略有不同，她没打算让傅城见到威尔，那样就真太无聊了，没必要。

刻意而为的游戏，难免出岔子，蒋英贤没太当回事，云淡风轻地把包递给傅城："帮我拿一下，我去下洗手间。"

见傅城不接，她用只有两个人能听到的声音说："还是——你要一起来？"

男人的嘴唇动了动，抬手接过缎面小手包。

"谢谢。"蒋英贤转身往洗手间走，察觉身后有脚步声也没太在意。

他是保镖，守在洗手间门口很正常，何况他还拿着她的包。

推开门的一刹那，傅城突然上前一步，擒住她的肩膀往洗手间里面推。蒋英贤连声音都没来得及发出来，就被他反剪手腕禁锢住。

一套动作行云流水，叫蒋英贤见识了他吃饭的本事。

她不慌不忙地说："傅城，我是标准的手无缚鸡之力，用对付恐怖分子的架势对付我太浪费了。"

人有三急，在生理需求面前，玩心不值一提。见他没反应，蒋英贤一本正经说："你先出去。"

傅城冷笑："不是你叫我来的吗？"

话一出口，傅城自己先惊。他不敢相信自己竟会说出这种话，惊讶过后，却是一种难以言喻的爽快。

他早就想问，为什么给他发信息？为什么叫他来？她到底想干什么？

他心中千回百转，有些失神地松手。蒋英贤垂下眼皮遮住笑意，上前一步凑上去。

果然，他下意识后退，躲开她。

蒋英贤得逞地扬眉："怕我吃了你啊？那你还敢来？"

傅城抿了抿唇，抬眼问："叫我来干什么？"

蒋英贤的语调悠闲："你猜。"

没有回应。

她挑衅似的睨着他："猜对了有奖励。"

傅城低头盯着她，一时恶从心头起，手掌握住女人细长的脖颈，咬牙切齿地问："很好玩？"

蒋英贤不仅不怕，反而笑得千娇百媚："对啊，非常好玩。"

一口浊气堵在傅城的喉咙里，上不去，也下不来，憋得他烦躁。

他就不应该来。

深吸一口气，傅城松手，退开两步，冷漠地看着她。

他这副要留不留、要走不走的样子，令蒋英贤既怜悯，又抑制不住地生出作恶的欲望。

两种截然相反的情绪交织在她的心间。

蒋英贤轻叹一口气，仰头看向他，不怀好意地说："还是你比较好。"

傅城意识到自己在想什么后，脸色比先前更差了。

傅城看着她的眼睛，内心挣扎了半天，终于目光沉沉地问道："什么比较好？"

这个问题挺不傅城，所以蒋英贤更乐了，反问："你说呢？"

傅城当然知道她是故意激他，公共场合，两个人衣衫完整，能有什么事？

可是，她现在不就和他一起待在洗手间里？她那么肆意妄为，若有心，什么能拦住她……

拖上这一会儿，蒋英贤是真的有点儿急了，收敛表情赶人：“不开玩笑了，你先出去一下。”

傅城没明白她意思，冷硬地问道：“你又想干什么？”

“跟你没关系。”

他不说话了，站在那里一动不动，仿佛非要个答案。

两人僵持着，蒋英贤忍到极限，不情不愿地说：“我要上厕所，上厕所！可以吗，傅先生？”

见他明显一愣，蒋英贤莫名尴尬，怒气腾腾地瞪他。

这副模样，让傅城嘴角微微上扬又快速落下，边拉门边轻声说：“我在外面等你。”

几分钟后，蒋英贤开门走出去。

她看也不看傅城，手包也不要了，直接往电梯方向走。

几分钟的间隔足以让任何情绪冷却。

两人沉默着进了电梯，又沉默着进入房间。

他们都知道接下来会发生什么，但是蒋英贤以为那会发生在她洗完澡之后。房卡还未插入取电槽，一道力量拦腰将她轻松提起来阔步向里走。

“等一下，先洗澡——”

这次傅城没听她的。

看着他利落的下颌线，她心想：他变坏了。

蒋英贤是被柯蕊的电话吵醒的：“老板，老板，出事了！”

听见最后那三个字，蒋英贤一下子清醒过来。她清了清嗓子，压住喉间的沙哑问：“怎么了？”

“今天施工 6 队去江北的榆后村施工，村子里本应该没有人了，但是咱们刚一动工，突然跑出来好多人，拉着横幅说咱们强拆，还说他们是被逼签的合同，现在要求见负责人。他们组了人墙挡路，还要砸咱们的机器。我也是刚接到电话，还不清楚具体情况，现在正在往现场赶。

“6 队负责人说现在两边起了争执，场面有点儿失控。

“村民中间有人先动手了，扔石头砸伤了一名工作人员的头。但是现场很乱，没人看见到底怎么回事。”

蒋英贤蹙眉，快速捋清思路。

江北四村的再开发是蒋英见负责地产时拿下的，不料拆迁难度远超预计。蒋英见不愿承认自己判断失误，坚决不肯提高补偿额度，项目因此搁置了四年多，直至蒋英贤接手。

四年间，江北区大部分都已再开发完毕，曾经地处黄金地段的四个村反而成了江北区的遗留伤疤。多数村民其实无心做钉子户，大都是跟着凑热闹的，耗了四年，斗志也耗尽了。这时候蒋英贤适当地提高补偿金额，并承诺会在动工后的四十五天内发放，多数人立刻签协议搬走。

剩下几个态度坚决的，蒋英贤没有和他们硬碰硬，而是说服村长出面做工作。协议中写的是拆迁款要在动工后发放，有人不走，就无法动工，其他人也拿不到钱。村镇是人情社会，很少有人能扛得住被左邻右舍怨恨的压力，这几人也在不久后签字搬离。

江北四村已经空了一个多月，怎么会突然冒出一群人抗议？

蒋英贤语气严肃道：“好，我知道了，你先去，我随后到。柯蕊，马上通知现场所有工作人员，无论是谁，无论什么情况，都不准动手！被打伤的人公司会负责到底，今天在场的所有人回公司后都可以拿到相应的补贴。但是如果有谁动手了，那么他不仅一分钱都拿不到，之后还要面临公司的内部处理。”

“好的。”柯蕊不无担忧地说，“老板，您别来了。现在闹成这样，不知道会发生什么事，万一他们对您——”

“闹成这样就是想要我去，我不去才有问题。”蒋英贤叮嘱柯蕊，“叫公关部做好准备，尽量不要让这件事闹上媒体。另外，带上咱们自己的人去现场拍照录像，留存证据。还是那句话，无论发生什么，不准动手。”

“好，老板，我明白，我现在就给施工队长和公关部打电话。”

挂断电话，蒋英贤下床以最快的速度整理好自己。

她不仅要出现，还要以一个良好的形象出现，万一被媒体拍到，她的形象就是蒋氏的形象。

事出紧急，蒋英贤接电话时没有刻意避开傅城，他将两人的对话听了个大概。

在她整理自己时，傅城先一步穿好衣服，站在门口等她：“我和你一起去。”

“不用了，这是公司的事。”

“万一发生什么状况，我的经验比你丰富。”

他表情端肃，眉宇间无半分旖旎，看上去真的是出于专业考量才提出陪同的，并非献殷勤。

蒋英贤犹豫片刻，看着他说：“好。”

傅城的车技也比她好太多，节省了不少时间。

柯蕊见到两人，心中奇怪傅城怎么会来，但现在不是考虑这些的时候，她立即向蒋英贤汇报情况：“受伤的员工已被送往医院，目前没有其他人受伤。另外，有几家消息灵通的媒体已经到达现场。”

蒋英贤看了一眼抗议人群，忽然意识到不对劲——人太多了。

她记得榆后村是江北四村中最小的一个村子，不过五十几户人家，就算全村男女老少集体出动，都不见得能凑出这么多闹事的人。

蒋英贤小声吩咐：“柯蕊，待会儿如果闹起来了，立刻给公安局还有国土局的李主任打电话。”

柯蕊一听，急忙问：“老板，现在打不行吗？”

蒋英贤摇头：“现在这种情况，他们来了也做不了什么。”反而可能出于安定考虑，要她许下一些不可能的承诺，这就相当于间接坐实了强拆的罪名。

蒋英贤安抚了一下在场员工的情绪后，接过大喇叭走上高处。

地上有不少碎石砖，穿高跟鞋行走不方便，傅城赶在柯蕊之前，上前扶了她一下。

不等蒋英贤道谢，他又退回到两三米远的位置，目光扫视周围的人群，神情戒备。

蒋英贤现在没有心思想别的，看了他一眼便拿起喇叭自我介绍：“大家好，我是蒋氏地产的负责人蒋英贤。很遗憾今天是在这样的情形下与大家见面。蒋氏非常重视这次再开发项目，大家有什么其他需求都可以和我慢慢儿谈——”

“大家不要听她的！”村民中突然有人喊了一声，“之前就是她骗咱们签字的！”

话音刚落，就有人朝蒋英贤扔东西。

蒋英贤还没来得及看清楚朝自己飞来的是什么，便下意识抬手护住头，心中已经做好挂彩的准备。她在来之前就考虑过受伤的可能性，虽然身体受苦，但能因此占据道德高地，也不算太亏。

预料中的疼痛并没有到来，傅城不知何时冲了上来，替她挨了这一下。

合法施工莫名其妙成了强拆，还有同事挂彩，施工队员工正憋着一肚子火，见对方又扔石头，忍不住冲上前去骂："你们还要不要脸！连女人也打！"

"谁让你们强拆！活该！"

场面忽然混乱起来，抗议人群一窝蜂冲上前，将蒋英贤几人团团围住，叫嚷、推搡着。

"快走。"傅城第一时间护住她的身体，低语道，"有问题。"

蒋英贤的肩膀被他紧紧攥住，跌跌撞撞前行。她一边给柯蕊使眼色，一边重申指令："蒋氏的人都不准动手！"

除了顾及蒋氏的形象问题，她还要顾及沈家。现在是沈平的关键时期，她作为沈东扬的未婚妻，绝不能在这种时候闹出丑闻，无论真假。

这个时候，柯蕊也察觉到不对劲了。这些人闹着要见负责人，现在人来了，反而不给说话机会，上来就动手，太不合理了。而且，普通村民当真有扔石头砸人的胆量吗？

周围乱成一团，短短几十米的路，蒋英贤走出了漫长的感觉。

傅城护着她一路回到车上，直至车子启动，还有人在拍打车窗。

蒋英贤急忙提醒傅城："不能伤到人。"

傅城镇定地说："相信我。"

他踩了一脚油门，刺耳的轰鸣声将围住他们的人吓了一跳，人群本能后退。他抓住时机，猛踩油门，倒行出去。

"小心。"他提前将胳膊横在她胸前，然后一个甩尾，掉转车头疾驰而去。

蒋英贤反应不及，身体猛地前倾，幸好有他的胳膊保护。

"不行，我不能就这么走了，事情还没解——"

"解决不了。"傅城利落地打断她的话，"这些人是有备而来的，他们围上来的时候非常整齐。正常情况下，如果是突发性暴力冲突，这么多人中一定会有人表现出犹豫态度，不想参与，他们会待在远处观望或者逃跑，但是这些人中没有一个犹豫的。"

顿了顿，他又道："很明显，他们从一开始就做好了围住你的准备。"

蒋英贤安静了几秒，对傅城道出实情："我猜到了。"

傅城转头看她，眸光凌厉，似有愠怒："猜到还来？"

"不来怎么知道对方给我准备了什么把戏？"她一副云淡风轻的语气。

傅城想说"太冒险了"，心底又有一个声音告诉他：她不会听。他抿紧嘴唇，不再说话，甚至不再看她。

蒋英贤看着男人的侧脸，心下微讶：这是……生气了？

很快，傅城又发现了问题，脑子快速转了一圈——原来刚才声势浩大的闹剧不过是个障眼法，真正的动作在车上。

有人趁乱对车子动了手脚，刹车失灵了。

他不动声色地掉转方向，朝着人烟稀少的业山方向开。他记得那里有一段相对平缓的上坡路，路两旁是一大片长满野草的荒地，说不定可以趁上坡减速时跳车。

在幸运地连遇三个绿灯后，运气耗尽，傅城狠踩油门，在黄灯的最后一秒闯了过去。

蒋英贤疑惑地问："这是去哪里？"

"业山。"

"去业山做什么？"

傅城没有回答，而是转过头问她："蒋英贤，你相信我吗？"

两人纠缠这样久，这还是他第一次叫她名字。他声音低沉，连带她的名字也有了重量。

蒋英贤深沉地看着他，不搭腔。

傅城眸底泛起自嘲的神色，很快又被他压下去，他说："把车上能穿的东西都穿上，尽量多地护住皮肤，然后慢慢儿地爬到我身上来。"

蒋英贤稍稍迟疑了一下，还是按照他的吩咐做了。后座有件备用外套，她将它套到自己身上，然后跨坐到傅城的大腿上。

她想起在景山的那一夜，她也是这样跨坐在他身上。

那时候她从未想过，两人会在这种情境下重温那一刻。

她低声问："车有问题，是吗？"

傅城不回答，只说："待会儿一定抱紧我，拿出你吃奶的力气来。"顿了一下，他放软声音，"放心，不会有事的，我有过很多次跳车经验。"

但是那时候没有她这个拖累。

蒋英贤搂紧他，低低地“嗯”了一声。

她很怕，当然怕，甚至已经想象出自己头破血流的画面。可她知道，这个时候自己能为傅城提供的最大帮助，就是不要再让他分神。

前路渐渐开阔，两侧绿化树木消失，变成枯黄野草。

傅城深吸一口气，搂紧怀中人，这才发现她的体温低得不正常。

他心底泛起一阵柔软，温柔地说道：“闭上眼睛，抱紧我，很快就过去了。”

蒋英贤还是只“嗯”一声，听话地闭紧眼睛，用力搂住他。

她感到有风刮乱头发，傅城拢住她的后背，随之而来的是强烈的失衡感。

钝痛过后，思绪也随身体翻滚起来，他们不停翻滚，直至天旋地转。

裸露在外的小腿皮肤火辣辣地疼，但蒋英贤大脑一片空白，只觉得那疼也是恍惚的。

她丧失了时间观念，仿佛过了一个世纪那样久，被她压在身下的男人轻抚她的后脑勺道：“好了。”

蒋英贤僵了好一会儿，缓慢地睁开眼睛，愣愣地看向那双浅色瞳孔。

他笑了一下，安慰她道：“我说过，会没事的。”

他竟还能笑出来。

蒋英贤眼眶发热，喉咙也发紧。劫后余生的喜悦让她险些情绪失控，她连忙垂下眼睛，睫毛低垂，以此掩盖万千思绪。

两人坐起来检查身体，蒋英贤的小腿被蹭破一大块皮，全身骨头隐隐作痛。

车子已经撞毁，前盖翘起，冒着白烟，看得蒋英贤心惊胆战。

她想去拿回自己的手机，被傅城制止：“漏油了，随时可能爆炸。”

他的额头上有血，手背擦伤严重，其他的，暂时看不出来。

蒋英贤不想被他发现自己在发抖，于是简短地问：“你怎么样？还好吗？”

“没事，皮外伤。”傅城轻描淡写，低头检查手机。屏幕碎了，但是能用。

他正打算报警，蒋英贤说：“我们还是先离开这儿吧，不知道对方还有没有后手。”

傅城说：“应该不会。刚才我一直注意后面，没发现有人跟踪。而且，最好的后手应该是在你意识到车子出了问题之前，安排一辆大货车直接撞上来，而不是等发现你没事之后再补刀。”

如此一来，就会多出一个肇事司机。人是最不可控的因素，多一个人就多一分风险。对方之所以没这么安排，或许就是出于这方面的考量。

傅城蹲下身查看她的小腿，严肃地说：“你需要尽快处理伤口。”

“我没事。”蒋英贤深呼吸，抓住他的肩膀，一字一板道，“傅城，我很认真地请求你，请你不要报警。”

空气似乎凝固了，傅城目光沉沉地看着她：“你知道是谁做的。”

蒋英贤只说：“有个猜测，但不能确定。如果我的猜测是对的，就更不能报警。”停顿片刻，她继续道，“你有没有什么地方可以让我躲几天？我现在不想回去。”

她需要时间来验证自己的猜想，虽然目前还不知道从哪里下手。

江北四村是由蒋英见起头的项目，而她也是蒋英见最大的绊脚石，她不知道自己还能怎么想。

家庭内部矛盾必须留在家庭内部解决，一旦曝光，对整个蒋氏都不利——没有谁会看好一个内部纷争不断的公司。

更重要的是，蒋英贤了解蒋震，他断不会送自己的儿子去坐牢，只会将此事高高举起，轻轻放下，甚至反过来怨她家丑外扬。

有蒋英见的例子在前，无论蒋震现在有多么看重她，她都不敢冒险。

现在唯一的变数就是傅城。

蒋英贤拿不准以他的个性，会不会愿意帮忙隐瞒。

傅城看着她，隔了良久才说：“我有个战友的老家就在这附近，不如去那里。我们现在没有身份证，住不了酒店，而且住酒店的话，很快就能被查到，算不上躲。”

他愿意帮她。

蒋英贤提着的心落回原位，哪怕身体疼痛，还是扬出笑容：“谢谢。”

做戏做全套，两人不敢贸然在车祸地点附近搭车，半搀半扶地沿山路往南林村前进。

没走多远，遇见一位开拖拉机的老乡。

蒋英贤谎称两人来爬山，不小心摔下山坡，随身物品都丢了，拜托老乡载他们去村上打电话。

两人就这样到达了南林村，傅城带她敲响了一幢红瓦平房的大门。

开门的是个短发圆脸女孩，看上去不过十七八岁，穿着一身校服。见到傅城，她先是一愣，然后惊喜地睁大眼睛："傅城哥哥，你……你怎么来了？我哥说你去给人当保镖了，我还以为再也见不到你了。"

傅城脸上挂着笑，照搬了蒋英贤那套爬山的说辞，然后问她："夏夏，我们能不能先在你这里处理一下伤口？"

"当然可以。"徐夏夏忙不迭答应下来，邀请两人进门后，像才注意到蒋英贤的存在一般，眼睛不住地打量她，"她就是你要保护的那个大小姐吗？"

傅城正在斟酌该如何回答，蒋英贤已经接话了："你好，抱歉给你添麻烦了。我是蒋英贤，你叫什么名字？"

徐夏夏以为她姓"应"名"贤"，笑眯眯道："小贤姐，不客气，我叫徐夏夏，你叫我夏夏就好了。我哥哥徐瑞是傅城哥哥的战友。"

蒋英贤感激地笑道："谢谢你。家里就你一个人吗？"

"还有我奶奶。二婶昨天生了小堂弟，奶奶去镇上看她了，晚上回来。"

得知家中只有老小，蒋英贤稍稍放松了，又道了一声谢。

只要她愿意，她会是个非常温柔的大姐姐。徐夏夏果然被她迷惑了，连说好几个"不客气"，又跑回屋里去倒水拿药。

药箱很大，各类急救药品一应俱全，是徐瑞临走前准备的，不想方便了蒋英贤这个外人。

徐夏夏读高三，吃完午饭就要回学校。临走前，她依依不舍地一步三回头，似乎有话要说。

蒋英贤猜出她的心思，主动说："不好意思，夏夏，我们可能要多待一会儿，会不会太打扰你和奶奶？"

小姑娘喜笑颜开道："没有，没有，人多才好，热热闹闹的。小贤姐，你想住多久就住多久。"说完，许是觉得说得自己太露骨，耳尖都泛红了，偷偷瞄了傅城一眼，转身跑开。

那个寄托了她少女情怀的男人，却完全没有察觉到她的心意。

等屋里只剩下两人，傅城拿着酒精和药水蹲在蒋英贤面前，拿起她的脚，小心翼翼地脱掉不成样子的高跟鞋。

傅城说："会有点儿疼。"

“我忍得了。”

他仰头看她：“不用忍，想叫就叫，想哭就哭，你绝对不会是我听过的叫得最可怕的那个。”

蒋英贤一怔，抿出笑意。

酒精冲上皮肤的一瞬间，钻心的刺痛肆虐而来，即便早有心理准备，蒋英贤还是疼得直抽搐。她贝齿咬住嘴唇，频频抽气，却没有叫出声来。

对于一个从来没叫过痛的人来说，表达痛苦比忍受痛苦更艰难。

涂完药水，傅城熟练地为她包扎，然后撩起她的衣服检查其他地方，将肩膀、手肘处的小擦伤也一并处理了。

这种情境下，两人都没有什么别样心思，唯有共患难的依赖。

处理完毕，蒋英贤主动说：“我帮你上药吧。”

她替他脱下上衣，这才发现他的后背才是受伤最严重的地方。瘀青、擦伤、划伤交错纵横，因为没有及时处理，血液黏住布料之后又干涸了，脱下的过程中又撕裂一遍，重新渗出血珠来。

她以为是自己命大才没事，现在看来，是他为她挡下了大部分伤害。

她一时说不出话来，拿着酒精不知从哪里下手。

傅城背对她，像知道她的心思一般，平静地说：“这是我的本职工作，看上去吓人而已，其实还没有脱臼严重。”

蒋英贤不吭声，过了半晌才行说：“我倒了。”

“嗯。”

他比她更能忍，连抽气声都没有发出来。

酒精消毒之后是涂药水，蒋英贤的动作很小心，一边涂一边轻轻吹气。

轻柔的气息拂过伤口，疼痛似乎缓解了，还额外带来一点儿痒意。

傅城越来越难受，又不想叫她停，煎熬只多不少。

处理完伤口，两人无声对视，傅城主动挑起话题：“你有什么打算？”

蒋英贤眉心微蹙：“我不知道，走一步看一步吧。”顿了顿，又说，“我需要打个电话，你的手机安全吗？”

傅城颔首，将碎屏的手机交给她，又看了看她，然后离开房间。

那一瞬间，蒋英贤有点儿愧疚，她很少有这样的情绪。

他救了她，她却还要防备他，他也知道，所以才会离开。

她熟练地输入柯蕊的号码，按下拨通键。

“喂？您好。”

“柯蕊，是我，不要出声。”

“老……老同学，好久不见。”柯蕊及时刹车，蒋英贤听见她对不知道什么人说了句“抱歉，我去接个电话”，短暂的安静过后，她的声音再次响起，“我老板出车祸了，都上新闻了。我现在正在她家，你有什么事非得现在找我？”

柯蕊的机灵让蒋英贤感到十分欣慰，她压低声音说：“你听我说就好，我没事，不用担心。你现在在蒋家是吗？”

“嗯。”

“所有人都在？”

“嗯。聚餐啊？我可以啊，你什么时候有空？”

蒋英贤说：“我过几天再回去，我给你打电话的事不要告诉任何人，暂时先让他们以为我生死不明。”

“行，没问题。那我需要带什么东西去吗？”

“柯蕊，你帮我留意一下大家的反应，特别是大哥。注意他有没有偷偷打什么电话，或者有没有异常表现。我现在说不清楚具体是什么情况，但是无论你发现了什么，有任何感觉不对的地方，都记得告诉我，到时候打这个号码就可以。”

“好的，我知道了，那到时候见？”

蒋英贤由衷地说道：“谢谢你，柯蕊。”

她不是没怀疑过柯蕊，只是现在这种情形，只能赌一把了。

她要趁这段时间好好想清楚，蒋英见为什么选择这个时间动手，难道就因为那个“十大商业人物”的名头？最近蒋震只有这件事做得比较明显。蒋震冷落他不是一天两天了，蒋英见一直谨小慎微，唯恐再惹蒋震不快，连现在的位置也保不住……蒋英贤总觉得说不通。

说起来，是傅城提醒了她——要想让她死，最好的方法是安排一场肇事车祸，确保万无一失。既然下了手，哪有任她听天由命的道理？

而且，无论抗议强拆还是她车祸“身亡”，都会对蒋氏造成极为不利的影响，蒋英见会这么冲动吗？

蒋震还没老糊涂，她能想到蒋英见，蒋震自然也能。只是她死了，或许还有回旋的余地，但拿公司陪葬，蒋震绝无可能原谅。

既然如此，何不等蒋震去世再动手？

蒋英贤脑中繁乱如麻，有许多头绪，却又都理不清楚。

徐奶奶见到傅城也很高兴，特地买来排骨加菜。蒋英贤从二人的对话中得知，傅城曾经是徐瑞的队长，在任务中还救过他。

见两人一身狼狈，奶奶拿来徐瑞兄妹的衣服给他们换。

傅城还好，他与徐瑞身形相差不大，衣服基本合身。蒋英贤比徐夏夏高些，也丰满些，线衫有点儿紧。傅城眉头一皱，把自己的外套脱下来披到她肩上，收紧领口，帮她扣好胸前的扣子。

徐夏夏请假回家吃饭，说哥哥来了。班主任知道她家的情况，当是徐瑞回来，批准她回家晚自习。

餐桌上，奶奶笑呵呵地说："傅队长，女朋友真俊啊！打算什么时候结婚？"

傅城还没开口，徐夏夏先急了："不是的，奶奶，傅城哥哥是小贤姐的保镖，不是男朋友。"

她边说边看傅城，脸颊隐隐泛红，发现他没注意自己，才松了一口气，转而又泄气了。

"保镖？"奶奶呆住了，再看蒋英贤时显得很拘谨，"应小姐，我老糊涂了，嘴上没把门的。"

蒋英贤笑了笑说没事，随后夹起一片炒辣椒，刚放进碗里，就被傅城夹走。

"吃辣容易伤口痒，挠了会留疤。"他一本正经地说道，将那片辣椒放进自己嘴里。

饭后，傅城与蒋英贤小声商量该找个什么借口留宿。

幸得徐奶奶先开口挽留，二人顺势答应下来。

知道他们的关系后，徐奶奶特意准备了两个房间，傅城主动将更暖和的那一间留给蒋英贤。

徐夏夏知道这是他的工作职责，可是看着他这样照顾别的女人，心中仍不由自主地涌出酸涩。

夜半时分，蒋英贤从噩梦中惊醒。

梦很乱，也很真实，所有的声音、画面在她脑中扭曲旋转，又在她睁眼的瞬间突然消失，只余下令人窒息的安静。

蒋英贤摸一把额上的冷汗，自嘲地嗤了一声。

她果然还是怕死。

从前她从没想过这方面，还以为自己不怕死。这天与死亡擦肩而过，才知道命悬一线时，恐惧会叫人五感尽失，只剩下耳朵里的血液嗡嗡作响。

蒋英贤轻手轻脚地下了床，坐在院中吹风。

夜风刺骨，正好让她清醒。

推门声将她的神志唤回，傅城来到了她的身旁："睡不着？"

"嗯。"

她坐，他站，他的影子罩住她，她莫名安下心来。

他沉默地站立着，似乎在陪她。

蒋英贤起身，故作轻松道："我回去了。"

傅城突然倾身过来，紧紧抱住她。他的胸膛温热，体温传至她冰凉的身体，她竟感觉有些烫。

他问："做噩梦了？"

这很正常。她白天那么淡定才不正常，他该早点儿发现。

肌肤的相触，带起酥酥麻麻的感觉，蒋英贤缓了一口气，浅笑着说道："今天才知道，原来我这么怕死。"

"是人都怕死。"

"你就不怕。"

他不怕吗？

傅城抿唇，拉着她的手往屋里走。

他一直将她送回床上，然后掀开被子躺进来，胳膊横在她腰间，十足的保护者姿态。

蒋英贤忽地笑了，转身看他："你说，明早被徐奶奶和夏夏看见我们从一个房间里出来，该怎么说？"

她的瞳仁漆黑，透着一丝丝狡黠，白皙的颈子镀着月光，修长细嫩，一直延伸至领口。

傅城紧了紧环在她后腰的手臂，低头吻下来。

他突如其来的吻，让蒋英贤措手不及，下意识躲闪。他的大掌仓促地覆上她的后颈，让她再无半分躲避余地。

刚开始他是温柔的，嘴唇轻轻蹭着她的，仿佛在安慰她。

蒋英贤渐渐放松下来，双手攀住他的肩膀回应。

傅城的吻突然激烈起来，像要将她吞没。

蒋英贤就快要透不过气了。

她推了他一下，反被更强硬地抱住。不知纠缠了多久，傅城才恋恋不舍地放开她。

蒋英贤一边急促地呼吸着，一边凝望男人的眼睛，那眼中带着一点儿令人窒息的焦灼。

看着看着，两人再次吻到一起。从温柔到激烈，再从激烈回归温柔，循环往复，谁都没有进一步的举动，但谁都不喊停。

蒋英贤睡着后，傅城又抱了她一会儿才小心翼翼地回自己房间。

傅城不想让徐家人觉得她轻佻、随便。

刚刚到动情处，她伸腿去攀他的腰，被他箍住制止，这才没有扯到伤口。

至于他的后背，傅城反手摸了摸，指尖沾到点点血渍。

管得了她，管不了自己。

道貌岸然。

第六章 恶龙

蒋英贤起得晚，推开门，看见徐夏夏站在傅城身旁，额头几乎抵上他的手臂。

看见她，徐夏夏做贼心虚地后退半步，大声说：“小贤姐，我有数学题不会，叫傅城哥哥帮我看看。”

说罢，又懊恼地想：干吗向她解释？她只是傅城哥哥的雇主而已。

蒋英贤友善地笑了笑。

傅城不懂小女孩的心思，见她出来，立即上前查看她的小腿。

“感觉怎么样？疼得厉害吗？”

“还行，可以忍。”

傅城的动作愈加轻柔：“急救箱里的药用完了，我现在出去买，吃完饭给你换药。”

“好。”

这个画面看得徐夏夏心里很不舒服，不全是嫉妒，更多的是替傅城感到憋屈。

傅城在她心目中是完美的、顶天立地的，这样的人，怎么能蹲在女人面前小心翼翼地帮她看腿？

蒋英贤瞥见徐夏夏的表情，垂眸问：“题讲完了？”

傅城起身：“嗯，夏夏，还有问题吗？”

“有，还有几道不会。”

傅城说：“我去买药，不如你问英贤，她的成绩很好。”

女孩的失望根本掩饰不住，可话是自己说的，她只好说："哦，好。小贤姐，等我一下，我去拿错题本。"

待人消失在门后，蒋英贤挑眉问："你怎么知道我成绩好？你查过我？"

傅城扫了她一眼，不吭声。

是查过。

在第一次去找她借钱之前，他搜集过她与蒋氏的资料。她的公开资料很少，其中最浓墨重彩的一笔便是哈佛毕业。

这不过是常规的操作，知己知彼罢了。

如今对上她玩味的眼神，他却不大想承认。

他不说，蒋英贤也不纠缠。正好徐夏夏拿着本子走出来，她便专心教她解题。

徐夏夏是为了接近傅城才故意请教题目的，没想到蒋英贤讲得那样好，她越听越认真，问完一道又一道。

"谢谢你，小贤姐，没想到你数学这么好。"说完发觉自己失言，急忙解释，"小贤姐，我……我不是那个意思，我——"

蒋英贤微笑着打断她的话："我知道。"

徐夏夏看着她，目光闪烁，睫毛忽闪了几下，仿佛下定了决心，终于怯怯开口道："小贤姐，我和傅城哥哥好几年前就认识了，他第一次来我家的时候，我还在上初中。"

蒋英贤静静地等待下文。

徐夏夏挤出笑容，浑不在意一般哈哈笑道："哈哈，其实，他是我的初恋呢，不过他不知道。"

声音飘忽，一听就知心虚。

对于徐夏夏的小心思，蒋英贤谈不上厌恶，因为小女孩太浅显。

见多了吃人不吐骨头的恶鬼，偶然碰上一只亮爪子的小猫，只觉可爱。

她照她期望的那样问道："为什么不说？"

"我想等考上京州大学再告诉他。"徐夏夏忐忑地看着她，一边说，目光一边在她脸上徘徊，试图搜寻出蛛丝马迹。

蒋英贤神色不变，鼓励道："加油，考上了记得告诉我，我给你接风。"

徐夏夏怔住，又看了她两秒，恢复灿烂笑容，用力点头："嗯，谢谢你，小贤姐。”

她想得很简单，既然蒋英贤没有任何表示，那就说明她和傅城哥哥没关系。喜欢一个人的话，会不高兴其他人也对他有想法，这不是理所当然的吗？

排除情敌嫌疑，蒋英贤在她眼中一下子变成了人美学习好的完美偶像。徐夏夏卸下心防，好奇地问：“小贤姐，那你有喜欢的人吗？”

蒋英贤浅浅地笑了一下：“没有。”

徐夏夏稍稍停了一会儿，笑道：“一定是你要求太高，不过也是应该的。那，喜欢你的人肯定很多吧？”

蒋英贤说：“也没有。”

徐夏夏惊奇地说道：“怎么可能？你这么漂亮，家境也好，追你的人还不得排到国外？”

蒋英贤被她夸张的说法逗笑。

追蒋震三女儿的人确实很多，追蒋英贤的，没有。

傅城以蒋英贤暂时不方便走动为由，又在徐家住了两天。

理由稍显牵强，但一老一少并未多问。

因为徐瑞经常执行特殊任务，徐家老小已经习惯了他这不能说，那也不能说的情况，见怪不怪。

这两夜，傅城都陪蒋英贤一起睡，等她睡着再回自己屋子。

他们拥抱、接吻，除此就没有别的了。

蒋英贤喜欢被他发了狠地用力抱住，这让她有种真实感。她也喜欢他突然停下来，肢体僵硬，嘴唇却轻柔地吻她。

耳鬓厮磨时，她想到了徐夏夏。

有一天，这个抱着她的男人，会抱住那个长大了的小姑娘，整晚整晚地亲吻她吗？

这个莫名其妙的念头令蒋英贤心烦，她搂住傅城，腿刚要动，就被他牢牢箍住。

“小心伤口。”

“我不动。”蒋英贤说罢，用鼻子蹭了蹭他的脸颊。

傅城觉得很意外。

她极少这般缱绻，叫他又爱又恨。

他的心思何曾瞒得过蒋英贤，她故意问：“喜欢吗？”眼角眉梢都是媚态。

逗他的。

出乎她意料的是，傅城专注地看着她，伸手抚上她的嘴唇，声音低哑道：“喜欢。”

看着他的眼睛，蒋英贤忽然玩心尽失。她闭上眼睛调整姿势，老旧的木板床咯吱作响，在寂静的夜中格外突兀。

次日，蒋英贤借傅城的手机搜索自己的信息，车祸已经曝光，现场照片也有。因为没找到尸体，警方目前的工作重心是搜救。

几家小报分析得头头是道：发生车祸的地点很偏僻，少有车辆往来，现场没有监控，没有目击者，因此猜测她极有可能在车祸后失去判断力，胡乱走动导致迷路，进而脱水昏迷。

车祸事件没有引起太多的社会关注，却对蒋氏造成不小的影响。前有强拆疑云，后有负责人车祸身亡，两件事合在一起，让蒋氏股票连跌两天。

第三天，柯蕊终于来电：“老板，对不起，我想早点儿给你打电话，但是这两天一直待在老宅，说话不方便。”

蒋英贤说：“现在说话方便吗？什么情况？”

“方便。老板，我觉得董事长应该有怀疑，他这两天要求所有人都要待在老宅，非必要工作不准离开。你出事的第一天晚上，董事长叫大少爷进书房单独谈话，当时所有人都在客厅，眼睛太多，我没敢凑近听。”

“你做得对，小心为上。”

柯蕊继续说：“大少爷从书房出来之后情绪有点儿激动，主动提出要在场所有人将自己的手机、电脑、银行账户全部拿出来查一遍，还说要让警察进家里调查，他做表率，绝对配合。”

蒋英贤默然。

蒋英见这是要自证清白？蒋震果然怀疑他了。

蒋英贤问：“警察来了吗？”

“没有。”柯蕊否认，又补充道，“提议被二小姐还有……还有四少爷拒绝了，四少爷说这是侵犯他们的个人隐私，二小姐直接问大少爷什么意思，是不是拿他们当犯人。”

柯蕊说到蒋英齐时顿了一下。亲姐姐生死未卜，做弟弟的却更关心个人隐私，实在引人怀疑。

蒋英贤对此不予置评。她猜蒋英齐又在外面搞了什么不想让蒋震知道的事。至于杀她，她倒宁愿他有这个魄力，好过有个扶不起的纨绔弟弟。

蒋英贤问：“还有其他发现吗？”

说到这个，柯蕊颓然道：“没有。大少爷这两天连公司都没去，一直待在家里，接电话都用功放。我查过，他名下那几家小公司也没有动静。老板，接下来该怎么办？”

蒋英贤陷入沉思。她依旧理不清头绪，那感觉如同被一团迷雾笼罩，任她怎么看都看不真切。

心中烦闷，她决定从股票下手：“柯蕊，你记不记得CT资本的弗兰克？”

蒋氏是在丹海上市的，CT资本是持有量最大的机构之一。蒋英贤上任没多久，便想办法与CT资本的副总弗兰克搭上了关系。

弗兰克好赌，永远欠债，蒋英贤的要求也很简单，只要消息，不需要他进行任何操作，弗兰克这才同意“合作”。

“记得，老板，要找他吗？”

“对，你问问他，最近针对蒋氏的交易有没有什么异常。”

问归问，蒋英贤对此并不抱希望。股票交易相比其他方式来说透明度太高，量大了根本藏不住，而量小了又没什么用。

逼宫这种事，必须一次成功，否则葬送的是自己。

柯蕊犹豫着说道：“弗兰克胃口太大，老板，不如找沈先生？从证监会入手也能查到些信息。”上次光牵线搭桥就替他还了三百多万的赌债，这次有求于他，还不得要更多？

蒋英贤想也不想，果断拒绝：“这点儿小事不值得麻烦他。”

关系用多了招人烦，狐假虎威是有限度的，沈东扬是她逼不得已才会亮出的底牌。

柯蕊咋舌，性命攸关的事还小？

“老板，你打算什么时候回来？”

“就这一两天。”

再拖下去，对公司不利，如果到时候还没有线索，就只能放弃。

柯蕊放下电话便联系弗兰克，不想还真问出了点儿东西，当然，弗兰克也趁机狮子大开口。

拿到消息，柯蕊立刻通知蒋英贤。

据弗兰克说，两个月前，一家名为万里鹏程的小型机构突然开始大规模做空蒋氏，当时就引起了业内一些人的注意，但是因为万里鹏程规模太小，没人放在眼里。

弗兰克好赌归好赌，做事还算靠谱，提早通过私人关系查到万里鹏程的资金大都来自一个叫林国峰的人。直到近日蒋氏股价暴跌，万里鹏程狠赚一笔，他才敢确认有问题。

他正想联系蒋英贤，不料看到了她车祸失踪的新闻。

虽然暂时不知道林国峰是谁，但总算有了一点儿突破。

挂断电话，蒋英贤向徐夏夏借来笔纸，画出蒋英见和他的妻子董苒及母亲庄月琴的人物关系图，仔仔细细回顾了一遍。

庄家亲戚众多，她也不能全部记得，但董苒婚前是演员，八卦号在她结婚时就将庄月琴从头到脚扒了一遍，为蒋英贤提供了不少线索。

然而，无论她怎么找，都没能在这些人物关系中找到林国峰这个人。别说林国峰，连个姓林的都没有。

难道真是一个单纯走了大运的人？

不可能，蒋英贤不相信运气。

她拿着笔在蒋英见的名字上不停地画圈，墨迹几乎渗透稿纸。

到底漏掉了谁？蒋英见还和谁有关系？

蒋英贤扶额，随意地写下蒋英思名字，电光火石之间，她恍然意识到自己居然犯了灯下黑的错误。

她本能地认为蒋英见不会让蒋家亲戚出面做这种事，因此将注意力全部放在董苒与庄月琴的关系上，就这么漏掉了蒋英思。

蒋英思不会亲自出面，可她丈夫郑清远能。

脑中迷雾散去，蒋英贤如同被打通任督二脉一般，迅速回忆起郑清远的母亲就姓林，两人曾在蒋英思的婚礼上有过一面之缘。

有了方向，柯蕊很快查出林国峰就是郑清远的舅舅。

林国峰是位中学物理老师，一辈子没炒过股，何来做空之说？

事情已然明朗，蒋英贤心情复杂，有惊讶，更多的却是失望。

她惊讶的是蒋英思不鸣则已，一鸣惊人。

此前，这位二姐在她心中的形象很模糊，甚至可以说没有存在感。

蒋英思是最标准的豪门闺秀，喜欢名牌，花钱大手大脚，大学主修比较文学，以一个不好不坏的成绩毕业，毕业后直接进入蒋氏旗下的广告公司工作，表现中规中矩，比起上班，更热衷于各类社交活动。

郑清远则是蒋英思的大学学长，可以算作半个上门女婿，除了家境一般，长相、学历、能力俱出挑。蒋震对他也算满意，将两家电子公司交由他打理。

郑清远深知自己的处境，工作兢兢业业，平日对蒋英贤也没有什么敌意。

这样两个人，竟然背地里搞出这么大的动作，真是人不可貌相。

令蒋英贤失望的是，这件事恐怕确实与蒋英见无关，否则他不会提议检查手机、电脑、银行账户，蒋英思也不会当面拒绝。

到了换药时间，傅城推门，发现蒋英贤正在讲电话。

蒋英贤也看见了他，略作停顿，直视着他对柯蕊说："柯蕊，今天晚上想办法拿到蒋英见的手机，给郑清远打电话，打到他接为止，不用说话，等他自己挂断，之后删掉这个通话记录。"

柯蕊明显一惊，压低声音说："老板，你想……可是，只要他咬死不承认，一个通话记录不能证明什么。"

蒋英贤淡淡地说道："不用证明什么，让人起疑就好。"

蒋震已经有所怀疑，她只需再添一把柴，让火烧得更旺些。

能不能证明不重要，蒋家是蒋震的一言堂，没有陪审团。

她从未将蒋英思看在眼里，扳倒她有什么意思？

"好的，老板。要不要再发条信息？留下文字证据。"

"不用，做详细了反倒容易露出破绽。"

结束通话，蒋英贤沉默地凝视着傅城。

傅城也一样在看着她。过了许久，他关上门，问："你要借题发挥？"

蒋英贤轻描淡写地说："是。"

又是一阵沉默，他说："英贤，错误的方法不会得到正确的结果。"

这是他第二次正经地叫她的名字，声音比跳车那次更深沉。

蒋英贤乐了，好笑地看着他："傅城，你在给我上思想教育课？不必了，谢谢。"

她脸上有笑，语气却很冷，眼中射出刺人的锐利目光。

傅城知道自己不该说，偏偏还是开了口：“为什么生气？”

蒋英贤脸上的笑容更甚：“你哪只眼睛看见我生气了？”

她将咄咄逼人掩藏在笑容之下，这个样子，仿佛两人第一次见面的时候。

傅城上前一步，逼得她不得不看他：“英贤，你有没有想过，你为什么那么喜欢看人挣扎？”

他问得隐晦，却十分尖锐，挑破她心底最不可直视的疮，火辣辣地痛。

为什么喜欢看人挣扎？因为她自己在挣扎。

为什么那样渴望掌控？因为她是蒋震的木偶。

就是那个最俗气、最烂大街的理由，缺什么，追逐什么，她明白，一直明白。

心中愈怒，蒋英贤的笑容却愈灿烂：“傅城，没看出来，原来你还是心理医生。你是不是太把自己当回事了？我不关心你身体以外的东西，你也用不着管我的方法、结果正不正确。”

她语气刻薄，心底翻涌着毁灭的欲望。

看见对方眼中闪烁的痛苦神情，她觉得痛快极了。

滚吧，快滚吧。

蒋英贤背过身，收拾自己的东西，等待他摔门而去。

空气安静得仿佛凝固了，她没有等来摔门声，反而等来了他的拥抱。

蒋英贤僵住，而后奋力挣扎，轻声呵斥：“你放开！”

她从未这样愤怒过，所有的气血似乎都要从太阳穴里涌出来，血管突突地跳着。

他算个什么东西？竟对她用打一巴掌再喂颗甜枣的招数。

傅城死死抱住她，直到她精疲力竭，再也挣扎不动，才出声：“英贤，用这些手段就像吸毒，迈出那一步，就没办法回头了。”他停顿片刻，又说，“我不希望你走到那一步。”

蒋英贤喉咙火热，但她选择冷笑：“你该不会想说‘与恶龙缠斗终成恶龙’这种话吧？傅城，你怎么知道我不是那条恶龙？”

“如果你是，当初就不会留下小芝的命。”

蒋英贤愣住，抵住他的手臂松懈下来。

原来他都知道。

嘴唇抿起又松开，半晌过后，她甩开他，轻声呵斥："过家家游戏结束了，我要回去了。"

许久，傅城沉默离去。

徐奶奶帮忙借来一辆小轿车，傅城开车送蒋英贤回家。

路程很长，两人无言沉默的时间也长。

他们在蒋家的黑色大铁门前分别，下车前，蒋英贤说："我会说我最近在考虑雇保镖，安保公司向我推荐了你，出事那天本来是要面试你。"顿一下，她又说，"去医院检查一下，最好住院。"

她一只脚迈出车门，背对着他又突兀地出声："不想住就不住，不用勉强。"

蒋英贤带着一身狼狈按响门铃，吓了管家一跳，连忙通知蒋震。

从前院到主屋有段路程，管家特意开车来铁门处接她，其他人则趁这段时间齐聚在客厅。

见到她，几人表情各有各的精彩。

蒋英贤没来得及细看，就被蒋英慎冲上前抱住："三姐！"

他太用力，勒得蒋英贤骨头疼。

蒋英贤轻拍他的肩膀："英慎，你按到我的伤口了。"

蒋英慎一听，立刻松开，转而抓住她的手腕，视线在她身上焦急乱跑："哪里受伤了？严重吗？"问完又回身看蒋震："爸，我先送三姐去医院。"

"老五，"蒋震不赞同地叫了他一声，然后扬声吩咐，"安排司机，打电话给陈生，叫他也一起跟着去。"

陈生是蒋震的家庭医生，平时有个头疼脑热的，都由他上门面诊。

在众人的目光注视下，蒋英贤做出愧疚的表情："爸，让您担心了。"

"回来就好。"蒋震叹气道，"先养伤，有什么事等身体好了再说。"

"嗯。"

检查结果与傅城所说一致，皮外伤，不严重，唯独小腿可能会留疤。

蒋英贤并不在意，蒋英慎的脸色却变了，阴沉沉的。

既然她已经回来，其余人便重获自由，纷纷返回公司处理事务，只有蒋英慎守在病床前。

蒋英贤笑他："怎么气成这样？不就留个疤吗？医生都说了，有可能而已。”

蒋英慎与她对视几秒，低声问：“三姐，是不是和大哥有关？”

蒋英贤收敛笑意，说：“你别掺和，我自己有数，爸也有数。”

蒋英慎垂眼，用沉默表达不满，手还抓着她的手腕。

“三姐，你不知道我这几天是怎么过的，如果你——”那个“死”字被他抿断。

胸腔泛起温热的涟漪，蒋英贤反握住他的手，说：“我没事。”

蒋英贤在医院躺足三天，权当度假。

蒋氏股价虽说还没完全恢复，却不似前两天那般跌势凶猛。一来是她安然无恙回来，且对外宣称车祸就是场意外；二来媒体发声，称有黑社会假扮拆迁村民，以强拆之名敲诈地产公司，还强调了官方对黑恶势力绝不姑息的态度。

通篇没指名，没道姓，但是关注行业消息的人都知道，这是给蒋氏的事定性了——不存在强拆。

此消息一出，当日蒋氏股价上扬百分之五。

本来就是莫须有的罪名，再加上公关部一番操作，取得这个结果很合理，就是不知道沈东扬在其中扮演了什么角色。

沈东扬人在国外，打电话慰问她，问了几句伤势后，说：“你出事的时候我在国外，走不开。”

他这是在解释？

蒋英贤淡淡地说道：“我听爸说了，你出了不少力，所以媒体才会那么上心，谢谢。”

电话那头安静了几秒，传出男人带笑的声音：“大难不死，必有后福。”

蒋英贤也笑：“借你吉言。”

出院当晚，蒋震将她叫进书房。

蒋英贤早有准备，拿出准备好的有关林国峰和“万里鹏程”的资料。

蒋震越看手攥得越紧，多年练就的喜怒不形于色的本领破了功，眼中尽是惊怒。显然，他也没料到会是他们。

父女二人面对面静默着，良久，蒋震意有所指道：“老三，你觉得老二知不知道姓郑的这些勾当？”

看来要弃女婿保女儿了。

蒋英贤很给面子地配合道：“二姐平时不太参与公司的事，如果有心瞒她，不难。”

蒋震深深地看了她一眼，松了一口气，也不追究她从哪里得到的资料。

这栋房子里的人，哪个没点儿自己的本事？只要不越过他的底线，他向来睁一只眼闭一只眼。

二人就蒋英思的事达成共识后，蒋震又问：“你认为老大和这件事有没有关系？”

蒋英贤垂首避开他的视线。

她这时候只需沉默，蒋震会帮她补足未出口的控诉。

视线触及金丝楠木书桌，边缘处已经包出浆，折射出温润的光泽，看着它，蒋英贤想到的却是那张破木板床，一翻身，咯吱咯吱响。

她一瞬回神，怅然一般道：“爸，我不知道。”

蒋震沉重地叹了一口气，又深吸一口气，改用闲聊的语气问道：“对了，老三，听说你出事那天，车上还有一个人？”

“嗯。”蒋英贤大方承认道，“前阵子想雇个保镖，但只是想想而已，还没决定下来，先让安保公司帮忙看看有没有合适的人。那天本来是要面试一个人，碰上江北出事，他就和我一起去现场了。也幸亏有他在。”

“爸，对不起，我应该早点儿回来的。我当时慌了，好好的车子，突然就……我不想被媒体拍到，后来又一直迷迷糊糊的，才……”她没有说下去。

高明的谎言是半真半假。

“不用说了，我明白。他现在人在哪里？”蒋震点头，以为她之所以突然找保镖，是察觉到了什么苗头，脸上浮现出一点儿少见的慈爱神情。

看他的表情，蒋英贤就知道自己赌对了。蒋震的慈爱是在嘉奖她以大局为重，没有不管不顾地闹起来。

“他伤得比我重，听柯蕊说还在医院，我打算明天去看看他。”救命恩人，不去看才叫人生疑。

蒋震说：“应该看，救命之恩不可不报，我们蒋家不会亏待他的。”

处理郑清远之前，蒋震打算先敲打敲打蒋英思，更多的是通气的意思。他已安排律师准备好离婚协议，只等蒋英思悔过便拿出来给她签字，做个宽宏大量的父亲。

第二天清晨，蒋英思接到电话，不敢耽误，立刻赶回老宅。一进书房，见蒋英贤也在，脸色更白了，衬得眼下两大片青黑憔悴可怖。

“你看看吧。”蒋震也不废话，直接甩出林国峰的资料。

他本想听女儿声泪俱下地哭诉自己识人不清，被丈夫骗得团团转而不自知，不料蒋英思粗略翻了几页，就睁着无神的双眼一口认下所有的罪行。

“既然你们都知道了，我没什么好解释的。闹事的人是我找的，车祸也是我安排的，清远他什么都不知道。”

蒋震横眉瞪眼，脸颊肌肉抽搐，扬手想打她。

蒋英思也不躲，直勾勾地看着他。

“爸，你打吧，我不躲。”涣散的目光转到蒋英贤脸庞上，眼睛一下子有了神：“你肯定知道想杀你的人是我，不是清远吧？他跟你无冤无仇，犯不着动手。想让你死的人是我，我早就想这么干了，只不过一直没机会。蒋英贤，你和陈枫是不是以为蒋氏能有今天，都是你们的功劳？

“我告诉你，蒋英贤，你妈和杜悦没区别，都是老鼠。要是没有我妈和我外公，压根儿就不会有蒋氏！你凭什么一副理所当然——”

“你闭嘴！”蒋震面色铁青，手掌狠狠地落下，再无犹豫。

清脆的巴掌声响彻书房，蒋英思被打得脑袋偏向一边，身体也晃了晃，踉跄着撞上书桌，桌上的钢笔、台灯摇摇欲坠。

“混账东西！你还有理了！你干的是人事吗？你妈和你外公就是这么教你的？你给我滚！明天就滚！和姓郑的一起滚去南国工厂！”蒋震怒斥一通，摔门而去，力气大得连门框都颤抖了起来。

靠女人起家的男人，最听不得别人说他那段历史，蒋英思的话无异于拿刀戳他的逆鳞。

蒋震一走，空气倏然安静。蒋英思的眼前仍旧是花的，脸颊迅速肿起，手指一触，咝咝吸气。

蒋英贤出声道：“二姐，你是故意的。”

蒋英思低着头，不接话。

“我有一点不明白，你们动作这么大，早晚会被证监会发现，所以做这一切到底是为了什么？为了钱？你需要钱，爸会给的。”

蒋震用情不专，但确实大方，一掷千金博美人一笑的事没少做。英齐但凡考个好分数，跑车就能一辆接一辆。

正因如此，才有那么多女人愿意顶着第三者的恶名和他搞在一起。

蒋英贤说：“需要钱的是二姐夫。他怎么了？赌博？吸毒？”

“蒋英贤！”蒋英思终于出声，怒气冲冲地瞪她，“你少张嘴就来！清远不是那种人。”

蒋英贤浅浅地讥笑道：“那是哪种人？把自己的老婆拉出来顶罪的人？”

她今日才发现，蒋英思是个痴情种。

说起来，蒋英见也是，为了女人，不惜与蒋震闹掰。

蒋英贤不禁怀疑，这难道是庄月琴的遗传基因？

“是我自愿的！”意识到自己说错话，蒋英思神色一紧。

蒋英贤道：“我和二姐夫确实无冤无仇，没必要揪住他不放。二姐，爸早晚会查出来。他今天是气急了，才没问你为什么这么做。与其等到他查出来那天再翻旧账，不如趁现在全说了，让他一次性把气生完。”

蒋英思不想便宜她，内心又不得不承认她说得对。憋了半分钟，她终于开口道：“我叫清远拿公司的钱出来给我做投资，亏了，越亏越多，填不上了，就这样。”

蒋英思一周能在公司露脸三次就算勤奋了，大小事务都是经理在处理，这样的人，会挪用公款？而且郑清远是傻子吗？老婆说什么他做什么？

蒋英贤懒得拆穿她，只道：“二姐，你确定自己想清楚了？”

蒋英思不语。

清楚吗？

她就没想过。

得知真相后，她只想到自己是蒋震的亲女儿，最多被打一顿、骂一顿，再发配去边缘公司。但郑清远不行，他是个没背景的女婿，父亲不会手软，说不定要送他坐牢。

她怎么可能眼睁睁看着爱人坐牢？

蒋英思忽地笑了：“你这种人是不会明白的。”她带着恶意看向蒋英贤，“我祝你一辈子都不会行差踏错。因为你一旦出错，没有人会救你，他们只会像打落水狗一样踩你、踹你，巴不得跟你再没半点儿关系。”

蒋英思越说越兴奋，眼睛迸发出异样的光彩：“蒋英贤，我突然觉得这样也不错。就算你继承了公司，我妈当年经历过的一切你也得经历一遍。哈，这么看，这世上还是有天理的。”

蒋英贤看着她癫狂，一脸泰然道：“或许吧。”

傅城住院不全是做戏，他的肩胛骨与肋骨都有不同程度的骨裂，需要静养。至于头疼，医生怀疑是脑震荡，建议住院观察几天，但不强求，全看他的个人意愿。

傅城答应了。

第三天，柯蕊来办手续，将他从普通病房转入VIP套房。

第五天，蒋英贤带着鲜花出现，手中还有一张支票，“5”后面跟着五个“0”。

“拿着吧，不是我的钱，董事长开的支票，这是你应得的。”

蒋英贤不知道自己为什么要特意强调不是自己的钱。

傅城捏着那张薄薄的纸，盯着那龙飞凤舞的签名，眉眼平静地看上几秒，递还给她：“好，我收下了。给你，还小芝的部分医药费。”

蒋英贤伸手接了过来。她没理由不接。

傅城坐在病床边沿，她坐在小沙发上。病房大得可笑，两人之间隔着从窗户透进来的一方亮白的日光。她穿着一双浅口平底鞋，小腿上的伤口结痂，留下深深浅浅的颜色，有一种残破的美感。

傅城问：“你的伤口怎么样？”

蒋英贤伸一伸小腿，笑道：“快好了。倒是你，听医生说挺严重。”

比她严重多了。

傅城说：“为了住院，说得夸张了一点儿。”

又是一阵寂静，尴尬藤蔓一般肆意蔓延，捆住两人的神经。

过了许久，蒋英贤说：“谢谢你愿意住院。”

沉默了一会儿，她再次开口：“前几天，在蒋家门老宅口，我说过会和家里人说我早就打算请保镖，你是面试人选之一。今天除了探望，还想问问你，傅城，你愿不愿意做我的保镖？”

傅城眼底的黑色微微加深，看向她：“你觉得自己还会有危险？”

“是，也不全是。”蒋英贤坦诚道，“话已经说出去了，又刚经历过这种事，不请保镖说不过去。既然要请，比起请一个陌生人，我当然更信任你。”

信任？

傅城反问：“你会相信一个自己用钱买来的人？”

蒋英贤知道他说的是什么，但她选择就事论事，将话题停留在表面：“为什么不？买卖是最简单、可控的关系，如果所有关系都可以用钱解决，简直再好不过。”

等了一会儿，没有等来回答，蒋英贤笑了笑，拿着外套起身：“没关系，我会和你的公司联系，叫他们安排其他人过来。你好好休息吧。”

“需要多久？”傅城毫无征兆地开口。

蒋英贤反应不及，疑惑地问：“什么？”

“保镖，你需要多久？”

既然是为掩人耳目，一定不会太久。

两个月就够了。

蒋英贤咽下明确的答案，含糊地说道：“几个月吧。”

傅城点头：“好，那就几个月，我做你的保镖。”

蒋英贤下意识笑了起来，等反应过来，想掩饰已经来不及了。

或许被她传染，傅城的唇线柔和了许多，被蓝白色的病号服衬得温柔起来。

蒋英贤被一股冲动支配着，踱步回到他身边，俯身靠近，呼吸喷洒在他的嘴唇上，蓦然调转方向，在他的颊边落下一个吻。

“谢谢。”她说。

傅城没吭声，静静地目送她离开。

两天后，傅城出院，又隔了一周，才进蒋氏报到。

老李啧啧称奇：“小傅，我看徐正峰应该算是你的贵人了，记得找个时间去感谢一下。徐家的活已经够让人眼红了，现在又来了个蒋家。我可听说蒋家老三之前从来不用保镖，这次算是被你捡着了。”

柯蕊联系老李时，说是徐董推荐来的，想找之前给徐亚薇做保镖的傅先生。老李不知他与蒋英贤的弯弯绕绕，只当他是沾了徐正峰的光。

上班第一天，柯蕊带傅城熟悉了一遍公司的结构，又简单介绍了一下蒋英贤的大概日程。

“老板不喜欢身边人多，所以原来的司机就调给其他人用了。傅先生，以后要麻烦你开车送老板上下班。老板经常加班，有时候会加班到比较晚，你做好心理准备。”

柯蕊也不知道傅城怎么就成了老板的保镖，但老板发了话，她只管执行就好。

因为傅芝的事，柯蕊对他印象不错，见他一脸严肃，笑着说：“放心吧，傅先生，肯定比你在徐小姐身边工作轻松。老板很好相处，只要不耽误工作，其他都好说，也没什么难搞的癖好。”

傅城嘴角下压了一下。

他直到晚上才见到蒋英贤。

她揉着太阳穴从会议室走出来，见到他时，脚步顿住：“来了。”

“是。”

“我还要再看一下文件，待会儿你和我一起回去见见我家里人，认识一下。”

傅城点头。

直到整层楼只剩下他们三人，蒋英贤终于走出办公室，先让柯蕊下班，然后引傅城下楼。

开车时，傅城瞥了好几眼她的腿，忍不住说道：“伤口愈合之前应该尽量多穿平底鞋。”

蒋英贤扫了一眼自己的小腿，转头看着他的侧脸：“你怎么样？”

“还行”二字尚未出口，她的手已经抚上来，轻轻摩挲他的肩胛骨位置。

他浑身一僵，蒋英贤以为自己弄疼了他，收回手说：“抱歉。”

这天不是周五，客厅里只有蒋震和蒋英慎在。

蒋英贤为他们介绍傅城，蒋震热情地说了几句感谢话，就算是打过招呼了。蒋英慎的笑容很淡，冲他点点头便拉蒋英贤去沙发上坐，靠近去检查她的腿。

手指想碰又不敢碰，仿佛她是尊有裂缝的瓷器。

蒋英贤语调轻松地说：“哪用这么小心？痂都快掉了。”

蒋英慎没好气道：“都是你挠掉的！三姐，你能不能上点儿心？等着，我去拿药。”

蒋英贤回头瞥傅城："傅城，你回去吧，明早七点半来接我。"

傅城点头，视线掠过蒋英贤的后脑勺，碰上她身侧男孩若有所思的目光，自然地收回视线，与蒋震道别后离开。

半月时间倏然而过，两人当真成了雇主和保镖的关系，除去必要的交谈，无半分逾界。

傅城有意保持距离，蒋英贤也配合。

周六上午，傅城少见地主动敲门："我想请两个小时的假。"

蒋英贤放下钢笔问："什么事？"

"夏夏钱包丢了，现在在酒店前台，办不了入住。"

"那她的身份证还在吗？"

傅城摇头："和钱包一起丢了。"

"嗯，你去吧，不用着急回来，我叫柯蕊和你一起。"

她没有给他拒绝的机会，直接出门去找柯蕊，低声交代了几句。

徐夏夏订的是一家快捷酒店，环境一般，胜在地理位置好，紧挨地铁口，去哪里都方便。她这次来是为探望初中同学，顺便参观京州大学，给自己打打气。

另外，她还存了一点儿私心——这个星期天是她十八岁生日，她想和傅城一起过。

柯蕊按照蒋英贤的交代，把人带去蒋氏旗下的酒店。

安排好房间，柯蕊转告傅城："傅先生，老板说这两天你不用去公司了，带夏夏好好玩一玩。我刚刚和经理打过招呼，夏夏在酒店里面吃的和用的记账就好。"说完，又对夏夏说："夏夏，酒店顶层的西餐厅是米其林二星餐厅，评价很不错，我让经理帮你留了位子，晚上要是没有别的安排，就和傅先生一起去试试。明天如果需要导游讲解，和前台说一声就行，他们会替你安排。"

徐夏夏既兴奋又茫然，好似一下子掉进蜜罐里，被蜜齁得晕头转向。她小蝴蝶似的东看看、西看看，最后停留在落地窗前感叹："傅城哥哥，你快来看，好漂亮啊！"

傅城却说："夏夏，有事给我打电话，我先回去了。"

徐夏夏一听，兴奋散去大半，但还是体谅地说道："没事，傅城哥哥，我明白，工作要紧，我自己玩就行了。你帮我谢谢小贤姐，那……

明天晚上，我们可以一起吃饭吗？”

“周一不用上课？”

“傅城哥哥，你忘啦？周一是中秋节，学校放假，但是我得早点儿回去陪奶奶。”

傅城点头：“好。”

徐夏夏期待地看着他，然而傅城完全没有意识到第二天是什么日子，只让她想想有什么想吃的，他带她去吃。

蒋英贤见傅城这么快就回来也没多问，随他去了。

周六，蒋英贤没什么特别安排，索性留在家里办公，傅城得以名正言顺地带徐夏夏逛了一天。晚饭时间，傅城问她想吃什么，徐夏夏绞着手指小声说：“傅城哥哥，其实，今天是我生日。”

傅城愣了愣，脸上冷冽的线条被歉意软化：“抱歉，夏夏，我……”

“没事，没事。”徐夏夏急急摆手，“是我没提前说。傅城哥哥，我……我就想和你一起随便吃个饭就行。”她底气不足，余光瞥见傅城微蹙的眉心，连忙补充道，“还有小贤姐，我想和你们一起吃饭。”

傅城犹豫了一下，说：“我打个电话问问她，她不一定能来。”

徐夏夏乖巧地说道：“没关系，小贤姐肯定很忙。”

蒋英贤接到电话，有些意外，但是答应了过来。

因为多了她，三个人只能去隐私性好的餐厅包间，询问过徐夏夏的意见后，蒋英贤将见面地点定在一家五星级酒店内的创意料理店。

去之前，蒋英贤特意准备了蛋糕和礼物——一个M家的小钱包，恰到好处地贵重。

如果说徐夏夏刚开始还默默希望她别出现，那么见到礼物后，她就为自己的心思感到羞愧了。

“谢谢你，小贤姐，我要拍给我哥看看，省得他总送我什么南极科考队专用羽绒服，烦死了。”

说曹操，曹操到，几人正笑，徐瑞打来电话。徐夏夏笑道：“肯定是奶奶告诉他我来找傅城哥哥了。”说着她走到角落处接电话。

傅城趁机对蒋英贤说：“礼物太贵重了。”

蒋英贤猜到他会这么说，笑着反驳：“十八岁生日，送什么都不算贵重。”

他没接话，但是蒋英贤从他眼中读懂了他想问的话，主动说："我十八岁生日的时候在通宵赶作业，第二天睡了一天。"

傅城脑中闪过那个画面，眸底不自觉漫起柔光。

徐夏夏挂断电话，撇着嘴回到二人身边："我哥太能唠叨了，每次都是那些话，听得我耳朵都长茧了。"

抱怨完，徐夏夏问蒋英贤："小贤姐，能不能帮我和傅城哥哥拍张合照？我想发给我哥看看，他也好久没见到傅城哥哥了。"

可见，她只是嘴上抱怨，实际上兄妹感情还是很好的。

"好。"蒋英贤接过她的手机，刚对好焦，手机没电关机了。

徐夏夏懊恼不已："肯定是我白天拍太多照片了。"

傅城递出自己的手机，说："用我的吧。我有徐瑞的电话，拍完了直接发给他。"

蒋英贤接过手机，喊着"一、二、三"，指挥两人换动作，连拍了许多张，直到她的手机响了。

蒋英贤将傅城的手机直接递给徐夏夏："夏夏，你看看行不行。"然后拿起自己的手机，对二人道，"我出去接个电话，你们先吃，不用等我。"

傅城也知道女孩子关心自己的照片，所以任由徐夏夏拿着自己的手机仔细查看照片。

徐夏夏一张张地划着看照片，不小心划过了，看到一张风景照。她偷偷扫了傅城一眼，见他没注意自己，手指继续划屏幕。

她知道自己这样做不对，可是，窥探的欲望超越了道德。

连续几张，不是风景照，就是京州市地图，没有她期望中的自拍，也没有任何能看出个人生活轨迹的照片。

徐夏夏失望极了，手指无趣地滑动着，正准备结束偷窥，却被新跳出来的照片抓住了眼球。

照片上的女人坐在自家小院的藤椅上，双目轻合，脑袋偏向一侧，似是睡着了。阳光透过树叶洒在她脸上，印出斑驳的光影，看上去那么温柔。

女人身上那件鹅黄线衫，也是她的。

第七章 报复

徐夏夏的脑袋“嗡”了一下，惊异过后，她有满腔的委屈与不甘。

她快速退出相册锁屏，低头沉默许久，试图用理智压下情绪，继续做个乖巧懂事的战友妹妹。

可她不甘心，太不甘心。

她明明问过小贤姐，亲耳听她撇清关系，所以才会放心大胆地继续喜欢他，甚至在今天这种时候，拉她出来做挡箭牌……

小贤姐是在耍她吗？

她都能看出来傅城哥哥对她不一般，小贤姐怎么可能不懂？

几番纠结，情绪非但没有平静下去，反而愈加强烈。徐夏夏憋住一口气，眼眶泛红地看向傅城：“傅城哥哥，小贤姐她……她不像表面看上去的那么好。”

傅城皱眉看着她，目光疑惑而冷淡。他本不想搭腔，但念及她是徐瑞的妹妹，不想她以后走弯路，于是语重心长地说了一句：“夏夏，背后议论是非不是好习惯。”

被喜欢的人说不好，再轻的话语也是重创。

徐夏夏鼻头一酸，拼命眨眼睛才抑制住落泪的冲动。她梗着脖子说：“之前在我家的时候，我问她有没有喜欢的人，她说没有，她亲口说的。”

傅城没有应声。

在徐夏夏看来，他的冷淡是因为不想和自己说话。

“傅城哥哥，你相信我，我说的都是真的。”

傅城沉默地起身，走到她身边，在她企盼的目光中，说出粉碎她希望的话：“我送你回去。”

徐夏夏愕然。

这就是他要说的？

他不相信她？

她难以置信地看着自己心心念念的男人，这一刻，不被信任的愤怒甚至超越了失恋的痛苦。

就在这诡异的氛围中，蒋英贤推门而入。

“久等了，我——”

她随即意识到不对劲，站定看着二人，眼神停留在傅城脸上，无声询问。

傅城说：“夏夏不太舒服，我先送她回酒店。”

她才没有不舒服！她明明就没有说谎，为什么傅城哥哥就是不听！

情绪瞬间到达顶峰，徐夏夏一下子站起来，冲着蒋英贤单刀直入道：“小贤姐，你告诉傅城哥哥，在我家的时候，我是不是问过你有没有喜欢的人？”

她的声音带着哭腔，像质问，也像求助。

蒋英贤不知发生了什么，扫了一眼傅城冷凝的脸色，平静地承认：“是。”

“那你是不是回答我说没有？”

“是。”

得到肯定答复，徐夏夏心满意足，转身殷殷地看向傅城。

然而傅城只是抿了抿嘴唇，嗓音不见丝毫起伏：“我先送你回去，有什么事等回去再说。”

他还是不信她！

酝酿了许久的泪水终于夺眶而出，徐夏夏不管不顾地说出心底话：“傅城哥哥，你不知道，她还鼓励我来着！我告诉她，等我考上京州大学就和你说，她跟我说加油，说等我考上了要给我接风。傅城哥哥，她不是好人。她明明知道，还这么说，她拿别人的心意当笑话看！”

目光触及桌上的粉色小钱包，先前有多喜爱，现在就有多厌恶。徐夏夏抄起钱包朝蒋英贤扔去：“我不要你的东西！”

“啪”的一声响，钱包结实地打在蒋英贤身上，不太疼，但她受了惊，本能地后退半步，眉头也皱起来。

“徐夏夏！”傅城厉声喝道，一只手按住她的肩膀，目光冷凝成冰，别说爱意，连对妹妹的包容也不见了。

徐夏夏心中更痛，狠狠地擦眼泪，动作野蛮粗暴，仿佛那根本不是自己的脸。

“我讨厌你！”她一把甩开傅城的手，夺门而出。

木门咯吱咯吱晃悠，一道凉风吹向蒋英贤的脖颈。

空气安静得令人不适，蒋英贤走回自己的座位，轻声说：“快去追吧。她现在这样很容易被坏人盯上。”

年轻女孩，孤身一人，还泪流满面，简直就是活靶子。

傅城眉头紧锁，迈出一步，又顿住脚步，转头说：“我把她送回酒店就回来。”

“不用了，我叫柯蕊来接或者自己打个车回去就行了。”

傅城并不领情，沉声重复一遍：“在这里等我。”

说完就走，态度是不容置疑地强硬。

蒋英贤抿唇不语。

其实她早就察觉到他性格中隐藏的强势，这晚算是第一次直白领教。

包间外，年轻的服务员端着一盘清炒素什锦有些犹豫。她刚准备进屋上菜，就见小姑娘一风阵似的跑出来，门板直呼而来，差点儿撞翻她手中的菜。再然后，那个高个子的男人也走了。

房间里静悄悄的，她一时不知自己该不该进。

踟蹰了一会儿，她还是走进去了。

偌大的包间内只剩下一个温柔的女人，看见她进来，微笑了一下，看不出半点儿凌乱。

她犹豫地问：“小姐，要打包吗？”

三个里面走了两个，想也知道这顿饭吃不成了。

女人却说：“不用，在这里吃。”

服务员有些惊讶，但既然客人这么说了，她就不再多嘴，轻手轻脚地摆上菜，道：“您慢用。”

傅城回来得比蒋英贤预料的要快，前后不过两个小时。

他推门进来时，她正坐在靠窗的位置看风景。

蒋英贤只问了一句：“吃饭吗？”

傅城摇头，目光掠过餐桌，问：“吃完了？”

“嗯。”

“我送你回去。”

“好。”

蒋英贤起身，拿起外套向外走，傅城沉默地跟上。

完好无损的蛋糕连同小钱包孤零零地摆在餐边柜上，连包装都没拆，夸张的粉色蝴蝶结带着一种不合时宜的热闹意味。

车在交错的霓虹灯中穿行，畅通到三环附近，突然堵车了，红色刹车灯波浪一般此起彼伏。

蒋英贤瞥了一眼时间，九点四十五分，正是夜生活开始的时候。

前面不知发生什么事，堵了十五分钟纹丝不动，有人“路怒”发作，拼命按喇叭。一个人按，其他人也开始按，哪怕有玻璃阻隔，那声音也足够令人烦躁。

就在这烦躁的背景音中，傅城开了口：“今天的事，对不起。”

小孩子脾气来得快，去得也快。等他追上时，徐夏夏的气已经消了大半，虽然还流着眼泪，却更多的是觉得丢了脸。

她一边哭一边表白，把这些年的心路历程全部诉说了一遍。

搞成这样，她自己也知道没戏了，还矜持个屁！

傅城静静地听完，认真地坦白，自己一直拿她当妹妹，如果做了什么让她误解的事，请她原谅。

他越温和，徐夏夏越绝望，心存的最后一点儿侥幸也破灭。

徐夏夏擦了擦眼泪，将自己与蒋英贤的对话详详细细地复述给他听。

蒋英贤转头看着他的侧脸，被他敏锐地捕捉到，视线相交。两秒后，她笑了笑转回头。

“没关系。”

沉默片刻，傅城说：“徐瑞的父母很早就去世了，他和夏夏两个人从小和奶奶住在一起。徐瑞拿夏夏当半个女儿照顾，夏夏的愿望他基本上都会想办法满足。所以——”

所以什么，他没说，顿了顿，又道了声抱歉。

蒋英贤明白。

女孩子是不是小公主，和家里有没有钱有很大的关系，却又不完全相关，更多的是看家人愿不愿意宠着她。徐夏夏就是那个有人宠着的小公主，气性难免大一点儿。

蒋英贤的态度软和下来，说：“傅城，你不用和我解释。”

外面嘈杂混乱，车厢里一片寂静。蒋英贤按下车窗，冷空气呼地一下涌进来，吹得她精神一凛。

“她说得没错，我不是好人，我拿别人的心意当笑话看。”蒋英贤低头笑起来，精致的面容上不见半点儿恼怒，反而有些赞赏地说道，“她很聪明，应该能顺利考进京州大学。”

傅城握住方向盘的手收紧了。

蒋英贤没注意，笑容愈来愈轻飘，眸色深沉得像调戏：“我觉得你应该听你小女朋友的劝。”

“嘀——”

刺耳的尖鸣声骤然响起，将她的游刃有余撕开一道缝。

蒋英贤还没从那声尖鸣声中缓过神来，人便重重摔向靠背。

她不知道傅城是怎么做到的，居然在拥挤的车流中硬生生挤出一条路来，甩开身后的叫骂声与喇叭声，驶离环路，一路加速，停靠在一处无名小巷里。

小巷仅有的一盏路灯失修，发出电流声，几秒钟闪一下，像不安的眼睛一样。

光线这样忽明忽暗，还不如彻底黑掉。

蒋英贤看不清傅城的表情，但能听见他的声音像是结了冰一般冷：“英贤，我陪你玩，不代表你就可以随便插手我的事。”

压抑已久的情绪彻底爆发，他听见徐夏夏说蒋英贤鼓励她时血气就开始翻涌了。

他极力压制，然后呢？

她叫他听“小女朋友”的话。

蒋英贤眼皮抽搐，意识到即将到来的危险，耳朵敏锐地捕捉到他解开安全带的微响。

她尚未想好说什么，傅城已经欺身压过来。他甚至不用看，单手稳稳擒住她妄图解开安全带的手，另一只手按住她的后颈。

“你自己玩够了，就随便找个人往我怀里塞。你拿我当什么？你是不是觉得只要给我一个女人，我就会像狗一样扑上去？”

他在她心目中，就是这么贱的形象。

怪谁？怪他自己。

傅城的脸挨得很近，鼻尖几乎碰上她的，浅色瞳孔中透着她从未见过的尖锐与狠厉，让她慌了神。

她清晰地感受到两人之间的力量差距。如果他想，她在他手中就像玻璃一样脆弱，没有任何反抗余地。

心脏咚咚直跳，蒋英贤仿佛听见自己血液奔流的声音。

她挣扎了一下，纹丝不动，于是说：“我知道你不是那样的人。”

哪样的人？连她自己都说不清楚，但不是现在这样。

傅城绷紧的唇线忽然松动，嘴角向上一扬，带着十足的冷讽意味道：“你很了解我？”

蒋英贤一口气提不上来，内心的忐忑突破峰值，变成同归于尽的冲动。

她对上他的眼睛，说：“对，很了解。我很清楚你在气什么，也知道你想要什么。”

傅城屏息等待她的下文。

他的眼睛里有一团火，太直白、太灼热，蒋英贤不敢看，但她强迫自己迎上他的目光，用最轻描淡写的语气说道：“你想报复回来。”

后脖颈上的手掌一紧，勒得她皮肤生疼。

“你很不甘心，是吗？没关系，这很好解决。傅城，今天我陪你玩，你随便玩。”

傅城的眸光剧烈颤动，瞳孔猛然收缩。

从某种层面上来说，她确实很了解他，知道如何彻底激怒他。

她用最轻佻、最粗鄙的语言来践踏他最隐秘的心意。

蒋英贤不赌博，但她是个赌徒，而且是个十赌九赢的赌徒。

她赌自己这样说，他一定会恼羞成怒地甩开她。

可是这一次，她输了。

傅城闭了闭眼，忽然凶狠地吻上来。

与其说是吻，不如说是撕咬。他像一只久未进食的野兽，要将她吸食殆尽。

蒋英贤慌了，胸腔火烧似的疼。

傅城轻松攥住她反抗的手，用强势的力道压制住她，逼仄的空间里她很难有反抗的余地。

他盯着她的眼睛，清楚地告诉她："蒋英贤，你说得对，我想报复。"

蒋英贤微微发抖，肌肤透出灼烧般的嫣红。

他的眼神凌厉得吓人，紧紧盯着她的脸。

"英贤。"

他突然叫她，听得蒋英贤心脏缩紧。

她看见他额上的汗，看见他滚动的喉结，最后，掉进他旋涡一样的瞳孔中挣脱不开。

那里面还有怒意，还有令人窒息的浓烈欲望，几乎要淹没她。

傅城忽然松开她的手，沉默抽身。

蒋英贤暗暗松了一口气，以为这件事情到此为止了。她想问他"玩够了吗"，话到嘴边又咽回去。

手腕上的红痕告诉她，现在最好别刺激他。

然而她的审时度势不仅没有安抚到傅城，反而让他刚刚压下去的火又开始冒头。

时至今日他才看透，她的那些胡作非为哪里是任性。呵，这人从来不任性，每一次挑衅、激怒都是因为她明白什么人能惹，什么时候能惹。

蒋英贤是在傅城随自己一起下车时，意识到不对劲的。

她抿了抿唇，顿在原地看他。

见她不动，傅城走过来，盯住她问："怎么了？不是你说让我随便玩吗？"

他的眼神让蒋英贤感觉很陌生。

察觉到她的犹疑，他又上前半步，胸膛贴上她的胸部，一个字一个字清晰地说道："英贤，我没玩够。"

说完就要吻她。

蒋英贤侧头闪躲，视线瞟向天花板角落，用气声提醒："这里有摄像头。"

然而傅城充耳不闻，捏住她的下巴，不管不顾地靠近她的唇。

蒋英贤有些惊慌，推搡着他的肩膀。

可她越这样，他越用力，手掌更是贴住了她的后腰。

“傅城！”她拼尽力气挣脱，仓皇呵斥。

傅城没有继续，手却依旧箍得她动弹不得。

“你怕什么？怕被摄像头拍下来放在网上，还是怕被人看见和我在一起？”

他咄咄逼人，十分反常。

蒋英贤凝视着他的眼睛，放松身体，做出毫无防备的姿态：“别在这里，好吗？我不想有人对着我的录像做不堪的事。”

僵持几秒，傅城松开了手。

短短一句话，描绘出一个令他无法忍受的画面。

他讽刺地想：她真的很会，知道什么时候说什么话最有效，甚至不忘完美避开他的问题。

蒋英贤知道自己躲不了，所以当两人进入家门后，她完全放弃了抵抗，温柔地回应着他的一切索求，无论合理的还是不合理的。

万般柔情，说不清是真缠绵还是审时度势。

八成是审时度势吧，傅城想。稍稍平复的怒意再次燃起来。他竭力用最冷静的声音问：“蒋英贤，你到底有多少——”

多少什么？他也不知道自己算什么。除去男友、爱人，不就只剩“不走心的对象”了吗？

忽然听见这样一句质问，蒋英贤怔住了，跟不上他的思路。

“说话！”即使“不走心的对象”只会令他愈加愤怒，他依旧想听到答案。

“只有你，傅城，只有你一个。”

一包酸水在傅城胸腔炸开，渗入每一条毛细血管。

这种时候，她还用这种鬼话骗他？

而耳朵听见的那一瞬间，他竟然想要信了她的话！

他残酷地箍住她，压抑的声线从牙缝中挤出来：“蒋英贤，你给我说实话。”

蒋英贤忍着痛，轻声说：“真的，傅城，只有你……”

手上钝痛暂缓，他呼出的热气燎烤着她的耳骨。

许久，他又问：“丝巾是哪里来的？”

“什么丝巾？”

傅城顿了一下，说：“有金属扣那个。”

“以前买的，买了之后就没用过，除了你那次。”

“为什么买？”

他上瘾了，刨根问底。

她不说，他就死命地折腾她，直到她说为止。

“我以为自己有兴趣，想试试……后来觉得没什么意思。”

她蜷缩着，将脸埋进枕头里。

只露个侧脸，也足够令他发疯。

蒋英贤掀起挂满泪珠的睫毛，呼出一团热气：“傅城，你玩够了吗？”

“没够。”

像是被某种力量拉扯着，他望进那双水雾氤氲的眸子，说：“没够，英贤，我还没够。”

蒋英贤忽然勾起嘴角，朝他伸出手。

傅城愣了一下，低下头去，帮她将胳膊套上自己的脖子。

她有气无力，放任他对自己为所欲为。

次日晌午，蒋英贤不情不愿地睁开眼睛，只觉身体仿佛被货车碾过。

她费了半天劲才勉强翻身，目光在身后那人的脸上游移。

傅城很清醒，正垂眼看她，对上她视线的一瞬，眸光微颤，似乎想躲，却又没躲。他强迫自己直视她。

他面容平静，像是认命地等待被宣判死刑的犯人。

以她的劣根性，这种时候她应该讥笑着说“傅城，真没看出来，你还挺行的啊”，然而不知怎的，她说不出口。

目光移到他的胸口，蒋英贤突然张口咬了上去。

她没打算把他咬出血，只是没控制好力气，犬齿不小心刺破皮肤。

他没吭声，也不反抗，抱住她的头，默默承受。

“活该。”蒋英贤冷声道，说完，仰起头看他。

他的嘴唇很薄，线条明晰锋利，尝起来却是软的，如他的人一样。

他心怀愧疚，因而格外温柔。

蒋英贤若是知道他的想法，只会想笑。

一个高尚的人，被人逼急了做点儿坏事，自己倒先反省起来了。

然而，就算知道，此时此刻她也不会说什么，因为至少现在，她愿意让他高兴。

蒋英贤的声音断断续续传来："傅城，你现在高兴了吗？"

其实她想问"玩够了吗"，话到嘴边，改成"高兴了吗"。

傅城没有回答。

高兴了吗？好像没有，又好像有。

两人赖床一直赖到下午，直到蒋英贤的肚子发出咕噜咕噜的声响。

傅城听见了，先是微微一愣，而后嘴角上扬。

他们脸贴着脸，他的气息一变，蒋英贤就立刻捕捉到了。

她没好气地说："笑什么笑？"

普普通通一句话，比任何挑逗都更让他高兴。

傅城沉默了一会儿，欲盖弥彰道："没笑。"

蒋英贤心中郁结，声音更沉闷："不会说谎就别说。"

傅城半晌没再说话，空气渐渐凝滞。

"你……"他开口问，蒋英贤的呼吸随之平缓下来，"想吃什么？"

应该放松才对，蒋英贤却突然感到疲惫。

她低低地叹了一口气，说："你是不是想问别的？"

蒋英贤趴在他的胸口，没看见他的瞳孔骤然收紧。

时间一分一秒过去，傅城终于开口道："如果是呢？"

该来的总会来，她坦率地反问："你想听我说什么？"

傅城的心脏猛然下沉，声音也跟着冷了下去："我想听什么你就能说什么？"

语气中透着淡淡的嘲讽意味，说不出是在嘲讽她还是在嘲讽自己。

"不能。"她的声音柔和清脆，诛心于无形。

他正要推开她，她又靠过来，摩挲着他冷硬的下颌线，轻声问："又生气了？"

薄唇抿出毫无温度的弧度，傅城道："我有资格生气吗？"

这样阴阳怪气的话，真不像他说的。

蒋英贤的心因此变得更软了，抬起头，无畏地迎上他森冷的目光："有啊。昨晚你不就生气得挺彻底？"

"英贤！"

"嗯。"蒋英贤低低地笑，"对不起，一下子没忍住，都怪你太可爱了。"

可爱？！

比被敷衍更令人怒火中烧的，是被轻视。

像是知道他要走人，蒋英贤牢牢抱住他，无比眷恋般不停地蹭他的下巴：“不喜欢就推开我。”

傅城一只手刚搭上她的肩膀，就被她侧身躲开：“骗你的。”

她抬头，眼睛乌黑晶亮：“是你先说谎，明明就很喜欢。”

蒋英贤笑道：“傅城，你真的不太会说谎，以后还是别说了。”

傅城有些颓然。他拿她一点儿办法都没有。

蒋英贤双手轻轻抚摸着他的后背，像给一只狂暴的大猫顺毛：“我想喝水……”

话音刚落，傅城利落翻身，她只来得及抓住他的手腕。

她湿漉漉的瞳孔里透着几分慌乱，手指使不上力气，只能勉强收紧。

傅城看着她的手，面部轮廓变得柔和起来：“拿水。”

她没反应过来，疑惑地蹙起眉心，手还握住他的手腕不松。

傅城说：“给你拿水。”

蒋英贤怔了怔，松开手，手刚离开他温热的肌肤，便被他反手握住。

坚实有力的触感，全方位包裹住她。

“你以为我要去哪里？”他问。

蒋英贤垂眸掩饰自己的尴尬。

傅城比她善良得多，没有追问，紧一紧掌中的纤柔，说：“我去拿水。”

声音比之前平缓许多，听上去情绪不坏。

蒋英贤“嗯”了一声。

上一秒还是剑拔弩张的气氛，这一秒就缓和下来了。

知道她渴，傅城端回来满满一大杯水，水是温的，最适合入口的温度。

玻璃杯见底，古铜色的手再自然不过地伸过来接杯子。蒋英贤抬头看他，阳光透过窗户洒在他的脸上，他眉眼深邃，下颌锋锐。

两个人静静地对视片刻，气氛暧昧得正好。

蒋英贤率先垂下眼睫，搂住他的腰，什么都没说。

他们都深谙没有答案的问题就不要问的道理，所以傅城不问爱不爱，蒋英贤也不问留不留。

又是周五，傅城送蒋英贤回老宅。

蒋英贤的心思还在文件上，看了一半，有个数据一直记在心上。然而周五的聚餐不能迟到，她只得放下文件准时下班。

傅城注意到她心不在焉，上台阶时穿着高跟鞋的脚明显抬得不够高，于是他提前扶住了她的手臂。

等她站稳，他又顺手拿出拖鞋摆在她面前。

蒋英贤回过神来，看了看给自己摆鞋的男人，小声说着“谢谢”，又就着他的手臂换好鞋，然后弯腰将高跟鞋放进鞋柜。

蒋英慎远远看见这一幕，心底没来由地泛起一丝异样感。

“三姐，你回来了。”

“嗯，英慎，其他人都到了？”

“四哥还在路上。”

蒋英贤点头，转身道：“傅城，你回去吧。”

蒋英慎注意到，这个沉默寡言的男人目光一直落在蒋英贤身上，哪怕是自己说话时也如此。

他是保镖，似乎也该如此。

蒋英慎在心中说服自己。

晚餐结束，众人聚在偏厅喝茶，蒋英贤放松地跷着一只脚，拖鞋挂在脚尖摇摇晃晃。蒋英慎多看了几眼，忽然意识到哪里不对劲。

先前在门口换鞋时，她自己将高跟鞋摆进了鞋柜。

为什么？

他知道她不是那种颐指气使的人，可是，以前的三姐也会这样吗？他努力回想蒋英贤每次进家门时的动作。她会对拿鞋的用人道谢，有时也会自己主动拿拖鞋，但是从未自己将换下的高跟鞋放回鞋柜过。

那她今天为什么不让那个保镖放？

他只能想到一个理由——因为她不想让他太像用人。

蒋英慎屏息，不敢相信脑中冒出的念头。

三姐为什么不想他太像用人？

不可能，绝对不可能。

三姐怎么会……

一想到这点，他的思绪便不受控制地越飞越快，越飘越远。

三姐最讨厌身边人多，怎么会突发奇想雇保镖？

因为车祸？确实，车祸在前，雇保镖在后。出了这么大的事，心有戚戚，不敢独处也是正常反应。

可是，三姐是那种因此就害怕的人吗？

他从来不信什么“一时慌了，不想被媒体拍到，所以才躲了几天”的说辞。他的三姐，什么时候慌过？她一定是躲起来等待蒋英思露出马脚，以便瞅准时机一击毙命。

对此，蒋英慎既为她骄傲，又心疼她。那日见她一身狼狈地出现在大门口时，他恨不能直接掐死在场所有人——没有他们，她就不用受这种苦。

之后，傅城出现，他没放在心上，根本没往那方面想。直至此刻，他才猛然想起一个问题——在三姐躲起来的那几天里，傅城是不是也和她在一起？

那时候，三姐对他是怎么说的？是假装软弱，骗他保护自己，还是和盘托出，要他配合？

若是后者，那就说明她信任他。

“英慎，你怎么了？不舒服吗？脸色这么差。”蒋英贤注意到他的异常，关心地问道。

她的脸孔被水晶灯照亮，五官清丽端柔，双唇莫名丰润。

他当然知道她美丽，但她是含蓄的美人，别人很难在她脸上找到欲望的迹象。

然而现在……

蒋英慎的视线再次滑向嘴唇，不动声色地说：“是吗？可能昨晚没睡好。”

蒋英贤点头不语。年轻人有几个不熬夜？这种小事不值得唠叨。

因为蒋英思的事，蒋震最近精神不好，九点的钟声一响，便要回房休息，其余人也因此得到解放。

上了年纪的人，五官好不好看是其次，最重要的是得有精气神支撑，方才显年轻。现下蒋震精神不佳，人还是那个人，看上去却老了许多。

蒋震像许多不参与家庭生活的父亲一样，直到家庭矛盾以最丑陋的形式爆发的那一刻，才肯正视它的存在。

就在几天前，他还自诩为一个成功的父亲。子女虽多，却都相安无事。蒋英思的所作所为犹如一记响亮的耳光，打得他头昏脑涨。

蒋英贤发现，蒋震的背影已有佝偻之态，步伐也不似往日矫健。

杜悦扶着他，对比她那年轻饱满的脸，蒋震愈显老态。

大家各自散去，蒋英贤没什么事，懒得叫人，便自己去厨房添茶。

一转身，她看见蒋英慎跟了过来，很是吃了一惊，茶水洒掉一半，手上也泼了一些。

“英慎，你吓我一跳。”

蒋英慎拉着她的手去水龙头下冲凉，冷不丁问：“三姐，你那个保镖怎么样？”

“还行，怎么了？”

蒋英慎摇头：“没什么，随口问问，就是觉得他长得不太像保镖。”

蒋英贤笑：“我刚开始也这么觉得。”

“不如换个人？”

“你觉得他有问题？”

“也不是，就是这人太显眼了，感觉不大安全。”

蒋英贤“嗯”了一声，像在认真思考，然后淡淡地说道：“算了，太折腾了。”

十分合理，可蒋英慎就是感觉不对劲。

回到房间，蒋英贤回复完邮件之后，翻出傅城的号码，发信息问：“在？”

等了十几分钟，没有得到回复，蒋英贤删掉信息记录，放下手机进了浴室。

她这天有点儿倦，泡澡的时间比往常久了一点儿。

迈出浴缸时，视线对上镜中的自己，蒋英贤怔了一下。

身上痕迹尚存，几日过去，还没完全消退，可见那日他有多不管不顾。

余光瞥见镜中的女人，蒋英贤才意识到自己正在抚摸一处小小的红痕，目光竟是温柔的。

精致的眉毛轻轻蹙起，她擦干身上的水，穿上浴袍。也幸好她穿好浴袍才拉开门——房间内，多了一个人。

蒋英慎端着青花瓷杯站在门口，门半敞着，似是刚刚进门。

见她这副模样，蒋英慎解释：“三姐，我不知道你在洗澡，敲了几下门没听见你的声音，才推门进来看看。”

蒋英贤好笑地说道：“我又没说什么。”视线落在他手中的茶杯上，伸手接过，又道，“谢谢。”

喝了一口，她问：“温的？”

蒋英慎说：“我兑了点儿凉水，这样就不用担心被烫到了。”

蒋英贤打趣他：“英慎，学校里喜欢你的女孩子是不是特别多？”

长成这样，还细心体贴，怎么可能不受欢迎？

蒋英慎神色淡淡地道：“还行。”

听听这语气。

蒋英贤无奈地笑了：“嗯，还行就是很多的意思。”

蒋英慎却是一副满不在意的态度：“可能吧。”

看他似乎不想多聊，蒋英贤尊重他的隐私，没有继续问下去。

送走蒋英慎，她才有时间看手机。屏幕上有两条信息和一个未接来电。

都是傅城的。

几乎在她进入浴室同时，傅城就回了信息：“在。”

两分钟后，又发了一条：“刚刚在洗澡。”

又过十几分钟，他打了电话过来。

蒋英贤无声弯唇，输入几个字，想到什么，又删掉信息，直接打给他。

“喂。”男声低沉有力，听上去很清醒。

蒋英贤：“是我。”

“我知道。”

嘴唇又要上扬，蒋英贤问：“还没睡？”

那边沉默了一下才回答一个简短的“嗯”。

没收到她的回复，怎么睡？

半个多小时内，车祸场景已在脑中复盘无数次。

蒋英贤说：“我刚才也去洗澡了。”声音一顿，她轻声问，“着急了？”

傅城：“有一点儿。”

蒋英贤不擅长闲聊，更不会煲电话粥，因此沉默了很久。她不说话，傅城也不催，静静听着她的呼吸声。那边传来一阵窸窣声，他敏锐地捕捉到她的呼吸变化，应该是在走动。

“傅城。”

“嗯？”

蒋英贤缓缓舒出一口气，打开窗户，让凉风吹散自己莫名其妙的念头。

她抬头看向天边最亮的那一颗星，说道：“今天能看见北极星。”

傅城知道她最开始要说的不是这一句，但他还是走到阳台。推拉门的滑轨声响，通过听筒传入蒋英贤的耳朵。

她又想笑，这人怎么这么认真？她随便说说而已，他就真的去看。

市中心灯火璀璨，不易看见星星。傅城先辨出方位，有目的地找，才发现那颗险些被摩天楼宇挡住的明星。

他温柔地说：“我看见了。”

微弱的电流声响在两人之间蔓延，半晌，蒋英贤说：“明早见。”

傅城：“晚安。”

挂断电话，蒋英贤抬头看北极星。

一滴水珠沿着发梢滑入领口，冰凉透骨，她拢好浴袍，闭拢窗帘，返回浴室吹头发。

吹风机功率很大，鼓风声穿透墙壁，隐隐落入隔壁房间蒋英慎的耳中。他的心情便也如那声响一样，烦躁不已。

刚才，他说谎了。

他早就在她房间，听到她的手机嗡嗡振动。是两条短信，一个电话，都来自同一个号码。

直觉告诉他，那是傅城的号码。

因为不想她起疑，所以他没有碰手机，只盯着屏幕由亮变暗。

傅城是她的保镖，有联系也很正常。然而这个想法立刻被他自己推翻。

他太了解蒋英贤，她不是那种任由下属给自己连续发信息、打电话的人。

沈东扬在周六凌晨回国，一下飞机便安排助理订餐厅，打算睡一觉就去探望自己大难不死的未婚妻。

出了那么大的事，不去看看说不过去。

身为未婚夫，他知道自己应该在她出事当天就飞回去表达关心，可当时这边的谈判正进入关键点，他走不开。再者，他不想让父亲认为自己被她耽误了。

沈平一直对蒋英贤持保留态度，不是对她不满，相反，沈平很欣赏蒋英贤，问题出在蒋家。蒋家内部关系太复杂，沈平更希望亲家清白低调，少给自己招麻烦。

联系媒体那件事，沈东扬是先斩后奏。沈平气得不轻，把他骂了个狗血淋头。好在最后调查结果显示强拆确实是子虚乌有的事，沈平才没再发作。

沈东扬自己也挺奇怪，怎么就没想过换个未婚妻，换个家庭简单、单纯天真的？

转念一想，除了蒋英贤，还有谁能出了车祸还淡定地和他道谢，对于未婚夫不来探望表示充分理解？

别说，那天听到她那波澜不惊的语气，他都有点儿不爽。

沈东扬抿了抿唇。

助理看他这副表情，为难地提醒："沈总，今天上午是京州大学的校庆，您之前答应校友会会代替沈老出席。"

沈东扬脱外套的动作停了一下，说："把这事给忘了。"

"那，要和校友会那边说一声不去了吗？"

沈东扬摇头："先去大学。明天还有什么要紧事吗？"

助理明白他的意思，匆匆查看行程表，确认都是些可以延后的行程后，回答说："没有。"

"那你订明天中午的吧。"

"好。"

沈东扬多嘱咐了一句："找家养生一点儿的馆子，适合病号那种。"

助理点头说好。

沈东扬补了一觉，洗漱之后换了身衣服，自己开车前往京州大学。

因为沈平是历史系毕业的，沈东扬代表他给图书馆捐了一笔购书费，不多，就是个意思。以沈平的身份，捐多了反倒不好。校友会的人开心地收下捐赠，表现出的热情不比对捐楼、捐设备的少。

沈东扬到底不是沈平，校方不好邀请他上台讲话，招待几句后，给他安排了个可进可退的好位置，方便他中途出去抽烟。

沈东扬没有辜负学校的美意，听了一会儿便出去抽烟，刚刚点燃烟，就碰见个熟人。

"姐夫。"

沈东扬没反应过来，直到对方径直走到自己面前，才知道这声"姐夫”是叫自己。

看清来人之后，沈东扬笑：“老五？你怎么在这里？”

蒋英贤这些兄弟姐妹中，他对蒋英慎印象最深，很简单，他长得太像那个影后了。自从周晓晴知道他的未婚妻是谁之后，没少提这段陈年八卦，听得多了，见面时难免多看两眼。

蒋英慎说：“我在这里上学，今天校庆来帮忙。”

“没想到你还是个学霸。什么专业？”

“经济。”

沈东扬笑：“专业也和英贤一样。”

“将来能帮上三姐的忙就好。”

沈东扬抖掉烟灰，仔细打量起他来，语气像在开玩笑：“我看你和英齐生反了。”

他讲话随便惯了，什么事都敢拿来玩笑。说白了就是傲慢，从未将谁真正看进眼里，自然无所顾忌。

蒋英慎只是笑了笑。

沈东扬随口问：“你姐怎么样？伤好了吗？”

蒋英慎答：“还行，痂差不多掉了，就是有时候走路不方便，需要人扶一下。”

沈东扬眉心微皱：“我听说是轻伤，怎么还会走路不方便？”

蒋英慎借调整手中材料，垂眸敛去眼底的讽刺，再抬眼时，已是一脸平静：“是听三姐说的吧？”

沈东扬不说话，脸上罕见地露出些许悻悻的神色。

蒋英慎继续说：“事故挺严重的，车报废了。三姐嘴上不说，但是心里应该挺害怕的，不然也不会雇个保镖跟着。”

“蒋英贤雇了保镖？”

“对，就在车祸之后。”

沈东扬再次沉默了。就算再不了解蒋英贤，他也知道她不喜欢引人注目，平日身边最多跟个柯蕊。

沈东扬的沉默是带着些自责的，但在蒋英慎看来，他的自责很可笑。事到如今才自责，早干什么去了？

蒋英慎点到为止，说：“姐夫，没什么事的话，我先回去帮忙了。”

“嗯，你去吧。”

蒋英慎刚走出两步，沈东扬忽然扬声叫他：“老五。”

蒋英慎停下脚步，回头看他，等待下文。

沈东扬问：“你知不知道你姐喜欢什么？”

蒋英慎斟酌片刻，挑了个无关紧要的说：“她挺喜欢喝咖啡的，美式。”

沈东扬隐隐有些失望。这个他也知道。他想问的是，她有没有什么别人不知道的喜好。

“行，我知道了。”沈东扬摆摆手，没有继续问，一是拉不下面子，二是他认为问也问不出什么来。

两人刚订婚那阵，他没少送东西，从不值钱的小玩意到限量版的珠宝首饰，她的态度都很平淡，微笑道谢，然后聊工作，几天后，他会收到一份价值差不多的回礼。

沈东扬送女人的礼物都是助理买的，所以他拆开一看就知道，这些回礼八成也是柯蕊挑的。

棋逢对手，大概就是这么回事。

刚开始很有趣，几个回合之后还是不能赢，劲头就淡了。

周六，公司人不多。

蒋英贤不提倡无意义的加班，因此除非工作需要，很少有人会在周末来公司做姿态。

午饭时间，柯蕊敲门问她吃什么，要不要订外卖，蒋英贤想了想，决定去食堂。

她在公司，傅城自然也在，见到她走出办公室，第一时间起身跟上。

蒋英贤说：“我去食堂吃饭，一起？”

傅城点头道：“好。”

“你刚刚在看什么？”她看见他桌子上有一本书，翻开倒扣着放的，是听见她开门才匆匆放下的。

“没什么。”

这下更引起了蒋英贤的好奇心，当下没问，等到两人进入电梯，她似笑非笑地看着他：“上班时间看黄书？是格雷的《五十道阴影》还是《金瓶梅》？”

知道她是故意这么说的，傅城平静地说：“不是。”

"那是什么？"

他越遮掩，她越想知道。她发现自己似乎很难容忍傅城有什么是她不知道的。

傅城也发现了她不同寻常的执着，有点儿无奈，也有些微妙的心动。看着她被灯光照亮的瞳孔，突然想触碰她，手抬到一半，想起两人在电梯里，头顶就是监控，于是收回手，说："《战争论》，大学军事理论课的教材。"

因为怕她觉得太无聊，所以她第一次问的时候才没说。

至于第二次，他是故意不说，因为想让她追问。

他为自己的卑鄙感到羞愧。

蒋英贤注意到他手上的动作，眉毛轻轻一扬，嘴角勾起若有似无的笑意，抬手搂住他的脖子。

傅城扶住她的肩膀，想推，又不敢用力，只好低声说："别闹。"

语气中的无奈与温柔，让蒋英贤的心脏狠狠软下去。

她的手还挂在他的脖子上，脖颈微微后仰，看着他问："傅城，你怕什么？怕别人发现我们的关系？"

傅城瞳孔微缩，抿起薄唇不说话。

蒋英贤作势要吻他，傅城慌忙抬手挡住她的脸，身体将她挡得严严实实。他身材高大，又将人堵在角落，乍一看去就像他在强迫她一样。

她还想伸手搂他的腰，被他一把攥住按回去。

"你手背上有颗痣，会被人认出来。"

是吗？

连她自己都不知道。

蒋英贤仰头问："我身上所有的痣你都知道吗？"

傅城的眸光深沉下去。

是，他都知道。

两颗在后背，一颗在肋骨位置，还有一颗在大腿内侧。

蒋英贤无畏地进一步靠近，说："刚才进电梯的时候脸都露了。"

赶在电梯门打开之前，她按下紧急停止按钮，慢条斯理道："今天要进行系统维护升级，所有的监控都停了。"

傅城沉默了几秒，猛地低头压住她的嘴唇，直接开始最激烈的吻。

唇齿相触那一刻，蒋英贤得意得长长地舒出一口气，仿佛等待了许久。

直到两人都开始气息不稳，傅城才放开她，无奈地说道："以后别这样。"

"别哪样？"蒋英贤扬起下巴看他，"别随便靠近你，还是别不告诉你没有监控？"

知道没有监控，傅城放心大胆地抚摸她的脸颊，薄茧刺激着皮肤，蒋英贤浑身泛起鸡皮疙瘩。

猜他不会回答，蒋英贤的眼睛里闪烁着促狭的笑意。

本就是周末，又过了用餐高峰期，整整一层食堂只有三两桌人用餐。

蒋英贤择了一处靠墙的位置，自己坐在面对墙的那一边，将墙边的座位留给傅城。

吃饭时，她的脚不老实，小腿贴着傅城的裤管。

她神情平静，细致地咀嚼，嘴唇小幅度动着，吃相优雅至极。

要不是经历过电梯中的那一幕，傅城都要以为她是不小心才碰到自己的。

两个人面对面，静默无言地吃完这顿饭。落在旁人眼中，便成了他们关系冷淡的证据。

返回途中，先经过傅城的办公室，然而傅城没有停下脚步，而是继续随行，与她一同进入她位于走廊尽头的办公室。

关门声响起后，她回身，看看傅城，又下意识去看门锁。

似曾相识的场景，只不过那时候，她只想录下视频当筹码。

傅城步步靠近，遮挡住她的视线，带来一种神秘的压迫感。

"英贤，我说过别闹。"

他没什么表情，声线略紧，浅色瞳孔隐藏在阴影中。

蒋英贤眯起眼睛，带着几分挑衅说："不然呢？我还没找你算账，你赔我衬衫。"

电梯内的小小纠缠让真丝衬衫有了些许褶皱，她借题发挥。

"蒋英贤。"傅城连名带姓叫她的名字，虚张声势地凶狠着。

"我是。"蒋英贤丝毫不惧，嘴角噙着笑回应他，余光掠过傅城领口上的口红印，掏出信用卡道，"赔你西装。"

傅城看了一会儿，没接，径直走出办公室。

蒋英贤哑然，悻悻收回卡。

得，又把人给惹了，这次她真不是故意的。

第二天是周日，蒋英贤照常来公司。

十点多钟，沈东扬不请自来。

对于他的神出鬼没，柯蕊见怪不怪，问了声沈先生好，便将人引进办公室。

路过傅城的办公室时，沈东扬多看了几眼，没想到里面那人也在看他。

保镖大都其貌不扬，因此乍一对上那张脸，沈东扬就有种奇怪的感觉，更别提对方神色淡漠，是他很少遇到的冷漠态度。

沈东扬皱眉，一下子没想起来他是谁，便转头问柯蕊："他是？"

柯蕊答："傅先生，老板的保镖。"

"来多久了？"

柯蕊说："老板出车祸之后来的。"

蒋英慎早就告诉过他，沈东扬也说不清自己出于什么心理，要再确认一遍。

走出几步，脑内灵光一闪，沈东扬步伐微顿。

他想起来了。这人之前是徐亚薇的保镖，更重要的是，他还在蒋英贤的秘密寓所附近见过他。

说巧也不算太巧，可要说都是偶然，沈东扬又不大相信。

之前埋下的怀疑种子再次发芽，他狐疑地看向沙发上坐着的女人，视线在她嘴唇上停留了一会儿，收起心中的情绪，问："你的身体怎么样了？听说腿受伤了？"

"已经好了。"蒋英贤也在奇怪他怎么会突然出现。她想了想，没想出什么值得沈东扬登门造访的事，于是问，"出什么事了？"

"没事。"

察觉到她的疑惑，沈东扬挑眉看她："没事就不能来看看自己的未婚妻了？"

听他这么说，蒋英贤心下更觉得奇怪了，脸上却并未显露出来，只是笑了笑，请他坐，问他喝什么。

沈东扬没有回答，反而跨步上前，蹲到她面前，说："我看看你的腿。"

蒋英贤迟疑片刻，侧过身，将受伤的那条腿伸给他看。

斑驳的新肉破坏了皮肤的整体美感，看着有点儿触目惊心。

“用不用找个专家给你看看？”

蒋英贤收回腿，不甚在意地说：“谢谢，不用，皮肉伤而已，再过两个月就看不出来了。”

随她的动作，阵阵香气钻入沈东扬的鼻腔，不是香水味，而是沐浴后的清香。

沈东扬保持下蹲的姿势在原地顿了一会儿，然后站起身环视办公室，肩膀斜靠着墙壁，没话找话似的闲聊：“你门外穿西装的那个人是谁？头一次见。”

“新请的保镖。”

男人的视线慢悠悠地转回来，笑着看她：“怎么突然想起雇保镖了？”

蒋英贤说：“之前就有考虑，正好碰上出车祸，就雇了。”

沈东扬点点头，停顿了两三秒，又说：“我怎么觉得他有点儿眼熟？是不是在哪里见过？”

蒋英贤半合眼帘，看不出在想什么，翻了一页膝上的文件，才说：“有可能。他之前是徐亚薇的保镖。”

“是吗？难怪。”沈东扬轻笑一声，随即转换话题，“事故调查得怎么样了？”

蒋英贤答：“结案了，就是个意外。”

蒋家对外宣称车祸是意外，真相如何，只有蒋英贤、蒋震与蒋英思夫妻知道。当事人咬死口径，其他种种，就只能是猜测。

沈东扬明白其中的猫腻，不再多问。

两人没什么可聊，简单地交流几句工作上的事，又陷入干巴巴的沉默。

终于，沈东扬说：“没什么事的话，我先回去睡一觉。昨天凌晨才下的飞机，时差还没倒过来。”间隔两秒，他又问，“晚上一起吃饭？”

蒋英贤答应了。

走出办公室，沈东扬扫了一眼傅城的办公室，用调侃的语气说道：“别折腾柯蕊了，不如叫你的新保镖送我去停车场。”

蒋英贤也开玩笑道：“你怕坐电梯会有危险？”

她以为沈东扬会一笑置之，不料，他特意停下脚步看她，语气轻佻，眼神却很认真：“谁知道？这都是说不定的事。”

蒋英贤佯装没注意到他的反常，迎上他的目光说：“好。”

第八章 升温

电梯内的数字一跳一跳地减小，两个男人并肩而立。下了几层楼，沈东扬才后知后觉一般冲傅城伸出手：“怎么称呼？”

傅城握上去，简短地答道：“傅城。”

“沈东扬。”沈东扬的对答也一样简短。

眼见数字跌至“3”，沈东扬忽然按下L层按键，侧脸对傅城说：“烟瘾犯了，傅先生，不介意吧？”

嘴上客气，行事分明是目中无人的作风。

傅城道：“不介意。”

两人一前一后走出电梯，来到室外吸烟区，沈东扬掏出烟点燃，悠然地吸入两口，递出烟盒。

傅城看了一眼，面无表情地拒绝：“谢谢，我不抽烟。”

沈东扬不以为意，收回手。

这天是阴天，天空灰蒙蒙的，颜色与男人手中的烟灰无异。

沈东扬问：“听说你之前是徐亚薇的保镖？”

“是。”

“徐家待遇不好？”

“不是。”

“那怎么换工作了？”

傅城说：“调度问题。”

沈东扬静静地抽烟，半支烟燃尽时忽然说道：“跟着英贤比跟徐亚薇强多了吧？英贤没有什么臭毛病，脾气好，对员工也大方。”话音刚落，他抬手挠眉心，脸上现出懊恼之色，“我这话说的，英贤是根本没有任何毛病，香的、臭的都没有，你可别回去告我的状。”

傅城眼神晦暗，没有出声，线条硬朗的脸上，表情没有丝毫波动。

对于他的冷淡态度，沈东扬有着超乎寻常的宽容。他吐出烟圈，饶有兴致地问：“贴身保镖的工作是什么？她去哪里你就去哪里？”

“是。”

“她回家你也跟着？”

傅城：“我只负责把蒋小姐送到门口，家里由董事长的安保团队负责。”

沈东扬颔首，又问：“她最近心情怎么样？我前阵子一直在国外，她发生车祸之后没能第一时间回来看她。”他笑道，“她这人，生不生气一个样，看不出来。”

傅城指尖收拢，公事公办地说：“抱歉，沈先生，我不方便透露雇主的私人信息。”

沈东扬轻笑一声，抖一抖烟灰，掀起薄薄的眼皮看他。

按灭剩下的小半支烟，沈东扬说：“回去吧。”

两人返回电梯间，大堂距离停车场只有一层之隔，沈东扬不客气，傅城就继续送，一直把人送到车上。

上车前，沈东扬又一次伸出手：“傅——傅城，是吧？我记性不太好。别这么拘谨，既然你是英贤的保镖，咱们以后会常见。”

停车场外就是红绿灯，等待的间隙，沈东扬拨通了助理的电话。

“沈总。”

“嗯，帮我约晚上的餐厅，两个人，找个在酒店里面的。”

助理以为他要和其他女朋友约会，贴心地问：“好的。要不要安排司机？另外，礼物准备香牌的新款包，您看可以吗？”

他只是象征性地问一问。沈东扬哪有心思去管新款不新款，平日里这些事都是助理处理，谁想这天问出了问题。

沈东扬的声音凉下去：“你以为我和谁去？”

助理不敢吱声，很快明白了晚上的约会对象是谁。沉默下去不是办法，助理只得硬着头皮出声：“对不起，沈总，那今天中午——”

沈东扬：“不去了，改成晚上。”

挂断电话，沈东扬陷入沉思。

蒋英贤的态度都很正常，除了他要求保镖送时说的那句玩笑话。仔细想想，她之前也不是没开过玩笑，算不得反常。他甚至留意了傅城身上的味道，与蒋英贤的不同。

一切都很正常，沈东扬说不清楚自己究竟在怀疑什么。

他从来不试探，太小家子气，身边谁做了对女朋友进行旁敲侧击的事，他知道了都要笑上一笑。

然而这天，他也要做这种事了。

傅城回来没多久，便被蒋英贤叫进了办公室。

她还坐在沙发上，仰脸看着他，下颌与脖颈连成一道优美的弧线："去这么久。"

傅城说："陪沈先生抽了支烟。"

蒋英贤问："聊什么了？"

傅城还是一样的表情："没什么。"

蒋英贤仔细看了他两眼，抿了一下嘴唇，又低下头去看文件："你出去吧。"

傅城紧了紧手掌，沉默离开。

他回到自己的办公室继续读《战争论》，碰上个长句，看了后面就忘了前面，反复几次，徒劳无功。

不得已，合上书，闭眼揉捏眉心，为自己失控的情绪烦躁不已。

他早知道沈东扬的存在，他有什么资格嫉妒？又有什么立场不悦？刚才在办公室里，用那副态度和她说话，真够难看。

薄唇挑起苦涩的弧度，傅城不无自嘲地想，原来他高估了自己的自制力。

夕阳西下，霓虹灯亮起。沈东扬本打算亲自来接蒋英贤，想了想，改用短信发给她地址——宝格丽酒店内的意大利餐厅。

蒋英贤坐在后排，打了一路电话。

傅城很感激这通电话，让他的沉默显得不那么突兀、刻意。

"嗯……嗯，好……稍等，我接个电话。"傅城听见她语气微变，说，"我快到了……行，你看着点吧。"

他猜出电话那头是沈东扬，眼睛下意识地去看后视镜。

蒋英贤敏感地看过来，与他对视。

她应和了几声，说："不用，我直接上去就行。"然后移开目光。

傅城收回目光，握紧方向盘，踩下油门加速。

两人到达时，沈东扬刚好走出来，只穿着薄薄的套头衫和暗纹西裤，西裤下面是麂皮切尔西靴，配在一起出乎意料地和谐。他的头发随意地向后捋起，站姿也随意，透着浑然天成的风流气质。

沈东扬帮她拉开车门，十足的绅士风度。

视线在她光裸的小腿上扫了一眼，替她拉紧风衣领口，再自然不过地说了一句"知道你漂亮，这么冷的天，也不多穿点儿"，然后弯腰，半边身子钻进车里，对驾驶座上的男人说道："不用等了，明天早上我直接送她去公司。"

傅城没有错过他看似轻描淡写的"明天早上"四个字。

沈东扬摆出体恤下属的笑容，说："难得周末，出去放松放松。"

"吧嗒"一声，沈东扬关上车门，与蒋英贤并肩向里走。

天色已然黑透，车子又是贴的深色车膜，两人的身影越发模糊了，可是傅城看得很清楚——沈东扬的右手搭在蒋英贤的腰侧。

蒋英贤没听见沈东扬钻进车里和傅城说了什么，但她一下车就注意到他的反常，便在乘电梯时侧头打量他。

沈东扬捕捉到她目光，嘴角勾起笑意，开玩笑道："怎么了？今天终于发现我的魅力了？"

蒋英贤收回目光，微笑道："你一直很有魅力。"

她很少以个人喜恶评价一个人，喜欢也好，不喜欢也罢，沈东扬的魅力是客观存在的，她从不否认这一点。

就像蒋震，如果将那些甘愿做他情妇的女人说成纯属拜金，未免太过简单粗暴。他当然也有他的魅力，虽然是建立在金钱之上的。可是金钱所衍生出来的慷慨与风度，又怎么不能说是魅力？

这种恭维话沈东扬听得耳朵都起茧了，一般一笑置之。如果对方是女人，他会直接掏出信用卡。

这天是他第一次从蒋英贤嘴里听见这句话，新奇之余，还有点儿喜悦。而这种喜悦，连他自己都觉得奇怪。

然而身旁女人的笑容极其大方，没有丝毫旖旎之色。

沈东扬看着她堪称完美的侧脸，心情渐渐复杂。

晚餐过后，沈东扬叫了签单，蒋英贤隐约意识到什么，静静地看着他。

沈东扬神态自若道："我在楼上订了房间。"

单眼皮的眼睛看向她，平和中暗藏玄机。

蒋英贤微微一笑，没有正面回答，恰到好处的矜持。

她没有理由拒绝，不是吗？

沈东扬搂着她走进电梯，雄性气息和浓烈的古龙香水味笼罩住蒋英贤，避无可避。

进入房间，他依然很绅士，不疾不徐地脱掉外套，先为两人各倒了一小杯威士忌，晃着水晶杯问："先洗澡？"

圆形冰块触碰杯壁，发出清脆的声响，仿佛某种倒计时。

蒋英贤抿了一口，强烈的酒气刺激得她整条食道都在发热。

"好。"

沈东扬的眼底有了些许灼热："你先？"

蒋英贤垂眸，似乎在思考，然后说："你先吧。"

声音有点儿轻。

确实没有让女人洗完澡坐在床边等的道理。

沈东扬点头，将杯中酒一饮而尽，然后大方地掏出裤兜里的东西，放在床头柜上。

浴室很快传出水声。

柜子上有手机、钱包，还有两枚安全套。

蒋英贤麻木地看着，端着杯子走到床边坐下。

床偏软，屁股坐着的地方凹陷下去。蒋英贤想：明天十有八九会腰疼。

不知过了多久，手机屏幕亮了一下，蓝光晃到眼角。

是短信，来自一个陌生号码。接着，沈东扬的手机仿佛一下子苏醒了，整个儿振动起来。

蒋英贤一眼认出来，屏幕上闪烁的号码与刚才来短信的那个相同。

她大概猜到了什么，盯着那串数字，脑中闪过一个念头，拿起手机按下接听。

"喂，东扬，你回来了？"入耳的女声十分动听，声音中满是按捺不住的喜悦，“别怪小杨，不是他告诉我的。是我昨天碰上杜峰，他说在京州大学的校庆上看见你了，我这才知道你回来了。”

蒋英贤不说话，女人小心翼翼地开口：“你还在生气吗？对不起嘛，都是我不好，我知道错了，别生气了，好不好？上次都是因为‘大姨妈’来了，情绪一直不好才会那样……你走这么久，我每天都在想你什么时候回来……”

浴室水声停了，蒋英贤看着玻璃门上人影晃动，继续沉默。

得不到回应，女人的声音又变娇俏：“今天晚上来我家喝汤好不好？我炖了牛尾汤，小火慢熬了两个小时呢，一直在厨房看着，熬出奶白汤了。我再炒两个你喜欢吃的菜，嗯……清炒山药和什锦蘑菇，好吗？”

沈东扬草草地擦一擦头发，推开浴室门，就见蒋英贤坐在床边接电话，看他的眼神有点儿古怪。

他又仔细看了看她手中的手机，这才反应过来，那是自己的。

沈东扬怔住。

蒋英贤从来不碰他的手机，就算看见什么不该看见的东西，也只会当作没看见。

蒋英贤抿出一点儿笑意，递上手机：“有人叫你去家里喝牛尾汤。”

电话那头的女人终于察觉不对，顿了几秒，小声叫：“东扬？”

沈东扬快速皱了一下眉毛，接过电话，看也不看，直接挂断。

蒋英贤起身，抚平裙上的褶皱，说：“我先回去了，等你处理好牛尾汤再说吧。”

说完，竟是要走。

沈东扬大步上前，一把抓住她的手腕：“英贤。”

蒋英贤定在原地，回身看他：“别浪费人家的心意。”眼皮一垂一掀，她语调平缓道，“小火慢熬了两个小时，奶白汤，我都想喝。”

沈东扬心中讶然，不确信地仔细打量她的脸庞。

看着看着，唇线松缓下来。

被抓包的紧张时刻，他竟想笑。

她的表情平淡，然而漆黑的眸底分明压抑着怒意与讥讽。

这种表情沈东扬再熟悉不过，他在不少女朋友脸上见过，今夜第一次在蒋英贤脸上见到。她的情绪更隐秘、更克制，但她也是个女人。

沈东扬心底的邪火总算归于平静，连带怀疑也淡去大半。

他松开手，主动帮她穿好风衣："我让你的保镖先回去了，等我一下。"

蒋英贤的语气依然冷淡："不用了，我让前台叫辆车。"

沈东扬当她还在生气，没有坚持，沉默着送她出门。

他对蒋英贤比对其他女朋友多了几分尊重，所以这种时候反倒不知道说什么好，毕竟他从未真心哄过女人。

"再见。"蒋英贤说。

沈东扬忽然按住她的肩膀："英贤，给我点儿时间。"

蒋英贤惊讶地抬头，见他神情严肃，不似作假。

她收回目光，淡淡地"嗯"了一声，看不出信还是不信。

沈东扬也没有再说什么。

沈东扬打了电话吩咐，因此大堂经理没有帮蒋英贤叫出租车，而是直接派出酒店的车和司机。

再拒绝就有点儿过了。蒋英贤接受了他的好意，让司机送自己回公司。

柯蕊已经下班，整个二十六层只剩她一人，蒋英贤简单地签了两个字，靠在沙发上闭目养神。

本来就不是为了工作才回公司的，只是担心司机回去汇报而已。

假装成生气吃醋的女友实在不是她擅长的戏码，接起电话的那一刻，她都不确定沈东扬会不会买账。

只是……沈东扬最后那句话，着实出乎她的意料。

她不认为他在说谎，没必要，以沈东扬的个性，也不屑于说这种谎。她只是不相信他能收心，想改是一回事，能不能改是另一回事。

放纵与毒瘾一样难戒。

蒋英贤长长地吐出一口气，心想：她又有什么资格说沈东扬？

她起身，关灯，从柯蕊的抽屉中找到备用车钥匙，驱车前往那个熟悉又陌生的地址。

二十分钟后，她按响傅城公寓的门铃。

无人应答。

蒋英贤轻轻一笑，摇摇头，转身便走。

鬼迷心窍了，竟然跑来这里找他。

——蒋英贤，你来是想证明什么？

太可笑了。

她刚走到电梯口，电梯门就缓缓打开。

傅城一身汗地走出来，见到门外的女人，愣在原地。

他愣怔过后，瞳色深邃下去，一动不动盯着她看。

她没换衣服，妆容完好，头发是干燥的。更重要的是，此时此刻，她出现在自己家门口。

几小时前害他濒临崩溃的观察力，现下又变成了他狂喜的来源。

他的目光太炙热，让蒋英贤感到一丝尴尬。

她抿了抿唇，疑惑地问："你去哪里了？"

京州入冬早，已经下过初雪。这样的天气里，他身上只穿一件T恤，竟然还浑身是汗，领口和胸膛处裸露的皮肤隐隐蒸出热气。

傅城含混地说："出去跑了一圈。"何止一圈？他跑了两个多小时。

他不想提这个话题，顿一下，拉起她的手往公寓里走。摸到她的手那样冰冷，握得更紧了。

他的体温本就高，运动过后，手心发烫。

蒋英贤弯唇，眼中含笑睨他："这么直接？这种时候难道不应该先问我要不要进屋喝点儿东西？"

傅城侧头看她，眼神似是无奈，底色依然炙热。

他与她十指相交，然后用力夹了一下。

蒋英贤脚步微顿，垂下眼眸，无声地笑。

一进门，傅城就堵在她面前，声音低沉："我身上都是汗。"

蒋英贤淡定地看他："嗯。"

他不让，继续堵在那里，一动不动。

停顿两秒，蒋英贤忍不住笑了，上前搂住他的腰。

傅城立刻回抱住她，胳膊紧紧地圈住她，汗湿的额头抵上她的颈窝，弄脏她的皮肤。

蒋英贤故意凑上去闻他的脖子，语带嫌弃地说："全是汗味。"

傅城脊背一僵，下意识松手，看见她脸上的笑，心脏突然气球一般膨胀起来，他又把人捞回怀中。

他的汗珠滴落进领口，蒋英贤惊讶地发现自己竟然没有丝毫反感。

抱了一会儿，她抬头，戳他的胸口："快去洗澡，我的衣服都快被你汗透了。”

娇嗔似的语气，听得傅城耳朵痒，他听话地去浴室洗澡。

蒋英贤闲来无事，拿出笔记本电脑看电影，刚看个开头，傅城已经神清气爽地出现在客厅。

“这么快？”

“嗯。”傅城走过去问，“在看什么？”

“《孤男寡女》，很老的片子了。刘德华和郑秀文演的，你看过吗？”

“没有。”

蒋英贤抓散头发，放松地问：“要一起看吗？”

“好。”

蒋英贤拉着他的胳膊环住自己，靠进他的胸膛，扭了扭身体，找个舒服姿势躺好。

猫一样地慵懒。

傅城心动不已，低头吻了吻她的侧脸。

屏幕内和屏幕外的都是孤男寡女，空气渐渐升温。蒋英贤暂停电影，转过脸看他的眼睛，柔声说：“我们也可以做点儿别的。”

傅城定定地看了她一会儿，脱掉拖鞋上了沙发，躺在她身后，胸膛贴住她的后背，做她的人肉靠垫，一手搂住她的腰，沉声说：“看电影。”

他们更亲密的事都做过很多次了，却鲜少有这样平和温馨的时刻。

他的体温透过衣服传到蒋英贤身上，还带着独属于他的香皂清香。

她神经放松，自己都不知道自己在笑，枕着他坚实的胳膊，专心看起电影来。

很简单的爱情喜剧，有点过时，有点老套，不像她会喜欢的电影。

有些时候，笑点还未完全展开，她已率先勾唇，看来看过很多遍。

傅城的注意力渐渐涣散，视线停留在她侧脸的时间越来越长。

“傅城。”蒋英贤目不斜视地出声叫他。

“嗯。”

“你硌着我了。”

她回身看他，漆黑的眸子深不见底。

傅城的喉结滚动，他看了她一会儿，低头靠近。

她闭上眼睛等待，然而柔软的触感并没有落在唇上，而是落在鼻尖。

干燥、温热，一触即离。

他的声音低沉，说的却是："先看电影。"

他捏住她的下巴，将她的头扳回屏幕前。

他的手指停留在她的下颌处，指腹来回摩挲。他动作幅度很小，也很机械，不像刻意挑逗，应该是无意识的行为。

渐渐地，蒋英贤也走神了，细小的感受被无限放大。

"蒋英贤。"傅城忽然叫她。

"嗯？"

"下周想看电影吗？"

蒋英贤抬眼，似笑非笑地看他。

知道她想歪了，傅城无奈地说道："去电影院。"

她低下头："好。"

周末，他们如约去了电影院。

出于安全考虑，傅城定了午夜场。蒋英贤不算名人，但若有心，很容易查出她的身份。

厅内只有三五人，都默契地隔了几排远。她看见前面一对男女的头碰到一起，应该是在接吻。

蒋英贤眉眼舒展，恍然回到中学时代。

中学毕业后，她就没再进过电影院。不会有人想到约她去电影院看电影，她也没有时间。

年龄是最难赶超的东西，蒋英见比她大十几岁，即使受冷落，也比她一个没毕业的学生根基深，越晚进公司，越难撼动他的地位。

黑暗中，傅城主动握住她的手。他的掌心温热干燥，焐热她微凉的皮肤。

心底有个声音，冷冷地提醒着什么。

蒋英贤盯着大屏幕，悄然展开手指，顶开他的掌心。

傅城以为她是在拒绝，眸底一沉，刚要收回手，那纤细柔软便滑入他的指缝，一根一根，无骨藤蔓似的交缠上来。

她幽深的双眸转过来看他一眼，又转回去看屏幕。

傅城收紧手，俯下身子笼罩住她。

电影结束时，已是下半夜，蒋英贤昏昏欲睡，回到傅城家倒头就睡。

她穿着他的T恤，躺在他的床上，一夜无梦。

自那日在京州大学校庆碰见沈东扬后，蒋英慎耐着性子等了几周，始终没有等来预想中的结果。

那个男人依然跟在三姐身边。

两人并没有什么过分的举动，可他一直注视着她，她身上任何细小的变化都逃不过他的眼睛。

他的三姐更妩媚，也更柔软了，单是坐在那里，就叫人移不开眼睛。

席间，蒋震心血来潮，打量着她问："老三，我怎么感觉你最近越来越漂亮了？"

蒋英贤莞尔："爸，我以前很丑吗？"

蒋英思出事后，只有她还敢同蒋震玩笑，也只有她还有资格与蒋震玩笑。

蒋震心情大好。

察觉到蒋英慎的目光，蒋英贤侧头冲他笑了笑，眼角眉梢都是笑意，透出流光溢彩的风情。

作为一个好弟弟，他该为她高兴。

蒋英慎左胸沉甸甸地发闷，机械地咀嚼着口中食物，食不知味。

不，他不高兴。

不同于与沈东扬的虚与委蛇，这一次，他是真的要失去她了。

透过猫眼看见蒋英慎时，蒋英贤吃了一惊。

蒋英慎虽然知道这里，但是很少登门，更不会不打招呼直接上门。

蒋英贤打开门请他进来："怎么突然过来了？"

她穿着一身宽松的米白羊绒套装，头发随意扎成马尾，看上去放松又软糯，与平日的端庄形象截然不同。

过去，她的这个样子只有他知道。

蒋英慎说："刚才和同学在附近聚餐，顺路过来看看。"

她逗他，撇了一下嘴角："嗯，顺路。"

蒋英慎对上她的眼睛，正色道："三姐，其实我是专程来看你的。"

她扬眉笑了："行了，这些话留着哄你的小女朋友吧。"

他也笑，似是默认。

蒋英贤闻到他身上淡淡的酒气，好奇地打量他的脸："喝酒了？"

“嗯，喝了一点儿啤酒。”他不是第一次来，视线扫了一圈，出声问，“三姐，你今天晚上还加班吗？”

“没什么要紧事，明天再做也可以。怎么了？”

蒋英慎摇头：“没什么。”顿一下，他又问，“保镖呢？怎么不在这里保护你？”

蒋英贤好笑地看他一眼：“他也有下班时间。”

蒋英慎别开眼睛：“我还以为贴身保镖就要二十四小时和你待在一起。”

“回老宅的时候他就不在。”

蒋英慎淡淡道：“也是。”

这里只有他们，蒋英贤卸下防备，像个寻常姐姐一般关怀起他来：“最近在学校怎么样？压力大不大？”

“还行。”

“听爸说你今年得奖了，他想送你一辆车做奖励，你还不要。”

“我天天在学校，要车没用。”

蒋英贤开玩笑地感慨：“唉，英齐只要有你一半，我就谢天谢地了。”

笑意刚刚爬上嘴唇，蒋英慎的脑中闪过一个念头：她在那个男人面前，也会这样放松吗？

他的嘴角一下子僵住。

蒋英贤见状，凑近观察他的脸色：“胃不舒服吗？”蒋英慎在家从不碰酒，因此她的第一反应是他被酒伤了胃，于是问，“要不要喝点儿蜂蜜水？”

蒋英慎直直地看着她，顿了两秒才说好。

蒋英贤感觉他的眼神有些奇怪，像要把她看出窟窿。但她没放在心上，起身去厨房冲蜂蜜水。

蒋英慎一言不发，静静地看着她踮起脚尖拿蜂蜜，先用凉水化开，再兑热水加温，涂着裸色指甲油的指尖捏住勺柄，慢慢儿地绕圈。

她越温柔，他越沉溺，心里也越沉重，他不停地想：她对保镖，是不是也这样？

蒋英慎站起身道：“我先去一下洗手间。”

“嗯。”

洗手间内，蒋英慎用凉水洗了一把脸，与镜中的自己对视，内心挣扎不休。

以三姐的个性，必定不喜被人插手私事，可他不能眼睁睁地看着她自毁前途……对，他是为她好。

他内心的挣扎在视线触及台面上的牙刷时，消失殆尽。

玻璃杯中，有两支牙刷，一支白色电动的，一支蓝色普通的。

杯子只有一个，牙刷有两支。

蒋英慎说不出是哪一点更让他在意，是她让他留下牙刷，还是她与他共用杯子。

冰箱里正好有颗新鲜柠檬，蒋英贤等了一会儿，见人还不出来，索性拿出柠檬来切，给自己也做了一杯。

瞥见他靠近，她嘴角噙笑道："给你升级成柠檬蜂——"

话未说完，蒋英贤怔住了。

因为蒋英慎从背后靠过来，下巴与她的头顶齐平。

她第一次真切意识到，他竟这么高了。

两人都已长大，虽说是姐弟，但这样亲昵的姿势还是有种说不出的奇怪感觉。

"三姐。"他低低地叫她，弓起后背将脸靠在她的肩膀上。

蒋英贤偏头，与他拉开些距离，笑道："这么大的人了，还找姐姐撒娇。"

"我知道。"

许是因为看不见他的脸，蒋英贤只觉此刻的蒋英慎无比陌生。

她隐隐不安，沉住气反问："知道什么？"

一只手伸到她面前，她才发现他右手是收拢的，握住了什么东西。

他翻转手腕，手心向上，修长的手指缓缓张开，露出一小撮粉色绒毛。

蒋英贤的瞳孔猛然一缩，眼底突然酸胀不已。

蒋英慎说："你的事我都知道。"

蒋英贤脑子里的想法交织错乱，因为不知道该从哪里开始思考，反而一片空白。

蒋英慎是怎么知道的？

不对，他真的都知道吗？

如果是，为什么以前装作不知道？

蒋英贤看上去很平静，只是呼吸节奏微乱。

蒋英慎看出来了，扳过她的肩膀，与她面对面，漆黑的瞳孔专注地看着她。

他双手握住她的手，说："对不起，三姐，我不是故意翻你的东西。这些是我之前来帮你整理东西那次，不小心看见的。"

这话半真半假。他确实无心刺探她的隐秘，当时只想帮她将一件短袖 T 恤放进柜子里，但不小心拉错抽屉了。

蒋英贤蹙眉。

整理东西？

那不就是她刚搬来的时候？

他四年前就知道了？

他和她演了四年？

她的脑袋嗡嗡作响，乱成一团。

她已经不想浪费力气解释，事到如今，她只想知道蒋英慎为什么在这个时候戳穿她。

她沉默地看着他，眸中柔情尽散，只剩下冷冷的防备。

被她用这样的眼神看着，蒋英慎心中十分苦涩，安抚道："三姐，我从来没有做过任何对你不利的事，对吗？

"我如果想威胁你，把四哥的事告诉爸就行了，用不着特意跑到你面前说这些。"

"我刚到蒋家的时候，睡不着，半夜跑去敲你的门，你放我进去和你一起睡。后来你买了绘本，每天晚上读给我听，哄我睡觉。还有我对虾过敏的事，家里只有你记得，每次吃饭会提醒厨房别给我做虾。"他突然转换话题，开始回忆过去，"三姐，这些我都记得。"

他的话让蒋英贤神经稍缓，心中甚至隐隐觉得有些惭愧。

人都需要有情感寄托，尤其年少的时候。陈枫不在，蒋英齐乖张，她就将这份感情放在蒋英慎身上，在照顾他的过程中，享受着虚妄的亲情。

而她之所以选他，也是因为他最无依无靠，不足为惧。

她动机不纯，他却念念不忘她的好。

蒋英慎从来都是站在她这边的，时不时帮她打掩护，配合她唱双簧。

他最了解她，一看便知她想什么："三姐，你对我的照顾都是真的，这就够了。”

蒋英贤茫然，她不懂，蒋英慎到底想做什么。

蒋英慎说：“三姐，傅城不可能永远待在你身边。不管他现在看上去多可靠，那都是因为这就是他的工作，他的可靠是你用钱买来的。我不否认他有可能是个正直的人，可是三姐，兔子咬人的事我们见得还少吗？是你告诉我，不要把希望寄托在任何人的人性上。

“他是个外人。”蒋英慎声音低缓而微沉，“让一个外人知道太多，很危险。”

蒋英贤陡然一个激灵，一股凉意从头顶向下，贯穿了她的身体。

是啊，是她说的。

从什么时候起，她已默认傅城不会出卖自己？

因为笃定，所以才会那样放纵，甚至沉溺。

她是有傅城的把柄在手中，可她骗得了别人，骗不了自己：最近与他亲近时，她真的想起那个把柄了吗？

铺垫这样久，蒋英慎长长地吸了一口气，缓缓道出心里话：“三姐，我们才是一家人。我一直看着你走到现在，最清楚你都付出了什么，没经历过的人不会明白。”顿了片刻，他又说，“你在我面前不需要压抑或者伪装，因为无论发生什么，我都会陪着你。”

大概有三四秒，蒋英贤都沉浸在震惊当中。

很快，震惊又变成惊疑。

“英慎，你……”蒋英贤失去语言能力，勉强吐出几个字，再无下文。

空气中弥漫着令人窒息的死寂。

他用一种超越年龄的眼神注视着她。

刺耳的手机铃声骤然响起，惊起蒋英贤一身冷汗。

是她的手机。随后蒋英慎的手机也开始响，相差不过十几秒。

趁他分神，蒋英贤快步离开厨房的逼仄空间，背对着他接电话：“喂。”

对方语速飞快：“三小姐，不好了，董事长刚才在书房摔倒了，身体抽搐，意识不清，现在正在去医院的路上。”

蒋英贤心中一惊，回身去看蒋英慎。他也在看她，神色同样凝重。

她顾不上细问，忙说：“我马上到。”蒋氏有自己的医院，蒋震出事一定是去那里。

“是，是。”

挂断电话，两人对视一眼。蒋英慎率先帮她拿起大衣，站在门口撑开等待着她。

蒋英贤脚步略停，终是靠了过去。

他们的事可以以后再说，现在有更重要的事需要处理。

蒋英贤边走边问：“你那边有没有说怎么回事？”

蒋英慎担忧地看着她，皱眉道：“我多问了一句，用人说爸摔倒的时候，蒋四哥也在书房。”

蒋英齐？

她的太阳穴突突跳了几下，已经开始头疼了。

他们比蒋英见到得早些，整整一层楼，只有蒋家人在。

蒋英齐孤零零地坐在长椅上，肩膀垮塌，看不清神色，一只脚抖个不停，犹如一只丧家犬。

她都走到他身前了，他才迟钝地抬起头。

见到她，蒋英齐如垂死之人回光返照一般，死灰的面色突然有了光彩。他跳起来抓住她的手，哆嗦着嘴唇说：“姐，姐，我错了，你相信我，我这次真的知道错了！你骂我吧，不，你打我吧！你怎么打都行，我——”

在场的不只他们，还有蒋震的家庭医生陈生和管家，他这副样子，让人怎么想？

蒋英贤眼含警告：“有什么事待会儿再说。”

蒋英齐一下子僵住了，他还想说什么，被蒋英慎架住胳膊拖开。

“四哥，我知道你担心，但是爸的身体一向很好，不会有事的。走，我带你去喝点儿水。”蒋英慎看似在安慰他，实则与蒋英贤交换了一个眼神，半拽半拖地带走了蒋英齐。

蒋英齐的嘴唇翕动几下，竟然乖乖跟他走了。

看来是闯了天大的祸，要知道他平日最看不惯蒋英慎。

蒋英贤本就沉重的心又向下坠了坠。

她问陈生：“陈医生，怎么回事？严重吗？”

陈生叹气：“应该是中风，好在发现及时。”

“爸的身体一直很好，怎么会摔一下就中风了？”

“以董事长的年纪，中风不算罕见。”他斟酌片刻，小心地说道，“有时候情绪方面的异动也有可能引发中风。”

陈生愿意卖她一个人情，轻声提点：“三小姐，我建议你做好心理准备。中风后很多人会留下不同程度的后遗症。比如说肌无力、感官麻木，甚至交流障碍，等等，都是有可能的。术后三个月是黄金恢复期，一定要把握好这段时间，错过黄金期，再想恢复就难了。”

陈生做了蒋震二十多年的医生，为人十分谨慎，他既然这样说，说明十有八九会留下严重的后遗症。

蒋英贤正色道：“陈医生，谢谢，您辛苦了。”

陈生知道她听明白了，点头道：“都是我应该做的。”

询问完病情，蒋英贤环视一圈，没发现杜悦的身影，于是问管家：“夫人呢？”

管家说：“夫人去F国了，现在应该还在飞机上。老爷出事之后我给夫人打过电话，没人接。当时情况紧急，我没顾得上再打。”

“她一个人？”

“老爷本来也要一起去，可是五六点钟的时候，老爷提前回来了，脸色很不好，一进门就叫我打电话找四少爷回家。四少爷回家后，老爷和他一起去了书房。

“后来，夫人看时间差不多了，上楼去催，被老爷吼了一嗓子，然后，然后夫人就自己先走了。”

先走了？

杜悦这是舒服日子过久了，长脾气了？

蒋英贤“嗯”了一声，说：“这件事你不用管了，我会负责通知她。”

管家隐约猜到了她的打算，眼皮跳了几下，对上她镇定自若的眼神，连忙点头应下。

她是陈枫招进来的人，又从小看着蒋英贤长大，论私心，她自然偏向蒋英贤。

至于杜悦，家里肯定有她的人，就算她不通知，也有别人通知。

手术还需要一段时间，蒋英贤没去管蒋英齐，而是转到角落拨通了陈枫的电话。

“喂，英贤？怎么这个时间给我打电话？”

蒋英贤直奔主题：“妈，爸中风了，现在正在医院抢救，虽然还不确定具体是怎么回事，但是肯定和英齐有关。听陈生的意思，爸的情况有点儿棘手，很有可能留下后遗症。”

她问：“妈，您能回来一趟吗？”

陈枫了然："你想让我回去打亲情牌？"

蒋英贤强忍头疼，沉住气说："闹成这样，我怕我保不住英齐。"

万一蒋震迁怒，连她也要遭殃。

陈枫迟疑了："我和他离婚这么多年了……"

蒋英贤说："是您说的，人年纪大了就会开始重视亲情。而且杜悦现在在F国，就算下了飞机立刻赶回来，也是十几个小时之后的事。"

陈枫一听杜悦不在，立刻反应过来这是千载难逢的机会：大病一场的人，情绪极度脆弱，这时候谁在病床前嘘寒问暖，谁就是他的至亲至爱。

陈枫定下心神："好，我现在就去机场，搭最近一班航班过去。"

听她这样说，蒋英贤总算能透一口气了。

挂断电话，她马不停蹄去找蒋英齐，力求能在蒋英见到达医院之前安排妥当。

饮水机旁，蒋英贤只看到蒋英慎一个人。

他特意在这里等她，见到她的身影，大步上前道："三姐，我让四哥去那边的空病房等你了。"他凑近一些，用更低的声音说，"检查过了，没有监控。"

两人之间的事还没理清头绪，蒋英贤不知该用什么态度面对他，最后只说了一句"谢谢"。蒋英慎帮她打开门，自己守在门口把风。

见英齐又要来痛哭流涕那一套，蒋英贤一个字都不想听，冷冷地说道："省掉废话，直接告诉我你干了什么。英齐，你要是还想叫我帮你，就别再让我浪费时间去猜你又隐瞒了什么细节。你先告诉我，爸是怎么摔倒的？是不是你动手了？"

"不是！我没有！"蒋英齐犹如一只惊弓之鸟，瞪大眼睛弹起来，"是爸打我，我疼得受不了，躲了一下，然后爸就摔倒了！姐，我敢发誓，我绝对没还手，我连爸的衣服都没碰到！"

那就好。

她最怕蒋英齐犯浑，对蒋震动手。

"英齐，你和我说实话，爸倒下之后，你是第一时间出去叫的人吗？"

蒋英齐浑身一抖，不敢看她的眼睛："我……我吓蒙了，耽误了几分钟……"

是真耽误还是故意拖延，蒋英贤懒得追究，只问：“爸那个时候清醒吗？他知不知道你没有马上叫人？”

蒋英齐料到她会这样问，脚底冒出寒气，突然间惧怕到了极点。

不是怕蒋震，而是怕自己的姐姐。

“应该不知道。爸倒下之后就在抽搐，我叫了几声，他也没有反应。”他畏缩得说话只剩下气声。

蒋英贤仔细打量他的神情，看他不像在说谎，才说：“说吧。”

事到如今，蒋英齐不敢隐瞒，颓丧地瘫回沙发上，死气沉沉道：“是陆轩……他妈妈转正之后，我和陆轩合伙开了家影视投资公司。”

蒋英贤提醒过他，林家不可能娶一个无权无势的情妇进门。可事实是，陆轩的妈妈很快就转正了。

为此，蒋英齐很得意，他终于赢了蒋英贤一次。

陆轩认祖归宗，正式改姓林，多少人上赶着拍马屁都拍不着，他仗着车祸交情，不仅同陆轩走近了，连陆轩的妈妈都亲自对他表达过感谢。

“她说，她和陆轩不方便出面，所以就由我来做公司的法人。”

他停了一下，等待着蒋英贤的冷嘲热讽，然而对面的女人依然很安静。

他只得继续说下去：“大部分资金都是陆轩的妈妈提供的，项目也……也是她找的。”

从他提起陆轩的妈妈，蒋英贤心中的愤怒就已全部转化为失望，失望到无力。

她的弟弟，怎么会蠢成这样？

“前几天，我突然联系不上他们了，打电话不接，发短信也不回。今天爸和我说，我才知道，陆轩的妈妈被抓了，说是犯了什么……什么受贿罪。爸说因为我和她有资金往来，所以现在我也被怀疑上了。”

交代完了，蒋英齐终于敢抬头看她：“姐，林家不会让陆轩的妈妈出事的对吧？她是陆轩的亲妈啊。”

蒋英贤无情地击碎他的幻想：“你有没有想过，陆轩的妈妈怎么会那么容易被抓？要抓又怎么会只抓她一个？”

所谓转正，不过是为了洗掉陆轩私生子的身份。

至于陆轩的妈妈，林家那位八成是早就烦她了，趁机将所有乱七八糟的事情全部推到她身上，再来个大义灭亲。如此，既能摆脱掉人老珠黄的旧情人，又将自己摘得干干净净，一石二鸟。

这些人，一个比一个狠。

与狼谈情？先做好丢命的准备。

蒋英齐的罪名十有八九是洗钱，洗钱可大可小，若往大了说，整个蒋氏都有可能受牵连。

直至此时此刻，蒋英齐似乎还未完全想明白前因后果，只呆呆地看着她。

蒋英贤忽然感觉很累。

某一瞬间，她萌生出一股什么都不想管了的冲动，然而也只是一瞬间。

第二天下午，蒋震短暂地清醒了一下。

许是上天帮忙，当时蒋英见正在走廊接电话，蒋英齐则被她打发在病房外等着，以防蒋震看见他就来气。

察觉到动静，蒋英贤立刻握住蒋震的手，凑到他面前说："爸，是我，老三。你放心，我会处理好的，一定不会让公司出事。"

蒋震目光涣散地看着她，过了很久，眨了一下眼睛。

蒋英贤继续说："杜悦在F国，要晚点儿才能回来。"她侧开身体，引导蒋震看向陈枫所在的方向，"爸，你看，谁来看你了？"

陈枫上前，填补蒋英贤让出的地方："老蒋，是我。"

蒋震愣了好一会儿，似是不敢相信自己的眼睛。

陈枫语调温柔："医生说手术很成功，你好好休息，很快就能恢复了。"

蒋震动情地看着她，眨眨眼睛，表示知道。

他对陈枫还是有感情的，时间冲淡了激情，也冲淡了矛盾，随着年龄增长，他不可避免地越来越爱回忆过去，也就越想念两人一起开疆拓土的日子。

他想念的其实是自己的光辉岁月，想念自己的年轻力壮与斗志昂扬，而陈枫刚好就在这段岁月中，于是变得格外动人。

前后不过两三分钟，蒋震再次陷入昏迷。

但是从他的反应来看，亲情策略起效了。

蒋英贤绷了一整宿的神经终于得以放松。轻松了不过十几分钟，头又痛起来。她向护士要了一粒止疼片，打电话给管家，让她送一身换洗衣服过来。

第九章 遇袭

傍晚时分，沈东扬先来病房探望昏迷的蒋震，与陈枫寒暄几句后，带蒋英贤出去吃饭。

这是两人自宝格丽酒店分别后的第一次见面。

来之前，蒋英贤还担心他会提“牛尾汤小姐”的事，结果沈东扬只字未提，可见“处理”得不太好。

于她来说，却很好。

蒋英贤正思索该如何开口，沈东扬替她解了围：“我听说英齐因为和陆轩的妈妈走得太近，也被盯上了。”

事情既然能传到蒋震的耳朵里，沈家一定更早听到风声，但他们选择作壁上观。

没什么可怨的，没落井下石就算仁义了。

蒋英贤平静地问：“还有操作空间吗？”

沈东扬拿起铸铁茶壶，俯身帮她倒茶，八分满，不多也不少。

他说：“比较麻烦。”

浓郁的茶香扑鼻而来，蒋英贤抿了一口，耐心地等待他接下来的话。

沈东扬盯着她，开腔道：“英贤，你应该明白，老爷子不喜欢我掺和这些事。严格说起来，我和英齐没有任何关系。现在是什么气候你也清楚，我没必要为了一个外人沾一身腥。”

蒋英贤的心沉了下去。

狠话说完了，沈东扬软和地叹了一口气：“别这么看我，英贤，我有我的难处。”

蒋英贤垂下眼帘：“我知道，你帮了我很多。之前英齐的事，还有我车祸那次，你都可以不用管的。”

她这样说，叫沈东扬心里很舒服。忙确实是他自愿帮的，她从未逼过他，可他希望她能心存感激，毕竟没人喜欢当冤大头。

菜上齐后，沈东扬主动夹了一块山药给她，不紧不慢地说：“你这两天肯定没顾上吃东西，山药养胃，先来一块垫垫肚子。”

蒋英贤不喜欢吃山药，但她还是夹起来放进嘴里。

沈东扬自己也吃了一块，然后说：“放心吧，我会看着办的。”

蒋英贤正要道谢，又听他道：“明年是个好年份，你觉得怎么样？咱们订婚这么长时间，再拖没什么意义，也省得以后老爷子总拿不是一家人说事。”

蒋英贤没有立刻回答，但因为她在咀嚼，所以这沉默也算合理。

沈东扬放下筷子看她。

咽下口中食物，蒋英贤迎上他的目光，笑了笑，说：“时间有点儿仓促，应该只能订到下半年的场地。你有什么想法吗？酒店？还是草坪？”

沈东扬打量着她，放松身体靠上椅背，勾唇笑了：“你决定吧，按照你喜欢的来就行。新娘子漂亮比什么都重要。”

饭后，蒋英贤继续回病房陪蒋震。

陈生送来五个专业护理人员的简历，蒋英贤看了看，从中挑出两人。

陈枫的年纪摆在那里，不似她能熬，先去隔壁房间睡下了，留下蒋英贤、蒋英慎两人在病房。

蒋英贤说：“英慎，你回去休息吧，别耽误上课。”

蒋英慎摇头：“我已经和学校请假了，请了一周。”

窗外不知何时下起雪来，蒋英贤静静地看了一会儿，起身说：“陪我出去喝杯咖啡吧。”

病房外，蒋英贤坐在长椅上，看着手中的咖啡杯里升起的白烟，忽然说：“英慎，从小到大，你都比英齐更像我的亲弟弟。”

蒋英慎低着头吹咖啡，看不清神色，声音倒是平稳：“三姐，怎么突然说这个？我也一直把你当亲姐姐。”

蒋英贤没再说什么，话题就此结束，她只当自己想得太多了。

垃圾桶在走廊的另一头，喝完咖啡，蒋英贤起身丢纸杯，蒋英慎伸手来拿她的杯子：“我去吧。”手指差点儿触到她的，被她不着痕迹地闪躲开。

“谢谢。”蒋英贤道谢，主动将纸杯递出去。

她可以当自己想太多，却不可能再用过去的态度对待蒋英慎。成年姐弟，本就当保持距离。

第三天，蒋震终于完全清醒，他的理智也随之清醒，对蒋英贤的态度有些冷淡，直到听她说沈家愿意帮忙，才好转一些。

好在他对陈枫的态度与那日短暂清醒时一样。

蒋英贤安排蒋英齐一直守在病房外，蒋震看不见他，但总有医生、护士将他的“孝心”传达给蒋震知道，比他自己露面强多了。

另外，还有一件对她有利的事——杜悦还没回来。

也就是说，老宅的用人中，没有一个是杜悦的人。

蒋英贤恍然明白了蒋震为何独独将她娶进门。杜悦有心思，没手腕，够“单纯”。蒋震看得透彻，遗产足够钓着她为他送终，又不用担心自己死后她能翻天。

看似娶的人变了，实则是权衡标准变了，权衡本身从未改变。

蒋震既然醒了，蒋英贤便不必二十四小时守在床前了。

走出医院那一刻，疲惫感突然呼啸而来，几乎压垮她。

她没有回家，而是来到傅城公寓的门口。

他一开门，蒋英贤便抱上去，埋首在他胸前吸收他的体温。

傅城怔了几秒，也回抱住她，一只手搂住她的肩膀，过了许久才问：“要不要先进来？”

他们还站在门口。

蒋英贤点头，刚要松手，被傅城直接抱进门。她胡乱踢掉高跟鞋，嗅他身上的香皂味道，小声说：“你给我打电话了。”

傅城“嗯”了一声，并不打算问她为什么不接，又为什么不回。

她的疲惫那样明显，根本无须再问。

他一共打过两个电话，一个是从柯蕊口中得知蒋震出事之前打的，一个在那之后。后面那个不该打的，是他没忍住。

傅城将人提起来，抱去沙发。

蒋英贤顺势躺倒，闭眼枕上他的大腿，正觉手上空虚，温热的掌心覆上来，将她的手指拢得严严实实。

她舒服地吐出一口气，忽然懒惰至极，什么都不愿去想。

她说："我先睡一会儿。"说到最后几个字时，意识已经开始模糊。

傅城摩挲着她的手背，低声道："睡吧。"

早上六点，蒋英贤在生物钟的作用下悠悠转醒，半边身体是麻痹的，脸也是麻的。

冬天夜长，窗外仍是夜晚的颜色。

适应黑暗后，她捕捉到傅城的胸膛起伏的节奏。

他的呼吸很轻，掌心比清醒时更热，像个火炉焐着她的手。

屋内暖气充足，蒋英贤热得出了点儿汗，颈窝处尤甚，于是解开两粒纽扣，扯开领口透气。空气不冷，但她太热，瞬间起了一身鸡皮疙瘩。

"小心着凉。"傅城突然开口，声音带着刚睡醒时特有的沙哑。

蒋英贤翻身，看着他说："太热了。"声线也有些沙哑。

她左半脸颊横着两道红痕，应该是被他的裤子褶皱压的，看上去有点儿滑稽。

傅城的目光软化，拇指抚上去，问："疼不疼？"

蒋英贤坦白说："不知道，麻了。"

她热得像团火，傅城很快也出汗了，只觉空气中全是她的味道。

潮湿、黏腻，不再是充满距离感的香水味，而是温暖的皮肤味道。

欲望催使下，傅城没忍住问出了口："为什么不接电话？"

蒋英贤怔住，低头看着他乌黑的锋眉。

还以为他真那么乖，问都不问。

她难得好脾气地说："病房里不方便接电话。"

话一出口，傅城就后悔了，得到她的解释，又更懊恼了。

好在蒋英贤说要先回自己的公寓换衣服，话题就此翻过。

车厢内，蒋英贤侧脸看向窗外，一路都很安静，不知在想什么。

路灯的光线打在她的脸上，映出一圈毛茸茸的光晕。她洗掉残妆，露出嘴唇的自然颜色，脸越白，眼下的青黑就越显眼。

行至半路，傅城的手机发出振动声，他接起听了两句，面色蓦地凝重起来。

他的手机没有连蓝牙，因此蒋英贤并不知道电话那头说了什么，只是通过他的反应判断，一定不是小事。

电话很快结束，傅城对她说：“小芝出了点儿状况，需要我过去签字。”

蒋英贤立刻点头：“那我们先去疗养院。”

“我们”二字触动了傅城的心弦，可他现在没有那么多旖旎心思。

二人抵达疗养院时，两个护士正在大门口张望，其中年长一些的那个一见到他，立刻送上文件。

“傅先生，情况紧急，给您打过电话之后我们直接去找院领导请示手术，现在已经开始了。”

他常来，长相又显眼，院内不少人都知道他是那位漂亮植物人的哥哥。

“我明白，谢谢。”

文件不止一份，包含委托授权书、自费同意书等许多内容。傅城草草扫一眼便直奔底部签名。翻到最后一页时，落笔的动作顿了一下。

蒋英贤定睛一看，发现白纸上写着“病危（重）通知书”几个大字。

“家属跟我来。”签完字，护士带着他们向里走，越走越快，最后竟小跑起来。

电梯需要等，傅城直接推开楼梯间大门，一步三阶地上楼。

蒋英贤下意识地跟着跑了两步，忽然停下，就那么站在走廊中央，看着傅城的背影渐行渐远，最终消失在楼梯拐角处。

小护士注意到她掉队了，看了看她的高跟鞋，折回来说：“我们坐下一趟电梯上去。”

傅芝的转院、入院都是由柯蕊办理的，因此这是护士第一次见到蒋英贤，以为她也是傅芝的亲属。蒋英贤摇头，一动不动。

护士当她吓傻了，正要安慰几句，就听她说：“我不是家属。”

蒋英贤问：“手术有几成希望？”

小护士面露难色：“不好意思，我们不能向非亲属透露病人信息。”

蒋英贤轻轻颔首，不为难她。

小护士说：“您不是家属也可以在手术室外等候。”

蒋英贤犹豫片刻，轻声说：“谢谢，我不上去了。”

她又看了一眼已经关闭的楼梯间大门，转身向外走去。

她从不求神拜佛，但她相信七分人为，三分天定，而且天定的分量大多时候都要超过人为。

先是蒋英慎拆穿她，接着蒋英齐出事，沈东扬提议结婚。现在，她与他之间最初的纽带也要断了——傅芝一死，他们便真的再无瓜葛了。

一桩桩、一件件，这么巧，全部凑到一起。

其实被蒋英慎拆穿时，她已想好该做什么，只是蒋震中风，给了她一个拖延的理由。不接他的电话，也是在逃避。再后来，沈东扬也来“帮”她下定决心。

走出医院的一刹那，疲惫削弱了理智，她又一次放任自己软弱，一直逃避到现在。

然而无论怎样逃避，终归要面对。

病房外，傅城焦急地等待着。早在傅芝入院那天，医生就曾委婉地提醒过他，创伤性植物人中有接近一半人会在第一年内因为各种各样的并发症、器官衰竭离世。

他有心理准备，然而真到这一刻，他才发现自己远没有自以为的那么泰然。

恍惚间，他意识到了什么，回头看向电梯口。

金属双门紧闭着，反射出幽幽冷光。

长长的走廊中，只有他一个人。

车子还停在疗养院门口，蒋英贤坐上驾驶座，她要先回公寓洗澡、换衣服，再去公司。

严重的睡眠不足导致她头痛难忍，又吃了两片止疼药。

柯蕊见她脸色不好，提议说：“老板，这几个会没有那么急，明天再开也行。”

蒋英贤摇头：“叫人去大会议室，我十分钟后过去。”

柯蕊知道她的脾气，不再劝。

蒋英贤忽然说：“柯蕊，你处理一下傅城的离职手续。”

柯蕊暗暗吃惊，回身问：“好。什么时候开始生效？”

蒋英贤翻开待会儿开会要用的文件，低着头说：“现在。”

柯蕊说：“单方面解雇——”

“我知道，该怎么赔就怎么赔。”她的眼睛停在文件上，漫不经心道，“对了，傅芝的费用照常支付，这方面不变。”

柯蕊又问：“老板，要是傅先生问，我该怎么说？”

空气安静了两秒，蒋英贤缓声说：“他不会问。”

傅城果然没问，至少柯蕊没有向她转述。

后来，还是她主动问柯蕊他有没有说什么，柯蕊说：“没有，傅先生听说自己被解雇后一个字都没说。还有，傅小姐去世了，心肺衰竭，没抢救过来。”

蒋英贤当时正在看文件，头也不抬地“嗯”了一声。

那天开会，她破天荒地当面指出项目部的提案有问题，还说如果有人想养老，不如去养老院做经理。

她的声音不大，语气也不算重，然而与蒋英贤共事过的人都知道，她愤怒到了极点。

会议室内气压低得可怕，在场几人大气都不敢出。

蒋英贤的生活恢复两点一线，不是在公司，就是在医院，等到蒋震出院，又变成公司、老宅两点一线。杜悦回来后，对没人通知她蒋震中风住院这件事大发雷霆，当然，在蒋震面前是委屈落泪，话里话外暗指有人故意不告诉她。

蒋英贤坦然道歉，说自己最近太忙，不小心忘了。

蒋震清楚她在忙什么，所以即使这理由在杜悦听来很苍白，蒋震却受用。

蒋震现在只能勉强发出几个音节，吃喝拉撒全靠护工协助，十分狼狈。像他这样叱咤半生的人最难忍受失控，因此脾气越来越差。杜悦再想告状时，被他呼哧着喷气打断。

蒋震明白不知者不怪，可他心里有个疙瘩——杜悦在国外大买特买时，陈枫连夜赶来探望，凡事就怕对比，尤其对比如此强烈。

等到蒋英齐的事尘埃落定，蒋英贤才有机会回自己的公寓喘口气。

小区门卫交给她一个包裹，说她再不来拿就要扔了。

寄件人信息一概空白，包裹中有一张支票和一个单独包装的小袋子。蒋英贤不知道傅城还欠自己多少钱，但她知道那个数字一定与支票上的一致。

他去哪里凑来了这么多钱？疑问一闪而过，蒋英贤嗤笑自己多管闲事。

放下支票，再拆小袋子，待她看清里面的东西后，定在那里久久不能回神。

袋子里面还有包装，精美小盒子上烫有金色字样。

盒子里面是一件衬衫，价格不菲的白色真丝衬衫。

“不然呢？我还没找你算账，你赔我衬衫。”

记忆忽然鲜活起来，打她一个措手不及。那天的阳光、空气的味道、衬衫的触感、身体的温度、呼吸的节奏……每一个细节、每一个反应，全部从记忆中翻涌上来。

竟然都记得。

她的胸口猛地抽搐，心脏痉挛似的收缩再收缩，胸腔酸涩、刺痛不已。

看上一会儿，蒋英贤步入卧室，将支票连同衬衫一起放进衣柜深处。

就算痛彻心扉又如何？她还是蒋英贤。

六月，力维亚达。

蒋英贤与柯蕊、翻译徐亮乘普通民航班机抵达力维亚达国际机场。

飞机的舷梯下方，不远处停着一辆装甲吉普车，两位持枪军人各守一侧。

东亚面孔在这里不多见，因此蒋英贤与柯蕊一出现，立即引起了二人的注意，远远冲他们比了个手势。

力维亚达位于西非，六月是雨季，出了机舱，湿热空气扑面而来，蒋英贤只觉鼻孔仿佛被一块湿毛巾盖住，无法尽兴呼吸。

她上前，由徐亮翻译，确认身份。军人态度冷淡，并没有因为她是女人而放松警惕。

车上另有司机，持枪的两人负责在后座保护他们，或者说看守。

几个月前，力维亚达反叛军正式对现任军政府首领萨落将军宣战，双方已在边远地区爆发过几次小规模冲突。

不知是为了筹措军资，还是为了逃离海外，萨落将军对外出售部分资产，其中就有一块小油田。

这半年来，陈枫大部分时间待在国内，权衡过后，她决定以加油站设备更新项目为契机，重新打入国内市场。她在P国扎根多年，资源颇广，有线路、有船，甚至有炼油厂股份，唯独没有油田。而国家规定，想取得民营石油贸易经营资质，企业必须拥有自己的油田。

蒋英贤此行正是为萨落的油田而来。

她借口到欧洲考察，搭乘蒋氏飞机到达法兰克福机场，几经周折，转机来到力维亚达。

她与萨落将军已经谈妥价格，这次来就是为了签合同。

他们提前雇佣好了安保团队，就在机场等待，没想萨落直接派人来停机坪接人。

柯蕊如临大敌，想打卫星电话通知安保团队跟上，被卫兵严厉制止。蒋英贤还算泰然，冲她摇摇头。

萨落将军要的是钱，内战一触即发，他等不起，绑了她不如把油田卖给她来钱快。

更何况那块油田的年产量只剩下其高峰时期的百分之二十三，除了她，没人会买。

卫兵将他们送到萨落的私人府邸。正如蒋英贤所料，萨落没有恶意，机场截人更多是出于安全考虑。他很绅士地向她道歉，邀请三人共进午餐。

萨落英文不错，不用翻译也能交流，得知蒋英贤曾在M国上大学，还与她交流起自己年轻时流亡M国的经历。

午餐过后，终于进入正题。将军拿出一份英文合同给蒋英贤过目，内容与之前的电子版一致。

考虑到这天没有律师在场，蒋英贤提前将文件背过了，此刻正一字一句地与记忆对照。

萨落等得不耐烦，点燃雪茄问："蒋小姐，中国人都像你这么谨慎吗？"

蒋英贤说："我们有句老话叫'小心驶得万年船'，我不比萨落将军见多识广，慧眼识人，只能用加倍小心来弥补经验的不足。"

将军用当地语言说了句什么，徐亮的眼神闪了闪，没有翻译。

蒋英贤笑了笑，也没要求他翻译。

确认一切无误后，终于开始走流程签合同。特殊时期一切从简，柯蕊负责录像拍照。

蒋英贤拿到合同文书，萨落拿到钱，双方友好道别，卫兵送三人下楼，叫来司机送他们去使馆区的酒店落脚，一切都进展得很顺利。就在他们坐上车的那一刻，突然炸出一声巨响，车子被一股力量撞得乱晃起来。

蒋英贤的前额重重地磕上前排椅背，忽听司机激动地大叫，车窗外的卫兵也在大叫，一边叫一边挥舞胳膊。

三人中只有徐亮懂当地语言，他登时面如纸色，惊恐地说道："手榴弹！是手榴弹，他们打进来了！"

车窗外尘土飞扬，顷刻间，世界变了模样。绿意盎然的前花园被炸得面目全非，喷泉水声被尖叫声、哀号声，还有突突的枪声取代。

司机带他们从小门逃脱，不料很快被反叛军发现，见他们不停下来，直接开了两枪，一枪打中车胎，车子失控甩尾，差点儿撞墙。

司机七拐八拐将车开进一条小巷，勉强争取到一点儿时间，叽里咕噜说了几句，自己跳车狂奔。

这下不用徐亮翻译蒋英贤也知道了——他们被抛弃了。

生活在和平国家的他们，哪里见识过这种阵仗。柯蕊六神无主，颤颤巍巍地按卫星电话。

"我马上给安保的人打电话，让他们过来救我们。"

"等他们过来我们早就死了！"徐亮烦躁地反驳。

"别再让我听见一个'死'字。"蒋英贤睨他，语调冰冷而坚定。

徐亮浑身一凛，虽被骂了，却稍稍定下神来。

蒋英贤思考片刻，凝神指挥："不能留在车上等。徐亮，你知不知道这里是什么地方？"

徐亮说："知道，前面是个商场，再过两条街就是居民区。"

"好，你负责领路，往居民区跑，柯蕊负责打电话。现在把身上值钱的东西都摘了，除了现金，全部扔掉。"

蒋英贤率先脱掉外套，将合同塞进裤腰，用衬衫盖住，然后摘掉首饰和手表，抓乱头发。

看着那块百达翡丽手表被弃如敝屣，徐亮的眼皮抽搐了一下，但他明白这么做是对的，他们在这些恐怖分子眼中堪比肥羊。

事到如今，只能如此了。

三人将自己弄得要多狼狈有多狼狈，之后在徐亮的带领下跑入居民区深处。

然而他们低估了反叛军的凶残程度，这些人竟然在居民区开枪。

街道顿时乱成一团，人群推搡奔跑，尖叫声此起彼伏。

蒋英贤听见有人似乎在拿大喇叭喊话，是当地语，她听不懂。不等她问，手臂便被徐亮紧紧攥住，他的神情形同见鬼："他们在找三个中国人。"

安保团队一直不接电话，枪声又响起来，时远时近。

谁都没看清怎么回事，只听见柯蕊凄厉地惨叫一声，身体突然向前扑倒。

"徐亮！"

徐亮被蒋英贤一声喝令唤回神志，赶紧和她一起架着柯蕊躲到一辆小货车后面。

柯蕊身体歪斜，痛苦地呻吟，小腿鲜血淋漓。

蒋英贤快速检查了一下，确认她没有伤到动脉后，才敢呼出一口气，然后命令徐亮脱下衬衫，为柯蕊进行简单的包扎。

伤不致命，拖下去也有可能致残，而且这样一来，几人行动越发不便了。

柯蕊流泪哽咽："老板，徐亮，你们走吧，别管我了，我走不了了。老板，我爸妈就我一个女儿，您看在我也算因公殉职的分上，能不能多赔他们点儿钱？我在九泉之下也感谢您。"

徐亮眼眶泛红，差点儿和她一起哭了，听到最后一句，眼泪猛地憋了回去。

资本家的秘书果然也不一般，死到临头了还惦记钱。

蒋英贤抹掉她的眼泪："今年奖金给你加个零，为了奖金坚持一下？"

柯蕊咬了咬嘴唇，趴在蒋英贤的肩膀上闷声大哭，提着的那口气彻底松了下来。

她其实就是嘴上潇洒而已，她怕死了，怕他们真抛下她不管。

蒋英贤也怕。谁不怕死？可她知道自己绝不能表现出哪怕一点点儿的软弱和惶恐，否则他们的精神就垮了。

枪声似乎又近了一些，喇叭还在不停喊话。

徐亮定定地看着蒋英贤，从她镇定的表情中寻求安慰，殊不知她的心已经跌至谷底，只是在控制表情而已。

对付子弹的只能是子弹，没有枪，他们连谈条件的资格都没有。

忽然，枪声变得密集起来。

蒋英贤与徐亮本能地趴倒在地，柯蕊行动不便，蒋英贤又爬起来拖她。

时间被恐惧拉得无限漫长，不知过了多久，街道陷入死寂。三个人趴在车子后面，看不清具体情形，不敢乱动。

一双黑色皮靴悄无声息地出现在三人面前，吓得柯蕊失声尖叫。

来人留着褐色卷发，欧美人面孔，身穿迷黑色 T 恤和防弹背心，腰间别着弹夹、对讲机还有电击枪，装备十分精良。他保持举枪姿势，在他们面前短暂停留一秒，又去四周转了一圈，确认没有危险后，对着空气说了一句：“Clear.（安全。）”

一听他讲英文，徐亮差点儿哭出来，爬到蒋英贤身边说：“安全了，安全了！他讲英语，说不定是维和部队的人。”

蒋英贤皱眉，没他那么乐观。

这个人刚才与反叛军交战了，维和部队的人能这么随便开枪吗？她记得傅城说过，他们只有在生命受到直接威胁时才能开枪。

蒋英贤怔了一下，那个被她掩埋的名字就这么猝不及防地蹦了出来。

穿黑色 T 恤的男人折回三人身边，用英文问他们是不是中国人。

蒋英贤正在斟酌措辞，徐亮已经忙不迭回答了：“对，对。我们是中国人。”

那人单手按住耳朵，说：“找到了。”

蒋英贤的心再次皱缩起来，心想：他是什么人？为什么找他们？

里昂举起双手表示自己没有恶意，慢慢儿地蹲下身体靠近。

蒋英贤依旧不敢放松，防备地盯着他。

里昂以为她不懂英文，对徐亮说：“你翻译一下，我不是坏人，我现在要检查一下这位女士的伤口。”

徐亮看向蒋英贤，没说话。她的英语比他好多了，哪里用得着他来翻译？

里昂当他吓傻了，又对着耳机说道：“两女一男，一位女士小腿有枪伤，最好平移，把车开过来吧。”停顿片刻，他的语气轻松不少，“另一位听不懂英语，长得很漂亮，但是脾气不怎么样，还在瞪我呢。”

很快，一辆装甲车停靠在几人身边。一个高大的身影跳下来，边靠近边讲中文："别害怕，我也是中国人。你们安全了，我们是——"

这个声音……

蒋英贤难以置信地回头看向来人。

看见她的脸后，傅城一下子愣在原地。

对视两秒，他大跨步上前，蹲下就要掀她的裤子。

蒋英贤忙说："不是我，是柯蕊。"

傅城动作一僵，收回手，转头看向柯蕊。

柯蕊见到他也是一脸震惊，但她太疼了，没有体力做出太多反应。

傅城问里昂："怎么样？"

"骨头没事，小手术。"

里昂之前是军医，处理过太多残肢断臂，柯蕊这种程度的枪伤对他来说和摔了一跤无异。他一边熟练地帮柯蕊重新包扎，一边开玩笑道："傅，我看坏脾气小妞像是三人里面的老大，配合度很低，你——"

"里昂！"

"小妞"这个称呼太刺耳。

听出他声音中的凌厉，里昂疑惑地问："干吗？"

傅城一直盯着柯蕊的伤口，稍作停顿，说："她能听懂英文。"

里昂为柯蕊注射了镇静剂，柯蕊很快睡着了，留下蒋英贤与徐亮清醒地面对一车的陌生面孔。

除了里昂与傅城，车上还有一个黑人司机和另外一个白人士兵。里昂隐约察觉到傅城与蒋英贤之间的微妙氛围，小声地问傅城："认识？"

傅城没回答。

自从蒋英贤告诉他受伤的不是自己，他的目光就再没落到她身上过。

里昂还想问蒋英贤，余光瞥见她沉静的脸，放弃了。

刚才那种情况下还能假装听不懂英文套路他，明显不是一般人，问也白问。

徐亮先沉不住气，视线在傅城与里昂之间快速打转，最终选定了里昂："谢谢。要不是你们及时出现，我们今天肯定就交代在这里了。"

里昂笑着回应："不客气。"

他态度随意，徐亮也放开了，又问："请问你们是维和部队的吗？

你们怎么知道我们在这里？”

“不是，我们是M国在这边的化工厂的安保团队。前阵子M国的工作人员都已经撤离回国了，只剩我们留在这儿负责保护工厂设施。也是凑巧了，我们小队今天刚好在附近采购物资，刚到就听见那几个反叛军在找三个中国人。这些人肯定不会无缘无故找中国人，一听就知道出事了。”里昂手指指向傅城，“傅就是中国人，肯定不能眼睁睁看着同胞被俘。是吧，傅？”

傅城不搭腔，里昂也不介意。

“你会说力维亚达语？”

里昂摇头：“我不会，傅会，是他听出来的。你们呢？怎么这个时间跑来力维亚达？别人撤都撤不及。”

徐亮偷看一眼蒋英贤，含混道：“有点儿工作上的事。”

里昂咋了咋舌，冲他竖起大拇指：“厉害。”

傅城听得心烦，转头看向窗外。

蒋英贤感觉有点儿胸闷。

作为普通的安保团队，M国公司竟然为他们配备了武器和装甲车，足以说明力维亚达现在有多混乱以及这份工作又有多危险。

因工厂内部已经断水断电，傅城他们索性在厂房外的空地搭了个临时营地。营地里还有十几个人，都是男人，傅城是队伍中唯一的亚洲人。其中一个光头对他们的到来似乎不太满意，把傅城叫到角落里低语。傅城不知说了什么，光头脸上带着一种类似不甘的神情，骂骂咧咧地甩手走开。

里昂带着柯蕊去了几公里外的一家制药公司，那里的设施更完备，也有其他医生可以帮忙手术。

蒋英贤和徐亮则被安排进临时板房休息。房间很简陋，所谓的墙壁就是四块铁皮，和住在集装箱里差不多。房间内除了床，就只有一套桌椅，外加一个电风扇，吃喝拉撒都要去外面的公共区域解决。

蒋英贤坐了很久，用深呼吸平复心情，然后撩起衣服，掏出皱皱巴巴的合同。

不一会儿，薄薄的门板上传来敲门声。

“请进。”

傅城推门而入，手上提着医疗箱。

他淡淡地看了她一眼，脸上没有什么多余的表情。他径直走到她面前：“我来处理一下你的伤口。这边没有女性，如果你有需要，也可以去制药公司那边处理。”

“谢谢，不用，我没受伤。”

傅城蹙眉，视线落到她的脚上。

蒋英贤跟着低头看，这才发现自己的双脚有多狼狈。高跟鞋蒙着一层土，还沾着不知道谁的血，裸露在外的脚踝和脚背上伤痕交错，看上去惨不忍睹。

傅城蹲到她面前，握住她的脚踝，轻轻脱下一边鞋子。

蒋英贤倒抽了一口气——脚后跟破皮流血，血液干涸之后将皮肤与鞋子黏在一起，脱鞋相当于揭痂。

傅城立刻停下动作。

蒋英贤调整呼吸，低头看着他突出的眉骨：“没事，刚才是没做好心理准备，你脱吧。”

鞋是一定要脱的，越拖越疼。

傅城的眉毛微微动了一下，低声说：“忍一下。”

“嗯。”

尖锐的疼痛自脚下传来，蒋英贤咬紧牙关，一声不吭，脚趾却没忍住蜷缩起来。

脚趾的状况比脚后跟更糟，血泡破了，露出红彤彤的嫩肉。

他一直着托她的脚掌，直到她放松下来。

“先清洗一下伤口。”

“好。”

“我倒酒精了。”

“好。”

“我上药了。”

“好。”

他每进行一步就通知她一声，等她缓过来了再进行下一步。

等处理完所有的伤口和血泡，两人都出了一身汗。

蒋英贤的手臂和额上也有几道剐伤，傅城也一并处理了。

涂药水时，他忽然出声：“你来这里干什么？”

“和萨落签合同。”蒋英贤没有隐瞒，将购买油田的事全部告诉了他。

她越是平静镇定，他越怒不可遏。

她到底知不知道这里是什么地方？又知不知道萨落是什么人？

傅城冷声道：“蒋英贤，你不要命了？”

蒋英贤眉心直跳，声音还是一样平静：“富贵险中求。”

好一个“富贵险中求”，傅城简直要笑了。

将所有的东西装回医疗箱后，傅城背对着她开口：“我刚才和大使馆联系过了，明天就有一班撤离航班，还能腾出三个座位，明天早上我送你们过去。”

“蒋氏的飞机还停在法兰克福机场，我得去D国。”

“各国都是优先撤离本国国民，你们不是D国公民，短时间内排不上撤离航班。而且现在还不知道机场有没有受到袭击，就算机场没事，力维亚达飞欧洲的航班也很少，下趟去D国的航班很可能要等到一周以后。”

蒋英贤说：“我可以等。”

怒意蓦然升腾，傅城眸色暗沉，终于回身与她对视：“你不要以为待在这里就很安全，反叛军上个月刚袭击过三个外国工厂，抓了十几个人质回去威胁勒索。”

蒋英贤看着他，字字清晰道：“我相信你不会让我出事的。”

傅城怒极反笑，目光冷得像是冰锥：“你是不是太自信了点儿？”

蒋英贤抿起嘴唇，态度温和道：“抱歉，我没说清楚。我的意思是我对你的能力和责任感很有信心。”她想起里昂用的那个词，顿了一下，说道，“我相信你会保护好任何一个同胞。”

同胞就是他们仅剩的关系。

她这样礼貌、温和，仿佛两人第一次见面时那样。

傅城看她良久，推门离去。

晚些时候，傅城回来带她去洗澡。所谓洗澡，不过是提水进厕所冲冲身体，然而特殊时期，特殊情况，能有干净的水已经算很不错了。

营地里都是男人，厕所也就没必要分男女，只简单分割出五个半敞开式的隔断。

傅城递上换洗衣服和沐浴用品：“这是我的衣服，凑合一下，伤口不要沾水。”

“谢谢。”

蒋英贤道谢，接过衣服走进去。

傅城一直守在门口。

伤在脚上，冲洗不方便，蒋英贤打湿毛巾擦身体，粗略洗干净头发，换上傅城的衣服。

天气太热，她用凉水擦的身体，衣服的温度反倒比她皮肤的温度高，还有淡淡的洗衣粉味道。

蒋英贤拉起领口闻了一下，和他在国内时的味道不同，但是类似，一样地干净、好闻。

推开门，见他还在，蒋英贤露出些许意外的神色。

傅城本想解释说团队里什么人都有，而且这些人也有段时间没见过女人了。话到嘴边又咽了回去，不想让她知道这些事。

蒋英贤现在穿着一件黑色的短袖 T 恤和工装长裤，外加一双黑色橡胶拖鞋。傅城比她高，衣服自然也大，上衣足够盖住屁股，因此蒋英贤将 T 恤塞进裤腰，裤腿也挽起来几圈，露出一截纤细的脚踝。

黑色拖鞋将她的双脚衬得格外白皙，连伤口也有一种破损的美感。

更别提她还涂了指甲油，且是充满诱惑力的朱红色。

蒋英贤的头发还湿着，几滴水珠顺着发梢流到胸前，晕染出一团深色，虽不至于透出里面的沟壑，但是对于饥渴了几个月的男人来说，足够了。

不远处几个正在吃饭的人注意到她，果然多看了几眼。

傅城明白那眼神是什么意思，遂用身体挡住蒋英贤的身体，伸手将她的上衣从裤腰中扯出来。

上衣变成连衣裙，一直盖到大腿中部，腰臀曲线统统消失。

蒋英贤很快意识到他为什么这么做，真心实意地向他道谢。

傅城蹙眉，看着她裸露的脚说：“这里没有你能穿的鞋。”

“没关系，拖鞋挺好的。”

傅城回头看了一眼那几个吃饭的人，声音有些冷硬：“旁边工厂的人还没全部撤走，我去问问他们有没有多余的女鞋。”

蒋英贤还想拒绝，见他表情严肃，原本的拒绝变成点头。

傅城打定主意不让她一个人待在“狼窝”，同徐亮打了一声招呼，带她一起开车前往旁边工厂。

到达之后，傅城留她在车上等，自己下车借鞋。

大约过了半个小时，他提着一个袋子回到车上，还带回了柯蕊的消息："刚接到里昂电话，他说柯蕊的手术结束了，麻醉劲儿没过，现在还昏迷着。"

蒋英贤长舒一口气："那就好。"

她拆开袋子，里面有一双拖鞋、一双平底靴，还有几双袜子。她先试了一下拖鞋，正好合适，想到什么，又去翻看靴子鞋底，果然也是她的尺码。

她侧头看傅城，见他目不斜视地盯着前方道路，没有要和她说话的意思。

她识趣地保持安静。

就寝时间，傅城又一次出现在她的铁皮房里："今晚我和你一起睡。"

换作以前，她会挑眉问他"怎么个睡法"，然而现在的她只"嗯"一声就接受了。

她这么老实，傅城反倒觉得别扭。他不想让她误会，杵在原地委婉措辞："安保公司招人只看能力，人员组成比较复杂。"

说得太委婉，不知道她能不能听明白？可要说得直白些……怎么说？说自己担心营地里有人兽性大发，半夜闯进来骚扰她？

蒋英贤眉眼放松，有点儿想笑。

有什么不好意思说的？以前在国内时，更过分的也说过。

思及过去，心情一下子变了。

他们不再是那种关系，她不应该开玩笑。

眼底笑意淡去，她收敛心神，开口道："我明白，谢谢。"

她的红唇弯出完美弧度，扬起一个温柔端庄的客套笑容。

傅城曾在她脸上见过无数次这种笑容，那是应付外人的笑容。

她的善解人意并没有拉近两人的距离，傅城看她的眼神反而更疏远了："我去拿睡袋。"

蒋英贤点头，还是那句话："谢谢。"

次日清晨，里昂来敲她的门。

"蒋小姐，你的朋友没事，那边医疗条件比较好，我把她留在那养伤了。放心吧，几个月后她就又能穿着高跟鞋活蹦乱跳了。”他从柯蕊口中得知她姓蒋，仅此而已。里昂猜出几人身份特殊，也懒得多问惹人烦。

“谢谢你，里昂。”

余光瞥见房间里的傅城，里昂惊讶得瞪大了眼睛，下一秒又看见地上还没来得及收好的睡袋，眼睛恢复正常大小，看蒋英贤的目光带上了几分愧疚与同情。她在这里，确实好比羊羔掉进狼群。

里昂拍了拍她的肩膀：“蒋小姐，我不能说这里的每一个人都是好人，但傅绝对是最值得信任的那个。”他意味深长地眨了眨眼睛，“你懂的，任何方面都可以信任。自从我们来了力维亚达，他就没碰过任何女——”

“里昂！”傅城阴沉着脸喝断，“戴维还在等你换药。”

里昂嬉皮笑脸地敬礼：“是，队长。”

他是队长？

蒋英贤投给傅城惊讶的一瞥。

作为团队中唯一的亚裔，成为队长绝非易事。这不是能力强不强的问题，而是因为某些人的种族歧视观念已深入骨髓。

傅城将她的惊讶理解成了别的，脱口而出：“别听他胡说。”

话音刚落，自己也意识到不对劲，表情瞬间尴尬。

说里昂胡说，那不就是说他碰过女人？

蒋英贤没忍住，借低头检查鞋子掩饰笑意。

第十章 愤怒

早餐过后，傅城小队要出去巡逻。并不是每家跨国公司都为自己在当地的工厂配备了这么高规格的安保团队，还有些公司的外籍工作人员甚至不被允许撤离。因此，傅城与周围几家公司的安保负责人达成协议，平日轮流对这一片区域进行巡逻，遭遇袭击时也要互相支援。这也是那家制药公司愿意接收柯蕊的原因。

因为傅城不放心，里昂将蒋英贤和徐亮送去陪柯蕊。他们身份不明，不方便四处走动，就一直待在柯蕊的病房。柯蕊抱着蒋英贤又哭了一顿，把医生都引来了。

医生卡罗尔是个红头发的中年女人，见到蒋英贤，不好意思地说："上个月我们的两名同事在外出采购时被俘虏了，反叛军用另一个外国女孩儿做诱饵，骗他们停车……现在大家的精神都比较紧张。我可以试着帮你申请一下，看能不能留你在这里陪柯。至于徐，很抱歉，他需要去难民营。别担心，那边有维和部队驻守，他们会帮助他联系大使馆。"

徐亮紧张地看着蒋英贤，默默祈祷她别抛弃自己。

蒋英贤微笑着说："谢谢你，卡罗尔。我们在里昂那里挺好的，傅也已经帮忙联系过大使馆了。"

卡罗尔露出迟疑的神色，用眼神问她：你确定吗？

蒋英贤知道她是好心，又笑一下。

徐亮心中天人交战大半天，终于下定决心对蒋英贤说："蒋小姐，要不你还是留在这里陪柯蕊吧，我去难民营等消息。那边全是男人，确实有点儿不方便。”

早上吃饭时，他听见两个人开黄腔，用词很粗俗，粗俗到他不好意思转述。虽说他们是开玩笑，但他还是感觉不大好。

徐亮在逃亡过程中一直表现得挺懦弱的，听见他这么说，蒋英贤惊讶之余还有点儿触动，反过来安慰他：“不会有事的。”

徐亮觉得奇怪，她怎么能这么肯定？奇怪归奇怪，但他没有再坚持，毕竟不是真心想去难民营。

六点多钟，大家陆续归营，傅城过来接走蒋英贤和徐亮。

之前和傅城起过冲突的光头带领的小队是最后一个回来的，车上除了四个身材壮硕的男人，还多出来一个当地女孩。

女孩身材瘦小，个子不及光头肩膀高，棕色的眼睛盛满惊慌，想看又不敢看，扫一眼便慌忙垂下眼皮，缓了一会儿，再偷偷抬起眼皮。发现蒋英贤后，稚嫩的脸上浮现出一抹欣慰。

光头和女孩吸引了在场所有人的目光，除了一两个吹口哨的，其他人只是静静地看着。

光头痞里痞气地说：“来，认识一下，这是露露，她今天是我的女朋友。”

说完，用力搂紧露露。

露露缩了一下脖子，手脚僵硬，一动不敢动。

傅城仔细打量露露的脸，眉头紧锁：“她多大？”

“十八岁。”

不可能，蒋英贤默默地想。

傅城也不信，用力维亚达语问了露露一个问题。听见母语，露露先是目露欣喜，然后不安地仰头看光头，犹犹豫豫地吐出两个音节。

傅城脸色骤冷：“她说自己十五岁。”

“我怎么知道？她爸妈说她十八岁。管她十八岁还是十五岁，反正力维亚达法律规定，女孩十三岁就能结婚。”

傅城说：“你不是力维亚达人，我们都不是力维亚达人。”

光头不耐烦道：“你跟我计较女人的事？怎么，只准你带妞回来，不准我带？昨天晚上我亲眼看见你进了中国妞的房间，别告诉我你们躺在一个被窝里聊天。”

“露露被她父母放在路边卖，我给了她父母两百美金，你猜怎么着？他们高兴得快哭了。今天就算我把露露弄死在这里，她的家人都不会多说一个字，说不定还得求我再把他们小女儿也买下。”他凶狠地亲露露的脸颊，捏住她的下巴问，“宝贝，你是自愿的对吗？”

露露的脸被捏得变了形，泪水在眼眶里打转。她只能听懂一点点儿英文，不知道发生了什么事。

“说话！”光头厉声呵斥。

露露的身体抖得更加厉害了，努力扯起嘴角笑，小声地重复了三遍“yes”。

听不懂没关系，说“yes”就行了。

“听见了？”光头得意地用鼻孔看人，搂着露露绕过傅城，没走出两步，被傅城再次堵住。

“你有完没完！没听见她刚才说什么？”

傅城不和他纠缠，强硬地说道：“放开她，马上，这是命令。”说完回头喊人：“戴维，你负责送露露回去。”

“这是命令”四个字如同火苗飘入炸药桶，直接引燃光头积蓄已久的不满。他两指戳上傅城的肩膀，暴躁地喝道：“你现在就是个保安，能不能别再用荣誉、纪律那套玩意儿来管我们？

“你自己愿意找死我管不着，但是你别拉着大家一起死。你要求我们不能随便开枪，那些反叛军会对我们留情吗？那帮狗崽子听见动静上来就是一枪，他管你是谁！OK，你是队长，在工作时间里我不得不听你的，但现在是私人时间，我想干什么你们都管不了！我们一天天地把脑袋别在裤腰带上过活，不知道什么时候就死了，死前连个女人都不能上？”

“傅，我告诉你，我们是来赚钱的，不是来当道德模范的！”

以傅城和光头为中心，形成了一个诡异的空心圆。其他人虽不赞同光头的做法，但是对于傅城一直以来的纪律要求也都颇有微词，是以没有一个人站出来帮腔或者打圆场。

傅城纹丝不动，后背笔挺，眼神异常锐利：“杰克森，你有意见可以向公司投诉我，但现在我是队长，在这里就要遵守我的纪律。”

他字字清晰道：“我命令你放她走。”

光头额上青筋直跳，啐一口唾沫，低声咒了一句，咬牙切齿说：“知道公司为什么找你做队长吗？就因为你不开枪，方便他们跟当地政府交差。你可不就是他们最喜欢的狗！”

说话间一只手摸向后腰。

蒋英贤见状，忽然伸手抽出身旁那人腰上别着的手枪。

一切发生得太快，再加上根本没人想到要防备她，就这么被她得手了。

枪口对准光头，蒋英贤低声警告："想都别想。"

傅城的脑子里轰然一响，身体被前所未有的恐惧支配。

光头笑容轻蔑："Bitch（婊子）！你知道怎么开保险吗？"

蒋英贤保持举枪姿势，看都不看枪一眼，轻巧地拨开保险栓。

蒋家所有人都接受过自卫训练，包括蒋震。不求成为格斗高手，只防万一被绑架了，懂得自救，摸到枪也得会开。

光头的笑容凝固了，手僵在腰侧不上不下，本就紧张的气氛越发剑拔弩张。

"哇，哇，哇！"里昂夸张的惊叹声从后方传来，将这令人窒息的气氛撕开一道口子，"怎么回事？我错过了什么？"

他迈着轻松的步伐上前，手指插进扳机处卡住。

"我就说你脾气坏嘛！怎么连枪都掏出来了？你们也是，就知道看热闹。哑巴了？在这里打起来，谁都别想拿到下个月工资。"

他看似轻巧地捏住她的手腕，笑眯眯道："这不是女士该玩的玩具。"

蒋英贤吃痛，手指发麻，枪落入里昂手中。

围观的人后知后觉出声，纷纷上前调侃。

有人说："杰克森，你是不是不行啊，所以才挑这么小的下手？"

"放屁！"光头啐了一句，放开露露。

"走，走，走，吃饭去！女人哪有牛排香！"

一伙人隔开光头与傅城，半推半搂地簇着光头往食堂走。

等人走远，里昂朝露露努了一下嘴，拍了拍傅城的肩膀："我送她回去。"

傅城"嗯"一声，用力维亚达语向茫然无措的露露说明情况。

露露并没有蒋英贤想象的那样高兴，而是小心翼翼地问了一句什么，得到答复之后才露出笑容，乖乖跟随里昂上车。

蒋英贤问："她刚才说什么？"

"她问我现在离开的话，那两百美金需不需要还回来。"

蒋英贤沉默了。

目送里昂驾车离去，傅城说：“你跟我来。”

他不管她跟没跟上，抬腿就走，背影冷漠无比。

回到房间，傅城久久不吭声，蒋英贤便也沉默。

她看出来了，他在极力压抑怒火。他包裹在T恤下的胸肌轻微颤抖，脸颊也因为后槽牙咬紧而紧绷着。

突然，他直直地盯住她质问：“蒋英贤，你到底知不知门外那些是什么人！你在这些人面前举枪？就算他们没打算杀你，也有可能出于本能反应射击。就刚才的距离，营地里的每一个人都能精准打穿你的眼睛！”

他愤怒到极致，浅色瞳孔也寒到极致。

她没看见在她举枪的那一瞬间，多少人的手摸向了自己的后腰。

傅城不敢想，如果有人对她开枪，他会怎么样。巨大的恐惧让他丧失了行动能力，他从未这样害怕过，血液倒流，手臂似有千斤重，什么都思考不了，什么都做不了，毛孔和脑袋一起麻木，眼前一切都是恍惚的。

她什么都不知道！

她若无其事地跑来这里，带着两个手无缚鸡之力的人和独裁者谈生意，被反叛军围捕逃窜，现在，她都敢在一群持枪的安保队员面前掏枪威胁他们的队友了！

她会学乖吗？

不会，永远不会。

蒋英贤第一次听见他用这种语气和自己说话，暴怒、冷硬，毫无温柔可言。

她抿紧嘴唇，眼观鼻，鼻观心，默默承受着。

“你知道每年有多少人在这里失踪吗？刚才就算他们一枪打死你，只要把尸体往荒地里一埋，你就彻底从这个世界上消失了，没有人能找到你。”

蒋英贤还是不吭声。

傅城的最后一点儿克制也被她的沉默击溃。

她还在跟他倔。

他为什么要承受这样灼心的愤怒，或者说痛苦？

“为什么拔枪？你是觉得我没看见他的手在干什么，还是你觉得我的动作会比他慢？”

他厉声呵斥：“回答我！”

蒋英贤的手指蜷曲了一下。

看到她的小动作，傅城才意识到自己的失态，蓦地收声。可是怒火依然在胸腔中燎原，他不知道怎么办，不知道自己还能怎么办。

蒋英贤终于开口了：“他叫你‘狗’。”这才是真正激怒她的地方。她从不怀疑他的能力，只是无法忍受那人叫他“狗”。

说完，蒋英贤重新闭上嘴。

她垂着眼睛，视线范围局限在傅城的腰部以下，但她能听见他的呼吸声。

听到她的回答后，他屏息了一下，随后呼吸变得沉重又急促。垂在裤缝线的双手慢慢儿收紧，手背绷出青筋。

僵持良久，他一言不发地迈步朝房门走去。房间不大，五步就能走到门口。

一步，两步……就在她以为他会就此离开时，靴子掉转方向，直奔她而来。

蒋英贤惊慌地抬头，下一秒已被他逼至墙角。

傅城眼底泛红，凝结着戾气，好像恨极了她：“他叫我什么，关你什么事！

“蒋英贤，你还想怎么样？”

不等她回答，也不用她回答，他覆上她的双唇撕咬，动作激烈到濒临失控。

她为什么总是这样？既然从一开始就没打算留下，那就别再给他温柔。

他的吻极具侵略性，炙热而急切，贪婪又凶猛，碾着蒋英贤的唇，令她感到窒息。

那些她自以为早已抛却的记忆，瞬间复苏，她闭上眼睛攀住他的后颈，热切地回应。

“蒋英贤。”他的声音含混不清，“……英贤。”

“英贤。”又是一声。

蒋英贤眼眶滚烫，只想流泪。

然而激情过后是现实，蒋英贤没想好说什么，于是选择沉默。

许久过后，傅城缓缓退开，站在离她两步远的地方说：“不用说了，我知道。”

“今天我和机场联系上了，确认那边没有受到袭击。下周二晚上九点有一趟飞欧洲的航班，还有几个空位。”停顿片刻，他说，“我已经订好票。”

蒋英贤想说“谢谢”，张了张嘴，却没能发出声音。

傅城训斥她的声音被不少人听见了，虽然听不懂内容，但能听得懂语气和情绪，因此没人往别处想。杰克森说的“躺在被窝里聊天”，他们大部分人还真信了。至于中国妞是谁，傅和她是什么关系，他们没兴趣知道。他们只是被公司分配到一起赚钱的合作伙伴，不是战友，只要傅能带领他们完成任务，拿到工资，其他的无所谓。

房间外，里昂已经归队，汇报完露露的事情后，话锋一转，替蒋英贤求情：“傅，别吓坏女孩子，男人要懂得怜香惜玉，她拔枪也是为了你。杰克森过线了，回去之后我会帮你向公司提交报告。”他一回来就听说傅城“发怒”的事，见蒋英贤躲在房间里不出来，以为她在哭。

傅城看着他不吭声。

“我只是说说而已。”里昂赶紧做出投降姿势，脚底抹油——溜走了。

傅城想，他确实没怎么怜香惜玉。

他将晚餐送到房间后再次离开了。反叛军突然袭击将军府，他们的防范等级也要提升，他要与里昂等人商讨接下来的工作安排。

直至夜深人静，傅城才眉头紧锁地返回房间。对上她的视线，冷硬的线条稍稍软化：“他们都洗完了，厕所现在没有人，走吧。”

营地没有吹风机，蒋英贤只能采用自然晾干法，披散着头发坐在星光下吹风。这里位置偏僻，除了远处不知哪家工厂的灯光再无其他光污染。银河之下，人类文明仿佛不复存在，而她的各种考量也抛诸脑后。

脚步声靠近，蒋英贤侧头，看见傅城一只手端着塑料盆，一只手提着水桶走过来，盆里泡着几件衣服。

“你们要自己洗衣服？”

傅城看着她说：“一般不用，旁边村子里有人专门做这个生意。我们每周五早上把所有脏衣服送过去，第二天傍晚再去拿回来。偶尔有着急用的就自己洗一下。”

这是他们重逢之后第一次心平气和地闲聊，横亘在两人之间那不可言说的隔阂似乎一下子消失不见了。

蒋英贤沉默了几秒，继续问道："维和部队也是这样吗？"

"不是，他们人多，会送到专门的洗衣工厂洗。"

蒋英贤点头，看见那件她刚刚换下的黑色T恤，才明白傅城为什么会"着急用"——她穿了他的换洗衣服。

她起身挪到盆子前，双手伸进水里："我帮你。"

水中十指纤柔，骨肉均匀，哪里是做家务的手？

蒋英贤也确实不会，揪着一只袖子发蒙，傅城搓一下，她就有模有样地学着搓一下。

"你去旁边坐吧。"傅城将那只袖子从她手里抽出来，浅色瞳孔中含着温柔的笑意。

蒋英贤一瞬尴尬。

"伸手。"他突然出声，语调轻柔，蒋英贤顺从地照做。

傅城舀了一勺清水冲掉她手上的泡沫："洗衣粉伤手，不冲干净手上容易起皮。"

"你经常洗衣服？"

"以前在部队的时候都得自己洗。"

她蹲在原地静静地听着，瞳色幽深，不笑时显得很专注。

傅城于是又说："刚进队那会儿，洗衣服也是训练内容之一，有时候教官会把我们叫出去，一人端一个盆，列队蹲在宿舍门口，一边洗衣服一边背条令，有时候是喊口号，规定时间内必须洗完，之后还要检查谁没洗干净。"

蒋英贤想象着那个画面，眉眼舒展，问他："喊什么口号？"

傅城也笑，脱口而出道："报效国家，热爱人民，献身使命，崇尚荣誉。"

蒋英贤沉默不语。

他记得这样清楚，连回忆的时间都不需要，只怕一刻未曾忘记。

聊天的工夫，傅城已经洗完大半，满盆黑色中出现一抹不和谐的浅色。

蒋英贤定睛一看，竟是自己被救时穿的内衣。

亲眼看着一个男人手洗自己的内衣，这种感觉太奇怪了，她不太自在地移开视线。

他们有过许多亲密接触，可是……不一样，激情时刻做什么都正常，而洗内衣太日常了。

她很少露出这种表情，傅城心头微动，神色自若地说："都是布。"

蒋英贤一脸窘迫地辩驳："不一样。"

"洗起来一样。"听上去一本正经。

蒋英贤不确定他是在安慰她还是在捉弄她，心中惊讶，抬起眼皮睨了他一眼。

她的眸光盈盈似水，傅城忽觉手中布料烫手。

洗完衣服，两人回房间休息，依旧是蒋英贤睡床，傅城睡地上的睡袋。

蒋英贤失眠，后背越躺越僵。

床下那人一点儿动静也没有，不知道睡没睡着。

她悄然起身，拖过薄毯铺在地上，躺到傅城身侧。

不多久，结实手臂横过来给她做枕头。蒋英贤顺势转身，钻进他怀里。

力维亚达的夜晚也热，傅城只将睡袋当床垫，方便了她"偷袭"。

傅城自嘲地想，说没想到太虚伪了，从她第一次翻身开始，他就在等着她下床找自己，为此呼吸放缓，一动不动，把埋伏的技巧用到了她身上。

现在她过来了，他的心情却更复杂了。

次日清晨，傅城出门之前，蒋英贤主动抱住他。

傅城瞳孔微微收缩，怔忪了一会儿，转身回抱住她，鼻子埋进她的头发，嗅她的发香。

这里是力维亚达，她还坚持什么？既然天意叫他们重逢，那就当作是上天送给她一个假期吧。她什么都不想再想，只想享受和他在一起的每一分、每一秒。从今往后，她还有几十年的蒋英贤可做，不差这几天。

做了决定，蒋英贤更释然了，仰头亲了亲傅城的下巴，笑说："才一晚上就冒出胡楂了。"

傅城隐约明白她的想法，一时之间心绪翻涌，最后只是抱紧了她："等我回来。"

"好。"

傅城带队晨练，蒋英贤无事可做，和徐亮闲聊几句便返回房间，摸了摸晾在一角的衣服，发现已经干了，便将衣服收起叠好。

她记得傅城将干净衣服都收在行囊里，于是拉出床下的背包，打算帮他放回去。

背包里的衣服整整齐齐分成三摞——上装、下装、T 恤。

蒋英贤莞尔，心想：嗯，一看就知道是他的包，肯定不会拿错。

她也按照这个分类放衣服，T 恤那沓最少，一碰就歪，也不知道他是怎么让它们保持那样整齐的。她只得将它们重新叠过，散开之后才发现在清一色的黑色中竟然藏着两条肤色丝袜。

蕾丝镶边，有勾丝痕迹，一看就知是穿过的。

傅城随身带着女人的丝袜？

蒋英贤半眯起眼睛，原来是她自作多情了。

静静地叠完所有 T 恤，她突然忆起什么，找出那两条丝袜重新看。

没错，这是她的东西。一条是她第一次在他的公寓过夜时落下的，后来他还给她，她说送给他了。另一条是那天早上，他要还她先前那条时，她将它弹到他身上，一并送给了他。

所以，他一直带在身边？

傅城一推门就见蒋英贤半蹲在背包前。

看见他，蒋英贤用手指钩起薄薄的料子问："看看我发现了什么。请问，我的袜子为什么会在你的包里？"她勾着眼睛问，"傅队长，你用它做什么了？"

傅城的眼神闪烁了一下，用一种狼狈而温顺的目光注视着她。

蒋英贤讶然：不是吧？这是承认了？她随便问的。

将她的惊讶看进眼里，傅城又更狼狈了几分。

蒋英贤注意到他的耳尖红了。

"傅队长人不可貌相。"她一边说一边靠近。

傅城攥住她的手捏了捏，像是在警告，又像是投降。他的脸上没有太多表情，嘴唇抿起来的样子甚至有点儿冷酷，可惜耳朵更红了。

"说来听听？"她目光灼灼地看着他，眼里全是兴味。

傅城无奈地叫了她一声："英贤。"

蒋英贤挑眉，以前他可不是这样的。

她还记得自己送他丝袜那天，他脸色冷，眼神也冷，居高临下地睥睨着她。

过去不在乎也就无所谓，他越冷，她越得趣。现在心情变了，翻翻旧账，乐子就都成了仇。

她就很有一种复仇的快感。

她不再说话，用眼神刺激着他的道德感。

傅城说不出反驳的话，于是用吻来宣泄。

带着惩戒意味的吻，比昨天下午的温柔，侵略性强，但又不至于弄疼她。

蒋英贤假意顺从，然后趁他调整呼吸，用气声说："见到我，高兴吗？"

他尚在犹豫要不要吐露心声，就听她说："可以看真人实穿效果了。"

就知道她没好话。

傅城又好气又好笑。

见她还要开口，他轻轻咬她。

蒋英贤哼了一声没再说话，搂住他的脖子加深这个吻。

早餐过后，她和徐亮又被送到柯蕊的病房。

蒋英贤告知二人机票的事，徐亮还算矜持，只是两眼放光，柯蕊则喜极而泣，不停念叨着感谢傅先生。不知谁起的话头，柯蕊和徐亮认真讨论着回国后要送什么谢礼给傅城。

大概知道能回去了，心理压力骤减，两个人的话比平时多，笑容也多，就连卡罗尔也为他们高兴。

一片喜气中，蒋英贤的神色淡淡的。

有些事情即使她刻意不去想，外界的声音还是会提醒她。

六点多钟，傅城来接。徐亮下车后，蒋英贤"啊"了一声，说有东西落在病房里。

傅城再次启动车子往回开，随口问是什么东西，等了几秒没等到答案才觉出异常，转头看蒋英贤，只见她也正在看自己。

行至半路，蒋英贤忽然说："停车。"

两个营地隔了大概两公里，中间没有路灯，车灯一灭，四周便是最天然的黑夜。

车内寂静，有一种暴雨将至的平和。傅城闻着她身上和自己一样的洗衣粉香气，调整呼吸问："为什么停在这里？"

她转过头看他，幽黑瞳孔深邃如夜，她反问："你猜？"

他不说话，眸色渐渐浓稠。

这人，还是这么不会说谎。

蒋英贤看他一会儿，解开安全带往他身上坐。他还是不吭声，手倒是第一时间伸出来稳稳卡住她的腰，待她坐稳，手掌沿着脊柱上移，隔开硬邦邦的方向盘。

看看这套动作，一气呵成，还跟她装？

蒋英贤轻笑一声："傅队长，你怎么总是这么口是心非？"

她无论如何也没想到，自己一句调情话竟然触痛了他心底的伤疤。

车厢内的气氛陡然变味，傅城的眼神透出几分清醒："你愿意听不口是心非的？"

笑容凝在唇畔，蒋英贤静静地与他对视，半晌，轻飘飘地叹气。

傅城也在很久之后溢出一丝苦笑。

看，还没说什么她就烦了。

蒋英贤一看他的表情就知道，自己又惹到他了。她双手捧住他瘦削的脸颊，像个再温柔不过的女朋友那样哄道："生气了？"

他不说话。

蒋英贤耐心地继续哄他："我们不说这些，好不好？

"我知道自己的黑历史多，说这话没什么可信度，但是刚才我真的没有任何要挑衅、激怒你的意思。"

傅城的胸膛起起伏伏，静默了一会儿，将头埋进她的颈窝，闷声说："是我不好。"

太难看了。他是在干什么？闹脾气要糖？

这两天她态度亲昵，本来能压住的情绪反而不安分了。人都是贪心的，没有的时候以为得到一分就已能满足，等到拥有了一分，就会开始想为什么不能是两分、三分，甚至全部。

"你没有不好。"

她轻轻摇头，叹息一般坦白："我就是想和你单独待一会儿。"

傅城的身体僵了一下，更用力地抱住她。

周五下午，傅城照例送脏衣服去附近村庄清洗，蒋英贤也一同前往。

她不是必须同行，经过杰克森一事，所有人都知道中国妞不好惹。何况青天白日的，徐亮也在，没人精虫上脑到这种地步。只是傅城状似无意地问她：“想去看看吗？村子旁边有个集市，里面有些卖手工制品的摊子，还有些当地人喜欢吃的小吃，比如说阿卡拉，一种炸豆饼。”

蒋英贤兴致盎然：“好啊，来了这么多天，我还没吃到正宗的力维亚达菜。”

她答应了，傅城却又沉默了两三秒，然后才说：“其实味道一般，你不一定会喜欢。”

什么阿卡拉，都是借口。他们能相处的时间所剩无几，他想尽量多地和她待在一起。

蒋英贤笑了笑，系紧鞋带：“尝过才知道喜不喜欢。”

这次是私下行程，人太多反而引人注目，因此只出了两辆普通吉普车。傅城、里昂、蒋英贤三人一辆，另外两人一辆。傅城的车负责送衣服进村，另外一辆车负责望风。周五这一趟是固定行程，若敌人有心观察，摸清规律之后很容易部署伏击。

傅城很谨慎，即使过去从未发现任何异常，还是会安排两人守在村外高地放哨。

村民们已经习惯他们的定时出现，胆子大一些的，笑嘻嘻地冲他们喊“哈喽”。

无论局势如何紧张，生活仍要继续，战火烧不到的地方，就还是柴米油盐的日常。

村中小孩子第一次见到亚洲女人，对蒋英贤十分好奇，站在远处偷瞄她。等她看过去，他们又像受惊的小兔子似的羞怯地收回目光。

蒋英贤注意到五个孩子中竟有两人四肢不全，一人左膝之下空荡荡的，一人缺失整条右臂。她心想，这个村子的儿童先天缺陷率未免高了些。

傅城正在与村民交涉，蒋英贤便将自己的疑惑说给里昂听。

里昂笑容减淡，解释道：“这里以前是萨落的根据地之一，为了防止反对派偷袭，他命人在周围埋了不少土炸弹。萨落成功夺权之后就将原先驻扎在这里的队伍调去其他地方了。人是走了，可是炸弹还在，埋得太多，连他们自己都说不清位置。”

里昂叹了一口气，继续说：“现在已经好很多了，有维和部队的人帮忙排弹、拆弹，伤亡率降低不少。以前……唉，听来这里执行过排弹任务的朋友说，每天都要炸伤几个。”

“为什么不迁走？”蒋英贤问。

“这些人祖祖辈辈生活在这里，房子就是他们的全部家当，带也带不走。两手空空能迁到哪儿去？还不如留在这里赌一把。”

说话间，一颗看不出颜色的皮球骨碌骨碌滚到蒋英贤的脚边。

她抬头，见那个拄拐的小男孩正冲她招手。

蒋英贤抬起胳膊扬了扬，看准方向发力。皮球不偏不倚地飞回男孩脚下。他用拐杖拦下皮球，咧嘴笑着大喊：“Thank you（谢谢）！”

他一瘸一拐地蹦回伙伴身边，兴高采烈地踢球。明明跑不快，抢球却比谁都积极，而其他人也愿意传球给他。

见她心情沉重的样子，里昂安慰道：“也算是不幸中的万幸吧，土炸弹威力不大，大部分是压力感应的，不会立刻爆炸。万一踩中了，只要保持重心不偏移，就能争取到一点儿拆弹时间，还是有五成概率全身而退的。”

蒋英贤收回目光，笑道：“里昂，你安慰人的水平真不怎么样。”

里昂也笑出声：“没关系，傅会安慰就行了。拜托，别说你们没什么。当我是瞎子吗？刚刚在车上的时候，他一直透过后视镜看你。不是我说，傅看你的眼神简直——嗯，我想想用什么词形容比较好……抱歉，我只能想到‘恶心’。”

蒋英贤没有接腔，转头又去看孩子踢球。

交代完衣服的事，傅城安排另外两人先回营地，他则带里昂和蒋英贤去集市逛逛。

为什么不是二人世界？因为里昂也想买点儿纪念品寄给女儿萨沙。萨沙特意强调过，不能是机场买的大路货，必须是真正的当地特色。里昂嘴上吐槽小女孩难伺候，实际上挑得无比认真，拿着两个木雕娃娃比较了十几分钟也没做出决定。

傅城留他一个人继续纠结，带蒋英贤去吃阿卡拉。

刚出锅的豆饼金灿灿的，还冒着热气，两人站在摊位旁边吹着气咬饼子，那画面温馨又有点儿滑稽。

蒋英贤从傅城口中得知，里昂的女儿患有极其罕见的威尔森氏症，他是为了女儿才转做这行的。两人之前在一次营救技术专家的任务中合作过，彼此有些基本信任，此次的力维亚达之行，里昂主动加入傅城的小队。

豆饼吃到一半，里昂步伐匆匆地找到他们，小声说："傅，我刚刚看见三个反叛军的人。"

傅城神情骤变："确定？"

"错不了。其中一个头上有疤的我之前见过。"里昂眉头紧锁，"不知道他们是这附近的村民，刚巧出来逛逛，还是来这里打探咱们营地位置的。"

集市距离营地只有十几公里，如果被他们发现，后果不堪设想。而且……傅城看向蒋英贤，她还在这里。

没有人知道反叛军那天袭击将军府后为什么要找三个中国人，是想随便抓几个国际友人作为谈判筹码，还是提前知晓了她的身份，试图绑架勒索？

无论哪一种情况，他都不能让那些人看见她。

里昂提议："他们刚才没发现我，现在回营地的话应该来得及。"

傅城立刻否决："风险太高了。万一引起他们的注意，就等于给他们指路。"

"那怎么办？"

傅城思索片刻，问："看没看见他们朝哪个方向去的？"

里昂指了指西北方向："那边。"

"里昂，你今天带没带定位器？"

"带了。"

那就好，傅城点头："打开。我去引开他们。里昂，你带着她找个地方躲起来，不要回营地，确认安全后待在原地等待接应。我会找机会回车上通知其他人来接应你们。"

里昂扫了一眼蒋英贤："还是我——"

"你是医生。"傅城打断他的话，"作战和追踪不是你的强项。"

部署完毕，傅城深深地看了蒋英贤一眼，最后抿出一抹笑："英贤，你说过，相信我不会让你出事。跟紧里昂，我很快回来。"说罢不给她任何反应时间，闪身挤入人群。

他一走，里昂便攥住她的肩膀往反方向去。

“蒋，跟上，别浪费傅冒着生命危险为我们争取到的时间。”

“生命？”蒋英贤的心跳失去了节奏。

不是去引开他们吗？为什么会有生命危险？

里昂意识到自己说错话，闭嘴不语。

他的沉默加令蒋英贤更不安，她很想停下脚步问个清楚，可理智告诉她不能这样。她紧紧跟随里昂的步伐，用最冷静的声音说：“里昂，我会跟上的。我知道自己是个累赘，服从安排就是我能做出的最大贡献。所以请你如实告诉我，他不是去引开那些人吗？怎么会——”

里昂本想糊弄过去，对上那双黑沉沉的眼睛，又转变了想法。这女人胆子大得很，敢在营地里对杰克森掏枪，不是那种用拙劣安慰就能骗过去的人。

既然如此，那就让她知道。

“蒋，杰克森满嘴喷粪，但是有句话说得很对，反叛军从来不会先喊一声‘举起手来’再拔枪。他们对待可疑人物的方法是直接先来一枪，让对方丧失行动力。如果需要活口，那就留口气，拖回基地慢慢儿地拷问。你知道吗？与其被他们俘虏，不如自我了断，还能少遭点儿罪。”

“傅肯定不希望我和你说这些，但是，老实说，如果没有你，我和他一起行动，胜算会大很多。退一万步说，就算他还是被俘了，我至少可以给他一个痛快。”他护着她在人群中穿行，“蒋，我说这些不是为了让你难受。既然傅把你交给我，我一定会竭尽全力保护你。我只是希望你知道，傅为了你的安全冒了什么风险。”

蒋英贤麻木地看着里昂嘴唇开合，心脏狂跳不止。他的声音仿佛千万根针戳进她的脑袋：“万一……希望你能记住他。傅没有家人，除了你，没人会记得他。”

他们的牺牲不会被公开，更不会被表彰。他们为钱而来，死在这里也只是人为财死罢了。

空气灌进嘴里，呛得喉咙痛，蒋英贤发不出声音。

里昂带着她钻进集市外围的一处山林，偏离山路向着树林深入，确认无人跟踪后，才敢停下休息。

天气闷热，走得又快，两人都是汗如雨下。

等了仿佛一个世纪那样长，天色已经有些暗了，他们始终没有等来接应的人，也没有等来傅城。

蒋英贤强迫自己不去细想。

眼看天色变暗，里昂也开始担心，掏出定位器查看。公司为他们配备的是微型定位器，优点是方便隐藏，弊端是信号不如大号的稳定。

里昂看不出端倪，犹豫了几番，说："蒋，你待在这里不要动，我往外走一走，有可能是信号有问题，他们定位不到我们的准确位置。"

蒋英贤起身道："我和你一起去。"傅城交代过，要她跟紧里昂。

里昂想了想，点头同意。

两人一前一后朝大路方向前进，里昂记得大致方向，行进还算顺利。走出几百米，蒋英贤鞋带松散，蹲下系鞋带。前后不过十几秒的工夫，等她起身却发现里昂定定地站在前方几步远的地方，姿势略显奇怪。

"里昂？"她唤了一声，正要靠近，被里昂厉声喝住，"别动！蒋，不要过来！待在原地不要动！"

蒋英贤被他吓住了，一动也不敢动："出什么事了？"

"蒋，我踩到东西了。"

"什么东西？"蒋英贤一下子没反应过来。

"有可能是炸弹，也有可能不是，我现在没法查看，不能确定。"

炸弹？

蒋英贤眼皮抽搐，脑中响起里昂之前说过的话——萨落遗留的土炸弹。

这种时刻，里昂还有心情开玩笑："我今天应该去买彩票，就是不知道力维亚达有没有彩票。

"蒋，你多高？"

"一百六十七厘米。"

里昂快速计算了一下，说："这个东西的爆炸范围一般是三米，也就是说你至少要和我保持五步远的距离。刚刚走过的路是安全的，你现在沿原路返回十步。"

"里昂——"

"蒋，我不可能一直保持重心不偏移，快——"他突然收声，手指微动，示意蒋英贤注意左边。

蒋英贤绷紧神经仔细听，才发现树林中有窸窣声响，紧张顿时达到顶峰。随着声响越来越近，一个黑色的身影跳了出来。

"英贤？"

是傅城。

蒋英贤眼眶发热，但她现在顾不上别的，匆忙提醒："傅城，里昂踩到炸弹了。"

里昂背对二人，听见蒋英贤叫出名字才知道来人是谁，他故作轻松道："嗨，傅，我中大奖了。"

傅城匆匆看了蒋英贤一眼，立即向里昂走去。他先按住里昂的脚，确保他不会因为疲惫而乱晃，然后打开手机照亮里昂的脚下，仔细观察。

"是吗？"里昂问。

"嗯。"

刚刚燃起的希望再次被现实浇灭，里昂心如死灰，平静地说："傅，你带着蒋走吧，我的腿已经开始发麻了。"他们的团队里面没有前拆弹专家，只能向维和部队借人，就算维和部队愿意借，他也坚持不到那个时候。

傅城只说："我再看一下。"

他用嘴叼住手机，双手一点儿一点儿挖开周围的土，然后匍匐在地上仔细观察。

里昂："别看了。傅，我心里有数。这种炸弹离脚就炸，最多能有一秒延迟，一秒钟还不够我迈开腿的，跑不掉。

"你别管了，咱们又不是战友，只是合伙赚钱而已，没必要。"

傅城没回答，继续小心翼翼地挖土，额上凝出豆大的汗珠，沿着眉毛流进眼睛。

里昂蓦地暴怒道："傅！别傻了，赶快给我滚！"

"再不走我们就要一起死在这里了！"

傅城依旧不吭声，直到整颗炸弹露出来才停手。他先按住里昂的脚，帮他保持稳定，之后才抬手擦掉睫毛上的汗："一秒钟延迟足够了，你把手给我，我拉你，到时候你顺着我拉你的方向用力跳扑。这东西的爆炸范围只有三米左右，只要我们配合得当，最多腿受点儿伤。"

"一秒钟是理论值！实际可能只有半秒甚至更短。这是土炸弹！没有标准！"

傅城："也有可能是两秒。"

里昂瞠目："你要赌运气？你是不是疯了？"

"可能吧。你最好别和一个疯子争辩。"

傅城抬眼看蒋英贤，擦掉汗，朝她扔出自己的定位器："英贤，拿着这个往后退，离远一点儿。戴维已经在来的路上了，很快就到。”

“傅城？”蒋英贤心中一惊，“你要做什么？”

其实她都听见了，只是不敢相信他真要这么做。

“英贤，听话，往后退。”他的语气格外温柔，“里昂的脚在抖，越拖越危险。”

她不退到安全区，他不敢松手。

蒋英贤咬咬牙，转身快跑出十几步，遥遥回望他们。

树影重重，再加上暮色沉沉，她看不太真切。仿佛电影中的慢镜头，傅城直起身，走出一米距离，伸出手。里昂犹豫了一下，还是拉住了他的手。

她听见他的声音喊倒计时：“三、二、一，跳！”

那一瞬间，蒋英贤本能地闭紧眼睛，感觉血液沸腾，心脏几乎麻痹。她什么都感受不到了。

很久以后，蒋英贤才意识到轰响迟迟没有来到。

里昂的笑声最先划破暮色：“哑弹，竟然是哑弹！”他吹了一声口哨，仰躺在地上畅快地高喊，“Today is my day!My day!(今天我最大！我最大！)”

见到蒋英贤向他们走来，他跳起来手舞足蹈：“蒋，你看见了吗？哑弹，不会炸的哑弹！”说着不忘拉起傅城，一巴掌拍在他的肩膀上，“傅，谢谢！虽然你救了我，但我还是得说，你就是个疯子！蒋，你说是不是？”如果不是哑弹，以现在这个距离看，两人的脚都要没了。

“是。”蒋英贤冷冰冰道。

里昂愣怔住了，笑容凝在脸上。

蒋英贤看也不看他，盯住傅城满是灰尘的脸，用中文质问：“这就是你选择的生活？拿钱卖命，随便死在一个鸟不拉屎的地方，死了也没人记得？”

这次是运气好，那么下次呢？好运会一直眷顾他吗？

像他这种人，进了安保公司还放不下该死的荣誉、纪律，谁都想救的人，早晚会死在这里，早晚！

傅城看了她许久，目光深沉又直白：“你在乎吗？”

里昂听不懂他们在说什么，见蒋英贤的脸色越来越冷，轻声询问：

“嘿，蒋，你怎么了？我们都没事，你不高兴吗？”

高兴吗？当然高兴啊！见到他们没事，她像个傻子似的笑出声了。可是喜悦之后，她感到难以言喻的愤怒，一团火从心口直接烧到脑门，像沉睡许久的火山猝不及防地爆发了。

连她自己都没发现，她竟是气了这样久，从见到他的第一眼就在酝酿着愤怒。

他怎么能在这种地方？怎么能和杰克森那样的人待在一起？

他不是骄傲得很吗？不是拿了她的钱都觉得耻辱吗？为什么来这里赚卖命钱？

情绪倏然爆发，蒋英贤扑到傅城身上发狠地咬，咬了一嘴的血也不消气。

傅城没有防备，被她撞得踉跄了两步。

她用了狠劲，牙齿深深地刺入皮肤，恨不能撕下他的肉。

傅城只在最初闷哼了一声，之后便默不作声地任她咬。

肩上刺痛，心却是暖的。

她并非完全不在乎的，不是吗？

蒋英贤用力到牙齿都酸了，心中的酸涩一路蔓延到眼眶，凝出水汽。视线渐渐模糊，她终于松开嘴，用沾满血的唇吻他。

或许是受到血腥气的刺激，又或许是被她传染了，傅城也急切起来，抱起她激烈回吻。

直至尝到些许苦涩的咸味，傅城才恍然意识到什么，缓缓地放开她。

那双鲜少流露出真实情绪的眸子已然蓄满泪水。

她哭了？

他的目光太浓烈，蒋英贤有些难堪，低下头躲闪，被他捧住脸颊，指腹轻轻擦过她的睫毛。

胸腔酸胀无比，蒋英贤无力抵抗，自暴自弃地合上双眼，虚弱地呢喃：“刚才我真的以为你会死，以为以后再也见不到你……”

傅城僵住。过了一会儿，他试着笑一笑，却没笑出来。

“英贤，别耍我。”他的声音沉痛，“是你甩的我。”

蒋英贤喉咙发涩，如同被人硬塞进去一团棉花。

是啊，是她甩的他。

不远处，里昂不自然地咳嗽：“那个，我好像看见戴维他们了。”

自从蒋英贤扑上去咬傅城，他就默默走开了。要不是担心他们这副样子被其他人看见，他也不想出声。

如果他没听错，中间有段时间两人似乎在接吻，还挺激烈。

蒋英贤如梦初醒似的挣脱傅城的怀抱，退出两米远，迅速擦干净脸上的泪水。

傅城看着空荡荡的怀抱，抬手擦掉她残留在自己唇上的血迹。

戴维果然很快出现了，身后跟着另外两名队员，见到傅城三人完好无损，表情明显轻松了不少。山下还有一队人负责侦查，确认安全后通知他们下山。

里昂还沉浸在大难不死的兴奋中，绘声绘色地向戴维他们讲述刚才有多惊险。戴维也很给面子，毫不吝啬地飙出各种语气词。

蒋英贤跟在他们后面，神情寡淡，与欢乐的气氛格格不入。

傅城走在她身后，同样看不出情绪。

山下，傅城的车子惨不忍睹——后视镜掉了一个，车门上还有几颗弹孔痕迹。不难猜出他经历了什么，戴维几人看向他的目光都多了几分真正的尊重。

戴维问："队长，有没有受伤？"

他没有叫他傅，而是叫他队长，足以说明了一切。

里昂懊恼地皱起脸："对啊，我竟然忘了问！傅，你怎么样？"

"没事，一点儿擦伤。"

话是对戴维说的，目光却匆匆掠过戴维的脸，朝着几人身后的蒋英贤看去。

蒋英贤也正在看他，与他对视了两秒，别开视线。

戴维和里昂的声音此起彼伏——

"我算是服了你了，傅。"

"你就是个疯子。"

"其实公司选队长还是有一套的。"

"废话！要让你当队长，咱们早团灭了。"

蒋英贤眉心紧蹙。

他们越是嘉奖他的英勇无畏，她越是窝火。

回到营地，里昂为傅城处理伤口，看见他的肩膀靠近脖子处那两排深深的流血的牙印，愣了一下，半开玩笑说："没看出来，蒋的劲儿挺大。大男人都不见得能咬这么深。”

傅城有些尴尬，转头看向别处。

“所以，傅，蒋是你的前女友？”又亲又咬，明明认识却装不认识，搞什么？

隔了一会儿，傅城答道：“不是。”

里昂憋着一肚子问号，看了看他冷淡的表情，没有再问。

上完药，傅城一直在打电话，中间还去了周围工厂一趟，不知在筹备什么，直至午夜才回房间。

黑暗之中，傅城坐上床沿，伸手将一缕散发从蒋英贤的脸上拨开，低声唤道：“英贤。”

蒋英贤睁开眼睛，翻过身看他，眼神再清明不过。

与她对视片刻，傅城说：“今天发现反叛军的地方离营地太近了，这里已经不安全了。其他工厂也在考虑搬离，如果他们搬离，我们需要协助护送，你跟我待在一起反而危险。”

蒋英贤不作声，只是看着他。

“我联系了机场，明天下午有一班飞摩国的飞机，还有空位。你和徐亮、柯蕊明天就走。先去摩国，到了那边再找机会飞D国。”

他屈起手指，轻抚着她的头发安慰：“可能会多耽误几天，但是摩国很安全，柯蕊的药也准备好了，你帮她换就可以。”

沉默良久，蒋英贤“嗯”了一声作为回答。

两人相拥侧躺在床上，听着他的呼吸声与心跳声，蒋英贤始终没有睡着。

这是他们共处的最后一夜，离开力维亚达，不知何时才会再见。

应该不会再见了吧。

这样的偶遇，怎么可能发生两次？

她这一生都不会再出现在战乱地区。他呢，会有离开的一天吗？又会以怎样的状态离开？

身后的胸膛振动起来，傅城问：“想不想去看日出？”

蒋英贤说：“想。”

两人摸黑上车，一路向东，行驶了十几分钟，停在一处视野开阔的小山坡。

时间尚早，天还是黑的，空气中已经弥漫着清晨独有的湿润与清爽。

傅城看了一眼手表，说："还有十五分钟。这是我之前失眠跑步的时候发现的地方，从这里可以看见太阳从地平线升起来的全过程。"

蒋英贤问："为什么失眠？"

傅城笑："不适应这里的气候，太湿了，总感觉鼻孔好像被湿毛巾给堵住了，半夜总是憋醒。"

蒋英贤不禁也笑了："我也是。一下飞机就感觉呼吸不顺畅。那现在呢？还会憋醒吗？"

"不会，已经适应了。"

"说不定回去还会嫌太干燥了。"

傅城说："京州确实太干燥了。"

轻松的氛围戛然而止，两人齐齐沉默。

京州，等她回到那里，他们就再无交集。

待那天边泛出一点儿预兆性的蓝色时，蒋英贤忽然开口道："傅城，回国吧。"

傅城整个后背都是僵的，默不作声地看着她。

蒋英贤认输了，垂眸笑了笑，坦然迎接他的视线："我需要你。"

第十一章 认真

看傅城没有任何反应，怕他没听清，蒋英贤又重复了一遍："傅城，我需要你。"

傅城定定地看着她，抿了很久的唇，嘴角弯出狼狈的弧度："英贤，我说过，别耍我。"

他禁不起她这样玩。

如果她不是那个意思……他怕自己会疯。

蒋英贤上前搂住他的腰，温柔的眼眸被旭日映成了橘棕色："我是认真的，非常认真，再认真不过。傅城，待在我身边，好吗？"

再次见到他前，她从未想过自己会说这种话。分开就是分开，她不是会后悔的人。

可是，他们遇上了。

她衡量了一整晚，会有多少麻烦，需要冒多大的风险。沈东扬、蒋震、蒋英慎、陈枫……一个个名字在她脑海中交替出现，他们都在说：算了吧，不值得。

每当她决心放弃时，大脑又不听使唤地提醒她：如果反叛军抓住他，如果今天的那颗炸弹不是哑弹，如果世界上再也没有傅城这个人……很多很多如果。

就在刚才那一刻，她终于想明白自己的许多"如果"来自哪里——她不想失去他。

傅城的喉结滚动了一下，目光愈来愈炙热。

细微的反应已然出卖了他的心，但他迟迟没有出声，只是看着她。

蒋英贤忽然意识到一个问题——她似乎从未想过傅城会拒绝自己。

她察言观色十几年，怎么会看不出他的犹豫。

人生之不如意十之八九，很正常，不该早已习惯了吗？然而此时此刻，她感觉自己并不泰然。

终于，傅城移开视线道："我不能和你回去。"

蒋英贤眉心抽搐，淡淡地垂下眼睫，目光正好落在他的手臂上。蜜色的手掌紧握成拳，因为太过用力，手背血管突兀。

被拒绝的是她，他这样是做什么？

她还没笑，傅城倒先笑了："英贤，我只是个普通男人。"

他声音干哑，脸上满是消极自嘲。

蒋英贤第一次见到这样的傅城，一时间有些愣怔，心中生出一股不合时宜的冲动：吻他。

傅城不知她的心思，见她平静地看向自己，自暴自弃道："我没有容人的雅量，没办法看着你和其他人亲近，也做不到开车送你去别人的酒店房间。"

"我不知道自己这次能坚持多久，但肯定不会太久。到那个时候……我不知道自己会做出什么事。"傅城缓缓吐气，眼角下垂，狼狈得不成样子，"你不了解男人。"

他其实知道。他会忍不住比较、索取，一遍一遍地向她求证，强迫她爱他。嫉妒会慢慢儿地蚕食掉他的理智与尊严，将他变成一个卑劣的男人。

用不了多久，她就会厌烦，暗暗后悔今天的决定，进而连敷衍都懒得敷衍。

他无力承受这样的结果。

原来是因为这个？

蒋英贤松了一口气，却又有点儿气恼。她想要逗他，轻描淡写地说一句"既然如此，那就算了吧"，然而……不忍心。她扳过他的脸，盯着他的眼睛说："傅城，我可能是不太了解男人，但是你也不怎么了解我。"

她的声音很轻，却字字重击他的神经："我既然这么说了，就不会让你嫉妒。"

蒋英贤不太习惯说这种话，可是如果他想听，她愿意多说一点儿。

“傅城，我从来没想过要你做个见不得光的人，从来没有。”她捧着他的脸，轻声说，“给我一点儿时间，好吗？”

傅城的手心冒汗，目光在她脸上搜寻，自虐似的想要寻找开玩笑的蛛丝马迹。一边找一边又忍不住想，即使是耍他的，他也认了，只盼她能耍他久一点儿。

他抓住她的手，拢进自己掌中用力攥紧，哑声道出一个字：“好。”

蒋英贤哪里会看不透？她败下阵来，叹气道：“你不信我？算了，是我自作自受……以后会好的。”

傅城喃喃出一个类似“嗯”的音节。

他喜欢她说以后，听上去像承诺。

蒋英贤躲开他的嘴唇，问：“那你什么时候回国？”

胸腔柔情满溢，傅城的嘴角止不住上扬，追上去吻她，故意说：“说不准。”

蒋英贤不满：“为什么？”

“有合约。”

“毁约？”

“不行。”

就知道他不会答应，不仅是钱的问题，而是他不可能中途抛下队友。这么做就不是傅城了。

蒋英贤哼了一声，说：“那你快一点儿，我等你回来。”

蒋英贤他们在摩国滞留了四天才回到法兰克福机场。柯蕊归心似箭，开机第一件事就是联络机组人员申请回国航线。

徐亮在候机大厅与二人分别，说再见时有些凝噎。短短几天却恍如隔世，他们已然是同生共死过的伙伴。

挥别徐亮，蒋英贤先带柯蕊去医院检查并重新包扎伤口，之后回酒店睡足两天。第三日清晨，蒋英贤推着轮椅上的柯蕊坐上蒋氏飞机。

二人谎称遭到抢劫，空乘听得倒抽气，直问要不要报警。蒋英贤笑着说算了，只丢了些手表和现金，不值得耽误时间。

飞机升空，柯蕊眼圈红红地看着蒋英贤：“老板，我们要回家了。”

蒋英贤靠过去揽住她的肩膀：“辛苦了。”顿了顿，又笑道，“放心，我没忘，年底奖金加个零。”

柯蕊的泪才刚滑出眼眶，又扑哧笑出声，表情堪称精彩。

吃午餐时，柯蕊突然感慨：“没想到会在那儿碰上傅先生，缘分真是太奇妙了。”

蒋英贤细嚼慢咽掉口中的鳕鱼，放下刀叉，看着窗外的云层不说话，隔了很久才勾唇道：“是啊。”

两人在机场分别时，众目睽睽之下不好说话。趁他送上机票，蒋英贤无声地说：“早点儿回来。”傅城不吭声，捏住机票不松手，最后松开时拇指轻轻地蹭过她的，仿佛不经意碰到了。

温热触感似乎还在，蒋英贤摸了摸自己右手的拇指。

飞机落地，蒋英贤依旧先送柯蕊进医院。医生一眼认出是枪伤，好在没起疑，只感慨了两句欧洲最近不太平，之后就开始吐槽缝线不漂亮。

安排好柯蕊，蒋英贤满身疲惫地回到蒋家大宅，进门时已是凌晨一点。

蒋英慎从管家口中得到消息，在小厅候了一整晚，听见门外的声响，起身去门口迎接：“三姐，你回来了。”

蒋英贤浅笑着说：“这么晚了，还不睡？”

“嗯，赶论文。”

等她换好鞋子，蒋英慎弯腰想拿，不想被她抢先一步，自己将换下的高跟鞋放进鞋柜。她边往里走边说：“我先去看看爸，你也早点儿睡。”

蒋英慎在门口站了一会儿，缓步跟上，停在楼梯口望她。

“怎么了？”蒋英贤问。

“没什么，就是好久不见三姐，感觉你好像有点儿不太一样了。”

“是吗？是错觉吧？我才离开几天。”

蒋英慎轻笑一声：“可能是吧，三姐晚安。”

“晚安。”

等人消失在楼梯口，蒋英慎转头看鞋柜。

刚才，她不想他碰她的鞋。半年来她始终是这样不冷不淡的态度……蒋英慎烦躁地想：自己是不是做错了？

上楼后，蒋英贤没有回自己的房间，而是先去敲响长廊尽头房间的门。

门内没有回应，等上几秒钟，一个短发的年轻女人打开门，目光撞上她的脸，漾出惊喜的笑意："三小姐，您回来了。"

许俏跨出门来，轻手轻脚地带上房门才出声："董事长睡着了。"

"这几天爸怎么样？"

"没什么变化，挺好的。"

蒋英贤点头，扫了一眼她手腕上的翡翠镯子，又问："你呢？"

许俏的神色有些不自然，小声道："我也挺好的。"顿一顿，她又补充道，"没什么大事。"

蒋英贤了然："杜悦又来闹了？"

"那倒没有，只是——"

"说吧。"

许俏小心观察她的脸色，先在脑子里组织好语言才开口："夫人前天带着律师来找董事长，说之前的股份转让不能算数，因为那时候董事长意识不清醒，是被……被陈枫骗了才签的字，还说要董事长去告您，把股份再拿回来。"

"爸心动了？"

许俏点头："董事长没表态，但是我看他的样子像是有点儿被说动了。"

几个月前，蒋震又进了一次急诊室，出来后就开始着手分配股份之事。看似一碗水端平，家中几人各有所得，实则将最核心的地产、金融业务划分给了蒋英贤。杜悦所说的"意识不清醒"并非虚言，蒋震那时候确实不太清醒，而陈枫也确实抓住时机对他动之以情，晓之以理，让蒋震在极度感性化的状态下签了字。

蒋震清醒后其实有些后悔，但想到自己本就属意蒋英贤，与沈家的婚事也已板上钉钉，以他如今的状态不可能再回公司主持事务，倒不如趁机退休，安享晚年。思来想去好几天，便决定这么算了。

如今被杜悦一提，心结重现，蒋震隐隐怀疑自己当时会不会真的糊涂了。其实更重要的是，他无法接受自己不再是蒋氏的最高话事人，哪怕新的话事人是自己的亲生女儿。

沉默了一会儿，蒋英贤云淡风轻道："告就告吧。"

许俏忙道："三小姐，董事长也还没想清楚，我再劝劝他。都说老小孩老小孩，老人和小孩一样，都是想起一出是一出。这几天因为您不在，董事长才会这样想，现在您回来了，董事长肯定就改主意了。”

蒋英贤摆手，并不领情：“不用，让杜悦闹。”

“三小姐？”许俏不解地看着她。

蒋英贤不打算解释，只说：“不管是找记者还是找律师，杜悦想做什么就让她做什么，不用拦她，也不用劝爸。”

许俏一肚子问号，但她知道蒋英贤一定有自己的打算，便点头答应了。

房间内，隐约传出一声模糊声响，根本辨不出音节，许俏却条件反射地说：“三小姐，董事长叫我，我先进去了。”

蒋英贤颔首：“好。”

开门的那一瞬，蒋英贤瞥见蒋震正费力撑起身体去够床头柜上的水杯。许俏见状，快步上前端起杯子送到他嘴边。

一老一少，枯竭与青春，形成了鲜明对比。然而枯竭的那人多金，于是就有无数人愿意为之奉献青春。

现如今蒋震连拿杯子都要人帮忙，却依然能出轨。杜悦自以为稳坐浪子最后一个女人的宝座，没想到临了了，杀出一个许俏来。

半年前的那次中风之后，许俏与一名男护工住进蒋家二十四小时照顾蒋震。

别说杜悦，连蒋英贤都没想到相貌平平、话也不多的许俏能迷住蒋震。

许是身体不受控制，蒋震格外需要关注，许俏朝夕陪伴，恰好满足了这份需求；又或是生命的流逝令蒋震愈加贪恋青春，杜悦是比他小三十多岁，可许俏更年轻；当然也有可能是真爱。总之，许俏就是蒋震最新的女朋友。

最初，蒋震只是安排司机接送许俏，再多给她几天假。许俏不张狂，该做的事一点儿也不少做，因此无人注意到这些。直到有一天，蒋震在饭桌上吩咐用人给许俏准备餐具，轻描淡写地抛出一句“以后许俏和我们一起吃”，众人方才回过味来。

再看这位年轻的小护士，依旧穿着最朴素的工作服，低头不说话，摆在门口的包和鞋子却不知何时变成了全套名牌，没有明显标志的那种。

蒋英慎、蒋英贤短暂地惊讶了一下便沉默地接受了现实，蒋英齐见他们这样，只好吞下震惊埋头吃饭。经过上次那件事之后，他老实了不少。

小辈中数蒋英见的脸色最难看，但他敢怒不敢言，只能用连续两个周五缺席家庭聚餐表达不满，但第三周又乖乖回来了。

至于杜悦，直接摔筷子走人，之后哭过、闹过，恰如陈枫当年。

杜悦不是陈枫，蒋震用不着她，连哄也懒得哄，把眼一闭，装聋作哑。过了几天见她还不知见好就收，他就叫秘书停掉了她的信用卡。

杜悦立刻偃旗息鼓。

更叫蒋英贤惊讶的是，许俏似乎根本没把希望寄托在蒋震身上，反而频频向她示好。几番接触下来，蒋英贤没什么反应，许俏干脆开诚布公地表明，自己从未想肖想过蒋氏，只求能在蒋震去世后留下他送给自己的珠宝和现金。

蒋英贤认真地看了她几秒，笑了。她没有承诺她什么，只说不会干涉父亲送朋友小礼物。

许俏比她以为的更聪明，瞬间明白她的话有两个重点：一是朋友，二是小礼物。如果有一天她不再是朋友，而这礼物也不够小，自是另当别论。

许俏说："谢谢三小姐。我知道自己有几斤几两重，礼物太贵重，我有本事拿也没本事留。您放心，董事长的小礼物对我来说已经是天大的礼物了。"

得到了保障，许俏更加殷勤地向蒋英贤示好。听说她回来，特意等到现在，就为告知她杜悦的小动作，没想到她说不用管。

第二天上午，蒋英贤先去找陈枫，将合约交给她。

陈枫前两日看过新闻，知道力维亚达局势不稳，便问了她几句，蒋英贤没提傅城，只简略地说了说遭袭的事。陈枫看她一脸平静，以为没什么大事，转而和她聊起自己的项目进展。

离开陈枫住处，蒋英贤直奔公司连开了四个会，直到下午三点多钟才饥肠辘辘地走出会议室。

柯蕊不在，没人订餐，她懒得折腾，去茶水间拿了些点心垫肚子。等恢复一点儿体力后，便出发去找沈东扬。

沈东扬的助理见到她，着实吃了一惊，忙不迭请她坐："您稍等，我马上通知沈总您来了。"

蒋英贤友好地说："我没什么事，刚好在旁边开会，结束了就顺路过来看看，要是他有事，我就不进去了。"

助理很清楚沈东扬没什么事，但他不敢擅做决定，打电话问过沈东扬才引她进办公室。

接到电话，沈东扬也挺惊讶，这好像是她第一次主动来办公室找他。

沈东扬知道她去欧洲考察了，开口第一句就问："什么时候回来的？"

"昨天晚上。"

"怎么样？顺利吗？"

"还不错。"

"发现了好项目？"

蒋英贤笑道："商业机密。"

沈东扬也笑，不再过问。

那次之后，他其实又约过她两次，只不过蒋震中风，乱七八糟的事情接踵而来，她忙得脚不沾地，无暇应付也没有心思应付他。男女情事最讲究氛围，一来二去氛围没了，沈东扬的心思也淡了。他心想，反正就要结婚了，留到洞房花烛夜也不错。

蒋英贤问："你最近怎么样？"

沈东扬无所谓地说："老样子。"

蒋英贤点点头，沉默一会儿，突然说："东扬，你真的想和我结婚吗？"

"什么意思？"

蒋英贤俯身给自己倒水，一边倒一边用闲聊的语气说道："就是问问，可能是婚前焦虑吧，最近有时候会想些有的没的。"

沈东扬轻笑："我看是。我不和你结婚和谁结婚？"

蒋英贤思索片刻，看着他的眼睛调侃："和……你的真爱？"

沈东扬挑眉，仿佛听见了天大的笑话："那是谁？"

蒋英贤耸肩："这当然只有你自己知道。"

停顿一两秒，沈东扬说："也许就是你呢。"

蒋英贤眼底泛起一丝意外，之后笑意更深，沉默地低眉喝水。

这态度不知怎的就惹得沈东扬不快了。他黑眸微凝，仔细打量了她几眼，问："你这次出去碰见什么人了？"

蒋英贤依旧不说话，心想：这人够敏锐。

沈东扬眉毛下沉，眼神是冷的，嘴唇却勾起来："别告诉我是那个保镖。"

气氛登时紧绷，然而蒋英贤丝毫不受影响，施施然放下手中的玻璃杯，扬眉反问："沈东扬，你不会是在吃醋吧？"

换个时间、地点、对象，沈东扬定会把这句话当笑话听。吃醋？谁？他吗？

但是这天，他决定反常一次，于是不动声色地问："是又如何？"

"那可太不像你了。"她抬起眼皮，笑容大方而温和，"而且我不认为你有吃醋的立场。"

见他脸色不好，蒋英贤无奈地说："别这样看我。东扬，我可从来没管过你在外面那些事。"

沈东扬搞不清楚她是真是假，起身走到她身边："英贤，别拿我当傻子。我很清楚你为什么和我结婚，这种时候再说真爱就没意思了。再说我从来没要求过你什么，你既然不闻不问，我也没必要拿热脸去贴你的冷屁股。"

这是他们第一次把这些话摆到台面上说，许是婚期将近，沈东扬也觉得是时候谈一谈了。

蒋英贤仰头看他："确实，情分上是我欠你。可是东扬，论利益的话，我自认不算理亏。你介绍来的那些合作伙伴，我从来没有挑剔过，更没缺过他们一分一毫，只要别让我回公司没法交代，该给的、不该给的我都给了。"

对此，沈东扬无话可说。既是联姻，就得互惠互利，不可能一方一边倒地倒贴。他是帮蒋英齐擦了几次屁股，解决了一些麻烦，但她也给他带来了不小的利益，一些他需要避嫌的事，都是由她出面周旋。

蒋英贤继续说："而且，我也不觉得你用热脸贴过我的冷屁股。"她语气平和，听不出半分怨怼，"我确实没管也没问，但这不正是你选我的理由吗？"

动机被当事人当面揭穿，沈东扬有点下不了台，软下态度问："英贤，你今天是怎么了？"

"婚前焦虑吧。"

"我答应你，一定会在婚礼前都处理干净。"

蒋英贤挑眉："你舍得？"

沈东扬笑："有什么舍不得？"

"'牛尾汤'也舍得？"

沈东扬想了一会儿才想起来"牛尾汤"是什么，心中郁结消散大半，问："你是因为她不高兴？"

"东扬，现在是我问你，纪雪你也舍得？"

沈东扬答非所问："你查过她？"不然怎么知道她的名字。

蒋英贤静静地看他，不作声。

是陈枫查的。陈枫认为这些事情应该在婚前处理干净，特意找人将沈东扬的女人全部查了一遍。蒋英贤不在乎，拿到资料看了一眼就没再管，没想到这天派上了用场。

沈东扬问归问，语气并不坏。她既然去查，就说明她在乎，那么反常也是因为纪雪。至于保镖，他本就是随口问问，世上哪有那么巧的事？而且他也不认为蒋英贤会为爱失智。她不正面回答，八成是故意气他，这不话里话外揪住纪雪不放？

蒋英贤的小脾气罕见，因此沈东扬并不厌烦，甚至挺有兴趣。

"她跟你这么久，你真没想过和她在一起？"蒋英贤拿捏着语气问。

沈东扬嗤道："她？"

只此一个字，眼中的不屑分明在说：她也配？

蒋英贤不说话。

沈东扬将她的沉默解读为不悦，轻声道："英贤，上次是我食言，这次不会了。"这是他能说出的最接近道歉的话了。

上次他确实同纪雪分手了，纪雪哭哭啼啼地挽留，之后更是三天两头发信息诉说思念。她与周晓晴不同，能认清自己身份，也懂示弱。过了一段时间，两人在朋友聚会上偶遇，当晚就又睡到一块儿去了。

沈东扬暗自懊恼，早知今日麻烦，那天就不该心软。

蒋英贤不置可否，稍坐了一会儿，起身说："我先回公司了。"

"好，我送你。"

沈东扬将人送到楼下，又是拉车门又是目送，将绅士风度展现得淋漓尽致。

越有风度，越显出他的无情来。

开出几个红绿灯，蒋英贤靠边停车，趴在方向盘上沉思。

她这天是来探沈东扬的口风的。据她所知，纪雪，也就是"牛尾汤小姐”，一直待在沈东扬身边，是沈东扬众多女朋友中跟他时间最长的一个。她想，如果沈东扬真心爱纪雪，那么她可以和纪雪联手，解除婚约将会容易许多。

现在看来，是她天真了。

她不指望沈东扬能直白地说“对，我爱纪雪，我想娶她”，但是面对她的质问，他可以沉默，可以转移话题，唯独不应该是轻蔑。

蒋英贤深吸一口气，看来还是要按原计划来。

现下婚期已定，退婚无异于拿沈家开涮，沈平不可能轻易放过，沈东扬也不是那种能泰然接受被甩的人，所以只能想办法让沈家主动不要她。

思索片刻，蒋英贤拨通了柯蕊的电话。

“喂，老板？”

“嗯，柯蕊，伤口怎么样？”

“还行，医生给我开了镇痛的药，吃下后感觉好多了。”她主动汇报，“老板，医生说我下周就能出院。”

“不着急，出院后你再回家休息一阵子，好好养伤，有事我打电话找你。”

“谢谢老板，那您现在有什么需要我做的吗？”

蒋英贤说：“还真有。你联系一下公关部，让他们这两天给我安排一个采访。”这件事她可以自己联系公关部，斟酌过后还是决定由柯蕊对接，一来省去一些麻烦，二来方便后续操作。

电话那头，柯蕊惊得瞪大了眼睛。向来连一张公开照片都没有的老板主动要求接受采访？

“好的，老板，我马上就联系他们。”

“辛苦。”

“老板，公关部的Linda要乐死了。”

蒋英贤笑道：“好好养伤。”

公关部效率奇高，三天后就筛选出几家媒体让蒋英贤过目。她选了两家——一家严肃的商业周刊和一家读者群够大的自媒体。

接受商业周刊采访时，蒋英贤特意将头发卷成大波浪，涂上女企业家们避之不及的艳色口红，再蹬一双红底细高跟出现，面对摄像机婀娜微笑。

不出她所料，周刊一出来，蒋三小姐立即引起不少关注。自媒体采访紧随其后，这一次，蒋英贤穿得更加妩媚、随意，刻意突显自己的女性特质。除此，她也开始频频出席公开场合，与在场的明星各种合影留念，一度冲上热搜。

随着她的热度，蒋震的风流韵事也被再次扒了出来，复杂的家庭环境配上吸睛的外貌，一时间，关于她的八卦文章四处流传，内容有好有坏。蒋英贤提前吩咐公关部不必理会，美其名曰自己不是明星，热度很快就会散去。没人知道她要的就是这个效果。

这是第一步。

这夜，蒋英贤又参加完一个叫不上名字的晚宴，回到自己的小公寓后，换好睡衣后翻出手机查看。

对话栏中全是她发出的照片，对方始终没有回复。

傅城说过，这个号码不常开机，如果有事，直接打卫星电话。

那没事呢？真是不解风情。

蒋英贤轻哼一声，拿起手机走进洗手间，对镜自拍后将照片发送出去。

没有文字，只有照片。

等他开机那一天，看到这些照片，会是什么反应？

蒋英贤想象了一下他的表情，忍不住笑起来。

傅城是在一个月后才打开那个手机的。

其他工厂最后决定不撤离。他们的实验室才刚建好，再搬一次耗费太大，而且也不能确定那几个反叛军是不是冲他们来的。傅城的队伍接下最外围的巡逻任务，所有人分成三组，二十四小时轮岗，睡觉都不脱鞋，唯恐遭到偷袭反应不及。

所有人的精神都很紧绷，傅城作为队长尤甚。

高度戒备了六周，始终没有发现可疑人员，大家才敢缓一口气，饭桌上也才有了玩笑声。

傅城快速吃完回到自己的房间，又一次翻出卫星电话。

电话依然安静。

六周，四十一天，她一个电话也没有打过。

分别那天的场景历历在目，她说要他早点儿回去……如果是真的，为什么离开之后一点儿动静都没有？

她回去了，回到自己的花花世界，就把他抛在脑后了，是吗？

傅城不自觉地垂眼，下颌越绷越紧，一股类似怒火的郁气涌上心尖。他闭上眼睛深呼吸，竭力克制住情绪，让自己不要这么难看。

明知不该有期待，他还是翻出抽屉深处的手机，犹豫许久，长按开机键。

屏幕骤然变亮，刺得他眯起眼睛。

经过漫长的搜寻，右上角终于出现一格信号。

心中有个声音叫他别这么可悲，别去点开和她的对话框，然而手指还是按下去，聊天记录中仍然只有他发出的两个字——傅城。

分别前，为了告知她号码，他曾用这个手机给她发过一条短信，她没有回。

或许她根本没存。

一分钟，两分钟……时间一点点儿过去，傅城也不知道自己在等什么，屏幕暗下去他就再次点亮，到后来已经变成了单纯的执拗，拇指机械地点着。

嗡嗡。

微弱的振动声唤醒他麻痹的神经。

接着，仿佛打开了一个开关，手机不停振动，一张张照片弹跳出来，他来不及看，照片就被下一张挤走，一共十多张。

傅城瞳孔骤缩，眨了眨眼睛，滑动屏幕，返回到第一张照片。

第一张是嘴唇，她的嘴唇，他一看就知道。

涂着玫瑰色口红的嘴角微微上扬，似乎心情不错，但也不一定，她贯会用笑容掩饰恶意，温温柔柔地将人逼入死角。

第二张是耳朵，除了耳朵，还有手指出镜，纤细的指尖别住头发，露出整个耳朵。她将头深深偏过去，只给他看一只耳朵，多了不给。

第三张是下巴，第四张是锁骨，第五张是小腿……

他的目光紧紧盯住最后一张照片，良久，手肘撑住膝盖，垂头将脸掩藏进阴影中。

刚开始看到照片时，是高兴的，难以言喻地高兴，可是看着看着，他开始质疑。

为什么不和他说话？为什么只有照片？

照片的发送时间也不稳定，有一天连发三张，有两张之间却隔了快一周。

她是不是想起来了就发张照片逗逗他，有别的事就彻底忘了他？

傅城陷入深深的自我厌恶之中——没消息不高兴，有消息了也不高兴，阴阳怪气地钻牛角尖，根本不像个男人。可他忍不住想：她把他当什么？男朋友吗？

想到这里，他突然意识到一件事——她没说过，她只说需要他，要他待在她身边，但是从未说过自己是她的男朋友。

他僵在床边，左胸堵得厉害，只觉呼吸困难。

傅城抓着手机倒回床上，抬手覆住双眼。

第二天，没有新照片传来。

等到深夜，人已经躺在床上，翻来覆去睡不着，闭上眼睛就是她的那些照片。血气上涌，傅城翻身下床，拨通了那个烂熟于心的号码。

嘟嘟声响了十几下，她的声音终于传来："喂？"

"是我。"傅城过了一会儿才说，嗓子哑得不像话。

"你是？"

傅城的心脏猛然一缩，仿佛被人狠狠地插了一刀。

电话那头突然安静，连呼吸声也听不见，蒋英贤意识到自己的玩笑可能开得过火了，忙说："逗你的。傅城，我知道是你。"

调整到舒服的姿势，蒋英贤娇声埋怨："倒是你，还知道找我啊？我还以为你已经忘了我是谁了。"

傅城听见那头传出窸窣的声响，信号不是很好，她的声音被电流染上颗粒质感，听上去愈加撩人。

傅城敛目，过了好一会儿才说："我没有。"声音有点儿冷。

怎么成他不理她了？明明是她。

蒋英贤哼道："那为什么这么久才给我打电话？"

听筒沉寂下去，蒋英贤躺着，耐心地听他的呼吸起起伏伏，中间还停滞了几秒，似乎在竭力忍耐。

他不说话，她也不说话，唯有电流声在两人耳边回荡。

有句话在嘴边翻来覆去，理智告诉傅城别说，可他没能压抑住，还是说出了口："你也没找我。"

蒋英贤一听，假装的嗔怪顿时有了七分真："傅城，是你说要我有事再打卫星电话，意思不就是没事少打吗？我怎么知道你那边什么情况？万一你正在巡逻，我乱打电话害你暴露了，怎么办？”

如果不想他，她发那么多照片干什么。

傅城怔住。没想到六个星期的煎熬竟是自找的。

他的手心隐隐出汗，憋了半天只憋出一句：“不是，英贤，我没有让你没事少打。”

蒋英贤听着他微乱的呼吸节奏，都能想象出他此刻看似清冷实则无措的表情，胸口的气顿时顺了不少，但她不肯放过他，继续逼问：“好，我们不说电话，说信息。为什么不回信息？”

一招将军，傅城语塞。

怎么说？

问她为什么只发照片不发文字，还是问她，他是否只是她闲暇时间的乐子？

他说不出口。

蒋英贤得寸进尺：“不想和我说话？那我挂了。”

“英贤。”

“为什么不回信息？”

傅城深呼吸几次，低声说：“我昨天才开机。”

“那昨天为什么不回？”

沉默了大概半分钟，傅城开口：“你没和我说话，只有照片。”

所以？

蒋英贤细眉轻皱，试着用傅城的思路想一想整件事，隐约猜到他在别扭什么，有些惊讶又有些想笑。以前怎么没发现他这么小心眼？

“傅城，我不和你说话，你就不能和我说了？这是什么比赛吗？”顿一下，蒋英贤声音温柔地问，“那你有没有什么想和我说的？”

傅城沉默了一会儿，说：“其他工厂决定不撤离，我们这六周都在巡逻。”所以才没想起来开那个手机。

蒋英贤说：“不对。”

他的呼吸一窒，心跳渐渐失速，又说：“没出什么状况，也没有人受伤。”

太卑劣了，明知道该说什么却故意不说，偏要再试探一次。正如他所料，在她面前，他会变得越来越卑鄙。

细微的笑声传入耳朵，傅城的神经绷到近乎断裂的地步。

她一定看穿了他。她会说什么？

“嗯，虽然听见这个消息也不错，”蒋英贤慢慢儿地道，“但傅城，还是不对。”

不知过了多久，听筒中传来他的呢喃：“英贤，我很想你。”

蒋英贤弯了眉眼，黑眸漾出温柔的水色：“有多想？”

低哑的嗓音再次响起：“很想。”紧随其后的是一道沉重的吸气声，收得很急，不大自然。

傅城硬生生咽下“你呢”二字。

蒋英贤蓦地心软了，心口位置酸得一塌糊涂。她轻轻地说：“我也很想你。”

傅城攥紧手机，声音更沉了：“有多想？”

蒋英贤挑眉，哦？学会以牙还牙了？

“很想，每天都在想。”她谆谆哄逗道，“所以如果你想我了，就给我发信息，知道吗？”

傅城想回答，但他的喉咙被甜意堵住了，只能发出一声模糊的“嗯”。

蒋英贤：“所以，喜欢我发给你的照片吗？”

他好不容易找回声音：“喜欢。”

绷到极致的嗓音，听得蒋英贤坏心眼蠢蠢欲动，她幽幽地加码：“我给你发了那么多，你一条都不回，这让我感觉自己像个‘舔狗’。”

“英贤！”傅城急急出声。

“嗯？”蒋英贤假装不知道他急什么，轻飘飘地出声。

傅城的眉心突突跳，犹豫了一会儿，镜头对准自己。

蒋英贤不知道他在忙什么，耐心地等了好几分钟，直到手机嗡嗡振动才知道他给自己发来东西了。

点开一看，是他的自拍照，她悄然笑弯了眼。

蒋英贤看了一眼屏幕，道：“我该起床了。”

傅城快速计算时差，知道京州已是早上七点，而她肯定还要洗澡。

傅城：“好。”

蒋英贤等了半分钟，还能听见他的呼吸声。

“傅城。”

“嗯？”

“挂电话。”

“嗯。”

呼吸声依然在。

蒋英贤叹气：“你不挂，我怎么走？”她算是知道了古代昏君不早朝是怎么回事。

无奈的语气中暗藏着数不尽的温柔。

地球的另一端，傅城的脸上终于有了笑意：“后天的这个时间，我打给你？”

“好。”

蒋英贤洗过澡去办公室，一出电梯，柯蕊拄着拐杖跳过来。

“老板，《京州新闻》今早在官微上发了一段采访视频，是夫人，已经上热搜了。”

“小心。”蒋英贤先扶了她一把，然后才接过手机看。

视频中，杜悦的神色略显凝重，似乎对自己接下来要说的话感到十分难为情：“本来家丑不可外扬，我也不想把事情搞成这样。”

一个不露脸的记者帮她说了出来：“杜夫人，您说蒋董事长是在神志不清的状况下被哄骗转让了股份，是吗？”

杜悦点头道：“是的。”

“能请您具体叙述一下当时的情况吗？”

两人一问一答，配合默契，大意就是蒋英贤趁父亲重病，意识模糊，半胁迫半装乖地强迫蒋震提前分配遗产，并将蒋氏旗下最核心的两家公司据为己有，留给其他人的都是些不那么赚钱的产业。

杜悦说起蒋英贤是如何“迫害”自己年迈体衰的父亲时，绘声绘色得仿佛亲眼所见。可若杜悦当时在场，为什么不阻止她呢？又为什么要等到半年之后旧事重提呢？

仔细一想，破绽百出，然而这段采访极大地满足了看客的猎奇心理，因此事实与否并不重要。最为关键的是，采访是在蒋家老宅进行的，蒋震本人虽未露面，但这拍摄地点足以说明他对杜悦的行为知情且默许。

如果蒋英贤此前没有那么高调，那么这则采访可能还不会引起这么多关注。

简直是搬起石头砸自己的脚。

柯蕊愁得不知如何是好，董事长自家内讧，公关部都不敢插手。

相比她的焦虑、烦恼，蒋英贤显得很平静，看到视频最后时，甚至溢出一丝笑意。

许俏说过，杜悦趁自己不在家，带着律师上门，希望蒋震告她。现在看来，蒋震恐怕没答应，杜悦这才退而求其次地诉诸媒体。而蒋震之所以默许杜悦来这一套，明显不是真的想把事情闹大，更多是借杜悦之手敲打敲打她，试试她的反应罢了。

新闻看似掀起不小的风波，实则只要蒋震露面说句“都是误会”就能轻轻揭过。

澄清还是不澄清，又什么时候澄清，全看她的表现够不够乖。

这是所有掌权者的通病，绝不肯轻易放权，即便手上放了，心里也放不下。

蒋英贤要利用的恰恰就是他这种心理。

“老板？”柯蕊被她的笑容弄糊涂了。

蒋英贤去扶她：“进办公室说。”

进入办公室，蒋英贤先问：“腿怎么样了？”

柯蕊老实答：“好多了，医生说下周就能落地走路了。”

蒋英贤点点头，垂眸思索片刻，抬眼看她：“柯蕊，我能信任你吗？”

她神色平淡，语气也轻柔，却给人一种密不透风的压迫感。

柯蕊头皮一紧，想了想，说：“老板，我一毕业就被您招到身边，当时的同学都说我走了‘狗屎运’，我自己也这么认为，所以我真的特别珍惜这个机会。我不知道该怎么说才能听上去更真诚，但是，我觉得像您这么聪明的人，肯定能看出来谁是真心，谁是假意。”

蒋英贤失笑：“我看你挺会拍马屁。”

柯蕊怔了怔，也抿出不好意思的笑。

笑过之后，蒋英贤正色道：“柯蕊，我需要你找个‘狗仔’跟拍我。”

柯蕊愣愣问：“拍什么？”

“我和许俏。”

什么？

柯蕊还没反应过来，就听对面的女人又说：“还有，你帮我以私人名义联系一下京州商业银行江北分行的行长，我打算继续普雷那个项目。”

“老板？”柯蕊大惊，“弗兰克不是说——”

“我知道。”蒋英贤打断她的话，“照我说的做吧。”

普雷文化是一家市值一百五十亿的A股上市公司，业务涵盖影视制作、游戏代理与在线阅读等。早在蒋震中风之前，蒋英贤便得到消息说普雷有意以四十三亿六千万转让百分之二十八的股份。如若成功，不仅可以填补蒋氏在此领域的空白，蒋氏也将成为普雷的实际控制人。

然而蒋英贤从弗兰克口中得知，除了蒋氏，还有一家丹海市的公司对普雷的兴趣极大，甚至可以说是势在必得。弗兰克之所以特意提醒，是因为这家公司的股东中有一个名为“天宏禧跃”的投资公司，而“天宏禧跃”的最大股东又是另外一家投资公司，层层扒皮下去，可以追踪到一个名为柳石的人。

柳石很神秘，公开资料少之又少，有传言说他与现任某位柳姓官员是直系亲属关系。

有些传言，再真也只能是传言，弗兰克点到为止。

而这位柳长官在高升之前，就曾担任过京州商业银行的总行长。

考虑到沈平这边，蒋英贤最终决定放弃普雷。对方既然对普雷这么感兴趣，她没必要蹚浑水，不如卖个人情，方便日后相见。

但是现在……

蒋英贤起身，踱步到落地窗前，俯瞰楼下的车水马龙。

希望不用走到那一步。

几天后，一篇名为《豪门心机名媛》的八卦文章突然在微博流传开来。起源是某知名“狗仔”拍到了蒋英贤与许俏有说有笑逛街买包的照片。许俏的身份很快就被扒了出来。一个小护工怎么可能穿得起全套香家限量版？又怎么可能让蒋家三小姐青睐有加？

结合前几日杜悦的公开控诉，一场豪门恩怨戏码在不少人脑中成型。蒋英贤作为既得利益者，自然是心机深沉、腹黑蛇蝎的那个。

更有人提出，护工小三说不定就是蒋三小姐找来魅惑蒋震的，不然蒋震为什么舍弃更成熟的长子不用，反而重用一个年轻的女儿？

不合理，太不合理。

第十二章 布局

事情发酵了半个多月，终于通过沈平的妻子宋蕴之口传入他的耳朵。

周末，宋蕴与老友相约打球。“八项规定”出台之后，宋蕴从打高尔夫变成打网球。如今正处于关键点，沈平愈加小心，宋蕴打的球也干脆变成了羽毛球。

中场休息，两人坐在场边喝水闲聊，聊着聊着，聊起各自儿女。老友的小儿子刚有了二胎，她去探望，多说了几句，惹得儿媳脸色不佳。老友感慨婆婆难做，宋蕴笑说距离产生美，以后少去看就行了。

老友摇头，直道哪有那么容易，然后来了一句：“老宋，等东扬结婚你就知道了，你那儿媳也不是一般人。”

宋蕴当时没放在心上，回家后越想越不对劲，什么叫“也不是一般人”？

上网一搜，方才知道准儿媳最近很红。

一想到自己被不知多少人暗中看笑话，宋蕴心中窝火，沉着脸去书房找沈平。

“老沈，你看看吧，这就是你宝贝儿子千挑万选出来的好媳妇。”

沈平戴上老花镜，看了几眼不禁皱眉。

宋蕴等他放下手机，说：“我就说商人家庭出来的孩子不行，浮躁、虚荣、沉不住气。”

沈平没她那么武断：“英贤这孩子以前还是很内敛的。”

“对，我之前也觉得她是个好孩子。人无完人，父亲不着调怪不到孩子头上。事实证明，龙生龙，凤生凤。她之前那是在卧薪尝胆呢！年纪不大，心眼倒是不小，我想想都害怕。现在蒋震身体不行了，和东扬的婚事也定下了，没有人压在她头上，这就飘了，坐不住了。”

宋蕴不高兴道：“老沈，不是我说，就她这样的行事作风，迟早要出事。”

沈平不吭声。宋蕴急了：“老沈，我在这里叽里咕噜这么半天，你倒是表个态。”

沈平叹气道：“照你的意思，现在退婚？”

这下换宋蕴不吭声了。

沈平说：“网上的消息也不能全听、全信，都是些捕风捉影的东西。”

宋蕴道：“杜悦是风，还是那个小护士是影？”

沉默片刻，沈平说：“今晚叫东扬回来，我和他说说。”

宋蕴没好气道：“还没进门呢，就要东扬收拾烂摊子，以后不知道还有多少事在等着。”

宋蕴不知道英齐那些事，这句话纯属歪打正着。

沈平登时也有点儿动摇了。

当晚，蒋英贤接到沈东扬的电话。

他先问她最近怎么样，然后又问需不需要帮忙，最后委婉地提醒她处理好家庭关系，并没有提退婚。

虽然猜到不会这么容易，蒋英贤还是隐隐有些失望。

第二天下午，她提前回到蒋家老宅向蒋震请示普雷的项目。

蒋震翻着资料，不经意道：“老三，公司既然交到了你手上，你放心大胆做就是了，不用事事再来问我。”

来了。

蒋英贤打起精神，低眉顺眼道：“爸，这么大的项目还是得您出面才能服众。”

蒋震听得心里舒服，语气缓和了不少：“董事会里有人为难你了？”

蒋英贤笑着说：“没有什么为难的，大家都是我的长辈，对我要求严格一点儿也正常。”

“情分是情分，工作是工作。”

蒋英贤点头，抬头看了蒋震一眼，像是有话要说。

蒋震道：“自家人，有话就说。”

蒋英贤蹲到蒋震的轮椅面前，握住他的手，说："爸，蒋氏旗下的十一家公司里面没有一家真的叫'蒋氏'，但是外人说起来，还是会把这些公司统称为'蒋氏'，这个蒋就是蒋震的'蒋'。如果不是因为姓蒋，我再会读书、再能干，也不可能有现在这样的机会。外面那些人看到我时，看见的不是蒋英贤这个人，而是蒋震的女儿。"

半分钟后，蒋震轻轻一笑："怎么突然说起这些？"

蒋英贤说："没什么，就是感觉很久没和爸聊天了。"

蒋震拍了拍她的手："专注工作是好事，但是该休息也得休息。"停顿一下，他接着说，"杜悦我说过她了，闹脾气也不该拿公司乱说话，你不要和她一般见识。明天叫公关部的人来家里一趟，我发表一份声明。"

"谢谢爸。"

这件事就算翻篇了，所有的锅都将由杜悦来背：她因为感情不顺闹脾气，她无凭无据乱说话，蒋英贤是无辜的，蒋震也是无辜的，所有蒋姓人都是相亲相爱的一家人。

家事谈完了，蒋英贤将话题转回公事："爸，我半个月前约商业银行江北分行的张行长谈了一下，他前几天又约我，给了个准信。"

蒋震精神矍铄道："怎么说？"他最喜欢这个三女儿的一点就是，她极少纠缠家长里短，心思全在公司，好比现在，即便受了一些委屈，只要问题解决了就可以，绝不多做无意义的情绪宣泄。

"张行长说如果用普雷的股份做质押，保底能批十八亿，要是普雷的股价能再涨三块，他有把握争取到二十四亿。"

"他这么说？"

蒋英贤眨了眨眼睛："我狐假虎威，借了爸的名头去谈的。"

"要是个个都能学你这样狐假虎威，那我就真能放心退休了。"

玩笑归玩笑，蒋震思索片刻，还是摇头："我们自己出二十亿？太多了。"

现金流可谓一个公司的命脉，蒋震的一贯原则是，能用银行的钱就绝不动自己的钱。

蒋英贤早有准备："由张行长牵线，华商资本也愿意拿出十八亿，条件和银行一样，这样一来，我们只要出一亿六千万。"

蒋震这才颔首感叹道："老三，果然你最像我，做生意一定要懂借力。"

蒋英贤也笑，忽然“哦”了一声，像才想起来似的提了一嘴：“爸，有家丹海市的公司半年前就在接触普雷。”

蒋震不以为意：“拖了这么久没谈拢，肯定是压价太狠。”

蒋英贤半垂下眼帘，幽深的眼眸藏在睫毛之后，轻声附和：“也是。”

离开蒋震的书房，蒋英贤直奔洗手间，洗掉手心的汗。

这是一场豪赌，她赌自己这些年来的乖巧表现赢得了蒋震的信任；赌自己的伏低做小能让蒋震自尊心得到满足并且放松警惕；同时赌蒋震不会再另外派人深挖那家丹海市公司的背景。

她成功了。

她抬头看向镜中的自己，长长地吐息。

得到蒋震的首肯，普雷的收购项目加速展开。

至于让普雷的股票上涨，很简单，传出蒋氏即将入主普雷的消息即可。此消息一出，普雷股价连涨五日，上涨四块不止，“超额”完成任务。此时，蒋震再召开发布会，正式公开收购计划。打个时间差，就算被问询，用反应滞后这个理由也能应付过去，毕竟A股上市公司发生重大变化之前走漏消息已经成为常态。

蒋震只负责台前工作，具体事务由蒋英贤主持。她越发地忙碌，而傅城也莫名地安静，等她反应过来时，两人已有八九天没联系。

深夜，蒋英贤正在开车，手机屏幕亮了一下。她没理会，将车子停进小区地下停车场后才拿起手机查看，是一条陌生号码发来的信息：“我回来了。”

说陌生，那串数字她却再熟悉不过。

她直接拨电话过去，两声“嘟嘟”之后，低沉的男声响起：“英贤。”没有任何招呼，开口就唤她的名字。

蒋英贤无声地笑，问他：“在机场吗？我去接你。”

对面顿了一下才道：“不是。”

不是？

蒋英贤产生了一种直觉，气息也变得暧昧起来：“傅城，你在哪里？”

她听见他局促地呼吸了一下：“你家门口。”

“等多久了？”蒋英贤下车，边走边问。

傅城眨眨眼睛，面无表情地说谎：“没有太久。”

“是吗？”蒋英贤拖腔拉调地说，似乎漫不经心，“我进电梯了，电梯里信号不好。”

傅城不出声。

听筒中很快传来信号不稳的电流声，一两秒后，彻底变成忙音。

电梯运行的声音自不远处传来，傅城捏紧手机，站在原地没动。

电梯门开启时，走廊的感应灯应声而亮，暖光映着她的脸，纤长的睫毛犹如扇子一般遮住她的眼神，只剩下安静与温柔。

蒋英贤上前，掏出钥匙开门，自顾自踢掉鞋子，赤脚踩上地板。

傅城猛地想起自己那些梦，每次梦见她，她都穿着高跟鞋。

打开灯，蒋英贤才看见他眼中布满红血丝，锋利的眉眼因为疲惫而显出几分落寞。

见他杵在门口，蒋英贤催促道：“坐呀，又不是第一次来。”

傅城没动，直勾勾地看她，眼睛里的情绪浓得化不开。

如果她没看错，里面还有执拗。

蒋英贤脱掉外套，又抓了抓头发放松头皮，然后慢腾腾转过身，凝视着他的瞳孔说：“你看你，又和我比赛。”

傅城蹙眉：“我没——”

“你有。”蒋英贤柔声截断他的话，“为什么站在那里不进来？”

因为她没抱他、没亲他，还是因为她没先说想他？

傅城的嘴唇微微翕动了一下，沉默着。

她还没问，为什么不提前告诉她要回来？为什么到她家门口了也不告诉她一声？

“傅城，你是想偷袭我吗？看我有没有为你守身如玉？”

傅城皱眉：“我没有这么想。”

“那为什么不告诉我？”

“公司召我去M国述职，我也不知道要花多长时间。”他看着她说，“我是昨天下午得到通知之后直接去机场买票的。”

蒋英贤幽幽地叹气，踏着柔软的步伐靠近，伸手搂他的脖子：“如果你提前告诉我了，我会去机场接你，我们就可以更早见面。”

刚才还一动不动的男人这会儿动作倒是快，立刻抓住她的胳膊，把人往自己怀中带。

蒋英贤没有问为什么没有在起飞前通知她，他不愿意说，纠缠没有意义。

归根究底，他还没有完全信任她。

淡淡的馨香钻入鼻腔，直至感受到她的体温，傅城的心才算真正活过来。

他的胸膛有一种令人沉溺的味道，带着一点儿香皂的清新，一点儿机舱的浑浊，还有一点儿皮肤的温热。

看着他热烈的目光，蒋英贤说：“傅城，你去厕所看看自己眼睛里的红血丝，还是多多保重身体吧。”

傅城的眼神沉了沉，心中五味杂陈，有尴尬、气恼，还莫名有点想笑。他抬起头，与她的脸拉开一些距离，手却紧紧攥住她。

蒋英贤早就发现，他骨子里其实是个十分强硬的人，是后天的军旅生活将这份强硬塑造成了服从与隐忍。

虽然很想好好“教育”他一下，但他眉宇间的疲惫那样深刻，看得她心软。

一定是刚下飞机就来找她了。

蒋英贤好声好气地哄他：“你太累了，需要休息。”

没想他突然直白起来，盯着她说：“我需要你。”

说罢，紧紧抱住她。坚硬的肌肉铜墙铁壁一般压住柔软胴体，他完全沉浸在这甜蜜的重逢中，无底洞一样的思念终于得到一丝满足。

他在丹海转机，看见一张娱乐小报，首页就是她的花边新闻。

比起蛇蝎美人、腹黑冷血，他更在意里面那句“背景人士的未婚妻”，里面有一张照片，是她和沈东扬，两人面对面坐在咖啡厅的露天花园中。沈东扬的脸打了马赛克，她的脸也象征性地挡住眼睛，但能看出来她在笑，对沈东扬笑。

照片的日期是两年前，丹海“狗仔”早就拍到了，一直等到她在微博“成名”了才敢放出来。

两年前，两人尚不相识，傅城知道自己没理由吃醋。

可是，此时此刻，她仍然是沈东扬的未婚妻，只有抱住她才能让他确信，她真的是他的。

许久未见，蒋英贤也很想傅城，半推半就地由他去了。临近午夜，她终于得以睡觉，意识涣散之际，她听见傅城说：“……你，英贤。”

蒋英贤没听清，胡乱应一声。

傅城压住她的头，声音比呼吸更灼热："我爱你。"

蒋英贤睡得沉，闹钟响了四五次才不情不愿地睁开眼睛。一条胳膊从后面伸过来，帮她把手机调成了静音。

又混沌了一会儿，思考能力慢慢儿归位，昨夜的记忆也随之复苏，她记得他好像说了……爱她？

蒋英贤继续闭眼，因为不知道怎么面对他。

"醒了？"傅城轻吻她的脸颊，"身上难受吗？"

蒋英贤心里嘟囔：还敢问。

她不说话，但是睫毛在动，明显是醒了。傅城拿不准她是在生气还是单纯犯困，有些无措地沉默了。

"英贤。"他低低叫她，捧起她的脸。

眼神还是那么直接，如两人第一次偶遇时一样。她那时候哪里想得到，有一天这个男人会用另一种直接的目光注视她……

一想到这里，她脸色不自然起来，正准备说点儿什么，傅城抢了先："英贤，以前没有人来机场接过我，我也就从来没想过这件事，所以才会忘记告诉你。"他认真地看着她，郑重其事道，"我不是想突袭，也没有怀疑你。"

蒋英贤没想到他会这么严肃地重提这件事，看了他一会儿，才轻声说："以后要记得告诉我。"

"好。"傅城专注地看着她，那眼神简直要烫化她。

蒋英贤又想起那句"我爱你"，呼吸发紧，谨慎地打量他的神情。

他既然没提，很可能只是一时冲动，而且男人在那种时候说的话，怎么能当真？

蒋英贤暗自松了一口气，心底却又生出若有似无的烦闷。

她决定不再想这件事，于是转换话题问："这次回来还走吗？"

"不走了。"傅城搂紧她。

"合同到期了？"

"算是吧。"

蒋英贤明白过来："违约金是多少？"

傅城只说："我自己能解决。"

蒋英贤抬起头来看着他说："我很乐意放贷。如果你觉得不好意思，我可以多收点儿利息。”

手指摩挲着她的脸颊，他又重复一遍：“我能解决。”

事关他男人的尊严，蒋英贤不强求，虽然她还挺喜欢傅城欠她钱。安静了片刻，她又问：“以后有什么打算？”

没想到傅城早有答案：“我想重新入伍。部队这两年在积极接受硕、博研究生，如果有学历，入伍年龄可以放宽到三十岁。虽然可能会被分配到教研、管理岗位，但我还是想回部队。”他停下来，与她对视，“你觉得呢？”

蒋英贤诧异地问道：“你问我意见？”

这是他的人生，他的职业道路，只有他自己可以决定。

傅城点头，态度很坚定：“我想听听你的想法。”

蒋英贤的眼睛有些热，水眸温柔，她说：“我觉得很好。傅城，我一直认为军队才是最适合你的地方。”

傅城提着的心落回胸膛，用力抱她，像要把人嵌入自己的身体。

蒋英贤也回抱住他：“学校选好了吗？”

“还是以前的学校，有几个教授对我的经历比较感兴趣，只要初试通过，后面应该没什么问题。”

蒋英贤道：“他们当然有兴趣。”

有几个人能有他这样丰富的经历？

傅城目光深沉地看着她，看得她莫名其妙，以为自己说错了什么，他却又笑了，凌厉的线条蓦地软化，眉目间有种不同于平时的动人神色。

蒋英贤心动不已，跟着他笑：“怎么了？”

他摇头，埋首在她的颈窝深嗅她身上的香气，低声说：“没什么。”

比起教授的肯定，她语气中那淡淡的骄傲更让他高兴。

两人纠缠了一会儿，终于起床。接过傅城递上来的衣服时，蒋英贤发现他双手指节处有未愈合的伤痕，于是问：“怎么弄的？”

“没什么，在任务中蹭破了一点儿皮。”

是吗？

不给她细看的机会，傅城抽回手，反过来问她：“饿不饿？”

蒋英贤不是伤口专家，疑惑转瞬即逝，顺着他的话题说：“饿。你想想吃什么？我先给柯蕊打个电话。”

见她背过身捞手机，傅城的神经稍稍放松下来。

他在收到公司撤出力维亚达的通知之后，第一件事就是给杰克森的鼻梁一拳。

有任务时，他是队长，不能让个人情绪凌驾于团队之上，现下任务结束，他只代表他自己。

杰克森鼻血狂流，整个人蒙了三四秒才怒吼着扑上来。

傅城求之不得，他还怕他不还手，这下可以光明正大地继续揍他。

其他人看了几眼，没管。他们知道傅城的实力，杰克森讨不着便宜。而且杰克森也确实欠揍，谁让他骂人？最后见杰克森实在被揍得太惨，里昂出面象征性地制止了两句。

事后，不只里昂，另外几人也在报告中提及前因后果，帮傅城澄清。傅城因此被公司召去M国述职。听他说要解约，公司以为是因为这件事，提出了各种解决方案挽留他，毕竟像他这样遵守纪律的着实不多。

只有傅城自己知道，他的暴怒来自那句bitch。

别跟他说什么bitch现在已经不算脏话，rap（说唱）的一行歌词就能出现好几次。别人他不管，但是谁都不可以用那个词叫英贤。

蒋英贤最近日日加班到深夜，连带着柯蕊也睡眠不足，因此当她接到蒋英贤的电话说不去公司时，高兴得蹦出一句“谢谢老板”——终于能休个正常周末了。

蒋英贤家的冰箱里什么都没有，两人收拾一番外出觅食。出门前，蒋英贤戴上口罩和棒球帽，虽说上次偷拍是她刻意安排的，但是小心肯定不出错。

傅城没有多问，一本正经地说：“我不会让人拍到你。”

蒋英贤提醒他：“傅城，你现在不是我的保镖。”

他怔了一下，看着她弯起的笑眼，目光不自觉放软了。

途经一家居家用品店，蒋英贤看橱窗里的男款睡裤很是顺眼，便问傅城喜不喜欢，傅城说：“你喜欢就好。”蒋英贤不知在想什么，眼神促狭，笑了笑，进店叫导购包起来。

出了门，她让他低头，凑到他的耳边说：“我更喜欢你不穿。”

傅城的耳朵热了起来，神色却依旧冷淡，目光机警地四处看，把“狗仔”当恐怖分子警惕，手却夹住她的五指，指腹贴着细嫩的手背不停摩挲。

蒋英贤慢慢儿地从中品出些别样的滋味。

两人没在外面吃饭，去超市买了些瓜果蔬菜，回公寓自己做。

傅城是大厨，蒋英贤打下手。家里只有一条买锅时赠送的小熊图案的围裙，傅城套在身上格外局促，再配上他那张刀刻斧凿似的脸，说不出地滑稽。

蒋英贤憋笑，绕到后面帮他系带子。

轻柔的呼吸若有似无，手指偶尔触上后腰靠近尾椎骨的位置。

傅城身体僵硬，想催她快一点儿，又舍不得，心甘情愿受折磨。

其他的事蒋英贤插不上手，在旁边看了一会儿，就被工作电话唤走。她一走，傅城进度飞快，不一会儿就做出三菜一汤。

见他解围裙，蒋英贤歪头夹住手机，端着电脑凑过来看，被眼前卖相极佳的菜色惊住了，眼神落在香菇菜心上面。

傅城了然，夹了一块香菇送进她嘴里。

咀嚼两下，蒋英贤用口型表示“好吃”，还想再要，电话那头说了什么，她神色微凝，大步走回沙发。

白皙的脚踝被阳光映照成金色，傅城这才发现她光着脚。他看了一圈，找到散落在卧室门口的拖鞋，走过去捡起，蹲到她脚边帮她套上。

他蹲下时也高，手臂线条清晰，有种不容忽视的力量感。一小块阴影投在他的侧脸，明暗交界处，线条越发利落。

只看脸，他其实有点儿拒人千里的冷漠感，然而这样的一个人，正在给她穿鞋。

“等等。”蒋英贤对电话那头说，也对傅城说。

她的表情还停留在工作模式，却突然俯身亲他的嘴角：“谢谢。”

吻完便直起身子，继续讲电话，脚趾舒服得缩了一下。

傅城保持下蹲的姿势三四秒，然后起身回厨房，背对着蒋英贤倒水。

电话持续了五六分钟，之后蒋英贤又看了一会儿文件，好不容易处理完毕，两人认认真真吃完饭，正收拾碗筷，门铃响了。

“应该是柯蕊来给我送文件了。”蒋英贤放下手中的东西，趴到猫眼前看，竟看到一个意想不到的人。

“是谁？”傅城见她表情不对，主动问。

蒋英贤说：“我妈。”

她又看一眼，门外的陈枫不急不躁，静静等待着，连第二下门铃都不按，显然料定她在家。

傅城说：“我去里屋。”说完他大步走回卧室，还不忘将自己的鞋子一并带走。

看着他孤独的背影，蒋英贤心中愧疚，却无法挽留。现在时机不对，地点也不对。她太了解自己的母亲。陈枫见到他，定会冷着脸说“我们有家事要谈，请外人回避一下”，到时场面更难看。

卧室门悄然合上，蒋英贤抿唇，打开门锁。

陈枫淡淡地扫了她一眼：“这么久？”

蒋英贤道：“刚才在厕所。”

陈枫穿着一件墨绿色的真丝连衣裙，弯腰脱鞋时，褶皱折射出湖光般的光彩。

陈枫一直知道这里，只是这天第一次来。环视一周，看见置物架上的母女合照，终于露出一点儿笑意，走上前拿起相框看：“感觉还和昨天似的。我记得那天你的鞋跟陷在草坪里，拔出来的时候带出一坨土，正好甩在我的鞋面上，擦也擦不干净。”

蒋英贤跟在她身旁，笑了笑没接话。她知道陈枫一定不是为联络母女感情而来。

果然，陈枫放下相框，满目温情随之下场，眼神变成审视：“英贤，你最近在搞什么？网上那些乱七八糟的东西是怎么回事？”

蒋英贤打哈哈：“我也没想到会有‘狗仔’偷拍我。至于杜悦，爸的事我不好插手。”

陈枫嗤笑：“英贤，你这么说就太看不起妈妈了。”

她怡然地坐到沙发上，说：“你从小到大就没出过差错，怎么可能突然失误到这种地步？以前不敢拍的‘狗仔’现在就敢拍了？谁给了他们底气？是你。你先像只花蝴蝶似的到处跑场，弄得照片满天飞，给了他们胆子。还有杜悦，我看是你成心放水。”

“妈，我——”

“你当我不知道她几斤几两重？”陈枫摆手，不听她诡辩，“她那脑子，算计你？重新投胎比较快。”

蒋英贤咬死不放：“妈，那都是爸的意思。”

陈枫仔细端详着她的脸，没有一丝皱纹的眼睛目光平静，却透着压迫感，犹如无底深海：“所以说，你连你爸也算计进去了。之前那么高调，一是为给‘狗仔’机会，二是为了让你爸以为你不把他放在眼里了。”

“要是英齐做出这种得意忘形的事，我信，但是你，英贤，你不会。”陈枫轻笑一声，带着嘲弄意味，说不清在嘲讽谁。

蒋英贤沉默以对。空气中弥漫着难以言喻的紧张感，以及烟火气。

陈枫也嗅到了，转头看了看厨房，问：“有客人？”她这个女儿肯定不会有那闲情雅致自己开伙。

“嗯。”蒋英贤含混应了一声。

陈枫恍然明白了什么，完美仪态出现了一丝裂痕，看向蒋英贤的目光先是狐疑，而后变成不可置信：“英贤，你……搞这么多事情，是想让沈家退婚？”

什么人能被她邀请来这里，还在家做饭？陈枫是过来人，一想就懂。

蒋英贤与陈枫对视，不承认，也不否认。

陈枫兀自惊愕着，久久不能相信。英贤，这是英贤啊！她最得意的孩子，怎么可能为爱情昏了头？

陈枫问：“是谁？”

蒋英贤不作声。就在陈枫以为她不会说时，她开了口：“傅城。”

“谁？”陈枫脑中快闪过所有傅姓家族，并没有找到这么个人。

“我之前的保镖。”

话既然说出了口，蒋英贤反倒放松下来，缓了缓气，说：“二姐害我出车祸那次，是他救的我。还有在力维亚达，新闻报道的那场袭击，其实我就在现场，和手榴弹只有一车之隔。后来司机扔下我们自己跑了，我和柯蕊无头苍蝇似的乱窜，柯蕊的腿中了枪，跑不动，正好他带队在附近采购，是他找到我们，把我们带回了营地。”

蒋英贤镇定得像在说别人的事：“妈，如果没有他，我现在不会坐在这里。”

陈枫动了动嘴唇，说不出话来。这些她都不知道，蒋英贤不提，她便也不问，如此想来，她作为母亲何其失职！

酝酿许久，陈枫叹息一声，道：“英贤，妈明白你的感情。可是你想过没有？这就是他的工作。即便不是你，随便换一个张英贤、李英贤，他都会救。他的所作所为不是为你，是职责所在。你也说了，他在力维亚达执行任务，那就是说，只要是个中国人，他都会救。”

陈枫难得露出慈爱的神色，仿佛一个寻常的母亲。

蒋英贤看着她，说："是。"

陈枫松了一口气，微笑着说："你是聪——"

"妈，这就是我爱他的理由。"

自己的声音传入耳朵，蒋英贤也愣了。在傅城面前难以启齿的字眼，在陈枫面前就这么轻易脱口而出了。

目睹陈枫的惊讶，蒋英贤弯唇笑道："妈，你觉得你女儿会被一个对全世界铁石心肠，唯独对我温柔深情的人迷住吗？"

陈枫面露不解，难道不是？爱情不就是弱水三千，只取一瓢？

蒋英贤说："任何人在荷尔蒙的支配下，都可以暂时变成一个优秀的爱人，那是表演，或者说是人的上限。我没那么浪漫，比起上限，我更愿意相信人的下限。"

陈枫倏地僵住，只觉后脑有凉风吹过。三十年了，她终于明白，蒋震对她，何尝不是在表演？

陈枫闭了闭眼，敛掉万千情绪，再开口时已恢复一贯的仪态："英贤，你说得有道理。可爱情只是人生中很小的一部分，等到激情退去，你会发现伴侣能提供给你的最大价值不是感情，而是生活，他能带给你什么样的生活。你从小到大没缺过、少过，你不知道那种滋味，但是'由俭入奢易，由奢入俭难'的道理你应该知道。"

"沈东扬才是那个能帮你站稳、站好的人，他或许不能帮你更上一层楼，但他能保证你不会掉下来。"

蒋英贤笑了："妈，你这些话是以母亲的身份对女儿说的，还是以董事长夫人的身份对继任者说的？"

陈枫："什么意思？"

蒋英贤笑着摇头，跳过这个话题，改口问："妈，你觉得我能拿下整个蒋氏吗？"

陈枫反问："为什么不能？"

"因为爸有六个孩子，除非其他人都死了，不然蒋氏不可能是我一个人的。"

蒋英贤坦然道："妈，蒋氏已经不是你和爸当年一起开疆拓土的那个公司了，现在蒋氏旗下有三家上市公司、八家私有公司，这些公司没有一家真的叫'蒋氏'，所谓蒋氏，只是一个概念，等到爸不在了，这个概念也将消失。”

“现在的分配已经是极限，我相信这是爸深思熟虑，甚至反复试探过我们的反应后的安排，再多给我，只会引起无休止的官司。算上蒋英独，我们六个人，你咬我，我咬你，能耗上一二十年。多少家族企业就是这么垮的。”

这是所有富二代都要面临的困境，除非自立门户或是独生子女，否则就要与兄弟姐妹分羹，很难获得父辈那般的一言堂地位。

陈枫说：“英贤，不要偷换概念，我们现在说的是沈东扬能帮你走得更快、更高。”

“被你发现了。”蒋英贤耸肩，笑得坦荡又狡猾，像个恶作剧被抓的小女孩。

陈枫感到一阵无力，隐约感觉自己正被女儿牵着鼻子走，话题绕来绕去，始终落不到实处。

陈枫试着转换思路，说：“英贤，你折腾这么一场，除了让自己名声变差，没有任何实际作用。沈家既然选择了你，又怎么可能因为这种小打小闹的事退婚？你啊你，还是年轻，拿自己的名声瞎胡闹。你看看那些前赴后继做慈善的，避税能避多少？还不都是为了一个美名。有钱就想要名声，这是人的天性，以后有你后悔的。”

蒋英贤低眉垂眼，不置可否。

陈枫再接再厉道：“结婚以后，沈东扬还能派人二十四小时监视你？”有些话她不好说得太直白，顿一下，说，“英贤，你闹过这一场就算了，别再拿自己的前途开玩笑。你爸虽然把股份让出来，但他的余威还在，真出了事，董事会那群老东西还是听他的，不能掉以轻心。”

沉默了许久，蒋英贤说：“妈，我知道，我没打算再拿家事博眼球。”

陈枫深感欣慰。人都有叛逆期，大概这就是蒋英贤的叛逆期吧，但她终究是个有分寸的孩子。

看她的表现就知道，她从头到尾都很平静，没有嚷嚷什么非他不嫁之类的话，说明她也知道底线在哪里。

陈枫拿着包起身，说：“我晚上还有约，先走了。你最近辛苦，好好休息。”

蒋英贤送她到楼下。分别前，陈枫拉住她的手，说：“英贤，你一直是妈妈的骄傲。”

蒋英贤笑了笑。

看着那双平静的眼睛，陈枫有些失落。这不是她预想中的反应，她以为女儿会更动容一点儿。

当年她赌气抛下儿女去P国躲清净，这次回来才发现两个孩子一个变成了废物，另一个变得捉摸不透……

车上，陈枫幽幽地叹气。

等蒋英贤返回公寓，傅城已经从卧室出来，正在厨房冲碗筷，一个一个摆进洗碗机。

她从背后抱住他的腰，低声说："对不起。"要他像个见不得光的人似的躲在里屋。

傅城摇头，擦干手，回身抱住她："我明白，现在不是时候。"

蒋英贤搂得更紧了："你听见了吗？"

"听见一点儿。"

一点儿是多少？会不会认为她的态度模棱两可？

傅城声音艰涩道："没有他，是不是很难？"

蒋英贤想了一下才明白，这个"他"指沈东扬。她轻声说："他确实是条捷径。只是，靠山山倒，靠人人跑，背靠沈家不一定全是好事，万一他倒下，蒋氏就不止损失一点儿利益这么简单了。而且，和他绑在一起，公司以后姓不姓蒋还不好说，我也很可能沦为一个高级马前卒。"

蒋英贤抚摸着他紧绷的后背，说："傅城，这不是为了安慰你才说的，任何选择都有风险。以前我愿意为了早点儿拿下蒋氏冒这个风险，现在我不愿意。"她费劲地向后仰着脖颈，与他对视，"你不相信我？"

傅城的眉毛沉了下去。

"别否认，我觉得你是。你觉得我凭自己的本事坐不稳，必须靠别人才行。"

根本就是胡搅蛮缠。傅城无力招架，只能更用力地抱她。

蒋英贤说："傅城，有他沈东扬，我能省点儿力气，早几年坐稳董事长的位子。没了他，无非是晚几年，再多费点儿力气，时间早晚而已。"

她扬起细长的眉毛，嘴角勾着，漆黑的眸底透出光来，带着浑然天成的骄傲，那样耀眼，让傅城挪不开视线。

他的目光侵略性太强，蒋英贤看得躁动起来，于是拍着他的手臂说：“碗还没收完呢。”

傅城没吭声，乖乖松手。

蒋英贤挪到水池前，打开水龙头。

没承想傅城又贴上来，手臂虚环在她腰上，嘴唇磨蹭着她的后颈。她觉得又麻又痒，缩起脖子笑：“别闹。”

许久，他说：“我爱你。”

蒋英贤一下子僵住，睫毛忽闪颤抖，不动声色地问：“你都听见什么了？”

傅城不回答，扳过她的肩膀，双手撑在她两侧，把人堵在自己的手臂与胸膛之间，弓着背与她眼对眼，鼻对鼻，薄唇挑起一个弧度。

他一定听见了，不然不会这么笑。

蒋英贤沦陷在他那双灼热的眼里，正神情恍惚，听见他又说了一遍：“英贤，我爱你。”

他确实听见了。虽然隔着墙壁她的声音很模糊，却已足够让他震撼不已。

“这就是我爱他的理由。”

那一刻，他本能地怀疑——他无法确定这究竟是真的，还是因为太渴望而产生的幻听。

昨天晚上没忍住说出“我爱你”，他知道她听见了，但她没有回应，直至第二天早上，依然没有回应。

他的心一沉再沉。他不想逼她，所以没再提这件事，即使脑子一直在想，不停地想。

现在又是，理智告诫他别说，她想说的时候自然会说，然而冲动又一次占据上风。

蒋英贤捧着他的脸，轻轻地说：“我也爱你。”

傅城怔住，明明是开心，心脏却狂跳到几乎抽痛。

那日妻子表达不满之后，沈平嘴上不提，实则也在重新考虑与蒋家的婚事。

他自诩看人准，一直认为蒋英贤这孩子很有大局观，经过这么一折腾，他突然不敢确定了。

这日，开完会，柳常明叫住他，邀他去办公室喝杯茶。

沈平知道柳常明绝不会无缘无故叫他喝茶，因此耐心等着。聊了几句会议内容，柳常明突然问："听说张鹏的事情了吗？"

沈平正色道："听说了。"

敛了三个亿，上周被判无期徒刑，张鹏当庭认罪，新闻都报道了，怎么可能没听说？

柳常明感慨道："可惜了。二十年前，他给我当秘书，那时候我就发现，这个年轻人聪明、好学，唯独心太软，对什么人都冷不下脸。沈平，你知道他为什么被抓吗？"

沈平知道也装不知道，摇头静候。

柳常明说："他和前妻离婚十几年，为了孩子着想，两人离婚不离家，前妻打着他的旗号在外面胡作非为。不怕你知道，他还来找过我，五十多岁的人，哭得一把鼻涕一把泪，指天发誓自己真不知道前妻那些事。"

"发誓有什么用？凡事要讲证据。"柳常明叹气，顿了顿，说，"都说后院失火，前院遭殃，我看未必。后院为什么能失火？其根源在前院失察，不能把因果关系搞反了。"

直觉告诉沈平，柳常明这是在敲打他，可他实在想不出自己做了什么值得他敲打的事。

思前想后，他一咬牙，决定直话直说："柳老，请您明示。"

柳常明不说话，慢条斯理地喝完茶，从办公桌抽屉中拿出一份文件，递给他。

沈平接过一看，是京州商业银行的贷款资料。起初他心里还有点儿疑惑，翻看几页后，心中翻起惊涛骇浪。

蒋震贷款四十多亿进行收购，自己仅出资一点六亿，杠杆率超过二十倍，无异于空手套白狼。

去年秋天，公安部才出台意见，要保持对金融犯罪的严打高压态势，紧接着，证监会主席再次强调了"强监管，去杠杆"的政策。

蒋震在这种时候玩这套，根本是顶风作案。

柳常明适时开口："沈平，你说这笔款能不能批？"

"不能，无论如何不能。柳老，我要是知道，绝对不会——"他说不下去了，张鹏不也是这套说辞吗？谁信？

他这番激动，一半是真，一半是演给柳常明看的。柳常明既然私下约他，就说明没打算把他怎么样。

柳常明说："沈平，前院要管，后院也得看住。张鹏那是离婚十几年的老婆，你这可是即将过门的儿媳妇。"

沈平真情实感地冒出冷汗。

回到家，沈平立即叫秘书帮他接通京州商业银行。行长对他的来电似乎并不意外，恭维两句便提到蒋震的贷款，为难地表示有些难办。沈平直言要他该怎么办就怎么办，严格按照规定办事。

放下电话，他又拨给沈东扬。

沈东扬晚上有约，搪塞了两句，沈平直接叫他滚回来。

宋蕴被他的脸色吓得不轻，试探着问："老沈，出什么事了？"她有很多年没见过丈夫如此情绪外露了。

沈平沉默半晌，只说："宋老师，还是你见微知著啊，这次是我不如你了。"

事到如今，照章办事已不够力度，他得"大义灭亲"才行。

蒋震纵横商场三十几年，从未像现在这般狼狈过。

先是商业银行的张行长来消息，说总行驳回了他们的贷款申请，还暗示他此事已经传出去，别家银行也不可能批款。紧接着，他竟收到传唤，要求他于一周内带着身份证亲自前往证监会京州稽查局协助调查。

他第一时间叫蒋英贤联系沈东扬，蒋英贤自己打了两次电话，又当着他的面打了两次，沈东扬不接。

蒋震气得摔了杯子，双手止不住地哆嗦。

事情若是发生在三十年前，他的反应不会这么大。趋利避害乃人之常情，他见多了。可他站在顶峰太久，也被人捧了太久，已然忘记那种滋味，乍一回味，只觉怒不可遏。

除了杠杆问题，蒋震还将面临扰乱市场秩序的指控。因为他对外发布普雷收购计划时，并未提及融资尚待审批，有刻意隐瞒之嫌。

调查进展得异常顺利，一个月后，证监会官网发布《行政处罚决定书》，蒋震被处以四十万元罚款，两年内禁入资本市场。

当夜，蒋震紧急入院。

这一次，他是真的垮了，连勺子也拿不起来，一粒饭、一口水皆要人喂到嘴边才行。

“我来吧。”蒋英贤从许俏手中接过勺子，将炖得软烂的参粥送入蒋震口中。

蒋震盯着蒋英贤，吐出两个字：“普雷。”

蒋英贤轻声说出好消息：“爸，普雷说不会向我们讨要违约金，前期款也会全额退还。公司的股票跌了些，但是问题不大。这个季度的营收远超预期，等到季报公布，一定会再涨起来。”

“好，好。”蒋震连连点头，“老三，你做得很好，辛苦……”

“不辛苦，都是我应该做的。”蒋英贤握住他干枯的手，说，“爸爸，您才是，辛苦了一辈子，好好休息一下吧。”

蒋震看着她年轻精致的面庞，突然有种不寒而栗的感觉。

会不会，会不会是她？！

普雷是她找来的，银行是她联系的，也是她说需要他出面……

可是，为什么？为了彻底取代他？不会！蒋震立即否认了自己的想法——她也因此失去了沈家，得不偿失。

如果不是她，会是谁？难道真的是他气数将尽，撞到了枪口上？

蒋英贤仿佛没注意到他的神情变化，轻声问道：“爸，要不要再吃一点儿？”

他的目光在她脸上游移许久，那浑浊苍老的眼珠终于还是黯淡下去。

“不吃了，我想睡一下，你去忙你的吧。”蒋震疲惫地闭上眼睛。

就算是她又如何？

他老了，而她那么年轻。

第十三章 公开

离开房间前，蒋英贤看了许俏一眼，然后去后花园散步。

逛了十几分钟，许俏找到她，送上一杯水：“三小姐，您要的水。”

“谢谢。”蒋英贤抿了几口，确认周围无人才轻声问，“许俏，爸都送了些什么给你？”

许俏心思转了转，老实说：“之前我妈妈生病的时候，老董事长给了我三十万支票，除此，还有一个镯子、一条钻石项链。三小姐，我不知道它们值多少钱。老董事长说，以后会将一套公寓过户到我名下。”至于以后是多久以后，她就不知道了。

略一停顿，她匆忙补充道：“老董事长还给了我一张卡，平时买东西用。”

随便刷这种话听听就好，她刷的每一笔钱蒋震都会收到通知。

许俏心里明白，副卡根本不能算是她的，但她不想让蒋英贤觉得自己不知好歹。

在家里，所有人依然称蒋震为董事长，许俏谨慎，特意加个“老”字。

蒋英贤“嗯”了一声，轻飘飘道：“镯子和项链加起来，大概能值六十多万。”

蒋震精着呢，即便都是女朋友，也会看人下菜碟。大方是个相对概念，爱情只能冲昏他的道德观，冲不乱他的算盘。

许俏心里一惊，暗暗庆幸自己照实说了。她既然能报出价格，就说明她清楚蒋震送过自己什么。

蒋英贤突然说："爸在F国南部有套度假屋，那里气候比京州好，更适合休养。许俏，如果你能说动爸去那里度假，并且一直留在那儿，那套房子就是你的了。我不清楚那套房子现在市值多少，但是一定比项链和镯子多。"她笑了一下，用调侃的语气说，"对于看中的东西，女人出手总是比男人大方些。"

许俏被突如其来的惊喜震蒙了，缓了两秒才说："谢谢三小姐。"

蒋英贤看了一眼手表，见时间差不多了，交代几句便离开了。她这晚与沈东扬有约。

蒋震的处罚决定书公布后，消失许久的沈东扬终于现身，电话约她见面。

时间点卡得非常妙，换个天真点儿的，可能以为两人还有戏。

她提前十分钟到达，然而沈东扬比她更早，已经落座。

她放下包，语气如常地打招呼："来这么早。"

这话在沈东扬听来有点儿讽刺意味。尘埃落定了他才露面，算迟到很久了。

沈东扬不擅长做弱势的那一方，因此显得有些局促。

蒋英贤笑了笑："点菜了吗？"

沈东扬说："点了套餐。"

蒋英贤点头。

沈东扬带她去了一家大隐隐于市中心四合院的私房菜馆。庭院里种了不少竹子，风萧萧地吹过片片竹叶，有一种文人式的浪漫。蒋英贤想，可惜了，座上只有两个铜臭冲天的投机者。

蒋英贤主动提道："普雷之所以愿意放弃追讨违约金，还全额退还我们的前期款，是你出面了吧？"

沈东扬默认。

她说："谢谢。"

又是一阵沉默，沈东扬说："抱歉。"

蒋英贤一派云淡风轻的样子："有什么可抱歉的？换作我，我也会这么做。"换一口气，她替他开口道，"放心，我爸他清楚我们的婚事取消了，我也明白。"

沈东扬更尴尬了，嘴里味同嚼蜡一般，不知自己吃了些什么。

他问："听说蒋……叔住院了？"

“嗯，没什么大问题，已经出院了。”

“那就好。”沈东扬没话找话道，“你最近怎么样？”

“老样子，上班，开会。”

“我看股票跌了一些，有什么我能帮忙的吗？”

蒋英贤瞥他：“沈先生，你打算搞暗箱操作？”

沈东扬不自觉地笑了：“不是，我只是想尽点儿力。”他们从来不是恩爱情侣，可听见她叫沈先生，不知怎的，他心中竟生出了几分留恋。

蒋英贤只说：“谢谢。”

吃完饭，沈东扬坚持要送她，她婉拒失败，索性点明：“被人看见我们在一起，不太好。”

沈东扬僵住。沈平确实交代过要他断干净。他低头打量她平静的侧脸，在她即将上车的那一刻突然抓住她的手臂，脱口问出心底的疑惑：“英贤，你是不是故意的？”

“嗯？”蒋英贤仿佛听不懂。

沈东扬的眸色晦暗，还带有一点儿不解。他知道此时说这些毫无意义，可就是忍不住问：“为了那个保镖？”

蒋英贤看了他几眼，脸上挂起笑反问道：“我这么疯狂？”

沈东扬被她问住了。

趁他愣神的工夫，蒋英贤挣脱了束缚，道声“再见”便驾车离去。

沈东扬杵在原地，看着她渐行渐远的车屁股，始终拿不准她最后那句是真是假。然而不管是真是假，都与他无关了。

直到沈东扬的身影彻底消失在后视镜中，蒋英贤才算彻底松了一口气。

她拨通傅城的电话，刚响两声，他的声音透过蓝牙回荡在车厢内：“喂，英贤。”

他每次接电话都是“喂”一声后直接叫她的名字。

她问：“在哪里？”

“家里。”

“在复习？”

“嗯。”

蒋英贤的语气一变，严肃地问：“傅城，你真的在认真复习吗？”

傅城怔住，只听她又说道："怎么每次接电话都这么快？"

沉默了几秒，车内响起他略微低沉的声音："我给你设置了特别的铃声。"所以一听就知道是她。

一声极轻、极低的笑伴随电流传入耳朵，傅城眼睛里尽是温柔。

蒋英贤说："我现在过去找你，有点儿事情想和你说。"

"什么事？"

"见面再说，待会儿见。"

挂断电话，蒋英贤开启导航。

傅城在某些方面正经得要命，两人明明一周有四五晚睡在一起，还非要另外租公寓，说是没得到她家人的认可，婚前同居对她的名声不好。

蒋英贤笑着说自己哪里还有什么名声，不想傅城竟然生气了，闷声看书，不理她了。

公寓内，傅城正在等她。

蒋英贤有钥匙，一推门，视线正巧撞进他的眼里。

她不紧不慢地关门、脱鞋，踱到他身前，站进他两腿之间。

傅城仰头看着她，浅色瞳孔隐隐透着紧张。

蒋英贤说："记不记得在力维亚达的时候，我说要你给我一点儿时间？"

"记得。"

"傅城，为什么不问我到底需要多少时间？"

傅城轻微地摇一摇头，双手扶住她的腰，说："你需要时间，我就给你时间。"

"那我要是需要十年、八年呢？"

傅城不说话，眼睛牢牢盯住她："我没想过。"他其实想过，没想出结果，便强迫自己不要去想。从决定回国的那一刻起，他就相当于放弃了任何形式的主动权，心甘情愿掉进她的网。

蒋英贤抚摸他的脸："你不打算想一下吗？"

傅城不说话，依旧盯着她。

蒋英贤眸光浮动，说："你可以想。"

他还不说话，她就催促："傅城，问啊。"

傅城的神经倏地一下紧绷起来，目不转睛地看着她，问："英贤，你需要多少时间？”

蒋英贤的目光软下去，双唇挑起温柔的弧度，缓缓开口：“不需要了。”

她主动靠近，柔软相触的那一瞬，傅城反客为主，扣住她的后脑勺，将所有情绪化作激情。这一刻，他的心情矛盾至极。既想进行最彻底、最野蛮的占有，又想抱着她什么都不做。

在矛盾的撕扯中，傅城的心脏如同过电，泛起阵阵酥麻。

这是一个绵长的吻，直到蒋英贤站得腿软，倒进他怀里，他也没有放开她。

两人相拥倒在沙发上，傅城不厌其烦地帮她抚掉乱飞的青丝，掌心滚烫。

等到傅城好不容易放开她，蒋英贤清了清嗓子，说：“傅城，我们得过一阵子才能公开。”

“嗯。”傅城恋恋不舍地啄她的耳朵，“我明白。”

蒋英贤拦住他，看着他的眼睛，认真地说：“现在虽然没有了沈东扬，但是还有我父母，我们可能要在一起久一点儿，等我在公司坐得更稳一点儿才能让他们同意我们结——”

傅城捂住她的嘴，温柔似水的眼眸透出点点无奈。他轻轻吻她的额头，说：“英贤，有些事就留给我做吧。”

尽管热血沸腾，尽管心脏就要跳出嗓子眼，但他不能让她先说出那句话。就这一次，不能让着她。

蒋英贤怔了一会儿，在他的气息中闭上眼睛。

她想，自己在某些方面，确实堪称麻木。

和沈东扬订婚那天，两家人坐在偌大的包间里，言笑晏晏地谈生意。沈平说自己就这么一个儿子，蒋震说蒋英贤是他最器重的女儿；沈东扬拿出后来出现在周晓晴脖子上的蔚蓝恒星表诚意，蒋震便点明会用哪些股份、房产做嫁妆。

婚姻对她来说一直是场交易，浪漫成分很少，哪怕男主角换成了真正爱的人，实用性的思维依旧占据上风。从决定与沈家分道扬镳开始，蒋英贤就已默认自己会和傅城共度一生。

她不是会被鲜花、烛光、单膝跪地打动的人，可他用包容温柔的语气说出这话，极其认真、诚恳，反倒叫她怦然心动。

分手三个多月，沈东扬偶尔也会想起蒋英贤，尤其是在女朋友装娇卖傻、哭哭啼啼的时候。

激情过后，他去阳台抽烟。

纪雪套上什么都遮不住的薄纱睡衣靠过来，贴着他的手臂问：“东扬，在想什么？”

沈东扬没回答，把烟往她嘴边送：“抽吗？”

纪雪娇笑着躲开：“人家不抽烟啦。”

闻言，沈东扬喷出一道类似在笑的声音，收回手，自己抽自己的。

纪雪茫然无辜地看着他。

这种眼神有时让他感觉很爽，有时又让他倍感无聊，现在是后者。

沈东扬拍了拍她的脸：“先回去躺着吧，我抽完这根就进屋了。”

纪雪乖巧地点头：“嗯，我等你一起洗澡。”

这次不称“人家”了。

一点儿都不傻，沈东扬想。

像这种时候，他会想起蒋英贤，想起那张他看不透的脸，不过也就一瞬间。

再次听见“蒋英贤”这个名字，是在荣光的麻将局上。

荣光“哎哎”两声，说：“东扬，你到底对蒋三干了什么？把人家伤成那样。”

沈东扬满眼疑惑。

“少装无辜。要不是在你这里栽了大跟头，蒋三能自暴自弃到这种程度？”

莫名其妙被扣一脑袋屎盆子，沈东扬不仅不恼，还有点儿说不清道不明的高兴：“有话说话，少阴阳怪气。”

荣光停下码牌的动作：“你真不知道？”

“知道什么？”

荣光从头说起：“上周六我表妹过生日，在蒋家的酒店办的，蒋三过来送了个礼物，我看见有个男的和她一台车下来，停在门口等她。刚开始还以为是她的保镖，结果你猜怎么着？蒋三出来之后直接拉住他的手，那男的还亲了她头发一下。”荣光夸张地抖动，“腻歪死我了。”

“我总觉得那男的眼熟，后来碰见徐亚薇，一下子想起来，不就是徐亚薇以前的保镖嘛！特别高，平头，有印象没？”

因为蒋英贤不像徐亚薇那样喜欢到处乱窜，聘请傅城做保镖的时间也短，因此荣光不知道这段。

邪火在体内横冲直撞，沈东扬面无表情地敷衍了一句：“是吗？”

行，蒋英贤，把他拿捏得死死的。原来那句“我这么疯狂”是这个意思，她还真就这么疯。

估计大部分人都和荣光一样，以为她是受了情伤才投奔保镖吧。事实上呢？是她为了保镖，处心积虑地甩了他。

邪火更盛，沈东扬笑出声来。

京州的圈子统共这么些人，不是这个的表妹过生日，就是那个的老爹做寿。

沈东扬有心，很快堵住蒋英贤。

他肆无忌惮地打量傅城，然后目光转回她脸上：“就为了他？”

没头没尾四个字，好像傅城就只配得上他这四个字。

明显是来找事的。

蒋英贤看了他一眼，先对傅城说：“傅城，你先去外面等我一下，我和沈先生聊两句。”

沈东扬插嘴：“英贤，我们之间的事，确定两句能聊完？”

蒋英贤刚想回话，被傅城拦住。

他直直对上沈东扬的视线，语气平和，话却很强硬：“她和你没什么好说的，要说就和我说。”

沈东扬挑眉：“也行。”

“傅城？”蒋英贤不放心地叫他，傅城握了握她的手，什么都没说，跟在沈东扬身后往室外吸烟区走。

沈东扬自顾自地点烟，慢条斯理地抽，烟燃过半，才问：“抽吗？”

傅城：“不抽。”

这一幕似曾相识。

沈东扬想起那个周日，他要求傅城送自己，中途改道去抽烟，傅城也是这么冷淡地站在旁边等待，而他那时候压根儿没把傅城放在眼里。

那句话怎么说的来着？哦，小丑竟是我自己。

胸腔里涌起受辱般的挫败感，沈东扬抖落烟灰，问：“你们什么时候搞在一起的？”

傅城的眼神冷了几度，不搭腔。

沈东扬没指望他答，又问："继续给她当保镖，还是她给你安排了别的职位？"

"我在军大读研。"

上学？

沈东扬是真乐了，抬起眼皮看他："傅城，你觉得自己供得起蒋英贤现在的生活吗？你知不知道她每天穿的、戴的都多少钱？"

见他沉默，沈东扬心中畅快，狠狠地戳他的痛处："我这么说吧，就算你每天中一次彩票头奖，连着中一年，都不见得有蒋英贤的身家多。"

沈东扬以为傅城会气馁、愤怒，他也确实看见傅城双手握了一下，然而傅城只是垂了一下眼睛，很快便平静地看向他，说："我知道。"

傅城当然知道，一直知道。

别说现在做导师助手，每月只有三千块补贴，就算毕业回归队伍，顺利升至中校，年薪也不过是她一条裙子的价格。

物质上，两人之间横着一道无法逾越的鸿沟。

沈东扬一拳打进棉花里，"呵"了一声道："傅城，蒋英贤就是图新鲜。她玩得起的，你不一定玩得起。"

听他这样说，傅城竟然极快地笑了一下，然后问："我们谈完了吗？没别的事我就回去了，她不习惯等人。"

沈东扬说："我劝你别太当真，她嘴里就没一句实话。"

傅城停下脚步，回身看了他两秒，沉声道："那得看对谁。"

沈东扬哪里被人这样呛过？眼眸倏地阴下去，心中再无半点儿惬意。

傅城面对面看着沈东扬，说："沈先生，以后还请你注意自己的措辞。"

沈东扬挑衅道："怎么？我说错了？"

傅城神情冷峻道："她说到，就一定会做到。"说完便大步离开。

沈东扬看着傅城的背影，嗤了一声，嘴角微扬，满是讥讽。

笑着笑着，他笑不出来了。

蒋英贤说过爱他吗？还是说过会忠诚于他？

都没有。

她和他谈利益、谈信任，笑眯眯地说些模棱两可的话。

沈东扬按灭烟头，报复的念头一闪而过，最终被理智压下。

争风吃醋这种事他做不来，跌份。自尊心也不允许他与蒋英贤再有任何牵扯，无论善意的还是恶意的。更何况沈平也不会允许。

回去的路上，他突然想到，蒋英贤会不会连他的心理也算进去？算准了他知道真相也不会做什么？

一脚急刹，引得身后喇叭声震天响。

沈东扬扫了一眼后视镜，竟在自己脸上看出笑意。

这一局他输得心服口服。蒋英贤，别让他逮着她。

回到大厅，傅城先一步拉过蒋英贤的手，说：“走吧。”

蒋英贤打量着他的脸：“你们说什么了？”

傅城淡淡地答道：“没什么。”

他不想谈，蒋英贤便也不多问，两人一起回了傅城的公寓。

时间尚早，傅城说要再看一会儿书，蒋英贤说好，便换上居家服，坐在沙发上处理文件。她常来过夜，因此公寓里备着全套洗漱用品和换洗衣物，和在她自己的公寓没两样。

蒋英贤看了傅城几次，见他专心致志地看书，终于确定有问题。

平时她的视线刚一落到他身上，他就回头了，这天被她盯了十几秒硬是没反应。

这人，太不擅长说谎。

放下电脑，蒋英贤走到傅城身后，搂住他的脖子问：“不高兴了？”

“没有。”

答得太快，欲盖弥彰。

“看着我。”蒋英贤干脆坐到他腿上与他对视，“他和你说什么了？”

傅城扶住她的腰，还是说：“没什么。”

既然不做填空题，那就给他做选择题。蒋英贤问：“说难听话了？”

“没有。”

“忆往昔了？”

“没有。”

“说我坏话了？”

“没有。”傅城无奈看她，“英贤，真没什么。”

蒋英贤问：“那你为什么不高兴？”

傅城还想否认，对上她乌黑的眼瞳却说不出口。

他看了她一会儿，终于说：“英贤，部队的工资是有数的，不高。”

他的语气很轻，表情也从容，可是蒋英贤从中听出了挫败感。

原来是为这个。

“我知道。”蒋英贤思索片刻，淡定地说，“可是，傅城，没多少人比我有钱。”

傅城被她这番“大言不惭”的言论逗乐了，垂眼笑起来。

叫他如何不爱。

蒋英贤低低地说：“傅城，沈东扬不懂。”

傅城明白她的意思，“嗯”了一声。

空气静谧，两人许久没有出声。蒋英贤听着他有力的心跳声，主动打破沉默：“这个周末，要不要和我一起回家见见我的家人？”

她本打算等到结婚再见，以免多生事端，但是现在想想，似乎没必要。最近一段时间，她不再藏着掖着，与傅城大大方方约会，家里那几个肯定听到了风声。不如就先让傅城以男朋友的身份亮相，陈枫即便有微词，也不至于反应太大，毕竟只是男朋友。循序渐进地来，说不定效果更好。

蒋英贤感觉到傅城的胸肌收紧，低沉的嗓音自头顶传来：“会不会太早？”

他还没毕业，哪怕明知毕业也改变不了什么，还是希望能以更好的形象出现在她的家人面前。

蒋英贤问：“你不愿意？”

傅城着急：“不是。”

“那就不早。”

蒋震与许俏去了F国，杜悦不放心，怕蒋震被小妖精勾掉魂，几个月来一直两头跑，一半时间在娘家，一半时间在F国。

偌大的宅子，只有蒋英慎、蒋英齐两个还在。

蒋震不在，每周五晚的家庭聚餐自然而然取消，是以蒋英贤提前打电话给管家，说周末要带个朋友回家。管家了然，接下了联系其他人的任务。

周六傍晚，许久不见的一家人陆陆续续回到大宅，蒋英见的妻子董苒也来了。蒋震退休，又不在国内，董苒没必要装隐形人。看着她容光焕发的模样，蒋英贤想：说不定最高兴蒋震退休的人是董苒。

陈枫对于傅城的出现没有太大反应，略显冷淡地客套几句便请他坐。

蒋英见饶有兴趣的目光在蒋英贤与傅城之间来回穿梭，他与蒋英贤关系尴尬，不便多问，大概事前交代过董苒，董苒热情归热情，问的问题却很有分寸，闭口不提现在，只问傅城在部队的经历。

几人中，唯独蒋英齐一脸震惊，求助似的看看这个，再看看那个，见其他人都很镇定，撇嘴咽下说话的冲动。

蒋英贤猜得不错，除了蒋英齐这个阿斗，其他人对于傅城早有耳闻。

饭后，蒋英见私下找到蒋英贤，说："三妹，英思她一直很想亲口和你道歉，今年春节不如让她回国过节吧。"

蒋英贤说："大哥，派二姐去监督南国工厂的是爸，你还是先去问问爸的意思吧。"

蒋英见脸上浮起一抹尴尬之色。就是因为知道蒋震不会松口，他才跑来问她，本想着她谈了恋爱能好说话一些。

要不是蒋英思三番五次求他出面，他也不愿开口。试问，谁会轻易原谅要自己命的人？

犹豫了半分钟，蒋英见还是没再开口，转头找董苒去了。

对于他的"不情之请"，蒋英贤谈不上厌恶。能求情，就说明还有情，有情的比无情的容易对付。

余光扫见蒋英慎正与傅城说什么，蒋英贤眉心一跳，抬脚要走，又被陈枫叫住："英贤。"

蒋英贤叹了一口气，收回脚步。

陈枫神色肃凝，不无担忧地说："英贤，你这样把人带回家来，是什么意思？你要想清楚，他对你的将来没有半点儿好处。"

蒋英贤凝视着她，过了几秒才说："妈，就像你说的，这是我的将来。"

见陈枫皱眉，她反倒轻巧地笑了："你当年留下我和英齐，自己去了P国，十几年不回来，我什么都没说，因为那是你的自由。在成为我和英齐的母亲之前，你先是陈枫。"

蒋英贤很少提及过去的事，因此陈枫没想到她会这样说，脸上有些挂不住："英贤，你是不是在怪妈——"

"没有。"蒋英贤心平气和地摇头，"我只是觉得每个人都应该为自己的选择负责。"

她越平静，越显出一种近乎无情的冷漠来。

她说："我既然做出了选择，就做好了承担后果的准备。"说罢，她看向陈枫，停顿了一下才走开。

陈枫明白，那一下子的停顿，是她对自己这个母亲情面上的尊重。

有那么一瞬间，陈枫想过用自己手上的股份逼蒋英贤"听话"。她虽远走P国，手中却一直持有少量公司的股份。然而现在蒋英贤已经不是那个需要仰仗她的小姑娘了，若真出手，说不准难堪的是谁。

蒋英贤与陈枫交谈时，傅城也在同蒋英慎聊。

蒋英慎翻出茶包，递给他看："三姐睡眠不好的时候都是喝这个，她说这家的见效快，第二天白天也不会犯困。"

"谢谢。"傅城默默记下名字。在一起久了，他发现蒋英贤睡得很浅。

一抬眼，他对上蒋英慎的瞳孔。

傅城早在晚饭时就注意到他在观察自己。

蒋英慎不慌不忙地收回目光："抱歉。"

傅城："没关系。"

蒋英慎说："我觉得你很像一个人。"

"谁？"

"三姐很久以前的男朋友，不是五官，是感觉。之前第一次见到你的时候，我就觉得你有点儿眼熟。"

傅城平静地问："是吗？什么感觉？"

"很难形容。"蒋英慎边拿茶具边回忆，"其实也不能叫男朋友，三姐心思不在这些事上。不过，他是三姐第一个带回家的朋友。我记得他挺高，不怎么说话，成绩很好，所以才能和三姐分到一个组。

"哦，对，他是特招生，学校为了出奥赛成绩招进来的，学费、生活费全免。他一直住在学校，周末也不回家，挺少见的。"

换句话说，就是贫穷，傅城听懂了。

高、沉默、自抑，还穷，确实和他很像。

"怎么躲在这儿？"蒋英贤突然出现，看着两人问。

英慎神情自若地答道："聊到茶了，给傅城看看你平时喝的那款安眠茶包装，顺便泡点儿别的。"

傅城："是的。"

蒋英贤感觉两人不大对劲，又看了蒋英慎一眼。蒋英慎主动说："还聊了些你高中时候的事。”

“什么事？”

“英慎说你成绩很好。”傅城抢先开口答道。

蒋英贤笑道：“你不是早就知道了吗？”

语气中的亲昵令傅城的心情舒畅了不少。他对自己说：高中，十年前，有什么好在意的？

可越这么想，越在意，不是因为恋爱，而是因为相似，尤其是相似的贫穷。

过往的种种在他脑中回放，每一帧都是毒。那些挑逗、勾引、戏耍，是不是都在那个与他相似的人身上试过？

是不是……因为没有得到他，所以才会在自己身上重蹈覆辙？

傅城一回到公寓就抱住她，酝酿了好久才问：“英贤，你之前是不是交过一个和我很像的男朋友？”

无波无澜却暗藏冷意的语调，让蒋英贤生出了错觉，仿佛面对的是一年前的傅城。

她冷静下来，问：“你指谁？”

“很久以前那个。”

蒋英贤使劲回忆，终于想起一张模糊的脸。

“如果去看过两场电影，又一起回家算交往的话，那就是吧。英慎告诉你的？他说你和他很像？”

傅城声线紧绷：“不像吗？”

蒋英贤的目光越来越冷，推开他的禁锢，与他隔开一些距离，说：“我连他的全名都不记得了，更不记得他和你像不像。

“傅城，我早就想和你聊一聊以前的事，因为你一直不问，所以我也就没说。正好今天说到这里，我们就把话一次性说开。”

“英贤，我不——”

“让我说完。”她打断他的话，吸了一口气，说，“是，我以前应该对他有过好感，不然不会把人带回家去，但是仅此而已。我们没有交往过，连手都没牵过。上大学期间，我交过两个男朋友，第一个因为劈腿被我发现，分手了。第二个没有具体原因。那段时间我事情太多，几周没接他电话，慢慢儿就不联系了。分手是他先提的，就发了短信说‘分手吧’，我回了个‘好’。

“再之后，我回国，遇见沈东扬，和他订婚。就是这样，你有什么想问的吗？”

傅城看着她疏离的眼神，心脏狂跳起来。他慌忙伸手，欲抱她，却被她闪躲开。

“英贤，对不起。”

“傅城，说到底，你还是不相信我。”

“不是，英——”

“你是。什么叫和你很像？长得高算像，还是当过兵算像？你会这么想，是因为你觉得我会随随便便和一个人同居，也会随随便便说出‘我爱你’这种话，然后带他回家。”

她的每一句话都是最锋利的刀，将傅城的五脏六腑扎得稀巴烂。

傅城几乎站不住，哑声叫她：“英贤。”

仿佛哀求。

蒋英贤别开目光，不忍心看。她怕自己心软，让这件事稀里糊涂揭过去。

事因蒋英慎而起，错却不在蒋英慎。这是她和傅城之间的一道坎，必须迈过去才有以后可言。

就像当初她在蒋震面前摆蒋英见那一道。怀疑的种子一旦种下，迟早会生根发芽。

滴答滴答，房间太过安静，衬得挂钟走动的声音异常响亮。

蒋英贤说：“傅城，我们可能都需要时间冷静一下。今天我先回自己的公寓，等你想好了再联系我吧。”

这次，换她给他时间。

手刚触上门把手，就被一股强硬的力量拽住，傅城直接将她整个人提起来，抱离大门。

“英贤，别走。”

蒋英贤冷淡地推开他：“傅城，别这样，有些问题必须说清楚、想明白才能解决。”

傅城的胸膛一起一伏，双臂不可抑制地颤抖起来。

别这样，她对他说别这样，和他预想的一模一样。他变成一个疑神疑鬼又不讲道理的人，而她越来越疲于应付，最后，她累了，疲惫地对他说别这样，然后离开。

“对不起，对不起，英贤，别离开我。”傅城用尽全身力气抱她，呼吸有些急促，语无伦次地说，“你不想待在这里，那我和你一起回去你的公寓，好吗？”

那不就是换个地方同居？那还有什么意义？

蒋英贤挣扎：“傅城，你先放开我。”

傅城彻底僵住，刹那间，他感觉周围的空气仿佛凝固了，肺部抽痛，呼吸也变得异常吃力。

“英贤，我爱你，我爱你……”

“我爱你”说得太沉痛，不似告白，更似殉道的遗言。

傅城将头抵在她的颈窝处，垂死一般。双手依然紧紧箍住她，野蛮得像个强盗。

怜惜如潮水一般漫上心口，冒着酸涩的泡泡，瞬间浇灭她的怒火。

“傅城，我不是要分手，只是……”蒋英贤放松身体，轻柔地抚摸他的手臂，叹气说，“我不知道还能做些什么让你信任我。我以为我们之间有进步了，可是，现在看来，并没有什么实质性的改变。”

对此，她也会感到沮丧。

“我们一起经历了很多，车祸、遇袭、地雷，很危险，也很刺激，甚至连沈东扬的存在也可以算得上是一种危险。这些外部的危险能掩盖很多问题。可是，傅城，现在只有你和我，如果你不能信任我，那么我们的关系只会越来越扭曲。”

傅城痛苦地闭上眼睛，连呼吸都在颤抖：“不是的。英贤，我不是怀疑你。”

顿了片刻，他说：“我是害怕，怕留不住你，之所以问，是因为我想……想听你说爱我。”

这是他最难以启齿的隐秘心思，因为太懦弱了，懦弱到他自己都不喜欢自己，所以不敢说，怕她更厌恶。

蒋英贤愣住了，她从来没往这个方面想过。她总以为他们之间的问题是质疑、戒备，却没想到原来是渴求。

“我爱你，傅城，我是爱你的。如果你想听，我可以每天都说。”

傅城的肌肉紧绷得颤抖起来，呼吸也不平稳。看不见她的脸，他无法确定这是不是安慰，可他又不敢看，怕看出来她只是在安慰他。

“英贤，你爱我什么？”

“爱你忠诚、善良，有责任感，很多很多。”

“这些很简单。”

蒋英贤花了一点儿时间理清思路，然后说：“越简单的东西，越难保持。

“傅城，你知道吗？大部分人的忠诚和善良是盲目的惯性，在不需要面对抉择的时候，保持惯性很容易。我没有上过战场，不知道人为了活命能做出什么事来，但是肯定比生意场上那些为了赚钱而使用的手段，有过之而无不及。”

她一字一板地说：“傅城，你是清醒的，没有人比你更好。”

傅城捏了捏手指，半晌，艰难开口：“英贤，我没有你说的这么好。刚才在车上的时候，我想过：如果有一天你不爱我了，怎么办？”他转过她的身体，与她面对面，“我比你以为的自私得多。英贤，即使你不爱我了，我也不会放你走。”

蒋英贤直视着那双执拗的眼睛，笑了：“爱情本来就是自私的，那就不要放我走，留住我，让我爱你。”

对上她直白而热烈的目光，傅城眼眶泛酸，紧紧拥抱她。

蒋英贤也同样用力地回抱他：“傅城，你要相信我爱你。”顿了顿，她轻声说，“你必须相信，因为这就是事实。”

心跳失去控制，傅城感觉自己仿佛溺毙在一湾温热的暖流中。

他将头埋得更深，说：“好。”

感觉他的情绪好了一些，蒋英贤语调轻松地问：“好了，现在我的事情你都知道了，那你有没有什么要和我说？”

傅城缓缓抬头，略显尴尬地看着她说：“刚毕业的时候，队长给我介绍过一位医生，我和她吃过几次饭，看过电影。”

“为什么没成功？”通过他的叙述方式，蒋英贤已经猜出了两人的结局。

他不习惯谈论这些，尤其是面对她。停顿片刻，他实话实说：“我没办法对她负责。”

谈及过去，傅城回想起队长对自己说的话——小傅啊，男人要主动一点儿，不能事事等着人家女孩子开口，是不是？人家对你还是很有好感的，不然也不会问到我这里来。她父亲就是军人，特别理解咱们的工作性质，她自己还是外科医生，多好的职业，稳定，以后家人看病也方便，这么好的姑娘你可得给我抓住了。

回到宿舍，他主动给对方发信息，邀请她看电影。

她似乎很害羞，一直不怎么看他。

后来，送她回家的路上，她的手背蹭过好几次他的，那时候他才反应过来，自己应该牵她。

他犹豫了一下，牵了上去。

回营地后，他后悔了。他什么都没有，还有小芝要照顾，有什么能力肩负起另一个人的未来？

他不能耽误人家，于是队长又来问时，他就说自己现阶段只想好好报答组织的栽培，照顾好妹妹，除此，没有别的想法。

队长连连叹气。

过往的记忆苏醒，他突然记起牵对方手时的感觉，当时他只有一个想法：原来女孩子的手这么软。

虽然舒服，但是松了就松了。

想到这里，傅城拉住蒋英贤的手，越握越紧，恨不能融为一体。

这一双手，他死也不想松开。

傅城吸了一口气，说："英贤，等我一下。"

蒋英贤坐在沙发上等待，不一会儿，傅城从卧室出来，右手收紧，似乎拿了什么东西。

他径直走到她面前，单膝跪地，双手搭在她的膝盖，说："我知道现在还不到时候，但是，英贤，我一秒钟都等不了了。"

傅城翻转右手，摊开手掌，露出掌心的丝绒小盒，在她的注视下打开，盒子里面躺着一枚钻石戒指。

"你……什么时候买的？"

"你说要交往久一点儿才能和我结婚那天。"

那么早？

蒋英贤有些诧异。

傅城仰头看她，神情肃穆，眼神灼热："英贤，请你让我变成你的合法爱人。"他字字清晰道，"我发誓，我将像忠于信仰一样忠诚于你，献身于你，一生一世热爱你。"

时间一分一秒过去，傅城强压着情绪等待着，呼吸也不由自主地放轻了。

窗外的霓虹光彩打在蒋英贤脸上，照出她的满目柔情，比平时更动人。

“傅城，你是不是忘了什么？”

傅城愣怔住了。

“你没问我愿不愿意。”

傅城的耳尖蓦地泛红，眼睛却更亮了，几乎烫伤她。

“英贤，你愿意嫁给我吗？”

蒋英贤弯起嘴唇，朝他伸出右手：“我愿意。”

傅城眨了眨眼睛，小心翼翼地拿出戒指，往她的无名指上套。

尺寸一定合适，他偷偷量过，可他依然不敢推进太快，怕弄疼她，也怕此刻的幸福是假的，他需要多一点儿时间消化。

推到指根，银色金属圈与纤细的手指严丝合缝，这一刻，傅城终于笑起来。

他低下头，虔诚地吻她的手指：“对不起，英贤，我现在只能买得起这么大的钻石，等我，好吗？我会努力工作，给你买更大、更好的。”

他知道，她不缺钻石。他也知道，或许他倾尽一生也无法买下她已经拥有的。可他还是许下了这样的承诺。

这是她的爱人，比任何人都赤诚。

蒋英贤弯着眼睛冲他笑：“我等你。”

第十四章 隐婚

次日清晨，吃过早饭，蒋英贤一边换衣服一边说：“时间不早了，我们得快一点儿，待会儿该排队了。”

傅城：“去哪里？”

“民政局。”蒋英贤套好毛衣，回身看他。

傅城恍然明白过来，压抑住狂喜，竭力镇定地说：“可是，你说要等我们交往久一点儿，等你在公司再坐稳一点儿。英贤，我昨天求婚不是为了逼你早点儿和我结婚，只要你愿意戴上戒指，我就很高兴了。”

蒋英贤走到他的身边去，仰头说：“所以婚礼可能要过一阵子才能办，我们今天先领证。”

傅城搂住她，认真地问：“你确定？真的没有勉强？我能等。英贤，真的，多久都可以。”

有了她的承诺，等待也不再是煎熬。

对上他深邃的目光，蒋英贤笑了一会儿，说：“我很确定。”

身体倏地失重，蒋英贤来不及反应，视线又开始晃动，竟是傅城在抱着她转圈。

灿烂的阳光细细勾勒出他的轮廓，笑眼中有喜悦，也有羞赧，似是为自己幼稚的举动感到不好意思。

她失笑。

从民政局出来，蒋英贤回公司，傅城去学校，仿佛再平常不过的一天。

戒指也收起来，两人现在算“隐婚”，不方便戴。

摘戒指之前，蒋英贤看着傅城说：“我这两天就去买条细链，做成项链再戴。”

傅城知道她是怕自己多想，喜欢她这份温柔体贴的同时，也感到难为情。昨夜情急，该说的、不该说的都说了，彻底将那些不“光明磊落”的心思暴露在她面前，他还不太习惯这种程度的坦诚。

傅城拉过她的手亲了一下手背，说：“英贤，戴不戴戒指不重要。”

“真的？”

“真的。”

傅城要坐地铁去学校，两人在公司门口分别。蒋英贤忽然凑近，在他耳边叫了一声。等人走远，傅城才反应过来，目光深沉地看着她的背影，脸上没什么表情，耳尖却通红。

她叫他老公。

蒋英贤似乎感受到了他的视线，回身冲他笑了笑，走进电梯间。

一连几天都忙，蒋英贤早出晚归，等她想起来问时，两人已经做了一周的夫妻。

“傅城，既然我们已经是合法夫妻，是不是可以停止分居了？”

傅城的眼神变得热烈起来，拉着她的手说好。他很少有这么情绪外露的时候，笑意浓烈，格外璀璨。

解决了“分居”的问题，还有蒋英慎的问题。

管家说蒋英慎最近一直留宿在学校，没说什么时候回家。蒋英贤想了想，发信息约他第二天在学校见。

蒋英慎迟迟没回消息，直至午夜才终于回话，说自己一直在图书馆，手机静音了，还说第二天满课，只有中午吃饭时间得空。

蒋英贤回复：“好的，那我中午去找你吃饭。”

又过了很久，蒋英慎发来教学楼号。

翌日中午十一点半，蒋英贤准时出现，刚等两分钟，蒋英慎拿着电脑走出来。

他明白她是为何而来，毫不慌张，笑了笑说：“三姐，我猜你是来教训我的。”

蒋英贤问："英慎，你想做什么？"

"我和他开个玩笑，你不喜欢，我以后不开就是了。"

"我不觉得这件事好笑。"

蒋英慎的表情不变，反问："他生气了？"

黑漆漆的瞳孔，看不出是恶意还是善意。

"三姐，首先，我没说谎，他确实和周宇有点儿像，都高，也都挺穷。"面对蒋英贤，他没必要委婉，直接说出"穷"字。

"其次，"蒋英慎泰然看着她，"如果他真的爱你，就应该相信你，不是吗？"

蒋英贤笑了，盯着他问："这么说，你是在帮我考验他？"

蒋英慎没回答这个问题，看了她一会儿，说："看来他通过考验了……三姐，和你在一起，他以后会听到很多比这更难听的话，他迟早要面对这些问题。"

蒋英贤的声音冷下去："英慎，别和我打太极。"

"老蒋，我忘带饭卡了，你去不去食堂？去的话借我——"一个戴眼镜的年轻男孩突然出现，远远地冲蒋英慎喊话。

等蒋英慎回头，侧过半边身子，他才看见蒋英贤，愣了一下，视线在两人脸上扫了一眼，收敛态度说："你……是老蒋的姐姐吧？姐姐好，我叫江宇，是老蒋的同学兼舍友。"

蒋英贤微笑着打招呼："你好。"

蒋英慎忽然问："你怎么知道她是我姐姐？"

"你们长得很像啊，尤其是眼睛。"江宇伸出手指在自己眼前比画。

蒋震霸道，基因也霸道，几任妻子各有风情——庄月琴温婉，陈枫明媚，杜悦娇俏……生出来的孩子却都像蒋震。单看蒋英慎，确实更像影后，可他与蒋英贤站在一起时，那相似的眉眼轮廓，外人一看便知是一家人。

蒋英慎端详了蒋英贤的眼睛几秒，沉默不语。

江宇察觉气氛微妙，借口太饿，迅速脱身。

蒋英慎说："三姐，我也饿了，我们先去吃饭吧。"

两人并排往食堂走，途中又遇见两名蒋英慎的同学，热情地叫蒋英贤"姐姐"，一个提醒蒋英慎别忘了傍晚打球，另一个找蒋英慎借笔记，还说看完了请他吃饭。

对此，蒋英贤深感意外。蒋英慎在她心目中一直是孱弱的、需要人保护的，却没想到他在学校如此如鱼得水。

原来在她不知道的地方，他早就长大了。

蒋英贤的一步裙和高跟鞋在大学食堂中格外显眼，再加上蒋英慎在旁边，很快吸引了不少目光。

看的人越多，蒋英慎越沉默，因为他们见到她的第一句话都是："英慎，你姐啊？"

"三姐，导师推荐我去斯坦福读master（硕士）。"蒋英慎说，"我答应了。"

空气安静了十几秒钟，蒋英贤问："时间来得及吗？"

"嗯。之前陪同学一起考过GRE（M国研究生入学考试），分数还行，直接用就可以，其他材料也都准备得差不多了。"

准备归准备，他一直没下定决心，所以才没说。现在看来，潜意识大概早就猜到会有今天，所以才会提前准备。

又是一阵沉默。

蒋英慎说："如果在那边顺利的话，我应该会继续读博。"

蒋英贤颔首："你的成绩一直很好，没问题的，有什么需要和我说。"

"三姐，我有可能留在那边，不回来了。"蒋英慎看着她，眨眨眼睛，笑道，"也有可能回来和你抢公司。"

蒋英贤微怔，弯唇抿嘴笑，目光温柔有力："很好，我等你来抢。记得别手软，我可不会因为你是我弟弟就放水。"

蒋英慎嘴唇动了动，终是什么都没说。

其实见到傅城的那一刻，他就明白了，之所以说那句话，完全是出于不甘。

兜兜转转，竟然还是这个人，越发衬托出他的卑鄙和徒劳。

他可以再做点儿别的，只是，有必要吗？

考虑到傅城入伍后不能随便出国，趁他放暑假，蒋英贤带他一起去探望蒋震。

蒋震精神不错，见到她就招手笑："老三，过来看看我新种的日本枫，Geisha（歌姬）和Ukigumo（浮云）很像，但是比它更粉。你来得不是时候，现在颜色深了，上周还是粉叶子。"

“这一棵得有几十年树龄了吧？”蒋英贤接替许俏，推着蒋震在花园散步。

“不错，你会看。就这棵，足足叫我等了两个多月。在它之前的四棵都死了，那个F国园艺师还想劝我放弃，说不可能成功。怎么不可能？这不就成功了？”蒋震不无骄傲地说，能让他等上两个多月的东西可不多。

蒋英贤笑着应了一声。

蒋震莳花弄草与找女人一样，征服欲高于一切，真爱花的人，死两棵就该放弃了。

蒋震兴致勃勃地向她展示自己的战利品，他不爱等，全部移栽老树，后花园相当于翻新了一遍。

精神虽好，穿着也考究，蒋震看上去却老了许多，由气质到肉体的全方位衰败。从服老的那一刻起，他便不再是过去的蒋震。现在的他恐怕很难再吸引到年轻女孩，无论有多少钱。

看过一圈，蒋英贤推蒋震回去修剪盆栽，这是他唯一亲力亲为的园艺。

蒋震问：“英见最近在做什么？”

蒋英贤说：“大哥最近在千湖岛，那边的度假村项目启动了。”

“他有没有在董事会上难为你？”

蒋英贤微笑着说道：“没有，爸，大哥不是那种人。”坦白说，她对蒋英见仍有防备，只是就目前来看，蒋英见似乎没有太大的野心。

蒋震冷讽道：“连自己老婆都管不住的人，也翻不出什么大浪。”说着，咔嚓一下，手起刀落，剪掉废枝。

蒋英贤默不作声，猜测蒋震八成看到了八卦。

董苒之前为蒋震所不喜，活得像个隐形人，现在蒋震不在国内，她终于可以高调复出，频繁现身各类社交活动。每每露面，衣服、珠宝都要能引起一番讨论才好。蒋英见也几次被人拍到与董苒手拉手逛街，看来对妻子的高调并无不满。

蒋震讥了一句便沉默，过了半晌，突然说：“他和老二都像月琴，重感情。”

放下剪刀，蒋震看着远方出神，不知在想什么。长久的沉寂过后，他慨然叹出一口气，说：“是我对不起她。”

蒋英贤静静地听着。上辈人的恩怨，她无从插话。

不知庄月琴听见这句迟来三十年的道歉会是何感想，会感动吗？还是释然？又或者更怨？

蒋英贤对庄月琴了解不多，只知道她是独女，当年对一穷二白的蒋震一见钟情，非他不嫁。婚后，对蒋震的风流韵事不听、不看，也不说，甚至不准儿女提，想来是爱惨了蒋震。

只是，既然爱，又怎么可能不在乎？庄月琴自小养尊处优，却在三十六岁病逝，很难说不是因为蒋震。

陈枫提起这些往事时，表情往往很复杂，有轻视、鄙夷，也有一丝切齿。

至于切齿什么，陈枫不会说，那是她一个人的秘密。但是蒋英贤知道，若陈枫得知蒋震亲口说自己对不起庄月琴，一定更切齿。

“老三，老二做的事不可原谅，但她是糊涂、是蠢，不是坏得没救，你就让她在南国待着吧。”

“好。”

蒋震点点头，又说：“话不可说死，事不可做绝。”

“爸，我知道。”

蒋英思不足为惧，贸然动她，极可能引起蒋英见反弹。正如蒋震所说，蒋英见重感情，亲妹妹出事，他一定有反应。也许最后还是她赢，但是家族内斗，鲜少有真正的赢家，只看谁输得少些罢了。只要蒋英思老老实实待在南国，她就不会动她。

蒋英贤曾经怀疑过，蒋震把蒋英思外派到南国，是不是有防着自己的意思，怕她以牙还牙，对蒋英思下杀手。

今天这番对话，让她有了确切的答案：是的。若她当时对蒋英思出手，只怕没这么容易接手公司。

蒋震点点头，回头扫了里屋一眼，轻描淡写道：“前两天张海丰给我打电话，邀请我参加他小女儿的婚礼，你代我去一趟吧。”

“好的。”

“听说新女婿和沈家很熟，到时候沈东扬可能也在。”

“我之前和沈东扬打过几次照面，没什么。”蒋英贤想了想，说，“海丰的海外业务前阵子全部出售了，可能是着急卖，价格不太好。爸，塞翁失马，也许是福呢？”

她不信蒋震会无缘无故提别人家的女婿。

蒋震抬眼看她，不说话，蒋英贤也不吭声，任他看。最后，蒋震先笑了，摇头道："你啊。"

蒋英贤也笑。

背靠大树确实好乘凉，但是也要紧跟大树的生长方向。前几年鼓励民营企业投资海外，海丰首当其冲地走出去，收购了不少国外企业，还建了海外生产线；这两年风向变了，海丰又要首当其冲地抛售海外资产，折腾一圈，不赚反赔。

蒋震自始至终没问傅城是谁，只在晚饭前问他有没有什么忌口，吃不吃蜗牛，傅城说吃，他便让许俏吩咐厨师晚上做焗蜗牛。

蒋英贤的身份不一样了，蒋震对她的态度自然有所改变。

过去，她是女儿，婚姻必须对公司有益；现在，她是董事长，能联姻更好，不联也不再让他难以接受。尤其经过沈家一事，他也有些心灰意冷。

晚餐过后，蒋震又问傅城会不会下棋，傅城说会，许俏便摆起棋局。

傅城话少，一心落子，几步之后，蒋震也开始认真起来，蹙眉戴上老花镜。

蒋英贤与许俏悄然离开，留两人专心对弈。

许俏的穿着打扮更胜从前，态度倒是和以前一样，主动为蒋英贤送上水。

蒋英贤道过谢后说："你费心了，爸看上去很高兴。"

当初安排她带蒋震来F国时，蒋英贤当然想过许俏会不会为了早点儿脱身谋害蒋震。如今见到蒋震，她暗暗吃了一惊，没想到许俏如此尽心尽力。

许俏说："都是我应该做的，我一直记得自己是老董事长的陪护。"

见过太多心比天高的人，碰上一个许俏这样的，蒋英贤竟有点儿不知道说什么好。

晚风温柔，花香若有似无，就着一点儿月光，许俏主动说："三小姐，我真心感激老董事长。"

她知道其他人是如何看待自己的，她也不否认自己目的不纯，可是，她对蒋震有真情，虽然不是爱情。

蒋英贤缓声问："不会不甘心？"

她还这么年轻，蒋震已经老了，连哄女人的本事也再懒得拿出一二。他满足不了许俏对爱情的向往，更满足不了她的欲望。

许俏摇头："三小姐，在老董事长之前，我也做过别人的陪护。人身体不舒服，心情很难好。"沉吟片刻，她轻声说，"能遇见老董事长这样通情达理的人，我已经很幸运了。至于别的，我以前想都不敢想。三小姐，我唯一能拿出手的东西就是年轻，可是年轻人人都有……"

顿了顿，许俏如梦初醒，尴尬地说："对不起，我不该和您说这些。"

蒋英贤笑一下，说："求仁得仁。许俏，只要你信守承诺，我也会说到做到。"

两人所处的立场注定了她们无法深谈，如果换个身份，蒋英贤也许会欣赏许俏。可这世上没有如果，两人的唯一交集便是蒋震。

许俏小声应："三小姐，我会的。"

里屋，下棋的两人迟迟没能分出胜负，蒋震已露疲态，却死活不肯停手。

蒋英贤劝："爸，棋局给您留着，明天再下。"

蒋震这才点头，由蒋英贤推着进房间。趁许俏离开拿药，蒋震开口："他叫傅城，是吧？招招要将我的军，没轻没重。"话虽这样说，脸上却是笑着的，"老三，果然你最像我。"选的人也都差不多。

蒋震以过来人的姿态提醒她："谈恋爱就算了，结婚是另外一回事。老三，你要考虑清楚。"

蒋英贤没应声，表情依旧温和，见许俏回来，低声道："爸，您早点儿休息。"说完，她起身离开，轻手轻脚带上房门。

蒋震指着门，对许俏说："看看，当我看不出来？跟我叫板呢。"

许俏坐到他身边，笑眯眯地送上药片和水。

房间外，傅城正在等蒋英贤。

"我是不是不应该太认真？"他问。

蒋英贤目光狡黠："就该这么认真。"

翌日清晨，早餐过后，蒋震惦记棋局，招呼傅城继续下，临近午饭才分出胜负，蒋震险胜。

蒋震朗笑出声，心情好，胃口也好。席间，他主动问傅城现在在做什么，是不是还当保镖，得知他在读研，点了点头，说多读书没错。

看得出来，蒋震对傅城的印象不错，但对他与蒋英贤的关系，仍是不置可否。

蒋英贤不能久留，第三日便返航京州。

她本打算等傅城寒假再带他来探望蒋震，慢慢儿接触，然而蒋震没有给她这个机会。

十一月，蒋英贤正在开会，柯蕊敲门打断，附在她耳边低语："老板，F国那边的电话。"

蒋英贤隐约意识到什么，直接叫停会议，返回自己的办公室接电话。

电话那头，许俏说："三小姐，老董事长去世了。"

蒋英贤抿唇，沉默了十来秒才问："什么时候？"

"昨天晚上。"

"好，我知道了。你等我消息，让医生保管好爸的……遗体。"

蒋英贤打电话回老宅，让管家通知其他人，包括远在南国的蒋英思。

当晚，除蒋英思、郑清远之外的所有人齐聚老宅，商讨相关事宜。自蒋震第二次进急救室起，众人心中都已做好了迎接这一天的准备。

蒋英贤提议直接在F国办葬礼，没承想一向温和的蒋英见强烈反对，要求必须将蒋震的遗体接回国，在老宅先办小型葬礼，再举行公开告别仪式，而且要与庄月琴葬在一起。

蒋英贤同意了。

蒋英见似乎没想到她会这么轻易答应，愣怔了一下，缓缓坐回沙发。

杜悦惦记着蒋震分了什么给许俏，唯恐她分掉自己的那杯羹，全程忧心忡忡。对于蒋英见的提议，她不满归不满，却也没发表意见。

分别前，蒋英见目光复杂地看着蒋英贤，低声说："谢谢。"

"大哥，先别谢，我也有我的要求。"

"什么要求？"

"二姐参加完葬礼就要回南国。还有，请你负责在葬礼上致答谢词。"

蒋英见没有犹豫，干脆地应道："好。"

蒋英贤说："大哥，谢谢，公司现在禁不起任何折腾。"

蒋英见摆手："我不是为了公司。和爸合葬，是妈的心愿。你放心，英思也知道这件事，为了妈，她不会闹的。"

蒋英贤将合葬的事告知陈枫，然后又将自己与蒋英见的"交易"告诉她。

陈枫沉默了很久，终是什么都没说。

从筹备葬礼到对外公布日期，历经一个多月，蒋震的遗体也从F国运回老宅，再运去公祭灵堂。既然要大办，那么这场葬礼就不再是单纯的葬礼，更是一次公关活动。葬礼上，蒋英贤负责宣读唁电名单，蒋英见则在仪式的最后代表家属致答谢词，谁是接班人，一目了然，再无悬念。

次年一月，蒋英贤终于找到时间与杜悦坐下来谈。

蒋震分给杜悦的大都是不动产与基金、债券，只留了百分之五的公司股份给蒋英独。

蒋英贤提议以高于市场的价格收购百分之三，并为蒋英独成立信托基金。杜悦仿佛怕蒋英贤吃了她，说要考虑一下，匆匆离开。

她犹豫了很久，也与律师商议了许久，最终打电话给蒋英贤拒绝了，连面都不再露。

蒋英贤笑了笑，平静地答应了。

挂断电话，她靠上椅背，静静地看了一会儿天花板，脚下一蹬，连椅子带人转了一圈，而后起身回家，直奔傅城的怀抱。

“怎么了？”傅城察觉到她的异样，搂住她问。触到突兀的肩胛骨，他心疼不已。她最近瘦了很多。

蒋英贤感慨：“傅城，我四十岁之前是别想退休了。”蒋英独百分之五的股份说多不多，说少不少，刚好够进董事会。蒋震都算好了。

“累了？”

蒋英贤没说累不累，而是笑着说：“与人斗，其乐无穷。”

傅城轻轻地吻她的头发，收紧怀抱。

他不会劝她放弃，因为这就是她，他爱的那个人。

蒋英贤本打算在傅城读研期间把婚礼办了，不想蒋震突然离世，计划只得推迟。

傅城的研究生导师卢学林知道他的心愿，特地在博士招考前约谈他，讲明利弊，希望他能继续读博，将来留校任教。他有丰富的前线经验，如果再有博士学历，前途不可限量，而且博士毕业即授予少校军衔，也更适合他的处境。

傅城犹豫了。

卢学林猜到他在想什么，语重心长地说：“小傅，不是只有在前线作战才算报效国家，成为一个优秀的教员，为队伍输送更多优秀的军官，也是一种贡献。咱们学校的老师大都重理论、轻实战，你实战经历丰富，能教给学生更多。尤其是对指挥类学生来说，经验有时候比理论更重要。”

傅城点头：“老师，您说得对。”

留住一个得意门生，卢学林深感满意。心情放松下来，讲话也随意了，他笑道：“而且学校的管理相对军区来说还是要更松散一些，你的家属不大可能随军，如果你毕业去了基层部队，你们一个月可就只能见一次面了，不利于小家稳定啊。老师是过来人，再深厚的感情也禁不住不见面。”

傅城抿唇，硬朗的脸上闪过一抹窘色。

六月，傅城如期毕业。因他经历特殊，且有导师推荐，他以特招身份入伍，先进连队接受三个月的入伍教育与新兵训练，考核合格后，授予上尉军衔，再以军官身份回校深造。

训练期间不得随意外出，因此蒋英贤有三个月没见到傅城。

十月中旬，训练结束，蒋英贤开车来接傅城。她知道自己的车子打眼，不用傅城说，主动提出在距离军区几站远的公交站旁等他。

远远地，蒋英贤看见一个穿迷彩长裤的男人从公交车上走下来，因为高，身姿又不同于常人的挺拔，格外显眼。

他的头发比两人初见时还短，衬得眉眼越发突出。他晒黑了，裸露的手臂肌肉隆起，线条似乎比三个月前又利落不少。

蒋英贤并不着急出声叫他，自顾自地欣赏着。不仅她在看，几乎每个从傅城身边经过的人都会多看他两眼。

这样的傅城令她感到些许陌生。

他正在找她，阳光刺眼，他的双目微微眯起，带着生人勿近式的警戒。在看见她那一瞬，目光顷刻软化，薄唇不自觉上扬，大步向她走来。

蒋英贤冲他扬手，笑眼温柔，看上去再端庄不过。

“等很久了吗？”傅城上车便问。

蒋英贤摇头：“刚到。”

京州的“秋老虎”凶得很，十月正是最热的时候。他身上出汗，香皂味与淡淡的汗味闯入她的鼻腔。

她发动车子问："外面很热吗？出这么多汗。"

傅城低头，扯起自己的领口闻了闻，问她："味道很大？"

"没有。"蒋英贤调整了一下空调出风口，说，"别对着吹，小心感冒。"

傅城拉过她的右手放在自己的大腿上，紧紧攥着。

"开车呢。"蒋英贤瞥他。

傅城应了一声，没松手。抓了一会儿，改成夹她的手指，拇指轻轻摩挲。

他手上的茧也厚了些，有种原始的力量感，非常……性感。

回到公寓，傅城先压住她亲了一会儿，然后就说要洗澡，从她身上离开。

蒋英贤似笑非笑道："其实不洗也行，如果你着急……"

傅城抿唇看她，犹豫了三四秒，还是去洗澡了。

他不想让自己看上去太禽兽。

蒋英贤暗自叹气，心想：回归军队是不是把他那些莫名其妙的道德感也给重塑了？

他就不能想想，也许她也一样"着急"呢？但是她不打算告诉他。还有什么比克制的傅城更让人玩心大起吗？没有。

傅城洗完澡出来，听见蒋英贤一本正经地问他吃什么，愣了一下。他的眼神炙热得要把她生吞活剥，偏还装模作样地选餐厅。

两人出门吃饭，又去看了场电影。

蒋英贤选了情侣厅，坐在角落，一只手慢悠悠摸上傅城的手臂，感受到他的肌肉越绷越紧。她只负责点火，不负责灭火，施施然收回手，目不转睛地盯着大屏幕，貌似看得比谁都投入。

只是，屏幕上男女主角正经历生离死别，她的嘴角却在上翘。

这般恶劣，一如两人初见时。

他那时候恨得牙根痒痒，现在……

蒋英贤注意到他的目光，侧头与他对视，笑意越来越浓，用口型问他："还看吗？"

傅城眼眸深沉，用起身作为回答。

回归学校不久，卢学林请傅城做助教，代他上一些本科生的理论课与战备战术基础。

近年军大改革，新聘教员多是文职，虽说享受同等待遇，但军籍是条线，是就是，不是就不是。

傅城是校内最年轻的现役博士生，卢学林之所以看好他，也有这方面原因——军大毕竟是军校，在役优势更大。再者，来上军大的大都有颗报国心，像傅城这样有实打实作战经验的更能镇住学生。

周五下午，蒋英贤提前结束会议，看时间还早，便开车去接傅城。

到门口了，却发现打不通他的电话。

军大不准随意进出，蒋英贤的穿着打扮又特别，一看就不是学校的人。

重拨三次，还是无人接听。

门卫多问了一句："你找谁？"

蒋英贤："傅城。"

见对方摇头，她补充："他是信息通信学院卢学林教授的博士生。"

"卢老师？我知道。我可以帮你打电话去办公室问问，不过卢老师不一定在。你叫什么名字？"

说来也巧，卢学林刚好从校外回来，听见自己的名字，停下脚步看蒋英贤，确认自己不认识她，于是问道："你好，我就是卢学林。请问找我有什么事？"

蒋英贤本打算拒绝门卫，不料碰上卢学林本人，只得说："卢教授，您好，我是傅城的家属。"

卢学林想了一下才反应过来她是傅城的爱人，打量着她道："原来是你，来找小傅？"

漂亮的军嫂不少，但是像她这么气质独特的，他是第一次见。

没看出来，小傅原来喜欢这样的。亏他在看见傅城的个人资料之前，还想把学校的军医介绍给他。这两人哪里有一点儿相似之处？

"是，但是没打通他的电话。"蒋英贤回以礼貌的微笑。

"我带你进去找他。"

"不用了，卢教授，谢谢，我也没什么事。"

"没关系，既然来了，就进来参观参观。"卢学林抬手看表，想起什么，“嗯”一声后说，“难怪联系不上，今天有个全军院校军事基础教育骨干集训，傅城被叫去做演示。走，过去看看，应该还没结束。”

“谢谢卢教授。”

踏进校门，蒋英贤看见高悬着的“从这里走向战场”横幅，顿时有种错位感。

一门之隔，外面是花花世界，里面就是训练场。

路上的学生大多穿军装，女生很少，像蒋英贤这样穿着高跟鞋、一步裙的更少，是以一路走来吸引了不少目光。

卢学林问：“小蒋，是吧？”

“是，卢教授。”

“听说你工作很忙？”

部队有自己的网络系统，卢学林也不会闲着没事上网搜索学生家属的名字，因此并不知道她是谁，只在与傅城闲聊时，听他提及一二。

蒋英贤大方承认：“是有点儿忙。”

“能适应军嫂的生活吗？”

“有心的话，没有什么不能适应的。”

卢学林看了看她，道：“确实如此。”

两人来到训练场，场外有些学生围观，蒋英贤随卢学林进入场内，停驻在稍远一点儿的位置旁观。

场上有红、蓝两支小队，似乎正在进行对战。

卢学林看了一会儿，说：“看样子是进行到模拟对抗环节了。小蒋，别小看这次演示，能被挑选出来演示的都是精英中的精英。”他定睛看了看场下的人，说，“我知道小傅是队长，但不知道是红队的还是蓝队的。”

距离有点儿远，所有人都戴着头盔，不怪卢学林看不清脸。

蒋英贤：“是红队。”

“你能看清？到底是年轻人。”

其实她也看不清，但她能认出傅城的身形和动作。

卢学林问：“你说哪队能赢？”

蒋英贤道：“红队。”

卢学林打趣道：“对小傅这么有信心？”

蒋英贤笑了笑，没否认。

卢学林也没想到，自己这个年纪了还能被学生不声不响地秀恩爱。

短暂接触下来，卢学林对蒋英贤的印象便有所改观。他还有别的事，稍微看了一会儿便先离开。

蒋英贤知道自己与军大的环境格格不入，便寻了个不引人注意的角落，继续观战。

训练场上的傅城与面对她时很不一样，敏捷、机警，甚至有点儿残酷，干脆利落地连续“干掉”三名蓝队成员，不见半点儿手软，像只猎豹。

最后如她所料，红队大胜。

场内掌声阵阵，表彰过后，傅城解下头盔，与队友一起向场边走来。

他脸上沾着点儿灰，好身材也被剪裁普通的迷彩服浪费了，可他比穿着定制西装，身处酒会时更意气风发，更迷人。

蒋英贤目光温柔，忍不住想：傅城果然是属于这里的。

一名女兵笑盈盈地上前，怀里抱着几瓶矿泉水，先递给傅城一瓶。

傅城顿了一下，道了声谢后接过，脸上没什么表情，看不出心情如何。

蒋英贤顿住上前的脚步，驻在原地打量。

她听见一名队员说：“咱们晚上去小香园庆祝庆祝？刘医生也一起。”

傅城却说：“好不容易周末，刘医生应该有自己的安排。”

女兵看了傅城一眼，收回目光，对最先提议的那人说：“正好我今天晚上也约了小许去小香园，那就一起吧。”

“好啊，好啊，太好了！咱们学校两大美女都来了。”

另一人道：“你听听你自己说的话，活像个老流氓。”

“去你的。”

被称为刘医生的女兵面露羞色，又去看傅城，笑眼越发温婉：“傅老师，今天晚上你可不能再缺席了。”

傅城道：“刘医生，我只是帮卢老师代课，不是——”

余光瞥见一抹白，他一下子收声。

被逮个正着，蒋英贤抿出笑意，冲他摆了摆手，用口型说“嗨”。

刘冉顺着傅城的视线回头看去，见是个穿便装的漂亮女人，眼中透出疑色。

“英贤？”傅城惊喜地叫道，迎上去问，“你怎么来了？”

蒋英贤笑容不变，轻飘飘地说："我不能来？"

傅城怔了一下，若有所思地看着她的脸。

另外几人也注意到蒋英贤这个外人，好奇地打量她。

或许女人的直觉确实更敏感，刘冉看她的眼神明显比其他人更复杂，也更戒备。

刘冉扬起笑容，率先问："傅老师，这位是……"

傅城道："我爱人。"

刘冉的脸白了一下，看看蒋英贤，又看看傅城空荡荡的无名指，眼中满是藏不住的惊疑。

她以为最多是女朋友。

"你……结婚了？"

"是。"

其他人跟着睁大了眼睛："不是，队长，你……你什么时候结的婚？"

"读研的时候。"

几人更惊讶了。

蒋英贤像是丝毫没有意识到自己的到来掀起了一场什么风波，施施然伸出手，微笑着打招呼："你们好。"

握完手，她立刻回到傅城身侧，挨得极近，胳膊贴上胳膊。

她仰头看着傅城："带我参观一下？"

"好。"傅城答应道，然后对队友说，"你们先去，我晚点儿到。"

一人提议道："要不，嫂子也一起来？"

其他人后知后觉地附和，客气得不大自然。

蒋英贤主动说："不了，我在你们说话不方便。"

心思被看穿，那人不好意思，慌忙解释："不，不，不，没有什么不方便的。"

蒋英贤莞尔，依然婉拒道："下次吧。"

傅城低头看她："我带你转转。"

蒋英贤点头道："好。"

等两人走远，那人咋舌道："我去！难怪傅队长成天跟个和尚似的不近女色，我当他真的无欲无求，原来家里有这么漂亮的老婆。"

"可不，要是我有这么个女朋友，我也无欲无求了。"

"你长得不怎么样，想得倒挺美。"

“刘医生，还有水吗？”

“刘医生？”

“哦，有，在那边。”刘冉回过神来，走出几步，又忍不住回头，盯着两人紧挨的背影，抿起嘴唇。

傅城与蒋英贤肩并肩走出训练场。因为是在学校，他又穿着作战服，举止太亲密会引人注目，就没拉她的手。

蒋英贤明白他的顾忌。别说牵手，她站在这里什么都不做就已是另类了。

不像刘冉，一看就是他的同类。

傅城问：“英贤，你怎么进来的？”

“打你的电话没打通，都打算走了，正好碰见卢老师从外面回来，他带我进来的。”

“演示不能带私人物品，我把手机留在办公室了。”他的眼底透出暖意，放低声音问，“怎么突然过来了？”

想他了吗？

蒋英贤答非所问：“我来得不是时候吗？”

她脸上有笑，乌瞳黑得吸光。

傅城专注地看着她。两人在一起后，她就不怎么用这种打太极的方式说话了。

蒋英贤佯装没注意到他定在自己身上的目光，转头看向远处，问：“那是打靶场？”

“是。”傅城顺着她的话说，接着向她介绍周围的建筑，“后面那个有人进出的是第三食堂，再后面那栋楼就是我们学院——”

蒋英贤穿着高跟鞋，鞋子好看大于实用，走了一会儿，就觉得脚累。傅城注意到她步伐变慢，说：“要不要去我的房间看看？”

“好。”

蒋英贤以为他说的是宿舍，结果傅城带她去了信息通信学院三楼的一处办公室。

蒋英贤扬眉：“你有自己的办公室了？”

傅城说：“临时的。没有办公室的话，学生拿材料、交作业的时候不知道去哪里找我。卢老师向学校申请，把这里批给我用。他的办公室就在隔壁。”

他是助教，除了上课，也负责一些课外工作，得让学生能找到人。

办公室不大，桌椅临窗，桌上除了电脑，还有两本书，钢笔也摆放整齐，一如傅城在家时一样。

傅城从抽屉里掏出手机，看见她的未接来电，正要说话，有人敲门而入，是个穿军装的短发女孩。

“傅老师，这是卢老师上星期布置的小论文作业。”于静和见到蒋英贤，顿住了。

蒋英贤从她脸上看出了疑惑与惊讶，抿唇微微一笑，起身朝门外走。

她一直知道自己与傅城分属不同的世界，知道归知道，这日来到傅城的地盘，才算切身体会到有多不同。

傅城叫她：“英贤？”

蒋英贤道：“我去下洗手间。”

“我带你去。”

“不用，告诉我怎么走就行。”

傅城听出她的语气很淡，碍于有人在场，不好说什么，只能问：“你确定？”

蒋英贤笑了：“确定。”

不确定会怎样？真是诲人不倦的好老师。

傅城开口：“出门左转，走到头，右手边就是。”

蒋英贤正经道：“谢谢，傅老师。”

走出房间，蒋英贤习惯性地带上门。

屋内只剩两人，于静和问：“傅老师，我应该放在哪里？”

“给我吧。”傅城接过去，然后走到门口，推开门。

于静和反应过来，刚才傅老师和那人在一起时，办公室的门是关着的。

傅老师每次见女学员，办公室的门都是敞开的。她第一次来送作业时，不知道傅老师的习惯，进屋后还特意关好门，那时傅老师也没说什么，自己起身打开门。后来，听宿舍其他女生说傅老师在这方面特别注意，是真正的君子，她才弄明白是怎么回事。

不仅学生，于静和有次来拿材料，看见傅老师和刘医生在一起，门也是开着的。

所以说……刚才的女人是傅老师的女朋友？

不会吧？她看上去一点儿也不像队伍里的人。

她想问，又不敢太放肆。

傅老师上课还好，带队训练的时候特别严，导致大家对他是又敬又怕。而且，女生们私底下也会谈论傅老师。据说，要不是他中间离开队伍几年，早就是少校了，还不是文职少校，他有实打实的功绩，个人一等功。

还有人说，在离开队伍的那段时间里，傅老师做过保镖。于静和认为这段肯定是瞎传的。

她问："老师，我什么时候过来拿？"

"不用了，我下周上课的时候直接带去教室。"

"谢谢老师。"

对话结束，于静和没走，傅城问："还有事吗？"

女孩绽出笑容，眼中流露着这个年纪特有的清澈、灿烂的光彩："傅老师，我们几个同学刚才都去看您演示了，特别帅！"

傅城道："谢谢。"

于静和嘿嘿笑道："老师，那我先去吃饭啦。"

"去吧。"

于静和刚走，蒋英贤便返回来，靠在门边看他，嘴唇弯出一点儿弧度。

傅城看着她意味不明的眼神，捉摸不透她现在的情绪。他走过去，关上门，包住她的手问："怎么了？"

她漆黑如墨的瞳孔盯着他的脸庞，轻声问道："傅老师，为什么把门关上了？"

刚才她叫他傅老师的时候，他就觉出异样，现在更加确定了。他眼里浮出些亮光。

蒋英贤的声音越发轻柔："傅老师，你要给我上小课吗？"

她搂住傅城的脖子，掀起睫毛看他。

傅城扣住她的腰，垂眸吻上去，鼻息热得烫人。

碾磨片刻，刚要深入，又响起了敲门声。

"傅老师。"是刘冉的声音，"你在吗？"

蒋英贤掀开眼帘，结束这个吻。两人距离太近，她能看见傅城瞳孔中的自己。

傅城则在琢磨她的表情。

门外，刘冉又敲了两下："傅老师？"

依旧没有回应。刘冉纳闷了，难道是忘记关灯了？

在训练场分别后，她回宿舍换衣服，顺便叫许佳里晚上一起去小香园。许佳里是信息通信学院的辅导员，不在宿舍，八成就在办公室。刘冉换好衣服来找她，远远看见傅城办公室的灯亮着。她想在出发之前嘱咐许佳里两句，别在桌上说漏嘴。昨天，是许佳里提议去小香园吃饭，她说想换换口味，这天听见傅城他们要去，灵机一动，改了口。刘冉从小优秀，一直是被追的那个，耍这种小心思已是极限。谎话出口时，紧张得脑袋嗡嗡响。

结果……他竟然结婚了。

许佳里果然调侃她，刘冉红着脸任她笑。两人是好友，她不担心许佳里会不答应。

搞定许佳里，刘冉出来上厕所，想起傅城办公室的灯光，鬼使神差地跑来敲门。

又等了一会儿，刘冉神情黯然地离开，心里有一丝丝说不上来的感觉。

听着脚步声远去，蒋英贤一抿唇，压下傅城的头。傅城扣住她的腰，将人往怀里按，希望她的情绪能持续久一点儿。

他第一次见她这样，舍不得太快结束。

最后，她牵起他的手，对着无名指咬了一口。

小瞧他了，还挺能招蜂引蝶。

傅城原本锋利的眉眼早就融化了，眼神温柔得要溺死人。

看见他的眼神，蒋英贤克制住表情，往后躲。

傅城的手臂收得更紧了，将她拉回来，锋芒透过柔情刺出来。

蒋英贤挑眉调笑道："傅老师，你该走了。"

她的情绪收回去了。

傅城还不想放手，于是啄她一下，问："不高兴？"

蒋英贤睃他一眼，没有回答。

傅城的下巴抵在她的发顶，嗅着她好闻的香气，轻轻闭上眼睛，说："英贤，我很高兴。"

语气格外认真，仿佛做报告。

蒋英贤故意曲解他的意思：“原来你的高兴是建立在我不高兴的基础上的。”

听她胡搅蛮缠，傅城隐隐想笑。他不解释，只叹道：“英贤，我最大的愿望就是让你开心、幸福。”

蒋英贤呼吸发沉，微微挣扎，越挣，傅城的手臂收得越紧。

她的声音又恼又娇：“知道了，放开我。”

傅城一本正经道：“不放。”

蒋英贤鼻子一哼，心想：谁说正经人不会调情来着？

她推他的胸膛，说：“你该去聚餐了。”

“不去了。”

“为什么不去？那是你们的庆功宴，你作为队长不能缺席。”

傅城想了片刻，说：“那我们一起去。”

蒋英贤摇头：“有个陌生人在场，大家没法放松说话。再说，我和他们没什么共同话题可聊。现在是下班时间，我也不想应酬了。”

她抬头看着他，神色坦然：“傅城，你有你的生活，我也有我的。我们结婚，不代表一定要谁为了谁放弃自己原本的轨道，硬去融入对方那条。能融入当然好，融不进去就不融。”

傅城抿唇，再次抱紧她。

小香园的聚会都快结束了，傅城才终于出现。几人嚷嚷着傅城不厚道，这么晚才来算怎么回事，必须自罚三杯。

傅城也不解释，爽快喝酒，正在兴头上的男人们大叫着起哄，不悦一扫而光。

刘冉的目光在傅城的薄唇上停留了一会儿，莫名想到办公室里亮着的灯，心不在焉起来。

聚餐结束，回到宿舍，刘冉状似无意地开口：“老许，问你个事。”

许佳里私底下叫她老刘，她也喊许佳里老许，朋友间的昵称。

“什么事？”

“你说，一个男的结婚了却不戴婚戒，是为什么？”

桌上没人提蒋英贤，刘冉不想说，因此许佳里还不知道傅城的事，嗤道：“嘁，这还用问？肯定是那男的贼心不死，想在外面骗小姑娘，拈花惹草呗。”

是吗？

不是，他不是那样的人。刘冉斩钉截铁地在心里否认。

“这样啊。”她轻声附和，歇息半分钟，又问，“也不能一棒子打死吧？会不会有别的原因？”

许佳里神经大条，只当是普通的情感卧谈，想了想，说：“非要说的话，也有可能夫妻感情不和？已经准备离婚了？反正就是这类的原因。哦，也有可能因为不方便，像有些工作就不准戴首饰什么的。”

刘冉根本没听进去许佳里的后半句话，心思全被“感情不和”占据。

等她意识到自己在想什么时，心里猛地一咯噔，眼皮也跟着跳了起来。

刘冉决心与傅城保持距离，可夜深人静时，还是会忍不住想：如果他离婚了，如果他不喜欢自己的妻子……做军嫂辛苦，那人一看就不是吃苦耐劳的女人，说不定他们的婚姻是一时冲动呢？说不定婚后才发现两人并不合适呢？

婚姻与激情不同，合适很重要。

每当快要陷进去时，道德感就跳出来，狠骂自己不要脸。

如此撕扯反复，刘冉很不好过。

粗线条如许佳里都看出她精神不佳，劝她请假休息两天。

刘冉拒绝了。她不能闲下来，越闲越容易瞎想。

周五，傅城带本科生训练，一名学生不慎摔落，左腿无法伸直，傅城赶紧送人来校医院。

刘冉检查一番，说：“应该没伤到骨头，拍个片看看吧。如果是半月板碎了或者韧带出问题了，需要做手术。咱们校区没有骨外科，做不了，得转去市区那边的附属医院做。”

见学生紧张，刘冉安慰道：“别担心，微创手术，创口只有指甲盖那么大。手术费用、住院费用这些，你们的学生保险也都包。”

学生松了一口气：“谢谢刘医生。”

“不客气。疼得厉害吗？厉害的话再给你开点儿止疼片。”

“还行，只要不动就不怎么疼。”

刘冉坐回桌前写字，拿钢笔的手微微颤抖。

她吃完午饭后肚子就开始不舒服，本以为是“大姨妈”快来了，就没当回事，现在竟疼得她冷汗淋漓，胃也跟着痉挛，直想吐。她不想在傅城面前表现出异样，硬撑着写完单子递给傅城，也硬撑着不看他。

傅城道谢，转头对学生说：“你别动了，我先去交费，交完了再回来接你去拍片。”

“谢谢傅老师。”

刘冉说：“傅老师，一楼可以借轮椅，我帮你问问他们还有没有。”

电话在桌子另一头，刘冉起身去够，不想站起来后疼痛愈加尖锐。伴随一阵耳鸣，她身形不稳，“哇”的一声吐了出来。

突如其来的变故吓学生一跳，再加上行动不便，是以眼看刘冉摇摇欲坠，却没能做出反应。

傅城手疾眼快，一把扶住刘冉：“刘医生，你怎么了？”

空气中弥漫着难闻的呕吐味道，刘冉分明看见学生抬手摸鼻子，一副嫌弃又不敢表现出来的样子。

疼痛与委屈席卷而来，泪水迅速汇集在眼眶中，晃悠打转。她百般忍耐，却还是被自己喜欢的人目睹这样一幕……顿时更加面无血色。

傅城当她是疼哭的，蹙眉对学生说：“我先送刘医生去急诊室。”

“傅老师，不用管我了，我叫同学过来陪我。”

傅城点头，问刘冉能不能走，看她有气无力地摇头，道声抱歉，直接背起她往急诊室赶。

急诊室在一楼，刘冉走不动，他背她去比推病床快。

颠簸加剧了疼痛，短短三两分钟的路程，刘冉疼得直发抖。可是想到傅城在背自己，又有些高兴：自己身上一股怪味，他还愿意背她。

医生诊断刘冉得了急性阑尾炎，立即安排手术。

事发突然，傅城也不了解刘冉的个人情况，不知道联系谁，就先在手术室外等待。

手术时间不长，一个多小时后，刘冉被推出手术室。

又过了半小时，刘冉缓缓地睁开眼睛，看见病床前端坐的男人，不禁笑了。

麻药药效尚存，她还不大清醒，满腔感情就这么流露出来。

对上她的目光，傅城微怔，问：“醒了？”

他的声音平淡，可有一种令人安心的力量。

“嗯。”

“刘医生，你有家人在京州吗？”

刘冉先点头，又摇头。她父母都在外地军区，京州只有一个姥姥在。她不想让老人担心。

“除了家人，还有什么人能来照顾你吗？”

“老许……佳里……”

傅城知道许佳里是谁，点点头，走出病房打电话。

电话拨通后，傅城简明扼要地说明情况。许佳里一听，急得不行，可她正在校外参加培训，一时半会儿赶不回来，于是拜托傅城再帮忙照看一会儿。傅城答应了。

他打电话的工夫，刘冉又睡过去，他便安静地坐在一旁。

临近八点，刘冉悠悠转醒，见傅城还在，扯出虚弱的笑容。

“傅老师，你还在这里。”她比先前清醒不少，说话也利索了。

傅城解释道：“许老师在外面培训，要晚点儿才能过来。”他抬手看表，说，“应该快了，半小时前她来电话说已经往回走了。”

沉默了一会儿，刘冉小心地问：“是不是耽误你回家了？”

“没事。”

没事就是耽误了？

心脏起起伏伏，刘冉用开玩笑的语气问：“傅老师，你……家属管得严吗？平时会不会查岗？”

“她不会。”

“她这么信任你，你们的感情一定很好吧？”

傅城缓缓地回以一个微笑。

刘冉忽地无话可说了。

短促的手机振动声打破了沉默，傅城看了一眼手机屏幕，说：“刘医生，她到了，我出去接一下她。”

刘冉立刻明白过来这个“她”指谁，调侃道：“傅老师，还说管得不严？”

这才晚回去一会儿，就找上门来了。

刘冉知道自己酸，可她控制不住。他背她来急诊室，又一直守在这里，难道真的一点儿意思都没有？

傅城却说：“是我叫她来的。”

睫毛颤抖，刘冉的语调更欢快了：“傅老师，不会是你着急和她见面吧？”

傅城垂下眼睛，似乎不好意思，然而他没有否认。

待他接上蒋英贤，再回到病房，许佳里也来了。

简单介绍一番，傅城将医生交代的注意事项转告给许佳里听，对刘冉说声了“好好休息”，就牵着蒋英贤离开病房。

两人一出病房，许佳里便一脸诧异地低呼：“傅城竟然结婚了！老刘，你之前知道吗？”

“老许，我想喝水。”

“你什么时候做的手术？到六小时了吗？排气了吗？”

“没。”

“哎，你说说你，听得还没我认真。傅城刚刚才说，六小时后排过气才能吃喝。”许佳里絮絮叨叨，“老刘，你最近生活太不健康了。你就是仗着年轻，不在乎，现在出事了吧？年轻也不能这么折腾，身体是革命的本钱。你别不当回事，等后悔就晚了。”

沉默良久，刘冉闭着眼睛神情憔悴地说：“知道了。”

她死心了。

如果真的感情不和，她还能放纵自己想一想，可是……哪有她的机会？

走出校医院大楼，蒋英贤问：“为什么突然叫我来接你？”

“没什么，想早点儿见到你。”

蒋英贤停下脚步，定定地看着他。

“怎么了？”

“傅老师，你不老实。”

专程打电话找她，又特意带她进学校，然后呢，去校医院溜达一圈就走？

天已经黑了，路上没什么人，傅城握住她的手摩挲。

蒋英贤不打算放过他，挑明了问：“叫我来让人死心的？”

“很明显？”傅城有点儿尴尬。

蒋英贤挑眉，真没想到，一向正直诚实的傅城还有这种“心眼”。她好奇地问：“什么时候发现的？”

见她一脸兴味，傅城只好回答：“今天。”

刘冉表现含蓄，最多来办公室找他说说学生体检的事，上次一起吃饭也有其他人在。他的注意力不在刘冉身上，自然不会注意到她的眼神、语气之类的细节。之前演示送水那次，他隐约察觉到刘冉的热情，可她随即又递水给了其他人，人人有份。直到今天，刘冉用那种眼神看他，他才确定不是自己多想，于是趁她睡着，打电话叫蒋英贤过来。

没想到蒋英贤一下子看穿了。

既然说到这里，他借机澄清："我今天带学生来校医院，碰上刘医生吐了，我看她挺难受，站都站不稳，就把人送到急诊室去了。"

蒋英贤点头，直接问出重点："你背她去的？还是……公主抱？"

傅城呼吸一窒，捏紧她的手："英贤。"

他的声音低沉，温柔中透出一点儿无奈。

蒋英贤莞尔："开玩笑的。我们傅老师这么克己复礼，肯定是背的。"

对上他的目光，蒋英贤伸展手指，插进他的指缝里交缠，好笑地问："你担心我吃醋？"

傅城看了她一会儿，反问："不会？"

"同事不舒服，需要帮助，却为了所谓的避嫌而选择袖手旁观……傅城，你觉得我会喜欢那样的人？"

话音刚落，有人经过。蒋英贤下意识抽手，不料傅城握得很紧，根本不放。

蒋英贤的装扮在军校着实打眼，来人瞥她时，看见两人相扣在一起的手，立即收回目光，加快脚步离去。

等人走远，蒋英贤似笑非笑地看着傅城：这会儿不怕被人看见了？

傅城佯装不懂她的意思，抓紧掌下柔荑，说："走，回家。"

走出几步，蒋英贤轻笑："我怎么觉得你希望我吃醋呢？"

希望吗？

傅城心情复杂。听她问自己"我会喜欢那样的人吗"，他心里热乎乎的。可是心底最隐秘、最不为人知的角落，他又想再见一次那天傍晚，在自己办公室里那个咬他无名指的她。

坐上车，蒋英贤再也不必避讳，系好安全带后，捏着傅城的无名指端详："看来得早点儿给这里套上圈。傅老师，你最近有空吗？要不要找个时间办婚礼？"

傅城一下子怔住，熄了刚启动的发动机，扭身看她，目光灼热似火，拉过她的手背亲吻："随时有空。"

蒋英贤被他的眼神烫到了，心脏怦怦跳了跳，嘴角止不住上扬。

婚礼就此提上日程。两人都不喜排场，场地就定在蒋家老宅的后花园。自家场地，不必排期，给礼仪公司预留出时间就好，下个月就能办。

蒋英贤亲自打电话通知所有蒋家人自己要结婚的消息。蒋英见、蒋英思和蒋英齐都道恭喜，蒋英慎接到电话后安静了几秒，笑声伴着电流声传过来，他道了声"恭喜"，然后说自己这学期课多，不一定能回来参加婚礼。蒋英贤表示理解，课业重要。出于礼貌，她也通知了杜悦。杜悦似乎很惊喜，主动提议来帮忙，但被她婉拒。

杜悦的想法很好猜，大概是觉得她找了个无权无势的夫家，自己儿子的胜算又大了一些。

对此，蒋英贤觉得挺好——杜悦还是那个杜悦。

反应最大的是陈枫，也不能说反应大，说冷淡更贴切一点儿。

两人在一起这么久，陈枫大概也有思想准备，只问她是否确定，蒋英贤也平淡地说了"确定"。

陈枫说了声"好"便挂断电话。三天后，陈枫带着厚厚一沓文件出现在她的办公室。

"婚前协议，你拿回去给傅城看看，如果他有异议，标出来，我找律师再协商一下。没异议的话就早点儿签了，你们也能早点儿开始筹备。"

蒋英贤翻到最后一页看页码，失笑道："一百零六页？"

"写详细点儿好，省得以后难看。"

"妈，您和爸结婚的时候也签了吗？"

"没签，所以他后悔得要命。"陈枫微微一笑，"这大概是你爸这辈子犯下的最大错误。"

蒋英贤随手翻了几页，乐了："生了女儿离婚时可以多分一百万，生儿子多分两百万？妈，这是不是有点儿讽刺，现在董事长就是您的女儿。"

陈枫面色不改，说："蒋英贤，这是现实。"

蒋英贤笑了笑，不同她争辩。思维方式不同，争辩纯属浪费口舌。

陈枫以为她被自己说动了，正要开口，忽听她问："妈，你和张叔叔有结婚的打算吗？”

陈枫面色突变，下意识就想否认，思忖片刻，又将否认的话咽回去，说道：“你知道了？”

她正当年，怎么可能为蒋震守活寡？在P国站稳脚跟后，经过几场小打小闹的暧昧试探，最终与张玉山走到了一起。

张玉山比她大五岁，是土生土长的P国人，做海运生意。发妻十几年前去世后，他没有再婚，独自抚养一双儿女成年。

与蒋震不同，张玉山爱孩子，孩子也爱他。儿女爱屋及乌，对陈枫很好。

两人之所以迟迟不结婚，原因在陈枫。当年她与蒋震离婚时，蒋震提出一个条件，分股份可以，但只要陈枫再婚，就要将股票尽数归还。当然，蒋震会予以她同等价值的其他资产作为补偿。

陈枫欣然签字。

就为这句话，她拒绝了张玉山三次求婚。

张玉山曾问：“阿枫，你真要用自己的一辈子给蒋震作陪？”

陈枫说：“我不是为他。”

张玉山叹气：“我知道。阿枫，过去也好，公司也好，看得过重，伤的是自己。”

陈枫当时沉默了很久，最后说：“玉山，我咽不下这口气。”

张玉山不逼她，只是那难掩失望的表情令陈枫无法直视。

没想到，如今她竟又从自己女儿口中听到相似的话：“以前我也认为公司就是一切，我说的每一句话、做的每一件事，都是为了得到它。看似公司属于我，其实是我属于公司。”

蒋英贤没说出口的是，既然她都知道张玉山的存在，蒋震想必更早知道，那么，蒋震是出于一种什么样的心理，看着陈枫为自己给出的条件做出取舍？

她不想过度揣测，就像她也无法确定，蒋震之所以没与陈枫签婚前协议，是真的忘了、没有这方面的意识，还是因为别的。

收回思绪，蒋英贤抿嘴笑了笑，轻飘飘地抛出重磅炸弹：“妈，我和傅城已经领证了。”

陈枫猛地回神，难以置信地看着她。

若会轻易放弃，陈枫走不到今天。得知现行《婚姻法》对经济强势方的保护后，陈枫稍稍松了一口气，与律师拟出一份新协议，绕过蒋英贤，直接找上傅城。

傅城听她说明来意，面不改色地翻到文件最后一页，直接签字。

陈枫做好了威逼利诱的准备，不料傅城如此干脆，三秒钟就解了她的心头患。她心情复杂，一时不知说什么，默然点头，收起文件起身要走。

“陈女士。”傅城叫住她。

陈枫了然，坐回座位等他开口。

她早知不会这么容易。

傅城说：“请您不要将今天的事告诉蒋英贤。”

停顿片刻，陈枫问：“这就是你的要求？”

“是。”

“你怎么知道不是英贤叫我来找你的？”

“她会直接和我说。”

就算是蒋英贤拿文件来，他也还是会像今天这样，直接签字。

陈枫没再说什么，留下一句“我答应你”，悄然离去。

没了陈枫阻挠，筹备工作进展顺利。

蒋英贤不是没怀疑，然而陈枫与傅城都否认与对方接触过。尤其是陈枫，语气十分冷淡，冷淡到对傅城的负面情绪也不表现出来，什么都懒得管。

婚礼在即，定制来不及了，蒋英贤选了一条下摆收敛的齐胸成衣做婚纱，缎面材质，很素雅，与她的气质一致，光裸露的平直肩膀与锁骨，就足以动人心弦。

发型也是简简单单的挽髻，首饰选的是珍珠，温润的光泽与缎面布料交相辉映。

“怎么样？”蒋英贤问柯蕊。

整个试装过程，她只带了裁缝与柯蕊，傅城至今不知婚纱什么样子。

“特别美。”柯蕊词穷。她找不出其他词来形容那舒展的、平和的、无须争奇斗艳的美。

柯蕊还记得自己听到老板说要和傅先生结婚时，有多惊讶。

仔细想一想，其实早有蛛丝马迹。他们一起出现在闹事现场，一起劫后余生，还有他们的独处……只是那时，她压根儿没往那方面想。

可见刻板印象误人。

心中莫名涌起一阵感触，柯蕊看着镜中洁白的身影，由衷说道："老板，恭喜。"

蒋英贤看着镜子对她笑："谢谢。"

敲定所有流程，柯蕊问蒋英贤对单身派对有什么想法。蒋英贤表示没兴趣。她没有交心好友，各种热闹也都见识过，懒得再折腾。

至于傅城，一直没表示。

蒋英贤搞不清楚他办还是不办，又或者他知不知道这个流程，于是在晚饭时提醒他，可以在婚礼前一夜和好朋友们闹一闹、聚一聚，纪念一下自己最后的单身时光。

傅城说："我早就是已婚了。"

"走个形式。"蒋英贤笑，"你如果不知道该怎么办，我可以叫柯蕊帮忙安排，什么兔女郎啊，钢管舞啊，都有。"

傅城放下筷子，一脸严肃道："你想让我看这些？"

"这可是你最后的机会了。"

"所以？"

蒋英贤也放下筷子，问："真的不打算见识一下吗？"

傅城的第一反应是生气，气她将他往外推。换作从前的他，大概要多想，但是现在，他明白她的意图——她怕他不甘心。

"见识了又怎么样？"傅城很肯定，"我知道自己要什么。"

然而她的表情告诉他，她并没有被说服。

"英贤，你做过选择题吗？"

当然做过，这是什么问题？蒋英贤疑惑。

暖黄的灯光下，傅城认认真真地望着她："假设一道题的正确选项是A，英贤，当你对答案足够确定，看到A的时候就已经能够做出选择，就不需要再看B、C、D是什么。"

蒋英贤愣了片刻，忽地笑起来，眼睛更亮，像温柔的弦月。

她走过去摸傅城的脸颊，傅城环住她的腰，施力勒了勒，眉宇间透出丝丝不悦，略带强硬地说："以后不要再说这种话。"

"以后也没机会了。不过——"绵绵笑意自眼底晕开，将蒋英贤整个人染成蜜色。

她放低声音，眼波蕴含着深意："傅城，你哪只眼睛看见我是A？"

第十五章 噩梦

走出会议室，蒋英贤略显疲惫地揉按太阳穴。

“待会儿什么安排？”

柯蕊说：“暂时没什么事，晚上七点有一个妇联组织的三八妇女节的活动。”

“妇女节？我去做什么？”

柯蕊提醒：“是宋老师的活动。两周前，她来电话邀请你去。”

蒋英贤隔了一会儿才反应过来，宋老师是指宋蕴。

沈家的事，难怪她没印象。

以柯蕊的周全，必定替她安排好了，蒋英贤随口问：“准备了什么东西？”

“以宋老师的名义给妇女救援基金会和‘春蕾计划’各捐了三十八万，另外还有两百箱卫生巾和三千份指定给山区女童的营养午餐。”

有钱有物，很全面。蒋英贤点头，补充道：“记得跟进一下后续实施情况，汇总出一个文件给宋老师。”

“好的。”走入电梯，柯蕊说，“老板，夫人昨天又打电话来问你什么时候有空。”

蒋英贤不说话，不知道听没听见。直到“叮”的一声响，电梯门缓缓打开，她才开口问：“明天有什么安排？”

“上午两个会，下午和徐董、刘经理一起去南区的希冀广场现场调研，听负责人做报告，应该晚饭前就能结束。”

“晚上呢？”

“目前没有安排。”

蒋英贤想了想，说：“那就把明天晚上空出来吧。”

“好。”

目光扫到柯蕊略微突出的小腹，蒋英贤放缓语调：“柯蕊，你自己注意身体，如果有不舒服，该请假请假。”

柯蕊摸着肚子笑道：“谢谢老板，这个没有老大那么折腾人。”

蒋英贤也笑。

第二天傍晚，蒋英贤直接从南区希冀广场开车前往东四环的别墅。

自从十一年前蒋震被蒋英齐气中风后，陈枫一年中至少有半年待在国内。好在她当年去P国时，并没有将国内资产全部处理掉，还留下了三套房产，其中一栋小二层的别墅就在京州。

三年前的夏天，蒋震去世，葬礼过后，陈枫回P国待了小半年，年底才回来，之后一直处于两边飞的状态，但是总体来说，待在P国的时间比在国内长。

蒋英贤知道有人在P国等陈枫，她没说破，陈枫便也不提，两人心照不宣地避开这个话题。

柯蕊提前打过电话通知，陈枫知道她要来，吩咐阿姨准备几样她爱吃的菜。

其实蒋英贤的口味早就变了，陈枫对她的认识还停留在少女时期。

吃饭时，蒋英贤接了两个工作电话，耽误了四十多分钟，回到餐桌时，菜已凉透。她彻底没了胃口，随意吃了一口青菜便放下筷子。

陈枫看着她碗中几乎没有动过的米饭，皱眉道：“吃这么少？”

蒋英贤淡淡地扯谎：“午饭吃得晚了。”

理由还算充分，陈枫就此放过，转而问道：“英贤，你是怎么想的？”

来了。

最近两年，陈枫见到她必定要提一件事。

“阿姨，给我一杯温水。”蒋英贤转身叫人，悠闲地调整坐姿，佯装听不懂，“什么怎么想的？”

“孩子。”

“顺其自然吧。”

知道她打太极，陈枫盯住她直说："顺其自然？你今年三十八岁了，打算顺其自然到什么时候？"

"最近太忙——"

"借口。"陈枫打断她的话，"柯蕊天天跟着你，你去哪里，她去哪里，你加班，她也加班，她第二个都快生了。"

蒋英贤神态自若道："这种事不能强求。"

"英贤！"陈枫忽地变脸，玉镯重重磕上大理石桌面，应声断裂。

她意识到自己的失态，转头看向别处，深呼吸调节情绪。

几经犹豫，陈枫咬牙挑明："你知不知道沈东扬和那个叫纪雪的有个儿子，明年就要上小学了？"

蒋英贤沉默不语，精致的面庞上表情不见丝毫波动。

陈枫脸色一变，半惊半疑地问："你知道？"

"算是吧。"

陈枫只觉得一股气堵住胸口，情绪高高弹起，又急速下坠。最后，唯剩下疲惫无力。

她说："沈东扬现在年轻，不会为了个野孩子对你怎么样。可他是男人，你不要低估了男人对繁衍的执念。等再过十几二十年，他四五十岁，他能为了那个孩子翻脸不认人，你信不信？

"我知道你不喜欢沈东扬，可是这件事不能由着你的性子来。英贤，再忍一忍，等有了孩子再说。"

蒋英贤轻轻一笑，避重就轻道："我没不喜欢沈东扬。"

只是提不起兴致而已，身体的反应骗不了人，慢慢儿地，沈东扬也没了兴致。

可奇怪的是，他们相处融洽，结婚以来从未吵过架，偶尔一起吃早饭还能闲聊几句各自的生活。

对面的镜子映出蒋英贤温柔似水的笑眼。时间厚爱她，三十八岁的她，眼尾依旧平滑，下颌也紧致。都说没烦恼的人不易老，这般看来，她可谓顺遂。

她该高兴，不是吗？

陈枫面露厌恶："难道你想让那个私生子继承蒋氏？"

蒋英贤却想，她不介意。沈东扬的基因不错，纪雪能在他身边待这么久，想必也是聪明人，他们的孩子资质应该不差。

当然，她不会这么说，她只会说：“英齐的孩子就快出生了，妈，蒋家不缺孩子，不用担心继承人的问题。”

就算蒋英齐的孩子不行，还有蒋英见、蒋英思的，以后也会有蒋英慎的。这么多孩子，总能挑出一个。

陈枫气急：“那怎么能一样！他们不是你亲生的。”

蒋英贤笑了一下，起身去捡那半截飞到窗边的玉镯，“爸倒是有六个孩子，都是亲生的。”

她还记得医生宣告蒋震的心脏停止跳动时，杜悦沉默了大概十几秒钟，接着拉紧小儿子的手给律师打电话。

至于其他人，则就地商讨起了如何操办葬礼。

蒋英贤以为至少蒋英见会伤心，没想他只关心蒋震能不能与庄月琴合葬，而蒋英思还不忘讽刺一句“又到我们三妹露脸的时候了”。蒋英思不平归不平，依然愿意为了庄月琴的遗愿老老实实回南国。

蒋英贤难得惊异，那一刻，却对庄月琴这个只闻其名、未见其人的女人前所未有地产生了好奇：她做了什么？去世三十多年，还能叫儿女为她做这样的让步。

这话在陈枫听来有些刺耳，她看不见蒋英贤的表情，无法判断她是不是恶意说出的。

蒋英贤转回身，将半截玉镯递给陈枫：“可惜了，现在很难找到这么透的玉。明天叫柯蕊去打听打听，找个老师傅做成金镶玉，应该也不错。”

猜到陈枫还要说什么，她赶在陈枫开口之前先笑道：“妈，我知道了。”

一双眼睛秋日深潭般平静，也同样冰冷。

陈枫蓦地想起张玉山的忠告：“阿枫，你不能再拿英贤当女儿看，她现在先是董事长，然后才是你女儿。”

看出张玉山的犹豫，陈枫追问：“玉山，咱们之间还有什么话不能说？”

张玉山斟酌稍许，意味深长地说：“我看英贤与蒋震不分伯仲，做事是，做人也是。”

话既然聊完，蒋英贤也不多停留，稍坐了一会儿便开车回家。

沈东扬不在家，阿姨转达说：“先生说今天要加班，晚上不回来了。”

蒋英贤“嗯”一声，去书房处理文件。半夜一点半，她合上电脑洗漱，照惯例吞下三片安眠药，上床睡觉。

次日清晨，阿姨听到闹钟一直响个不停，觉得奇怪，上楼断断续续敲了十几下门，屋内没反应，她只好进屋将床上的女人推醒。

蒋英贤好不容易睁开眼睛，坐在床上缓了十几分钟，脑袋始终昏昏沉沉，眼睛一闭就要睡着，隐隐还有些头疼。

难怪医生嘱咐她二十四小时内最多吃一片。

她这几年都靠安眠药入睡，时间久了，身体产生抗药性，从最开始的一片就能犯困渐渐变成要两片、三片才能入睡。每次开药，医生都要强调不可以多吃，可能会有未知副作用、依赖性等问题。所以他这次又说时，她没放在心上，还照老习惯来，直接吞三片。

蒋英贤用冷水洗脸，又喝了三倍浓度的咖啡，总算清醒了一点儿。

阿姨问她要不要叫司机来接，她看了看挂钟，说不用。她已经比平时晚起了二十多分钟，不想再费时间等司机。

然而她低估了安眠药的作用。她感觉自己不过眨了一下眼睛，实际上竟是睡着了，手脚失去控制，车子狠狠地撞上防护栏。

等她再醒来时，人已经在医院了。

“老板，您醒了？”柯蕊俯身靠近，“头疼不疼？身上有没有哪里不舒服？”

蒋英贤下意识起身，身体刚一发力就疼得叫出声。

“小心。”柯蕊急忙扶住她，帮她慢慢儿地躺回病床。

“我出车祸了？现在什么时间？”蒋英贤后知后觉地问。

“下午一点。”

下午了？

蒋英贤蹙眉，头部传来一阵阵钝痛。

“撞到人了吗？”

柯蕊说：“没有，撞倒的防护栏砸到了对面两辆车，但是人都没事，刚才已经谈好赔偿了。”

蒋英贤舒展眉心。

“老板。”柯蕊支支吾吾道，“您怎么会撞到防护栏？”

蒋英贤苦笑：“安眠药吃多了。”

“老板，我帮您约个心理医生怎么样？就当去和一个陌生人聊聊天，换换心情，治不治疗的，以后再说，就先看看。”

“柯蕊，你说什么？”

柯蕊竭力让语气显得轻松一些：“老板，没有什么坎是过不去的。公司不能没有您，我也不能没有您发工资啊。我家老大今年才上小学，双语学校，贵得要死，现在又有了老二，我们母子三个可都指望着您呢。”

蒋英贤蹙眉，问：“老李失业了？”

“嗯……还没……”

什么叫还没？

见柯蕊的神色越发古怪，蒋英贤终于意识到什么，哭笑不得地说：“你以为我自杀？柯蕊，我只吃了三片安眠药。昨天才换新药，我照老习惯吃，不小心吃多了而已。”

听她这样说，柯蕊一直绷着的神经放松下来：“警察说，监控显示路上没有任何异常情况，而且您撞上护栏时还在踩油门，有可能是自杀行为，我才——”

“我那时候睡着了。”

“开车睡着了？”

“别提了。”

柯蕊拍了拍胸口：“不是就好，吓死我了。老板，您不知道，我刚刚坐在这里真的是——唉，不说了，不说了。”

蒋英贤右肩骨裂，额头上缝了五针，全身多处擦伤，外加轻微脑震荡，说严重也可，说不严重也算。蒋英贤坚持出院。

柯蕊苦劝无果，只好去办出院手续。

蒋英贤无聊地打开病房里的电视，国际频道正在转播力维亚达的撤侨行动。

前阵子力维亚达发生了多起军事冲突，战火蔓延到商业区，致使不少平民受伤。

大约十一年前，她也去过力维亚达，从当时的将军萨落手中买下一块小油田。车子刚驶离将军府，反叛军便攻打进去。好在他们走得早，若是晚上几分钟，不知道会发生什么。

电视中，主持人身后一片断垣残壁：“……冲突进一步升级，两天前双方就在闹市区发生热冲突，当时有不少平民被困在交战区。好在维和部队以及当地多家外国工厂的安保团队及时赶到，积极帮助平民撤离交战区。救助队伍中有一位退伍军人傅某，共救出四十八位平民，其中十六位为我国侨胞……

"……在最后一次撤离行动中，傅某为保护一位当地儿童，不幸被子弹击中头部……"

蒋英贤愣住。

柯蕊推门而入："老板，手续办好了。"

蒋英贤回神，关掉电视，说："好，走吧。"

她没有回家休息，直接去了公司。

晚上九点，沈东扬打来电话慰问。

蒋英贤轻描淡写地说自己也没什么事，沈东扬不疑有他，直笑柯蕊大惊小怪，顺便说自己在外出差，三天后回家，回来后有事和她商量。

商量，这个词可不是沈东扬的惯用语。什么事能让沈东扬商量？蒋英贤想到了那个孩子。

她笑了笑，说"好"，内心毫无波澜。

放下电话，蒋英贤起身走向落地窗。

楼下街道车水马龙，猩红的汽车尾灯与霓虹交织，高楼大厦又反射出它们的光芒，放眼望去皆是繁华。

灰蓝色玻璃映出她的脸：精致、美丽、冷漠。

与其说她三十八岁仍不见老，不如说她十八岁时就与现在一样。

不知从什么时候开始，她很容易感到疲倦，疲惫感仿佛深入骨髓，成为她身体的一部分，挥之不去。

谋划太久，隐忍太多，得到之后反而莫名空虚，不知道接下来该做什么。

蒋英贤摇摇头，撇掉荒唐的想法——这简直是无病呻吟。

额头伤口刺痛，大概是止疼药效过了。

想起柯蕊说她自杀，她轻笑一声，看着玻璃上模糊的女人身影，喃喃道："怎么可能？"

…………

蒋英贤蓦地惊醒。

梦太真实了，真实到她睁眼的那一刹那不知自己是真的醒了，还是进入了另一个梦境，尤其此刻傅城不在身边。

婚礼前夜，两人"分居"，傅城留在小公寓，她则返回老宅过夜。

蒋英贤摸出手机看时间，四点三十八分，还有四个小时半。

因为没有接亲环节，化妆师九点钟才会到，本以为可以睡个好觉。

辗转半晌，依然无法完全摆脱那个梦的影响，她给傅城发去信息："在吗？"

她根本没抱希望，不承想傅城立刻回复："在。"

蒋英贤笑："醒了？"

对话框显示他正在输入，蒋英贤静静地等待，不一会儿，新信息跳出来："一个人睡这张床，感觉很奇怪。"

笑了一会儿，蒋英贤输入："你应该说我……"

她还没输完，又一条信息传过来："想你了。"

蒋英贤看着那三个字，删掉已经输入的内容，回复："待会儿见。"

她本想问问傅城在两人分开的那半年里是怎么过的，犹豫许久，又觉得没必要为了一个莫须有的梦纠结，几个小时后的婚礼才是她的现实。

第十六章 一生

八点十五分，柯蕊带着造型团队提前上门。

蒋英贤下意识地看向柯蕊的小腹，柯蕊莫名其妙，低头检查自己：“老板，我的肚子怎么了？”

蒋英贤这时才反应过来自己在想什么，收回目光说：“没什么。”

化妆师说：“眼睛有点儿肿，昨天没睡好？”

又想起那个梦，蒋英贤垂下眼帘：“有点儿失眠。”

“很正常，新娘子都想在婚礼这天美美的，但是其实好多新娘前一晚上睡不着，第二天黑眼圈巨大，还有的一边化妆一边哭的，等仪式开始正好哭出欧式大平行。”

几人被逗乐，助理趁机说起给明星婚礼做造型的小八卦，有人自备假发片啦，有人自己穿几百万的婚纱，却给伴娘租伴娘服啦，诸如此类的。

都是人精，绝口不提名字，说些无关紧要的东西活跃活跃气氛。

十点钟刚过，陈枫也到了，看见穿好婚纱的蒋英贤，感慨地抿了抿唇，递出个有些年头的绒布小盒，说“这是我结婚那天你外婆给我的，现在送给你。”

小盒里面是枚蓝宝石戒指，宝石不算大，外面一圈碎钻点缀，形同蕾丝环绕。

化妆师笑道：“这下‘something old，something blue’都有了。虽然咱们不讲究这些，但是是个好兆头。”

蒋英贤心头一动，将戒指套上自己的右手中指。

西方婚礼有个传统，仪式当天，新娘身上要有“something old，something new，something borrowed and something blue”（穿戴母亲结婚时穿过的婚纱或是首饰、头饰；接受朋友的祝福；向别人借东西和新娘要穿戴一些蓝色的小饰物或是用蓝色的花束），据说其中的“blue”象征永恒的爱。

婚礼宾客虽少，场面却不小，花艺师以白玫瑰为主花，带领团队彻夜将整个后花园装饰一新。蒋震当年花了大价钱造景，高低层次颇有讲究，这日被玫瑰点缀，仿佛一片望不到头的花海。

时间到了，蒋英贤戴好头纱下楼，在楼梯拐角碰见一个意想不到的人。

“英慎？”

“三姐。”蒋英慎一眨不眨地盯着她看，“你今天很漂亮。”

“谢谢。”

他似乎刚下飞机，看上去很疲惫。

蒋英贤问：“能待几天？”

“晚上就走。”

“这么急？”

“没请假，这样也省得来回倒时差。”

蒋英慎笑了一下，从柯蕊手中接过裙角，说：“走吧，新娘不能迟到。”

蒋英贤回头看他，回以同样的笑容，继续下楼梯。

蒋英贤只有柯蕊一个伴娘，傅城则找来了里昂。

相比里昂的笑容满面，傅城这个正经新郎显得有些严肃。里昂拍着他的肩膀，满眼戏谑：“傅，放松点儿，你们都领证了，蒋跑不了。”

花园内，宾客都已就座，傅城站在花瓣铺就的通道尽头。

蒋英贤挽着陈枫，从玻璃门里走出来，缓缓走向那个笔挺的身影。

他身穿军装，远远看见她，先是一怔，而后目光蓦然炽热，凝在她身上，一刻不曾离开。

蒋英贤弯唇，裙摆扫过簇簇花瓣，头纱随风飘扬，徐徐来到他身旁。

他们透过薄薄的蕾丝头纱对视，微风中花香醉人，蒋英贤心跳加快，轻轻说出那句“我愿意”。

她看见傅城的喉结不自然地滚动，下颌也紧绷着，似在极力压抑着情绪。

当着所有宾客的面，他掀开她的头纱，亲吻她的脸颊。眼神和手有多炙热，亲吻就有多含蓄。

仪式持续到傍晚，送走宾客，两人出发去度蜜月。傅城不能随便出国，蒋英贤便将蜜月地点选在蒋氏在莫山新开发的度假村。

他们在飞机上吃的晚餐，到达酒店时，天已黑透。

两人都喝了点儿酒，蒋英贤踢掉高跟鞋，去开通往后院泳池的门。她早已换下婚纱，然而看着那窈窕背影，傅城脑子里全是她穿着婚纱走向自己的样子，心中一下子躁动起来。

他解开两粒衬衫扣，从背后搂住她。

察觉到他的热切，蒋英贤靠进他的胸膛问："忍很久了？"

傅城吞咽了一口唾沫，说："看你穿着婚纱走向我的时候——"

说到关键地方，他停下来，对于自己的龌龊念头还是有些羞于启齿。

假正经，蒋英贤想。

这种时候，只要推他一把，他就能成另一副样子。

比如说——

蒋英贤偏头，故意问："然后呢？那时候你想什么？"

傅城低头吻她的肩膀，用行动代替回答。

蒋英贤感受着他嘴唇的触感，鼻子一哼，说："那么纯洁的时候，你在想什么呢？"

事已至此，傅城干脆放弃抵抗，抬起头与她平视："对，英贤，我龌龊，怎么办？"

嘴上问着怎么办，眼神却异常炙热。

蒋英贤勾唇，反问："你说呢？"

下一秒，傅城双臂收紧，低头靠过来。

所谓蜜月，其实只有一个周末的时间，周一早上就要返回京州。

周日晚，蒋英贤躺在傅城腿上看电影，看的是《行运超人》，老套的爱情喜剧。

电影过半，傅城问："会不会很无聊？"

"你觉得无聊？"蒋英贤以为他说电影。

傅城摇头，俯身吻她的额头："对我来说去哪里不重要，我怕你无聊。"

因为他不能出国，也不能随意请假，所以蜜月只能这样。

蒋英贤明白了他的意思，暂停电影，回头看他："我也是，去哪里都差不多。而且……"她意味深长地扬眉，"你也没给我时间无聊。"

傅城的表情一瞬不自然，垂眸敛去尴尬，按下播放键，躺下来搂她。

蜜月的最后一晚，两人看老电影看到睡着。

周一回学校，傅城特意穿便装，因为军装不能戴首饰。

刘冉碰见他，下意识看他左手的无名指，果然多了个素圈戒指。

她心里空落落的，但还是笑着打招呼："傅老师，今天戴戒指了。"既然放下就该大大方方相处，她是军中儿女，长相秀气不代表心胸也秀气。

男人硬朗的眉眼泛出笑意，明显愿意聊这个话题："周末把仪式办了。"

"这么说之前没戴戒指是因为没举行结婚仪式？"

"是。"

刘冉一瞬释然，真心实意地说："恭喜，恭喜！傅老师，这么高兴的事，必须请客。"

傅城笑："一定。"

部队环境相对闭塞，家属间大都彼此熟悉。

蒋英贤很少露面，除去卢学林、刘冉和演示那几人，其他人至今不知道蒋英贤长什么样。卢学林提过几次，让傅城叫上蒋英贤来聚餐，结果都不了了之。渐渐地，傅城的爱人成了一个神秘人物。

人一神秘，猜测就多。

直到傅城毕业，神秘的傅太太终于出现。

一位毕业生家属是记者，一眼认出她来，上前攀谈："蒋小姐，你好，我是《商业周刊》的方蕊。"

蒋英贤隐约记起她，礼貌性地微笑回应："你好，没想到在这里碰上。"

"是啊。"方蕊比她更惊讶，问，"蒋小姐来颁奖？"她只能想到这个理由，否则蒋英贤怎么会出现在学校？

蒋英贤："不是，我来看我老公的毕业典礼，他今年博士毕业。"

老公？

方蕊看见她手上的戒指，才迟钝地想起蒋英贤已婚的事实。

不是她不敬业，而是这位的婚礼实在低调，至今没有一张夫妻公开照片。蒋英贤毕竟不是娱乐圈人物，前几年因为分家产大戏在网上短暂地"红"了一下后就再无动静。

"您先生是？"

"傅城，卢学林教授的学生。"

因为方蕊，蒋英贤的身份很快传开——神秘的傅太太竟是集团董事长。有心人上网一搜便搜出来蒋家那些事，看蒋英贤的目光也丰富起来。

蒋英贤并不受影响，端着相机准备给傅城拍照。

很快，傅城穿着博士服上台，看见台下冲自己招手的蒋英贤，唇线软化，眼睛深处蕴着温柔的爱意。

卢学林目睹两人的互动，替傅城拨帽穗时，略带促狭地问："小蒋今天有时间了？刚才就看见她拿着相机等着拍你。来，站好，让她多拍几张，别让她白等了。"

傅城面露窘相，心情却十分愉快。

领完毕业证下台，蒋英贤不知从哪里变出一束玫瑰，笑道："恭喜毕业。"

这样的日子，少不了聚餐。

傅城把蒋英贤拉到角落，问她："待会儿要和老师他们去吃饭，要不要一起来？"

蒋英贤早有准备："好啊，我今天一整天都没什么事。"

四下无人，傅城抚摸着她的脸，眼睛一刻也没有离开过。

蒋英贤眼底的黑色微微加深，轻飘飘地问："你在想什么？"

傅城用拇指摩挲她的嘴角，声音略微沙哑，说："想吻你。"

"在学校呢。"

他不吭声。

"外面都是人。"

"不喜欢？"他反问。

蒋英贤闷声笑道："被人看见，肯定说我带坏你。"

傅城说："我愿意。"声音里带着沉沉的笑意。

晚上六点半，卢学林带的毕业生们先后到达喜湘遇包间。

进入包间前，蒋英贤先去洗手间，不承想碰见了经典一幕——

"小徐，你知道吗？傅老师的爱人是那个蒋氏的董事长。"

"啊？搞房地产那个？"

"就是那个。"

"真的假的？"

"真的，方蕊之前采访过她。"

"难怪平时不怎么露面，怕被人认出来吧？"

"估计是。可是，和对象的同事、同学一块吃个饭不是很正常吗？毕业典礼才露面，太高冷了。"

"唉，人家豪门嘛，有资本高冷。"

蒋英贤等人离开了才从隔间出来，洗完手返回包间。

只差一名研究生和她男朋友没到，环路发生车祸，把他们堵在路上。卢学林说不等了，招呼服务员上菜。

除了蒋英贤，其他人先前都见过、聊过，相互很熟悉，话一抛到蒋英贤这里，就变得有些生疏、客套。

蒋英贤看了一圈桌子上的菜，十分自然地对傅城说："老公，帮我夹块鱼。"

鱼离得有点儿远，她得站起来才能夹到。

傅城愣住，盯着她的侧脸。

"老公？"蒋英贤浑然不觉有什么不对，又叫了一声。

傅城看了她半晌，嘴角慢慢儿上扬，夹了一块鱼肚回来，仔细去掉刺后放进她的碟子。

等她吃完，傅城问："还要吗？"

"好。"

鱼肚没了，他夹了一块背肉，一样地去掉刺，又淋上汁再给她。

这么泰然自若，反倒叫蒋英贤不好意思了。

她早过了腻腻歪歪秀恩爱的年纪，平时也只有逗傅城的时候才会叫老公，今天纯属意外，意外听见了那些话。

她打算玩一下就算了，但傅城不这么认为，频频给她夹菜。

他兴致高，多喝了几杯，硬朗的脸颊泛着一层红晕。

桌下的那只手攀上她的大腿，蒋英贤拍掉，他又不屈不挠地放上来。

蒋英贤小声说：“傅城，别闹。”

话一出口，她忽觉意外：一般这种话都是傅城对她说的。

他侧过头，神色认真地看着她说：“英贤，我今天很高兴。”

手纹丝不动，他现在无论如何也不想放开她。

蒋英贤看了他一会儿，低头轻笑，算了，和一个醉鬼讲什么道理？

回家路上，蒋英贤开车，傅城闭目坐在副驾驶座上。

傅城不忌酒，但也谈不上喜欢，只有聚餐时才喝一点儿。他知道自己容易醉，对酒量有控制，一般就喝一瓶啤酒，今天破例了。

天上下起毛毛雨，细到几不可见，唯有空气中多了点儿潮湿的水气。

车窗紧闭，傅城闻见蒋英贤身上残存的香水味、化妆品味以及若有似无的体香。他头晕，眼皮发沉，精神却很亢奋，路上一直攥住蒋英贤的右手，一根一根地捋她的手指。

蒋英贤趁转弯时抽回手。傅城睁开眼睛看路，见是弯道，车也有点儿多，没说什么。等到车子行驶平稳了，他抓回她的手继续摩挲。

“傅城。”她故作严肃地叫他的名字。结果傅城只是含糊地咕哝了一声，眼睛还闭着，隔上三四秒，才回应她道：“我在。”

蒋英贤哭笑不得，当她点名吗？

不得已，她拿出哄小孩的语气说：“我开车呢，这样不安全。先松开，好不好？”

“嗯。”他听话又板正地应声，手劲松了松。蒋英贤舒了一口气，以为终于说动醉鬼，不想这人嘴上一套，行动一套，拉着她的手往自己嘴边送。

“傅城，别闹。”

“嗯。”他就用这一个字糊弄她，察觉到她的逃跑意图，竟用力咬她。

不怎么疼，但是吓了蒋英贤一跳。她语气中带了气恼：“你属狗吗？”

要是平时，听见她用这种语气说话，傅城肯定就松手了。但是现在，他醉得犯糊涂了，只觉她的声音好听，甜丝丝的。他鼻子呼出热气，像是在挑战她的底线似的又咬了一口，问：“属相不好？”

蒋英贤噎住，眼底漫起浓浓的无奈。她感觉此刻的傅城挺气人，也挺诱人。

这是她第一次见到傅城喝多的样子，有些新奇。这么想着，那点儿气也没了。

车上不消停，到家更是变本加厉。蒋英贤刚一下车，傅城就靠过来，从身后环住她，不肯走了。

两人婚礼后搬到了一处离市中心稍远的别墅住，进了车库就是进自己家，不必顾及监控。

蒋英贤有些无奈地说："傅城，你以后还是少喝酒吧。"

傅城说："不是耍酒疯。"

"还不承认。"

"英贤，我真的很高兴。"

"高兴什么？"

"你之前说，我们不用非得融入对方的生活，但是你来了。"

他不知道她怎么了，但她在餐桌上故意叫他"老公"，这是他们第一次公开"秀恩爱"。

蒋英贤捧起他的脸，说："别瞎想，我不愿意露面，是因为知道有些人会说什么。"

只要她出现，一定会有人说他吃软饭。

傅城一直以为她是为了保护隐私才不愿意公开，没想到是因为这个。他不自觉地笑了："我没瞎想。英贤，反倒是你，你太小看我了。"

蒋英贤愣怔了许久，直到自己被傅城抱进卧室才回过神来。她支起身体，认真地看向傅城，仿佛又一次认识了他。

傅城察觉异常，停下手上的动作，问："怎么了？"

蒋英贤摇摇头，用吻代替回答。

不急，她还有一生的时间可以对他说。

（正文完）

番外一 傅城

傅城第一次见到里昂，是在蓝水公司位于山区的训练场。

作为世界前三的私人安全顾问公司，蓝水的聘用门槛很高。无论有多么出色的履历，被聘用后都要重新接受训练。

来这里的人都是为了赚钱，没人有闲心思交朋友。两人真正熟悉起来，是在受公司安排一起执行解救任务之后。

那次的任务是要解救一位石油公司的技术专家。

根据追踪情报，他们很快定位出专家所在的位置，趁夜摸了进去。八人分头行动，挨个房间搜查。

里昂与傅城一组，率先找到专家。房间内有两名持枪守卫，里昂打手势让傅城先隐蔽，等其他队员过来支援。因为一旦开枪，势必将人都吸引过来，救人容易，撤退难。

就在这时，隔壁响起枪声，惊动了屋内守卫。

守卫厉声呵斥了两句，然后开始暴打。

傅城与里昂交换了一个眼神，时间不等人，再拖下去不知道会发生什么事。

两人配合默契地制服守卫，架起满脸是血的专家往外走。

隔壁枪战分散掉了不少火力，两人一路惊险，却最终毫发无伤地逃脱出来。

专家一直叽里咕噜地说着话，到达安全地带后，里昂终于听清他说的话："我妻子还在里面，他们把我们分开关押，她……她还在里面……"

里昂面露遗憾："很抱歉，我们已经暴露了，现在必须马上离开。"

傅城问："你知道他们把她关在哪里了吗？"

专家仿佛看到曙光，声音也高起来："知道，知道！我听见他们说关在走廊尽头的左手边房间。他们不知道我能听懂当地语，说这些的时候没有避开我。"

里昂机敏地问："什么时候听见的？"

"大概……大概三四天前，我昏了好几次，不太确定。"

傅城点点头，竟真的要折回去。

"你干什么？"里昂拦住他。刚刚同生共死过，里昂不想他白白送命。

"我去支援。"

"你疯了？天知道他们有多少人！"

傅城不为所动："所以更需要支援。"

里昂扫了一眼专家，压低声音道："他说三四天，也有可能是一周。她对他们没用，说不定早就被处理了。"

"你先带他转移。"

傅城说完，义无反顾地跑回战场。

里昂冲着他的背影低咒了一声。

几小时后，其他成员带着一名女人来到会合地点，傅城也在其中。两人胳膊擦伤，还有一个肋骨断了，但都性命无虞。

里昂悬着的心落回原处。

任务完成，挂彩也轻松，几人聚在酒吧喝酒。

两杯酒下肚，里昂掏出随身携带的照片对傅城说："漂亮吧？我女儿，我的小天使，为了她，我什么都可以做。"

照片上的卷发小女孩躺在病床上，笑嘻嘻地面对镜头。

"很漂亮。"傅城抿了抿唇，问，"她病了？"

"威尔森氏症。"里昂嗤了一声，"在萨沙确诊之前，我听都没听说过这个病。"

收起照片，他说："我不能死。傅，你别怪我下午不跟你一起回去救人。"

"我明白，她需要你。"不像他，无牵无挂。

里昂的心里好受了一点儿，灌下半瓶啤酒，又说："不是我说，傅，你也别太英勇了。来这里都是为了赚钱，何苦把命搭进去？多想想家里人，如果你死了，他们该多伤心！他们都在等你回去。”

傅城平静地说：“我没有家人。”

里昂愣住，顿了两秒，说：“抱歉。”

傅城：“没什么，都是以前的事了。”

气氛一时有些沉重，里昂叹气道：“其实，每次听到萨沙问我什么时候回家，我都会怀疑自己做得到底对不对。虽然钱很重要，但是……在她和我老婆最需要我的时候，我没有陪在她们身边。”

这个话题勾起了傅城的情绪，令他的眉心隐隐作痛。

“我有个妹妹，父母去世的时候，她才十岁。”他突然开口，第一次对人讲出自己的故事，“因为害怕去了福利院会被分开，我们就一直借住在远房叔叔家。

“叔叔家不富裕，之前只见过我们一次，自然谈不上什么亲情。突然多了两个小孩吃饭、上学，他们肯定不高兴。我那时候十六岁了，知道怎么处理，当没看见、没听见就行了。他们不是恶人，也没虐待我们。小芝她年纪小，三天两头和亲戚家的小孩打起来。”

里昂沉默不语，傅城说得很隐晦，但他能想象出那种寄人篱下的感受。

傅城说：“成年后，我就参军了。部队有津贴，可以每个月寄钱回去做小芝的生活费，这样她想买点儿什么也不用再看人脸色。”

促使他下定决心参军的，是一双十五块的凉鞋。傅芝没和叔叔、婶婶打招呼就私自买了。那天吃晚饭时，婶婶说：“家里就快揭不开锅了，有人宁愿一家子陪她吃糠也要打扮。没有那个命，打扮成一朵花也没用。人家富二代又不是瞎的，会分不清凤凰和土鸡？”

傅芝低头扒饭，一声不吭，拿筷子的手用力到指尖发白。

那一刻，傅城宁愿她像小时候一样大哭大闹。

“后来，她出了车祸——”

脑中闪过一个人影，他生硬地收声，转而说道：“小芝不在了以后，我经常想，自己是不是做错了。我应该陪在她身边，看着她长大，而不是把她一个人丢在别人家里。”

里昂：“傅，不能这么想，你也都是为了她。”

傅城摇头。

他在部队生活得不错，虽然累，但是充实，有目标。更重要的是，他找到了自己的价值。他留在部队不全是为了小芝，因为不全是，所以他感到愧疚，甚至后悔。

里昂话锋一转，问："如果不是为了家人，你为什么来赚这种卖命钱？看你也不像喜欢暴力或者爱赌一把的人。"

刚刚被他刻意忽略的温柔脸庞再次浮现，傅城垂眼说道："欠了别人钱。"

"高利贷？"

"不是。"

"那慢慢儿还就是了。"

傅城握紧手中的酒瓶。

是啊，慢慢儿还就是了，她从来不催。是他自己急于摆脱与她的联系。

她既然不要他，那他也要断得干干净净，这是他最后的尊严。

第二天，他们接到通知，附近另一支小队的营救任务失败，损伤过半，需要他们前去支援。

这次任务中，傅城的表现依旧突出，然而里昂看出了不对劲。

对死亡没有任何敬畏之心不叫英勇，叫找死。

休息时，他私下找到傅城，意有所指道："傅，英勇和找死是两回事。"

傅城疑惑道："什么意思？"

里昂直言："我会向公司提交报告，申请对你重做心理评估。"

"里昂，公司聘用我之前就已经找心理医生做过全面评估，你肯定也做过。我能站在这里，就说明评估结果没问题。"

心理评估合格是入职条件之一，里昂当然清楚。他烦躁地捋头发，说："白天行动的时候你当我没看见？你把防弹衣脱了！"

"穿那个东西不方便行动，而且咱们的防弹衣最多能防手枪，面对今天那种火力，穿和不穿没区别。"

"穿了就比不穿强。我说不过你，傅，你有没有别的想法你自己清楚。"

傅城语气冷淡："确实，没有人比我更清楚我想什么。里昂，你不是心理医生，管好你自己的事。"

里昂气笑了："行，行，算我多管闲事。"

任务结束后，里昂提交报告，要求对傅城进行二次心理评估。鉴于傅城在任务中表现突出，管理层没有接受理里昂的请求，反而派傅城前往力维亚达任队长，带领小队负责一家跨国公司在当地工厂的安保问题。

只要能完成任务，不惹麻烦，其他的对于公司来说根本不重要。

上级反过来问了里昂两个问题："你认为傅城的存在会对任务结果产生负面影响吗？你认为他会威胁到其他队员的生命安全吗？"

里昂无话可说。

之后，两支队伍同时要求医生随行，里昂主动申请前往力维亚达，加入傅城的小队。

傅城或许不珍视自己的性命，可他珍视别人的生命，与这样的人并肩作战，不用担心自己的后背。

力维亚达太热，营地内也没有空调，傅城时常惊醒。

许是因为睡不安稳，来到力维亚达之后，他比之前更常梦到傅芝。有时是傅芝在电话中控诉，有时是他设想出的惨烈车祸现场，更多时候，是她静静地躺在纯白的病床上，身旁的仪器滴滴作响后归于一道刺耳又平稳的音波。

与傅芝一同来的，还有那个人。

她总是穿着高跟鞋，背对着他，然后转过头来，用堪称温柔的表情看着他，眼神询问。

至于问的是什么，傅城从不深思。

一个梦罢了，他这样对自己说。

这绝非自欺欺人，现在的他没有任何感觉，没有愤怒、没有不甘、没有不舍，哪怕梦见，睁眼看看铁皮天花板便能迅速恢复平静。

深吸一口气，傅城套上衣服出门晨跑。

天尚未完全亮，他在黑暗中独自前行，呼吸渐渐加重，直至汗水浸透T恤。他掉转方向，原路跑回营地。

营地内依然很安静，只有里昂在室外拉伸，见到傅城满头大汗从外面回来，自然地打招呼："跑完了？"

傅城点头，回房拿毛巾。

营地里都是男人，无须避讳，简单冲澡后，傅城光着上身走出来，随便吃点儿东西再回房间穿衣服。

所有的衣服整整齐齐地摞在背包内，傅城弯腰抽T恤，余光瞥见掩藏在一摞T恤中的薄丝，动作一下子顿住。

这是他去蓝水报到时，不小心装进箱子里的。

真的是不小心吗？心底一个声音冷不丁地问。

傅城抿唇，伸手攥起那团布料，拇指无意识地摩挲着。经过蓝水的训练，他手上的茧更重了，指腹勾住一根丝，抽出一道不和谐的痕迹。

傅城想，这就不是他该碰触的东西。

门上响起咚咚两声，里昂推门而入："傅，人齐了。"

他只来得及看见傅城快速将手伸进背包，没看清他手里的东西，再看傅城板着的脸，轻佻地说："我没有打断什么吧？"

傅城的面色更黑了。

里昂赶在他开口之前离开，不忘好心地提醒："队长，晚上回来有的是时间。"

这天中午，他们与当地武装力量相遇，所幸没有发生冲突。回营途中，大家心情轻松，提议晚上来点儿啤酒庆祝。提议那人边说边瞄他，傅城没有反对。

晚餐时，傅城也开了一瓶啤酒，象征性地喝了两口。

回到房间，他久久没能睡着，翻来覆去，出了一身汗，干脆起身又冲了一个澡。

拿干净T恤时，不可避免地看见被自己匆忙塞进角落的东西，手就那样伸了过去。傅城蹲在原地停了几秒钟后，起身靠到窗边，看着安静的夜空。

这晚之前，他真以为自己都忘了，忘记小芝心脏停跳时自己内心的茫然与绝望，忘记孤身一人站在殡仪馆外的落寞，还有那些隐秘的、难以启齿的痛楚。

夜还长，他有足够的时间消化所有情绪。

力维亚达的任务出乎意料地长，军事冲突爆发后，工厂出于安全考虑撤离了所有外国籍员工，并向蓝水公司提出愿意出更高的价格来让安保团队继续留守，保护工厂设施免遭破坏。炎热、贫瘠、孤独消磨着人的意志，小队中陆续有人申请调离，就连为了钱甘愿留在这里的里昂也会时不时抱怨两句。

唯有傅城从未说过一句怨言。杰克森等几人私下没少嘲笑他，说他假正经，是公司养的最忠心的看门狗。里昂知道缘由，碍于傅城不喜谈私事，不便帮腔。

他们都是有家可回的人，只傅城没有。

第四个月，小队成员基本换过一轮。力维亚达正式进入雨季，气候更差，睡觉堪比蒸桑拿，常常清早一睁眼就满头汗。

另一家跨国公司的石油加工厂上个月惨遭袭击，他们的任务也随之加重。

清晨，傅城照常带队进城采购，途经将军府附近的商业区时，突然听到爆炸声。混乱中，他听见反叛军用当地语喊话寻找三个中国人。

是同胞。

傅城立刻安排小队分头找人。

很快，里昂通讯说找到了，接着又说有人中弹，还有一个漂亮但是脾气不好的女人。还有心情开玩笑，看来伤员的伤势不重。

傅城放松神经，驱车前往里昂所在的位置。

看见熟悉的黑色头发，傅城感到一丝慰藉。他虽不再有家，可还有国。

他跳下车，放缓语气说：“别害怕，我也是中国人，你们安全了，我们是——”

黑发女人回头看他，沾着灰的脸上满是难以置信的神色，而他的脚也钉在原地。

番外二 纪念日

结婚纪念日那天，傅城正在外地参加论坛，晚上搭最晚一班飞机回家。

蒋英贤刚洗完澡，看到他在客厅，愣了一下，问：“不是说要后天才回来吗？提前结束了？”

“没有，明早还得回去。”傅城摇头，接过毛巾帮她包起滴水的头发，然后揽着她的腰说，“想你了。”

蒋英贤侧脸，看着他挺拔的鼻梁笑：“傅老师，你这是在撒娇吗？”

“不行？”傅城反问，顺便用胡楂蹭她的颈窝。

蒋英贤轻呼一声躲开，连连推他的头。傅城不撒手，变本加厉地往上凑，两只手也不老实地挠她的痒痒肉。

蒋英贤边笑边躲，最后两人一起栽倒在沙发上。

手还被他束缚着，蒋英贤气息不稳地打量他，问：“今天怎么了？这么幼稚。”

傅城看了她一会儿，突然咬她的鼻尖，而后佯装深沉地问：“今天是什么日子？”

蒋英贤微怔，思索一番才想起今天是两人的结婚纪念日。她轻声问：“所以你是为了纪念日特地回来的？”

傅城默认了，撑起半边身体，从裤兜里掏出个小盒子递给她。

蒋英贤脑子里想着“傻不傻，难道少过个纪念日，感情就变了”，嘴角还是忍不住上扬。她接过盒子打开，竟是一枚钻戒，主钻比当初傅城求婚的那枚还要大些。

这么隆重？

傅城看懂了她的愕然，解释说："我说过，会给你更好的。"

蒋英贤当然记得，这是他求婚的时候说过的话。她掀起睫毛看他，掏出戒指套上无名指，浮夸地在男人眼前晃了晃，说："羡慕吗？我老公送的。"

傅城瞬间破功，低低笑出声。

闹过，笑过，蒋英贤搂住他的脖子说："怎么办？我没准备礼物。"

要是普通的鲜花、佳肴，她还能厚着脸皮用香吻抵消，谁想他如此大手笔。

傅城托住她的脖子，手指在她的颈间温柔地摩挲，将问题抛回给她："你说怎么办？"

蒋英贤感受到他炙热的呼吸近在咫尺，轻声问："能赊账吗？"

"不能。"

果然。

蒋英贤佯装叹气："那我只能把自己送给你了。"

傅城克制住笑意，低头亲她的眼角："也行。"

蒋英贤莫名心跳加快，轻轻闭上眼睛。

傅城要赶早上第一班飞机回去，五点钟准时醒来，轻手轻脚下床。

临行前，他返回卧室看床上那人。

此时蒋英贤也醒了，懒洋洋地抓住他伸过来整理自己头发的手。

傅城反握住她的手，问："吵醒你了？"

"没有，今天有早会，我也差不多该起来了。"

蒋英贤闭着眼睛，突然问："傅城，你想要孩子吗？"

傅城反应不及，隔了几秒才出声："你想要吗？"

蒋英贤睁眼看他，说："我其实没想过。"

"那就不要。怎么了，突然问这个，有人说什么了？"傅城另一只手盖上她的手背，给予无言的支持。

蒋英贤笑道："我说的没想过，不是说不要，而是没认真想过要还是不要。

"昨天我去做体检，医生问我有没有打算要孩子，我说不确定，医生就给我讲了讲高龄产妇可能会面对的问题。不过医生也说了，风险增加是渐进性的，不是说三十四岁的时候百分百安全，来年到了三十五岁风险就一下子增大，我可以慢慢儿考虑，不用为了赶时间仓促决定。所以，我想问问你的想法。”

傅城看着她，认真地说：“我以为你不想要。”

蒋英贤能猜到他为什么会这样想，于是问：“那你呢？傅城，你想做爸爸吗？”

就在刚才，她又想起那个莫名其妙的梦。梦中的自己与沈东扬结了婚，没有孩子，沈东扬却与纪雪有个私生子。陈枫苦口婆心劝她生个自己的孩子，要她不要低估男人对于繁衍的执念。

梦中的陈枫用词堪称精妙：繁衍，与爱无关，纯粹出于本能。

傅城说：“我尊重你的决定，你想要就要，你不想要就不要。”

蒋英贤打趣道：“这回答听上去也太像标准答案了。”

傅城也笑，思索了一会儿，说：“如果我们有了孩子，我想我会爱护他，努力做个好爸爸。但是现在，孩子对我来说还是个陌生人，我对他的感情完全来自你，因为你是他的妈妈，他对我来说才是特别的。”

蒋英贤一时说不出话来，细细地打量眼前人。如果他是孩子的爸爸，那她对于那个尚不存在的生命，似乎也已经提前有了爱意。

蒋英贤吐出一口气，说：“傅城，有的时候我觉得自己真的很像蒋震。”

执掌公司后，她愈加发现自己与蒋震的相似之处，这既有遗产基因的作用，也有后天刻意而为的结果，她花了二十多年时间，将自己塑造成蒋震最“偏爱”的女儿，难免留下许多后遗症。她无法确定自己在子女问题上是否会重蹈蒋震的覆辙——将子女更多看作继承人，所谓亲情、母爱都要建立在他首先是一个合格继承人的基础之上。

傅城正色，略显严肃地说：“胡说。”

蒋英贤笑了一下，以此缓解骤然凝重的气氛，开玩笑道：“求生欲不用这么强。”

傅城也笑，目光温柔：“我说的是真话，英贤，你不像他。”

“这么确定？”

傅城握紧她的手，掌心的温度烘着她的皮肤，他说：“你和他对待人的方式完全不同。”

逝者为大，他也不擅议人是非，所以点到为止。

傅城忽然说：“英贤，你爱我。”

蒋英贤挑眉，这……是疑问句还是陈述句？

看到她的反应，傅城才意识到自己说了类似霸道宣言的东西，眼底的窘迫一闪而过。他摸了摸她的碎发，说：“所以你和他不一样。”

蒋英贤注视着傅城，缓缓绽放出笑意。

她明白他的意思——她有爱人，或者说有爱人的能力，蒋震没有。

蒋英贤转头看了一眼挂钟，说：“傅老师，你是不是该走了？”

傅城也回头看钟，是该走了。他不舍地紧了紧手中的柔软，说：“等我回来再聊？”

蒋英贤微笑应好。

其实不必再聊，她已经有了决定。

蒋英贤开始显怀时，柯蕊带来了林家垮台的消息。墙倒众人推，陆轩——现在叫林轩——曾经的那些事也全被捅出来，跟着林父一块儿进去了。

蒋英贤一直等到尘埃落定，才告诉傅城。

傅城愣了一下，然后抱住她，头埋在她颈间，什么都没说。

蒋英贤轻抚着他的后背，很久很久。

这天半夜，她起床喝水，刚一起身便听傅城的声音从身侧传来：“不舒服吗？”

蒋英贤摇头：“没有，就是想喝水。”

“我去给你拿。”傅城说着便要下床。

“不用，”蒋英贤阻止他，说，“我自己去就行了，你睡吧。”

傅城没听她的，依旧翻身下床。

两人不喜欢家中有外人，因此阿姨只负责做饭和打扫，每天做完晚饭便回家。主要是因为一旦有外人在场，傅城就是那副一本正经的模样。

蒋英贤已经醒了，感觉身体有点儿僵，索性跟在傅城身后一起离开卧室。

喝完水，看着被灯光晃得眯起眼睛的男人，蒋英贤笑说：“我是怀孕，不是瘫痪。”

他前两天熬夜，眼睛里满是红血丝，蒋英贤放软声音说："你真不用这样，我需要你的时候会叫你的。"

傅城却拉住她的手，轻柔摩挲，声音带着不清醒的沙哑："英贤，怀孕、生孩子这件事我什么忙都帮不上，唯一能做的就是多陪着你。"

蒋英贤拉了他一下，见他没反应，出声叫他："傅城。"

"嗯？"

"低头。"

傅城闻声低头，查看自己的胸口。

蒋英贤无声地笑，双眸被暖意充盈得满满当当。

她说："是我想亲你。"

她上前半步，被那终于反应过来的人圈入怀中。

他身上有种很好闻的味道，令她全情投入了进去。

殊不知她愈投入，傅城愈难熬，需要勒令自己保持克制。等到两人分开时，他已经睡意全无。

四目相对几秒，蒋英贤说："我想吃馄饨。"

就这样，两人大半夜出门买馄饨。

路上车少，人更少，只有在凌晨时分才能见到这样静谧的京州。

她打开天窗，细心感受着微凉的晚风，感受着零星霓虹洒在自己的手臂上。

蒋英贤下意识朝驾驶座伸出手，一只温热干燥的手掌立刻握上来。

她一直很相信运气的作用，她也曾拥有过堪称绝地逢生的时运……在这样一个夜晚，有一个人可以分享这一刻的宁静，她想，自己是幸运的。

番外三 很久以后

建军节将至，实验小学组织全校师生分批参观军事博物馆。

一年级（三班）的徐殊同学被玻璃展柜中的一个东西吸住眼球，停下脚步多看了几眼。

旁边有人问："看什么呢？"

徐殊说："那个东西，我好像在家里见过。"

山明珊从两人身后走过，听见对话，嗤道："徐殊，你吹牛。那是八一勋章，刚才老师说了，是授予抗战时期有功将领的，好好听讲。"

徐殊本来是随口说说的，不怎么确定，被山明珊一讽，脾气上来了："是谁没听讲？四十年前又开始重新颁发了。"

山明珊被噎，又不甘心认输，追问："那你说说你家谁有？"

徐殊说："是我姥姥的。"

姥姥？山明珊不信。

他隐约记得姥姥放珠宝的保险柜里摆着一个与其他珠宝很不一样的东西。那天妈妈傅伊需要一条红宝石项链搭配裙子，家里没有现成的，便带他去找姥姥借。他在一堆珠宝中发现了那个格格不入的东西，便拿起来看，问姥姥是什么，姥姥笑着说它是整个保险柜里最贵重的东西，不外借。

周一早上，山明珊得意洋洋地晃到徐殊的座位旁，说："徐殊，我周末回去问过我爸了，他说八一勋章从来没有授予过女兵，你姥姥是不是诓你的？"

她憋了一个周末，就等着今天来看徐殊出洋相。山明珊从小到大走到哪里就被夸到哪里，骄傲惯了，上学后被徐殊压了一头，心里不是滋味，平时没少和他较劲。

徐殊不说话，决定回家求证。他知道斗气幼稚，可山明珊摆明了叫他下不了台，不能怪他较真。

当天晚上刚好回姥姥家吃饭，徐殊趁机问道："姥姥，我能不能跟你借个东西？"

看他的表情就知道，肯定不是一般东西，蒋英贤笑着问道："什么东西？"

"就是你保险柜里那个东西。"

"哪个？"

"那个勋章。"

蒋英贤没说行或不行，而是温和地问他："要做什么用？"

徐殊模糊地答："我跟同学说家里有那个勋章，他们不信，所以想拿去给他们看看。"

傅城一听，表情严肃起来，说："乐乐，家里有什么、没什么不需要叫别人知道。如果你想让同学服你，就凭自己的本事去挣个勋章回来。"

乐乐是徐殊的小名。

徐殊缩了缩脖子，不敢再提。

姥爷是军人，一言一行比常人严肃些，虽然平日对他和妹妹都很好，可也总教育他们不可以炫耀，要节俭、要律己，徐殊在他面前从来不敢造次。

饭后，蒋英贤对傅城说："傅城，我觉得你刚才对乐乐太严厉了。"

傅城面露尴尬之色，语调轻柔地问："有吗？"

"他不是那种爱炫耀的孩子，你问都不问就说他，万一事出有因呢？而且，"蒋英贤瞥他一眼，"你当谁都和你似的不要命，就为了挣勋章？"

勋章的事是个地雷，傅城赶紧转移话题："英贤，我今天早上散步的时候看见花园里开了不少新花，走，我带你去看看。"

话题转得这么生硬，傻子才听不出来。

蒋英贤觉得有些好笑，但没拆穿他。

夏天蚊子多，傅城找来驱蚊喷雾给蒋英贤喷腿，然后拉着她的手往花园走。

两人上了年纪，但身材保持得很好，一个挺拔，一个纤细，手牵手在夜色中漫步，说不出有多浪漫。

傅伊只觉得这一幕格外熟悉，从小到大不知见过多少次。她心下感慨，说："我爸就是看上去严肃，其实挺温柔的。从我记事以来，他一直对妈特别细致。"

徐瑞文附和道："你爸妈确实是我见过、听过的所有老夫老妻里面感情最好的。"他顿一下，笑道，"除了咱们。"

傅伊瞪眼："你是老夫，我可不是老妻。"

徐瑞文哈哈大笑。

徐殊对于父母间的"打情骂俏"早见怪不怪了，面不改色地吃苹果。据说妈妈当年大学还没毕业就怀孕了，爸爸费了不少劲才让姥爷相信自己是正经人，这个故事可谓是他的性教育启蒙。

稍微溜达一圈，蒋英贤说想吃甜点。

傅城不喜甜，徐殊也不喜欢，于是他叫上徐殊陪自己去书房，想要安抚一下外孙的情绪。

进入书房，不等他开口，徐殊先主动认错："姥爷，我知道错了，我不该向同学炫耀勋章的事，也不该跟姥姥借那么贵重的东西。"

傅城顿了顿，问："你姥姥说它很贵重？"

徐殊点头。

"她是怎么说的？"

徐殊老实说："姥姥说那个勋章是整个保险柜里最贵重的东西，还说了不外借。"

说完，他就看见了姥爷脸上的笑。徐殊看过傅城年轻时的照片，很帅，如今即使有白头发了，气质却没变，笑起来格外意气风发。

傅城心情好，语气更温和了："怎么和同学说起来勋章的事了？"

徐殊把这段故事详细讲了一遍，听到山明珊暗指蒋英贤骗人，傅城蹙起眉，说："待会儿我和你姥姥说说，让她把勋章借给你。"

"姥爷？"

"虽然说不应该炫耀，但是遇到挑衅，也不能一味退让。"

心中的憋屈一扫而光，徐殊脆声应道："我记住了，姥爷。"

徐殊的动作比傅城快，抢先一步找到蒋英贤。

听说傅城同意了，蒋英贤很是纳闷："乐乐，你说了什么让你姥爷松口了？"

徐殊便将两人的对话学给她听。蒋英贤听完，眼神动了动，打开保险箱，取出勋章递给徐殊，温柔嘱咐道："乐乐，仔细拿好，别弄丢了。其他东西好说，丢了都能再买到差不多的，这个不行，买不到。"

徐殊点头，看着手中金灿灿的勋章，好奇地问："姥姥，你做了什么能得到这个勋章？"

蒋英贤笑了："我？嫁给你姥爷。"

"啊？"

"这是你姥爷送给我的。"蒋英贤的目光落向勋章，缓缓回忆道，"你姥爷以专家身份去非洲提供技术支援，有天转移途中遇到伏击，本来没他什么事，他偏跑回去救人，右腿中了一枪，差点儿没保住，直到现在都有后遗症，天一冷就腿疼。"讲到这里，她语气一转，说，"听到他受伤的消息时，我气得想离婚，要不是他昏迷不醒，没法签字，很可能就离了。"

听出她的调侃意味，徐殊也跟着笑。

他听柯蕊姨姥姥说过这个故事，姥姥当时不顾阻拦，四处疏通，总算拿到了飞行许可，亲自飞去战区将姥爷接回国，之后没日没夜地守在病床前。

据柯蕊姨姥姥说，姥爷睁开眼睛的第一句话是："英贤，我好像听见你哭，吓得我……"

"吓得什么？"徐殊问。

柯蕊说："没了，就半截话，估计是吓得他赶紧醒了吧。"

徐殊听得一愣一愣的，很难想象姥爷会说这种话。

傅伊一早有会要开，徐殊也要上学，一家三口八点多钟就离开了。

车上，傅伊看见儿子手中的勋章，有些吃惊，徐殊忙解释："姥爷同意了。"

傅伊笑道："小滑头，去找你姥姥求情了吧？"不然还有谁能叫爸松口？

"没，是姥爷主动借给我的，他说被人挑衅了不能一味退让。"

“有道理。”傅伊颔首，说，“你明天可以耀武扬威一把了。”

不想徐殊反而抿唇，一副沉思模样。过了一会儿，他摇着头说：“算了。妈，我不想带它去学校了。”

“怎么了？”

“听姥姥说了勋章是怎么来的，就……突然觉得用它来斗气挺不应该的。”做出决定后，他的心情轻松了不少，笑道，“反正有就是有，没有就是没有，没必要证明给别人看。”

傅伊认真地打量起自己的儿子来，问：“那个挑衅的同学，是女生？”

“是，山明珊。”

“她是不是长得挺漂亮的？”

徐殊不解。

傅伊笑容暧昧道：“能让小男孩心甘情愿不战而败的，只能是漂亮女孩。”

“妈！”徐殊窘了，没好气地别过头看窗外，脸上的热度迟迟未散。

同一时间，蒋英贤和傅城也在谈论这个话题。

蒋英贤问：“为什么改主意了？为什么又同意让乐乐带勋章去学校了？”

傅城用鼻子出气道：“乐乐那个同学，说什么不好，说你骗人。”

理由和她猜的差不多，她失笑道：“傅城，你都多大年纪的人了，和个小学一年级的女孩子较真？”

“跟年纪有什么关系？”傅城起身，接过她手中的梳子帮她梳头。

蒋英贤：“是我没和乐乐说清楚。早说是你的，人家小姑娘也不至于怀疑成这样。”

傅城：“本来就是你的。”

半夜，傅城的腿突然隐隐作痛，蒋英贤下床给他灌暖水袋，回来后，将暖水袋覆在他的腿上，一边揉一边说：“都这样了，还想让乐乐去挣勋章。”

傅城握住她被暖水袋焐到发烫的手，送到嘴边亲了亲，不说话。

三十年夫妻，他就会这一招。

可就这一招，让她心动了三十年。

不知过了多久，傅城轻声问：“英贤，这辈子，我让你快乐了吗？”

蒋英贤被他问住，微微发怔。

她从未想过这个问题，因为无须去想。她嘴角荡起温柔的笑意，回握住傅城的手，说："我很快乐。你呢，傅城，你幸福吗？"

"幸福。"傅城毫不犹豫地回答。

如果没有她，他会在哪里？大概早就不在人世了吧。曾经的他像浮萍一样，四处飘荡，是她给了他根，给了他牵绊。

停顿片刻，怕她不够了解自己的心情，傅城收紧手，低语："非常幸福。"

－完－